DRAGONS D'UNE NUIT D'HIVER

LANCEDRAGON
AU FLEUVE NOIR

La trilogie des Chroniques de Lancedragon

1. **Dragons d'un crépuscule d'automne**
2. **Dragons d'une nuit d'hiver**
3. **Dragons d'une aube de printemps**
   par Margaret Weis et Tracy Hickman

La trilogie des Légendes de Lancedragon

1. **Le temps des jumeaux**
2. **La guerre des jumeaux**
3. **L'épreuve des jumeaux**
   par Margaret Weis et Tracy Hickman
   (juin 1996)

LANCE DRAGON®

DRAGONS D'UNE NUIT D'HIVER

par
Margaret Weis
et
Tracy Hickman

Couverture de
LARRY ELMORE

FLEUVE NOIR

Titre original :
Dragons of Winter Night

Traduit de l'américain
par Dominique Mikorey

Collection dirigée par Patrice Duvic
et
Jacques Goimard

TSR Stock N°. 8301
ISBN : 2-265-05864-5

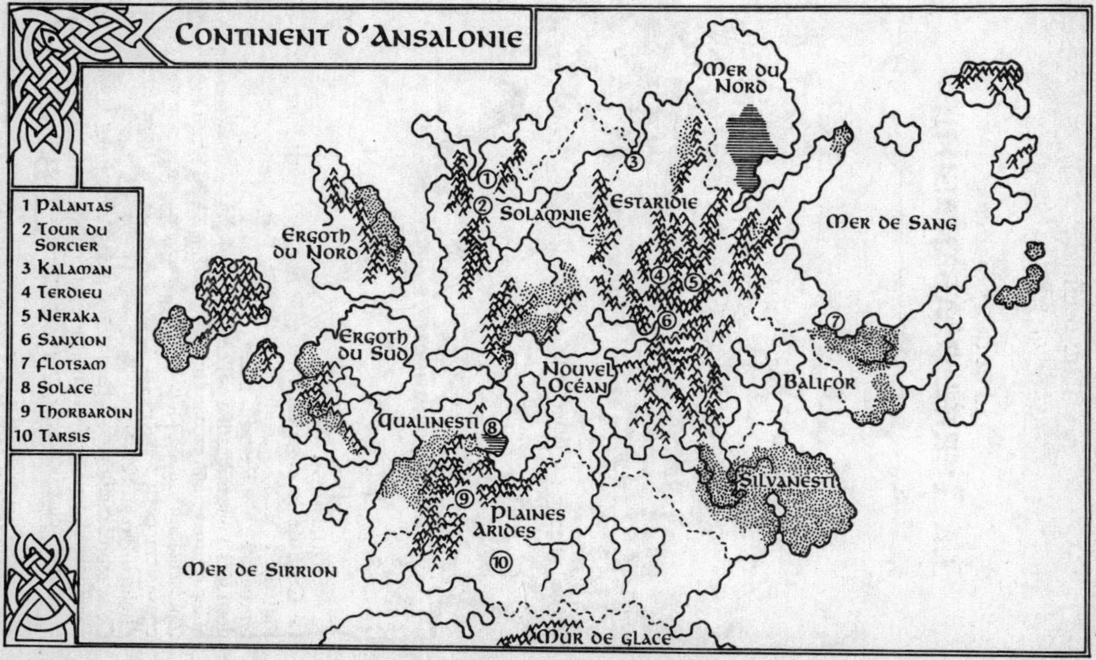
Continent d'Ansalonie
1 Palantas
2 Tour du Sorcier
3 Kalaman
4 Terdieu
5 Neraka
6 Sanxion
7 Flotsam
8 Solace
9 Thorbardin
10 Tarsis
Mer du Nord
Mer de Sang
Solamnie
Estaridie
Ergoth du Nord
Ergoth du Sud
Nouvel Océan
Balifor
Qualinesti
Silvanesti
Plaines Arides
Mer de Sirrion
Mur de glace

La Terre d'Abanasinie

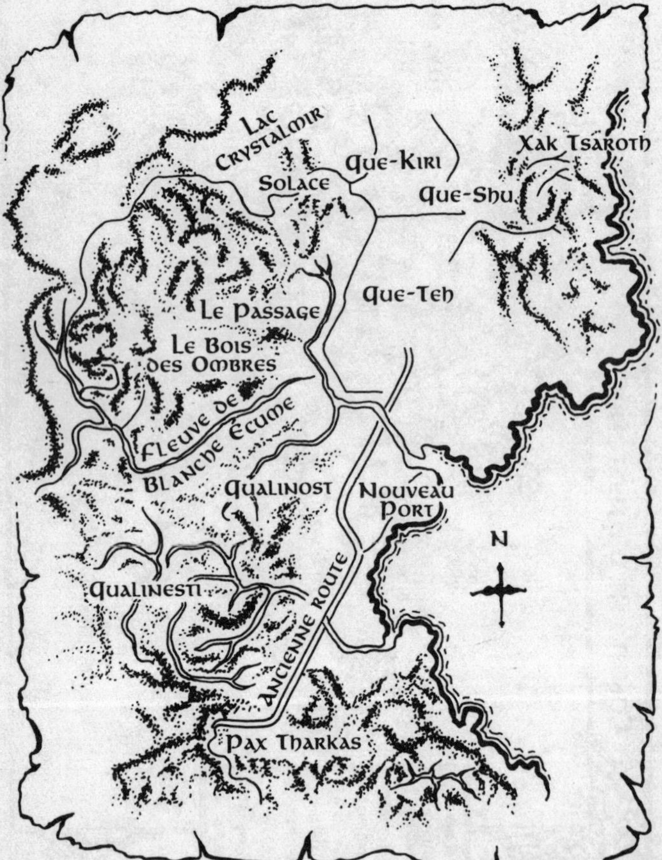

LIVRE I

LE MARTEAU

— Le Marteau de Kharas !

L'annonce éclata dans la vaste salle d'audience du roi des nains des montagnes. Elle fut suivie d'une salve d'ovations et d'applaudissements. Dans le brouhaha des voix des nains et de celles, plus aiguës, des humains, les portes massives s'ouvrirent. Elistan, prêtre de Paladine, fit une entrée triomphale.

La salle était pleine à craquer. Les huit cents réfugiés de Pax Tharkas occupaient la promenade tandis que les nains s'entassaient sur les gradins de pierre.

Le gigantesque marteau de guerre entre les mains, Elistan s'engagea dans la longue allée centrale. A la vue du prêtre de Paladine revêtu de sa tunique blanche, les exclamations d'enthousiasme redoublèrent. L'écho assourdissant qui se répercutait sous les voûtes faisait vibrer les murs.

Tanis grimaça de douleur. L'elfe avait l'impression que sa tête allait éclater. Il avait horreur d'être sous terre, et bien que le plafond fût si haut que les torches ne parvenaient pas à l'éclairer, il se sentait enfermé, comme pris au piège.

— Vivement qu'on en finisse, murmura Sturm, plus sombre encore qu'à l'ordinaire. Je ne suis pas d'accord avec ce qu'il se passe, maugréa-t-il en croisant les bras sur son armure avec un air de défi.

— Je sais, je sais, répliqua Tanis avec humeur, tu l'as déjà dit. Maintenant, il est trop tard. Il n'y a plus rien à faire sinon tirer le meilleur parti de la situation.

Il y eut un nouveau tollé : Elistan venait de brandir le Marteau au-dessus de lui pour le présenter à l'assistance. Tanis se prit la tête entre les mains ; de la foule massée dans la salle émanait une chaleur étouffante.

Elistan était au milieu de l'allée centrale quand Hornfel, baron des nains de Hylar, se campa sur l'estrade pour l'accueillir. Derrière le roi des nains s'alignaient sept trônes sculptés dans la pierre, tous inoccupés. Hornfel se trouvait devant le septième et le plus beau : celui du roi de Thorbardin. Hornfel accéderait à ce trône, resté vide si longtemps, dès qu'il aurait reçu le Marteau de Kharas des mains d'Elistan.

Avoir récupéré cette ancienne relique était un triomphe pour Hornfel. Une fois en possession du Marteau, il pourrait unifier les baronnies rivales et les maintenir sous sa coupe.

— Nous nous sommes battus pour reprendre le Marteau, dit Sturm, les yeux fixés sur l'arme. Le légendaire Marteau de Kharas ! Le seul à pouvoir forger les Lancedragons. Perdu depuis des siècles, puis retrouvé, et perdu à nouveau. Et voilà qu'on le donne aux nains !

— Il avait déjà été confié aux nains autrefois, rappela Tanis avec lassitude. Flint te racontera l'histoire, si tu l'as oubliée. De toute façon, maintenant il est à eux.

Arrivé devant l'estrade royale, Elistan s'agenouilla face au baron couvert des chaînes d'or qu'affectionnent tant les nains. C'était un geste de pure diplomatie, car le prêtre à l'impressionnante stature était à la même hauteur que le nain juché sur son estrade. Les nains applaudirent à tout rompre cette marque de courtoisie. Les humains se montrèrent moins enthousiastes de voir leur chef se baisser devant une demi-portion.

— Voici le cadeau de notre peuple...

— Cadeau ! maugréa Sturm. Rançon serait plus juste.

— En retour, continua Elistan, nous remercions les nains de nous faire une place dans leur royaume.

— Pour avoir le droit de vivre dans un tombeau..., grommela Sturm.

— Nous faisons le serment de soutenir les nains si la guerre arrivait jusqu'ici ! déclara Elistan d'une voix forte.

Un tonnerre d'applaudissements retentit quand le baron Hornfel se baissa vers Elistan pour recevoir le Marteau.

Tanis fut pris de nausées. S'il quittait la salle, songea-t-il, personne ne s'apercevrait de son absence : Hornfel ferait un discours, les six autres barons aussi, sans compter les membres du Conseil des Questeurs. Tanis fit signe à Sturm de le suivre. Ils se faufilèrent dehors et retrouvèrent avec soulagement l'air froid de la nuit.

— Tu es malade ? demanda Sturm à Tanis, livide sous sa barbe.

— Ça va mieux, répondit le demi-elfe, honteux de sa faiblesse. C'est à cause du bruit... et de la chaleur.

— Nous n'allons pas vivre éternellement ici. Tout dépend, bien sûr, du vote du Conseil des Questeurs. Sont-ils pour aller à Tharsis ?

— Oh ! le résultat du scrutin ne sera pas une surprise, dit Tanis en haussant les épaules. Elistan a les choses bien en main, depuis qu'il a conduit le peuple en lieu sûr. Pas un Questeur n'ose s'opposer à lui, du moins en face. Mon ami, dans un mois environ, nous mettrons les voiles pour Tharsis la Magnifique.

— Sans le Marteau de Kharas, ajouta Sturm avec amertume. (Il se mit à réciter :) « Et ainsi qu'il avait été dit, les chevaliers prirent le Marteau doré, le Marteau béni par Paladine le dieu suprême, et le remirent à l'Homme au Bras d'Argent pour qu'il forge la Lancedragon de Huma, Pourfendeur de dragons ; puis le Marteau fut donné au nain Kharas, le chevalier, pour son extraordinaire bravoure. C'est ainsi que l'arme sacrée prit le nom de Kharas. Alors le Marteau de Kharas passa dans le royaume des nains avec la promesse qu'ils s'en serviraient à leur tour pour défendre... »

— Et il a servi, dit Tanis, réprimant sa colère.

Sturm lui avait rebattu les oreilles avec cette ritournelle.

— Ils s'en sont servi et ils l'ont égaré ! vociféra Sturm. Nous aurions pu l'emporter en Solamnie et forger nos propres Lancedragons...

— Et tu serais le nouvel Huma, rayonnant de gloire avec Lancedragon entre les mains ! siffla Tanis. Entre-temps, cela aurait coûté la vie de huit cents personnes...

— Jamais je ne les aurais laissés massacrer ! cria Sturm. C'était notre seule chance d'avoir des Lancedragons et tu l'as vendue pour...

Les deux hommes arrêtèrent net leur querelle. Une ombre s'était approchée furtivement de l'endroit où ils se trouvaient.

« *Sharak !* » murmura une voix. Une lumière jaillit dans la nuit. Elle provenait d'une boule de cristal montée sur un simple bâton de bois que tenait un homme en tunique rouge.

Tandis qu'il approchait des deux compagnons, il fut pris d'une quinte de toux. A la lumière de son bâton, son visage et ses étranges prunelles luisirent d'un reflet métallique doré.

— Raistlin ! Que veux-tu ? demanda Tanis.

Le jeune mage resta indifférent aux regards hostiles qui l'accueillaient ; il était apparemment accoutumé à l'aversion qu'on lui manifestait. Il tendit la main devant lui et prononça une formule. « *Akular-alan suh tagolann jistrathar.* » L'image lumineuse d'une arme apparut devant les deux hommes.

C'était une lance de douze pieds de long, à pointe d'argent et hampe de bois.

— Comme c'est beau ! Mais c'est quoi ? demanda Tanis.

— Une Lancedragon, répondit Raistlin.

Il brandit l'arme entre les deux hommes, qui s'écartèrent comme s'ils redoutaient son contact. Raistlin se tourna vers Sturm et la lui tendit.

— La voilà, ta Lancedragon, chevalier, et sans l'aide du Marteau de Bras d'Argent ! Combattras-tu pour la gloire de Huma jusqu'à ce que la mort t'en empêche ? Les yeux de Sturm brillèrent. Retenant son souffle, il tendit la main vers la Lancedragon. A sa grande stupeur, il n'empoigna que le vide. L'arme s'était évanouie à l'instant où il l'avait touchée.

— Encore un de tes maudits tours ! grogna-t-il, s'étouffant de rage.

— Tu trouves ça drôle, Raistlin ? demanda tranquillement Tanis. C'est une très mauvaise plaisanterie.

— Une plaisanterie ? s'exclama le mage en suivant des yeux le chevalier qui s'éloignait. Je croyais que tu me connaissais mieux...

Il éclata du rire cynique que Tanis lui avait déjà entendu une fois. S'inclinant ironiquement devant le demi-elfe, Raistlin emboîta le pas au chevalier et se fondit dans la nuit.

1

LES NAVIRES AUX BLANCHES AILES. AU-DELÀ DES PLAINES POUDREUSES. L'ESPOIR.

Le Conseil était en session. Bien que les Questeurs aient officiellement renoncé à leurs fausses croyances, ils avaient conservé leur titre et leur autorité sur les huit cents réfugiés.

— Nous sommes tous reconnaissants aux nains d'avoir pu trouver refuge chez eux, bien entendu, déclara Hederick, le Grand Questeur. Notre gratitude va également aux héros qui ont reconquis le Marteau de Kharas, et qui ont ainsi rendu la chose possible, continua-t-il en s'inclinant devant Tanis. Cela dit, nous ne sommes pas des nains !

Des murmures encouragèrent Hederick à poursuivre avec plus de vigueur.

— Les humains n'ont pas été faits pour vivre sous terre ! Nous sommes des paysans. Nous ne pouvons pas faire pousser de quoi nous nourrir à l'intérieur d'une montagne. Il nous faut des terres comme celles que nous avons été obligés de quitter. Je dis que ceux qui nous ont contraints à quitter notre pays devraient nous en donner un nouveau !

— Veut-il parler du Seigneur des Dragons ? ironisa Sturm à l'oreille de Tanis. Il se fera sûrement un plaisir d'accéder à sa demande.

— Ces idiots devraient se réjouir qu'on leur ait laissé la vie sauve, murmura Tanis. Regarde-les se tourner vers Elistan, comme si c'était lui qui avait tout fait !

Le prêtre de Paladine, chef des réfugiés, se leva de son siège et répondit à Hederick.

— Nous avons besoin de reconstruire nos foyers et notre existence, dit-il de sa voix de baryton. C'est pourquoi je propose d'envoyer un groupe en mission dans le sud, à Tarsis la Magnifique.

En pensée, Tanis retourna quelques semaines en arrière, au moment où ils étaient revenus du Tombeau de Derkin avec le Marteau.

Les nains, désormais sous la tutelle de Hornfel, avaient voulu être armés contre le fléau venu du nord. Le Marteau assurait leur défense, bien qu'ils n'aient pas grand-chose à redouter : caché sous la montagne, leur royaume était pratiquement imprenable.

Ils avaient tenu leur promesse : en contrepartie du Marteau, ils avaient laissé les réfugiés de Pax Tharkas s'installer dans l'extrême sud du royaume de Thorbardin, où ils tentaient tant bien que mal de refaire leur vie. Mais le grand air et le soleil leur manquaient ; le sol rocailleux n'était guère fertile.

Elistan s'était souvenu de la légendaire Tarsis et de ses navires aux blanches ailes. Plus personne n'avait entendu parler de cette cité depuis le Cataclysme, trois cents ans plus tôt, à l'issue duquel les nains avaient coupé toute communication entre le nord et le sud en fermant la frontière du royaume de Thorbardin.

Le Conseil des Questeurs approuva à l'unanimité la suggestion d'Elistan. Il fut proposé d'envoyer un petit groupe d'hommes prendre des renseignements et acheter un navire à Tarsis.

Les regards se tournèrent tout naturellement vers le demi-elfe, le désignant pour la mission. Avant que Tanis ait pu ouvrir la bouche, Raistlin se leva, et fixa les Questeurs de ses étranges yeux dorés.

— Vous êtes fous, dit-il avec véhémence, et vous vivez dans des rêves de fous. Combien de fois faudra-t-il que je le répète ? Combien de fois devrais-je vous rappeler les présages des étoiles ? A quoi pensez-vous quand vous regardez le ciel, et que vous ne voyez qu'un trou noir là où brillaient deux constellations ?

Les membres du Conseil échangèrent des regards accablés d'ennui. Raistlin s'en rendit compte et continua d'un air méprisant :

— Je sais, certains d'entre vous considèrent qu'il s'agit d'un phénomène naturel, comme la chute des feuilles en automne. Mais je le répète, vous déraisonnez. La constellation qu'on appelle la Reine des Ténèbres a quitté le ciel ; la Reine est à présent sur Krynn. D'après ce qu'ont révélé les Anneaux, la constellation du Guerrier, représentant l'ancien dieu Paladine, est aussi sur Krynn pour la combattre.

« Retenez bien mes paroles ! Avec l'arrivée de la Reine des Ténèbres, le Cantique a annoncé des « meutes hurlantes » !

— Tout cela, nous le savons, coupa Hederick avec impatience. Où veux-tu en venir ?

— Il n'existe plus un seul îlot de paix sur Krynn, siffla le mage. Prenez le bateau, partez où bon vous semble ! Où que vous soyez, quand vous regarderez le ciel étoilé, vous verrez ces trous noirs ! Où que vous alliez, il y aura les dragons !

Raistlin fut pris d'une violente quinte de toux. Son frère jumeau, Caramon, vint le soutenir, et l'emmena hors de la salle.

Tout le monde poussa un soupir de soulagement. Vraiment, d'où le mage sortait-il cette idée saugrenue de Krynn englouti par la guerre ! En Ansalonie, le Seigneur des Dragons, Verminaard, avait été défait et son armée avait battu en retraite.

Les membres du Conseil levèrent la séance pour regagner leurs foyers ou l'auberge. Ils avaient complètement oublié de demander à Tanis de prendre le commandement du groupe partant pour Tarsis. Pour eux, cela devait aller de soi.

Tanis prit son tour de garde à la porte de la Cité du Sud. Son regard errait sur les bois alentour quand il vit arriver Sturm, Elistan et Laurana. Ils avaient dû parler de lui, car ils s'interrompirent d'un air gêné en s'arrêtant devant lui.

— Comme tu es solennel, dit doucement Laurana en posant sa main sur son bras. Tu penses que Raistlin a raison, n'est-ce pas, Tanthal... Tanis ?

La jeune femme savait qu'entendre son nom elfe ravivait les tourments de Tanis. Il posa affectueusement sa main sur la sienne. Quelques mois plus tôt, le contact de cette peau l'aurait irrité, tant il s'était pris d'amour pour une humaine. A présent, il s'étonnait du réconfort et du calme que lui procurait ce contact.

— Je crois qu'il faut prendre au sérieux ce que dit le mage, répondit-il, sachant que ses amis seraient choqués. Cette fois-ci, je pense qu'il a raison. Nous avons remporté une victoire, mais nous sommes loin d'avoir gagné la guerre. Nous savons que le nord est en feu. Il est évident que ce n'est pas pour conquérir la seule Abanasinie que les forces du Mal se battent.

— Tu n'émets que des suppositions ! argumenta Elistan. Ne te laisse pas influencer par les visions pessimistes du jeune mage. Il dit peut-être vrai, mais ce n'est pas une raison de désespérer, ni de renoncer à entreprendre. Là-bas, nous trouverons quelqu'un qui pourra nous dire si la guerre a gagné tout Krynn. Si c'est le cas, nous trouverons sûrement quelque part un havre de paix où nous pourrons nous établir.

— Tanis, écoute Elistan, dit Laurana avec douceur. C'est un homme sage. Quand le peuple des elfes a quitté le Qualinesti, il ne s'est pas enfui à l'aveuglette. Les elfes ont cherché un refuge où régnait la paix. Mon père avait un plan, qu'il n'osait pas révéler...

Tanis retira brusquement sa main de celle de Laurana, et regarda Elistan avec colère.

— Raistlin dit que l'espoir est la négation de la réalité, dit-il froidement. (Voyant le visage consterné et soucieux d'Elistan, le demi-elfe esquissa un sourire contraint.) Pardonne-moi, Elistan. Je suis fatigué, c'est tout. Ta suggestion est bonne. Nous irons porter nos espoirs à Tarsis.

Elistan acquiesça et s'éloigna sans mot dire en compagnie de Sturm. Tanis éteignit les torches et commença à fermer les portes. Le visage de Laurana, qui le regardait, debout dans le passage, se durcit : Tanis l'ignorait complètement.

— Mais enfin, qu'est-ce que tu as ? demanda-t-elle au bout d'un moment. On dirait que tu prends le parti de ce mage à l'âme noire contre Elistan, un des hommes les plus sages et les meilleurs que je connaisse !

— Ne juge pas Raistlin, Laurana, dit Tanis avec rudesse. Rien n'est tout noir ni tout blanc, comme vous autres les elfes inclinez à le croire. Le mage nous a sauvé la vie plusieurs fois. J'en suis venu à compter avec ce qu'il pense. D'ailleurs je trouve plus simple d'écouter ses avis que me fier à une foi aveugle.

— « Vous autres les elfes » ! cria Laurana. C'est bien une parole d'humain ! Il y a plus d'elfe en toi que tu veux l'admettre, Tanthalas ! Je consens à te croire quand tu dis porter la barbe pour ne pas escamoter ta part humaine. Mais je n'en suis plus si sûre. J'ai suffisamment vécu parmi les humains pour savoir ce qu'ils ressentent envers les elfes ! Moi, je suis fière de mes origines. Toi, non. Tu en as honte. Pourquoi ? Parce que tu es amoureux d'une humaine ! Kitiara, c'est bien ainsi qu'elle s'appelle ?

— Tais-toi ! cria Tanis en jetant une torche par terre. Si tu veux discuter sur ce ton, parle-moi donc de tes relations avec Elistan. Il est prêtre de Paladine, mais il n'en est pas moins homme, ce dont tu peux sans aucun doute témoigner ! Je n'entends plus que ça, articula-t-il en imitant la jeune elfe, « Elistan est si sage », « Demande à Elistan, il le sait », « Tanis, écoute Elistan »...

— Comment peux-tu me reprocher tes propres langues ? rétorqua Laurana. J'apprécie Elistan et j'ai du respect pour lui. C'est l'homme le plus sage que j'ai rencontré, et le meilleur. Il est prêt à se sacrifier pour les autres, c'est le but de sa vie.

« Mais l'homme que j'aime, le seul que j'ai jamais aimé, le voilà, bien que je commence à me demander si ce n'est pas une erreur.

« Tu m'as dit dans le Sla-Mori que je n'étais qu'une petite fille et que je ferais bien de grandir. Tanis Demi-Elfe, c'est ce que j'ai fait. J'ai souffert mille morts, j'ai affronté des frayeurs que je croyais insurmontables et j'ai appris à me battre pour défendre ma vie. J'ai tellement souffert que je crains d'être devenue insensible à la douleur. Mais ce qui me fait le plus mal, c'est de te voir tel que es vraiment. »

— Je n'ai jamais prétendu être parfait, Laurana, dit tranquillement Tanis.

La lune d'argent et la lune rouge se levaient à peine, brillant assez pour que Tanis vît des larmes dans les yeux de Laurana. Il tendit des mains vers elle, mais elle fit un pas en arrière.

— Tu ne l'as jamais prétendu, dit-elle avec colère, mais tu te complais à nous le faire croire !

Elle prit une torche accrochée au mur et franchit la porte de Thobardin. Tanis la regarda s'éloigner de sa démarche aérienne.

Il resta planté là, caressant sa barbe rousse qu'aucun autre elfe sur Krynn ne pourrait jamais se laisser pousser.

Bizarrement, il pensa à Kitiara, évoquant ses épaisses boucles noires et son sourire carnassier, son tempérament fougueux et son corps sensuel de combattante aguerrie.

Il y eut un grondement de tonnerre dans la montagne. Le mécanisme qui actionnait les portes s'était mis en branle. Le grand portail de pierre allait se refermer. Tanis décida de ne pas rentrer. « Enterrés dans un tombeau », avait dit Sturm. Il n'avait pas tort. Le demi-elfe resta figé devant la porte qui s'était refermée entre Laurana et lui. Derrière, il y avait la montagne, impénétrable, glacée, hostile.

Tanis marcha vers le bois. Pour passer la nuit, un tapis de neige était préférable au sol glacé.

Après l'altercation avec Laurana, Tanis se réjouit de l'heureuse diversion qu'offrait un voyage. Tous les compagnons avaient accepté d'y participer.

Quand ils se mirent en route, il faisait doux et le ciel était clair. Raistlin était le seul à porter un épais manteau. Ils évoquèrent leurs bons souvenirs de Solace sans citer les mauvais, comme si leurs nouvelles perspectives d'avenir occultaient des événement douloureux.

Le soir, Elistan leur racontait ce qu'il avait appris des Anneaux de Mishakal. Ses paroles leur faisaient du bien et renforçaient leur ferveur. Même Tanis, qui avait passé sa vie à la recherche de la foi, et dont le scepticisme s'était éveillé, commençait à se dire qu'il valait mieux croire en ce dieu-là qu'en un autre.

Il ne demandait pas mieux que de croire, mais il ne parvenait pas à résoudre sa dualité intérieure, écartelé qu'il était entre sa nature d'elfe et sa partie humaine.

Au bout de quelques jours, l'heureux état d'esprit des compagnons commença à se dégrader. Le vent du nord se mit à souffler et le ciel s'emplit de nuages. La neige les força à se réfugier dans une caverne. Ils sentirent monter la menace d'un danger, sans vraiment savoir lequel. Le sentiment d'être vus et entendus ne fit que s'accentuer.

Mais de quoi pouvait-il s'agir, dans ces Plaines Poudreuses où la vie s'était éteinte depuis trois cents ans ?

2

ENTRE MAÎTRE ET DRAGON. UN VOYAGE CONSTERNANT.

Le dragon déploya ses immenses ailes et s'arracha aux eaux chaudes de la source. Il s'élança au-dessus des nuages de vapeur pour gagner l'air frais. Le froid hivernal le prit à la gorge, mais il résista à la tentation de retourner à la chaleur et grimpa sur un escarpement.

Au contact de l'air glacial, la vapeur des sources se transformait en glace et rendait les rochers glissants, ce qui irrita le dragon.

Les sommets s'illuminèrent des lueurs de l'aube. Les rayons du soleil vinrent caresser ses écailles sans pour autant le réchauffer. Le dragon frissonna. L'hiver n'était pas fait pour les dragons bleus, pas plus que les voyages dans ces contrées abyssales. Zephir n'avait cessé de ressasser ces pensées au long de la rude nuit qu'il venait de passer. Des yeux, il chercha son maître.

Sur une corniche, il repéra sa haute stature couronnée de son heaume à cornes recourbées, et vêtu d'une armure d'écailles de dragon. Sa cape flottant au vent, il scrutait la plaine qui s'étendait à ses pieds.

— Seigneur, rentre dans ta tente, dit Zephir. (*Et laisse-moi retourner aux sources chaudes,* ajouta-t-il mentalement.) Ce vent me transperce les os. Que diable es-tu venu faire par ici ?

Zephir avait supposé que son maître était venu reconnaître les lieux avant de livrer bataille. Mais ce n'était pas le cas. L'invasion de Tarsis avait été planifiée depuis longtemps par un autre Seigneur des Dragons, car ce territoire était sous la dépendance des dragons rouges.

Les dragons bleus et leur maître contrôlent le nord, et moi je suis là, dans ces contrées gelées du sud, pensa Zephir avec irritation. *Et derrière moi, tout un escadron de dragons bleus...*

Les imbéciles, se dit-il encore en les regardant s'ébattre dans les sources chaudes. *Tout ce qu'ils attendent, c'est que le maître donne le signal de l'attaque. La seule chose qui les intéresse est de sillonner le ciel en pilonnant les cités de leurs éclairs de feu mortels. Leur fidélité à leur seigneur est aveugle. Il est vrai qu'il les a menés de victoire en victoire à travers tout le nord, et sans pertes.*

Ils me laissent le soin de poser les questions, parce que je suis sa monture. Puisqu'il en est ainsi... Il faut dire que nous nous entendons bien, le maître et moi.

— Nous n'avons aucune raison d'aller à Tarsis, déclara le dragon.

Zephir pouvait se permettre de dire ce qu'il pensait. Il n'avait pas peur. Contrairement à beaucoup de dragons, qui obéissaient à contrecœur parce qu'en réalité c'étaient eux qui faisaient la loi, Zephir respectait et aimait son maître.

— Les rouges ne veulent pas de nous ici, reprit le dragon, d'ailleurs, ils n'ont nul besoin de notre présence. Cette douce cité qui t'attire si étrangement tombera facilement. Il n'y a plus d'armée ; ils ont mordu à l'hameçon et franchi la frontière.

— Si nous sommes là, c'est parce que mes espions m'ont dit qu'*ils* y étaient, ou qu'*ils* y seront sous peu.

— Eux..., grommela le dragon, allant et venant le long du promontoire. Nous avons quitté le front au nord, perdu un temps précieux, et dilapidé une fortune en acier. Tout ça pour quoi ? Pour une poignée d'aventuriers errants...

— La richesse ne signifie rien pour moi, tu le sais. Je pourrais acheter Tarsis si je voulais. Dans le nord, la guerre va bon train. Le seigneur Ariakus peut se passer de mon aide. Bakaris est un jeune chef fort habile, et il connaît l'armée presque aussi bien que moi. N'oublie pas, Zephir, qu'il ne s'agit pas de simples vagabonds. Ces aventuriers errants, comme tu dis, ont liquidé Verminaard.

— Bah ! Cet homme avait déjà creusé lui-même sa tombe. Dominé par ses obsessions, il avait perdu de vue nos vrais objectifs. On pourrait en dire autant de certains autres...

— Obsédé, Verminaard ? Oui, sans doute, et certains feraient bien de prendre plus au sérieux cette obsession. Il était prêtre, il savait quels ravages nous causait la dévotion du commun pour les vrais dieux. D'après les rapports, le peuple suit à présent un humain du nom d'Elistan, prêtre de Paladine. De nouveau, les adeptes de Mishakal portent la guérison à travers le pays. Non, Verminaard voyait loin. Le danger est réel. Nous devons en prendre conscience et lui faire barrage, au lieu de le négliger.

Le dragon répliqua par la dérision :

— Cet Elistan n'est pas à la tête du peuple. Il est le chef de huit cents réfugiés, des anciens esclaves de Verminaard à Pax Tharkas, terrés dans la Cité du Sud chez les nains des montagnes. D'autre part, nos espions affirment que ces aventuriers sont actuellement en route pour Tarsis. Dès ce soir, Elistan sera entre nos mains et l'affaire sera close. Voilà pour le serviteur de Paladine !

— Elistan ne m'est d'aucune utilité, dit le Seigneur des Dragons en haussant les épaules. Ce n'est pas lui que je cherche.

— Ah bon ? fit Zephir. Qui alors ?

— Il y en a trois qui m'intéressent plus particulièrement. Je te donnerai leur signalement, car c'est pour les capturer que nous participons demain à la mise à sac de Tarsis. Ceux que nous cherchons y seront.

*
* *

Chacun de leurs pas faisait craquer l'épais tapis de neige, les compagnons marchaient en file indienne. Tanis était à leur tête, flanqué du fidèle Sturm, qui malgré sa pesante armure calquait son allure sur celle du demi-elfe. Venaient ensuite Caramon et Raistlin. Le guerrier, bardé de son équipement et de son frère sur le dos ressemblait à un grand ours.

De tous les compagnons, Gilthanas était celui dont Tanis aurait pu se sentir le plus proche. Mais il était le fils d'un seigneur, l'Orateur du Soleil, qui régnait sur les elfes du Qualinesti. Tanis, lui, était un bâtard, rejeton d'une elfe violée par une brute humaine. Pire, Tanis avait osé nourrir des sentiments tendres, bien qu'enfantins, à l'égard de Laurana, la sœur de Gilthanas. Tanis avait l'impression que loin de trouver en lui un ami, le jeune elfe se serait réjoui de le voir disparaître.

Rivebise et Lunedor marchaient derrière Gilthanas. Emmitouflés dans leurs fourrures, ils résistaient fort bien au froid. Depuis un mois qu'ils étaient mariés, leur amour avait mûri, leurs sentiments devenant de plus en plus profonds maintenant qu'ils découvraient de nouveaux moyens de les exprimer.

Derrière eux venaient Elistan et Laurana. Laurana et Elistan. Toujours ensemble. Toujours engagés dans de profondes conversations. Elistan resplendissait dans sa tunique claire qui se détachait à peine sur la neige. Avec sa haute stature, sa barbe blanche, et malgré ses cheveux clairsemés, il avait fière allure. Le type d'homme qui plaît aux jeunes filles. Croiser son regard bleu glacier ne laissait personne indifférent.

Laurana était sa fidèle auxiliaire. Cédant à un amour d'adolescente, la jeune elfe avait fui son Qualinesti natal pour rejoindre Tanis. Confrontée à la souffrance et au malheur, elle avait vite mûri. Considérée par le groupe comme un poids mort, elle avait dû se battre pour faire ses preuves. Avec Elistan, elle avait saisi sa chance. Elle l'avait aidé à s'occuper des réfugiés et si bien allégé sa tâche qu'elle lui était devenue indispensable. Tanis avait du mal à l'accepter.

Le regard de Tanis passa de Laurana à Tika. La jeune servante de l'auberge, entrée par hasard dans l'aventure, s'était placée auprès de Raistlin sur l'injonction de son frère, Caramon, parti vaquer à autre chose. Elle soutenait le mage chancelant, qui avançait en toussant, et la rabrouait avec sévérité.

Du vieux nain qui marchait à leur suite, on voyait surtout le haut du casque, où dansait une touffe de poils en forme de pompon provenant selon lui de la crinière d'un griffon. Tanis avait expliqué à Flint que c'était du crin de cheval, mais le nain, qui éternuait dès qu'il voyait un équidé, n'avait rien voulu savoir.

A côté de Flint, Tass le kender sautillait en pépiant d'une voix de fausset. Tass régalait le nain d'une merveilleuse histoire « vécue », à savoir sa rencontre avec une sorte d'éléphant à fourrure, ou quelque chose d'approchant, tenu prisonnier par deux magiciens fous. Tanis soupira ; le kender lui portait sur les nerfs. Il avait déjà dû le tancer à cause de boules de neige envoyées à la figure de Sturm. Les kenders ne vivant que pour l'aventure et la découverte, Tass jouissait de chaque minute d'un voyage plutôt pénible.

Oui, tout le monde est bien là. Ils le suivaient tous. *Pourquoi moi ?* se demanda-t-il, contrarié. *Je ne sais pas mener ma vie, et on attend de moi que je conduise les autres. Je ne suis pas à la recherche de Lancedragon, comme Sturm et son héros Huma. Je n'ai pas la vocation d'Elistan pour les vrais dieux, ni de mission envers le monde. Et je ne suis pas en quête de pouvoir comme l'ambitieux Raistlin.*

Sturm interrompit ses mélancoliques pensées en pointant le doigt vers les collines qui se découpaient sur l'horizon. Si la carte du kender était exacte, la cité de Tarsis devait se trouver juste derrière. Tarsis, ses navires aux blanches ailes et ses minarets d'albâtre scintillants. Tarsis la Magnifique.

3

TARSIS LA MAGNIFIQUE.

Tanis déplia la carte du kender. Les compagnons étaient arrivés au pied des collines arides qui surplombaient Tarsis.

— Il serait risqué de gravir ces collines en plein jour, fit remarquer Sturm. On nous repérerait à dix lieues à la ronde.

— C'est juste, acquiesça Tanis. Nous allons bivouaquer ici. Je grimperai là-haut pour avoir une idée de la ville.

— Je n'aime pas ça du tout, répliqua Sturm d'un air sombre. Il y a quelque chose qui cloche, je le sens. Si je t'accompagnais ?

— Occupe-toi plutôt d'aider les autres à dresser le camp.

Caché sous une cape blanche, Tanis s'apprêtait à grimper sur la colline quand Raisltin l'arrêta d'un geste.

— Je viens avec toi, murmura le mage.

Perplexe, Tanis regarda la pente. Pour Raisltin, ce ne serait pas une mince affaire d'arriver au sommet. Le mage comprit son hésitation.

— Mon frère m'aidera, dit-il en faisant signe à Caramon. J'aimerais jeter un œil sur Tarsis la Magnifique.

Tanis le regarda sans aménité, mais le visage du mage resta impassible.

— Très bien, dit le demi-elfe, le regard rivé sur le mage. Mais avec ta cape rouge, tu seras repérable comme une tache de sang sur la neige. Couvre-toi d'un vêtement blanc. Tu n'as qu'à demander à Elistan de te prêter quelque chose, ajouta-t-il, sardonique.

Au sommet de la colline, Tanis promena son regard sur la cité et lâcha un juron. Quelle déception !

A son côté, Caramon tarabustait son jumeau.

— Raist, qu'est-ce qui arrive ? Je ne comprends pas.

— Tout ce que tu possèdes de cervelle est dans ton épée, mon frère, répondit le mage. Regarde donc cette légendaire cité portuaire. Que vois-tu ?

— Eh bien... (Caramon, embarrassé, toussota.) C'est une des plus grandes villes que j'ai jamais vues. Il y a les navires dont nous disions...

— Les navires aux blanches ailes de Tarsis la Magnifique, récita Raistlin d'un ton amer. Regarde ces navires. Leur trouves-tu quelque chose de particulier ?

— Ils ne sont pas en très bon état. Les voiles sont déchirées, et... il n'y a pas d'eau !

— Finement observé, ironisa Raistlin.

— Mais la carte du kender...

— ... Date d'avant le Cataclysme, l'interrompit Tanis. Malédiction, j'aurais dû y penser ! J'aurais pu envisager ce cas de figure ! Tarsis la Magnifique, un port légendaire, maintenant enchâssée dans les terres !

— Et depuis trois cents ans, susurra Raistlin. Quand les montagnes se sont déversées sur la terre, des mers se sont formées, comme nous l'avons vu à Xak Tsaroth, mais d'autres ont disparu. Maintenant, qu'allons-nous faire des réfugiés, Demi-Elfe ?

— Je n'en sais rien, grogna Tanis. Inutile de rester ici, cela ne fera pas revenir la mer.

— Qu'allons-nous devenir ? demanda Caramon à son frère. Nous ne pouvons quand même pas retourner dans la Cité du Sud. Je suis sûr que quelque chose ou quelqu'un nous observe, dit-il en jetant des regards inquiets autour de lui. Je sens des yeux posés sur nous. A l'instant même.

— Tu fais bien d'écouter ton instinct, mon frère, dit doucement Raistlin. Un grand danger plane sur nous. Il semble de plus en plus menaçant depuis que les réfugiés sont arrivés à la Cité du Sud. J'ai bien essayé de les avertir, mais...

— Comment le sais-tu ? demanda Caramon.

— Tu n'as toujours rien compris ? s'écria Raistlin. Je le sais, un point c'est tout. J'ai payé pour ce savoir quand j'étais dans la Tour des Sorciers. J'ai payé de mon corps, et j'ai failli y laisser ma raison. J'ai payé de...

Raistlin s'arrêta devant la mine défaite de son frère. Chaque fois qu'on abordait l'épisode de la Tour des Sorciers, Caramon devenait livide.

— Il y a une chose que je ne comprends pas..., bredouilla-t-il.

Raistlin secoua la tête en soupirant. Appuyé sur son bâton, il commença à descendre la colline.

— Tu ne la comprendras jamais, murmura-t-il. Jamais.

*
* *

Trois cents ans auparavant, Tarsis la Magnifique était la capitale des pays d'Abanasinie. C'était de là que partaient les fabuleux « vaisseaux aux blanches ailes » pour faire route à travers Krynn, rapportant toutes sortes de marchandises extraordinaires. La place du marché de la ville était un lieu de rencontres et d'échanges connu du monde entier.

D'étranges acheteurs venaient s'y approvisionner.

Des magiciens vêtus de rouge, mais aussi de noir ou de blanc, couraient les échoppes à la recherche d'ingrédients rares. Des prêtres y trouvaient les plantes et les poudres nécessaires à la fabrication de leurs remèdes. Car il y avait des prêtres sur Krynn avant le Cataclysme. Certains vénéraient les dieux du Bien, d'autres les dieux du Mal, d'autres encore des dieux « neutres ». Le pouvoir de ces prêtres se révélait immense, et leurs prières, en Bien comme en Mal, étaient toujours exaucées.

Parmi cette population bigarrée, on reconnaissait facilement les Chevaliers Solamniques chargés de maintenir l'ordre et de surveiller les frontières. Disciples de Paladine, ils étaient d'un grande piété et observaient à la lettre leur code de l'honneur.

Les premières guerres draconiennes n'affectèrent pas la splendide cité. Ses fortifications, sa flotte et son armée, appuyée par la vigilance des chevaliers, découragèrent la Reine des Ténèbres. Avant qu'elle ait pu donner l'assaut à la ville, Huma avait refoulé ses dragons au fin fond des cieux. Pendant toute l'Ere de la Force, Tarsis resta l'une des cités les plus brillantes de Krynn.

Mais comme beaucoup d'autres mégalopoles, sa magnificence la rendit prétentieuse. Ses exigences envers les dieux devinrent exorbitantes : richesses, pouvoir, gloire. Le peuple révérait le Prêtre-Roi Istar ; s'indignant de voir encore de la souffrance à Tarsis, le monarque réclama aux dieux ce qu'ils avaient accordé à Huma pour son mérite et sans qu'il le demande. Même les chevaliers tombèrent sous la coupe d'Istar et ne surent mettre un frein à son outrecuidance.

Survint alors le Cataclysme. La terre se souleva et se constella de crevasses. Pour punir Istar et son peuple de leur vanité, les dieux, dans leur juste colère, envoyèrent un déluge de rochers sur Krynn. Le feu se déversa du ciel et les terres s'entrouvrirent. La mer s'engouffra par les murailles effondrées, et un raz-demarée emporta la ville et ses navires. Le peuple appela les chevaliers à son secours, mais il n'y avait rien qu'ils pussent faire.

Au matin de cette nuit d'horreur, Tarsis se retrouva au milieu des terres. Les vaisseaux aux blanches ailes gisaient, échoués sur le sable comme de grands oiseaux blessés.

Les survivants tentèrent de rebâtir leur ville en espérant que les chevaliers leur viendraient en aide. Mais des difficultés les retenaient dans le nord. Personne ne vint ; d'ailleurs personne ne pouvait venir : un nouvel océan séparait désormais les différentes contrées de l'Abanasinie. Le passage par la montagne était également impossible ; les nains avaient fermé les portes de leur royaume de Thorbardin. Les elfes se retirèrent au Qualinesti pour panser leurs plaies, rejetant sur les humains la responsabilité du Cataclysme. Tarsis perdit tout contact avec les peuples du nord.

Lorsque la cité comprit qu'elle ne pouvait plus compter sur les chevaliers, elle décréta officiellement leur bannissement. Le seigneur de la ville se trouva dans une position embarrassante. Il ne croyait pas à la culpabilité des chevaliers, mais il fallait un bouc émissaire pour satisfaire le peuple, qui les accusait de corruption. Quand la populace se mit à les lapider, le seigneur ferma les yeux. Ainsi il garda son pouvoir.

Au bout de quelque temps, l'ordre fut rétabli dans la cité. Mais rien n'était plus comme avant. Le peuple, convaincu que les dieux s'étaient détournés de lui, adora d'autres divinités. Le savoir et la sagesse que transmettaient les anciens prêtres se perdirent. Les faux prophètes se multiplièrent et les guérisseurs improvisés colportèrent partout d'illusoires panacées. Le glorieux passé de la ville n'était plus qu'un rêve dont bien peu d'hommes avait gardé le souvenir.

Les rumeurs d'une guerre étaient parvenues jusqu'à Tarsis. Le seigneur avait envoyé un bataillon protéger la frontière. Mais pour le peuple, tout ce qu'on racontait n'était que rumeurs provenant du nord, où ces maudits chevaliers essayaient désespérément de rétablir leur influence. Le retour des dragons ! Vraiment, quelles incroyables histoires ces traîtres allaient-ils encore inventer ?

Voilà où en était Tarsis la Magnifique au moment où les compagnons y firent leur entrée, au lever du soleil.

4

ARRÊTÉS !
LES HÉROS SE SÉPARENT.
UN ADIEU DE MAUVAIS AUGURE.

Les quelques gardes qui somnolaient sur les remparts furent tirés de leur hébétude par un petit groupe qui désirait entrer dans la ville. Un demi-elfe à la barbe rousse comme ils n'en avaient plus vu depuis des lustres, leur demanda de lui indiquer une auberge où ses compagnons pourraient se reposer. Les gardes envoyèrent ces paisibles voyageurs à l'auberge du *Dragon Rouge*.

Les choses auraient pu en rester là. Après tout, on voyait défiler de plus en plus d'étrangers à Tarsis. Mais quand les nouveaux venus franchirent la porte, le pan d'un manteau se souleva, découvrant en partie une armure brillant sous le soleil du matin. Un garde reconnut immédiatement le blason abhorré des Chevaliers de Solamnie.

L'homme les laissa entrer dans l'auberge du *Dragon Rouge*. Il attendit qu'ils fussent montés dans leurs chambres et s'approcha de l'aubergiste, à qui il glissa quelques mots. Puis il s'en fut faire son rapport.

*
* *

Assis avec ses compagnons dans la salle commune de l'auberge, Tass s'ennuyait ferme. Ses amis discutaient de ce qu'il fallait faire. Le kender, lui, n'avait qu'une idée en tête : explorer une cité si prometteuse. Il avait entrevu la fabuleuse place du marché, remplies de choses si séduisantes que Flint avait été obligé de le tirer par la manche pour l'en arracher. Tass avait même repéré d'autres kenders, et il aurait bien voulu leur parler. Le sort de son pays le tracassait.

Vigilant, Flint lui flanqua un coup de pied sous la table. Avec un gros soupir, Tass reporta son attention sur Tanis.

— Nous allons passer la nuit ici et prendre le plus de renseignements possible, puis nous enverrons un message à la Cité du Sud, dit le demi-elfe. Il existe peut-être un autre port, plus au sud. Quelques-uns d'entre nous pourraient y aller faire des recherches. Qu'en penses-tu, Elistan ?

— Je crois que nous n'avons guère d'autres choix. Pour ma part, je retournerai à la Cité du Sud. Je ne peux pas laisser le peuple seul trop longtemps. J'aimerais que tu viennes avec moi, Laurana, car je pourrai difficilement me passer de ton aide.

Laurana lui répondit d'un sourire, qui mourut dès qu'elle vit la mine renfrognée Tanis.

— Rivebise et moi en avons déjà discuté, dit Lunedor. Nous repartirons avec Elistan. Ses gens ont besoin de mes talents de guérisseuse.

— Je t'accompagnerai, mon ami, proposa Sturm au demi-elfe.

— Nous aussi, bien sûr, se hâta d'ajouter Caramon.

Sturm fronça les sourcils en fixant Raistlin, assis près du feu où chauffait sa potion contre la toux.

— Je ne crois pas que ton frère soit en état de voyager, Caramon...

— Quelle soudaine sollicitude ! ironisa le mage. Ce n'est pas ma santé qui te préoccupe, n'est-ce pas,

Sturm de Lumlane, mais plutôt mes pouvoirs qui ne cessent d'augmenter. Tu as peur de moi...

— Assez ! tonna Tanis, voyant Sturm s'empourprer de colère.

— Si le mage ne se retire pas, ce sera moi, dit sèchement le chevalier.

— Ecoute, Sturm..., commença Tanis.

Tass sauta sur l'occasion pour s'esquiver. Il franchit le seuil de l'auberge en sautillant de joie. *« Le Dragon Rouge »*, quel nom amusant pour une taverne ! Mais Tanis n'avait pas trouvé ça drôle.

En chemin, Tass songea à Tanis, qui, justement, ne riait plus du tout. On eût dit que le poids du monde pesait sur ses épaules. Mieux valait le parcourir en quête de nouvelles aventures ! Evidemment, Tass irait vers le sud avec Flint et Tanis. Le kender était persuadé qu'ils ne pouvaient se passer de lui. Mais avant, il allait jeter un coup d'œil sur cette fascinante cité.

Il demandait le chemin de la place du marché à un marchand ambulant quand il remarqua quelque chose qui rendait la ville encore plus attrayante...

*
* *

Tanis était parvenu à mettre un terme à la dispute entre Sturm et Raistlin, au moins provisoirement. Le mage décida de rester à Tarsis pour rechercher des grimoires dans les anciennes bibliothèques. Caramon et Tika lui tiendraient compagnie, tandis que Tanis, Sturm et Flint (et Tass) s'en iraient dans le sud. A leur retour, ils se retrouveraient à Tarsis.

Les décisions étant prises, Tanis se leva pour sortir. Laurana le rejoignit dans le hall de l'auberge.

— Tanis, j'aimerais bien me rapprocher d'Elistan, nos chambres sont éloignées l'une de l'autre..., commença la jeune fille.

— Et pourquoi donc ? demanda l'elfe d'une voix légèrement altérée.

— Nous n'allons pas revenir là-dessus, n'est-ce pas ? soupira Laurana.

— Je ne vois pas ce que tu veux dire, répondit froidement Tanis.

— Pour la première fois de ma vie, je fais quelque chose de sensé et d'utile, dit-elle en lui prenant le bras. Et tu voudrais que j'abandonne parce que tu es vaguement jaloux d'Elistan...

— Je ne suis pas jaloux ! coupa Tanis, écarlate. Je t'ai dit au Qualinesti que le sentiment qui nous liait quand nous étions enfants est mort.

Il s'arrêta, se demandant intérieurement s'il disait vrai. La beauté de Laurana l'émouvait au plus profond de lui-même. Leur amour d'enfance aurait-il été remplacé par un sentiment plus fort et plus tenace ? Il était peut-être trop tard ; son indécision et son entêtement étaient la cause du désastre. Il réalisa que ses réactions étaient typiquement humaines : refuser ce qui est à sa portée, pour pouvoir se lamenter quand l'objet vous échappe.

— Si tu n'es pas jaloux, pourquoi ne me laisses-tu pas continuer en paix le travail que j'ai commencé avec Elistan ? Tu...

— Chut !

Tanis la retint fermement par le bras et dressa l'oreille. Devant l'expression du demi-elfe, Laurana se tut.

Oui, il avait bien entendu. Il perçut à nouveau le sifflement des lanières de cuir du bâton de Tass. C'était un son étrange, que le kender obtenait en faisant tournoyer l'objet au-dessus de lui ; un bruit à faire dresser les cheveux sur la tête. Tass leur signalait un danger imminent.

— Il se passe quelque chose, dit Tanis. Va rejoindre les autres.

Notant son air sérieux, Laurana obéit sans poser de

question. L'aubergiste, qui s'affairait au comptoir, s'était précipité dans les cuisines.

Inopinément, Tass fit irruption sur le seuil de l'établissement.

— Je viens de voir des gardes, Tanis ! Ils se dirigent dans cette direction !

— Mais ce n'est pas pour nous qu'ils sont là ; que pourraient-ils nous vouloir ? répondit Tanis. Tass ! cria-t-il tout à coup, pris d'une inspiration soudaine.

— Je n'y suis pour rien, je le jure ! protesta le kender. Je n'ai même pas réussi à atteindre la place du marché ! A peine arrivé au bout de la rue, j'ai vu une troupe de gardes en marche !

— Que signifie cette histoire de gardes ? Encore un coup du kender, grommela Sturm en entrant dans le hall.

— Non, écoute plutôt, dit Tanis.

Chacun retint son souffle. On entendait distinctement un martèlement de bottes qui se rapprochait. Les compagnons échangèrent des regards pleins d'appréhension.

— L'aubergiste s'est esquivé, dit Tanis, conscient qu'il fallait prendre une décision. Il me semble que nous sommes entrés bien facilement dans cette ville... J'aurais dû m'attendre à un retour de bâton.

« Laurana ! Elistan et toi, regagnez vos chambres. Sturm et Gilthanas, vous restez avec moi. Les autres, montez ! Rivebise, tu prends le commandement ! Raistlin, Caramon et toi, vous assurerez notre protection. Emploie ton bâton s'il le faut ! Flint... »

— Je reste avec toi, dit le nain.

Tanis sourit et posa sa main sur l'épaule de Flint.

— Bien sûr, mon vieux, cela va sans dire.

Flint sourit de plaisir et tendit sa hache de guerre à Caramon.

— Prends-la. Mieux vaut qu'elle ne tombe pas aux mains de cette racaille.

— Bonne idée, dit Tanis.

Il détacha de son ceinturon Tranchedragon, l'épée magique qu'il avait trouvée près du squelette du roi des elfes Kith-Kanan. Gilthanas remit son arc et son carquois à Caramon.

— Toi aussi, chevalier, dit le grand guerrier, la main tendue vers Sturm.

Sturm se rembrunit. Son antique épée à deux mains et son bouclier étaient le seul héritage que lui avait légué son père, un Chevalier de Solamnie. Il détacha lentement son ceinturon et le tendit à Caramon.

— J'en prendrai grand soin, tu le sais, Sturm...

— Je sais, dit le chevalier avec un sourire triste. De plus, Catyrpelius le Grand Ver la protège, n'est-ce pas, mage ?

Raistlin eut un sursaut. La question de Sturm lui rappela un souvenir de Solace : le mage avait fait croire aux hobgobelins que l'épée de Sturm était enchantée. C'était la seule fois que le chevalier lui avait manifesté un sentiment voisin de la gratitude. Raistlin eut un bref sourire.

— Oui, le Ver la protège toujours. Ne crains rien, chevalier. Ton arme est en sécurité, ainsi que les compagnons que tu nous confies... Du moins autant qu'on puisse l'être. Au revoir, mes amis, continua-t-il, les yeux luisant d'un éclat étrange. Ce sera peut-être un « au revoir » lointain. Certains d'entre nous ne se reverront plus en ce monde.

Il s'inclina devant ses compagnons, et commença à monter l'escalier.

On peut dire qu'il ne rate jamais ses sorties, pensa Tanis, irrité, tandis que le bruit de bottes approchait de l'auberge.

La déclaration du mage troublait le demi-elfe plus qu'il ne voulait l'admettre. Au cours des années, il avait vu Raistlin acquérir de plus en plus de pouvoir grâce à ses connaissances occultes.

— Si vous ne nous voyez pas revenir, que tout le monde retourne à la Cité du Sud, conclut Tanis.

— Ce ne sera probablement qu'un simple contrôle de routine, dit Sturm, baissant la voix en voyant les gardes passer devant la fenêtre. Ils vont nous poser quelques questions, c'est tout. Cela n'empêche pas qu'ils ont le signalement de chacun de nous !

— J'ai l'impression qu'il ne s'agit pas de routine : même l'aubergiste a pris le large. Ils veulent savoir qui compose notre groupe, répondit Tanis.

Les gardes apparurent dans l'encadrement de la porte.

— Ce sont eux ! cria un homme en montrant les compagnons du doigt. Voilà le chevalier, je te l'avais bien dit ! Ainsi que l'elfe barbu, le nain et le kender. Et le seigneur elfe.

— Parfait, dit l'officier. Où sont les autres ?

Il fit un geste vers ses soldats, qui pointèrent aussitôt leurs armes sur les compagnons.

— Je ne vois pas où vous voulez en venir, dit doucement Tanis. Nous sommes des étrangers en route pour le sud. Est-ce ainsi que vous nous souhaitez la bienvenue ?

— Nous n'aimons pas beaucoup les étrangers par ici, répliqua l'officier. Surtout quand il s'agit d'un Chevalier de Solamnie. Si vous êtes aussi inoffensifs que tu le prétends, vous ne verrez pas d'inconvénient à répondre aux questions du seigneur de la ville et de son Conseil. Où sont les autres ?

— Mes amis sont fatigués. Ils se reposent dans leurs chambres du long et pénible voyage que nous avons fait. Comme nous n'avons pas l'intention de causer le moindre trouble, nous vous suivrons et répondrons à vos questions. Inutile de déranger les autres.

— Allez les chercher ! ordonna l'officier à ses hommes.

A l'instant où deux gardes posaient le pied sur la deuxième marche, les flammes envahirent le haut de l'escalier. Des nuages de fumée les forcèrent à redescendre. Tout le monde se rua vers la porte d'entrée. Tanis attrapa Tass par le collet et le traîna dehors.

L'officier lâcha plusieurs coups de sifflet rageurs, tandis que ses hommes s'égayaient dans la rue pour aller donner l'alarme. Mais les flammes s'éteignirent aussi vite qu'elles s'étaient allumées.

Livide, l'officier arrêta de siffler et rentra dans l'auberge. Tanis secoua la tête, inquiet de la façon dont tournaient les choses. Les flammes n'avaient pas laissé de traces, ni la moindre odeur de fumée. Venant du fond du couloir, il entendit la voix étouffée de Raistlin, qui s'arrêta net quand l'officier approcha de l'escalier.

— Le magicien doit être là-haut, marmonna-t-il. (Il se tourna vers Sturm :) Prêts à nous suivre sans opposer de résistance ?

— Tu as ma parole, répondit le chevalier. Peu m'importe ce que tu penses, mais tu sais que mon honneur est ma vie.

— Parfait. Deux gardes resteront ici et se posteront près de l'escalier. Les autres boucleront toutes les issues. Ne laissez sortir ou entrer personne. Vous avez le signalement des étrangers.

Les gardes hochèrent la tête en échangeant des regards gênés. Les hommes affectés à la surveillance de l'escalier s'en tenaient aussi loin que possible. Ils semblaient en avoir peur.

Les cinq compagnons suivirent l'officier hors de l'auberge. Tanis jeta un rapide coup d'œil en arrière. Laurana, debout devant la fenêtre de sa chambre, lui lança un regard plein d'inquiétude. Elle lui fit signe de la main et ses lèvres remuèrent. Il y lut : « Je suis désolée » en langage elfe. Les paroles de Raistlin lui revinrent à l'esprit, et il frissonna. Son cœur était lourd. A la pensée qu'il ne la reverrait peut-être plus, le monde lui sembla soudain vide. Il réalisa que Laurana s'était insinuée en lui sans qu'il s'en rende compte. Sa foi, son courage, son espérance étaient indéfectibles ! Comme elle se révélait différente de Kitiara !

Un garde poussa Tanis dans le dos.

— Avance ! N'essaie pas de prévenir quiconque !

Tanis pensa à Kitiara. La guerrière n'aurait jamais agi ainsi. Elle n'aurait pas aidé les autres comme Laurana. Kit aurait perdu patience et les aurait abandonnés à leur destin. Elle détestait et méprisait les gens plus faibles qu'elle.

La vieille douleur qui le tenaillait quand il pensait à Kitiara n'était plus aussi vive. Non, c'était Laurana, encore une enfant gâtée il y a quelques mois, qui lui faisait bouillir les sangs. Et maintenant, il était peut-être trop tard.

Au bout de la rue, il jeta un dernier coup d'œil en arrière dans l'espoir de lui faire savoir qu'il avait compris. Qu'il avait été idiot. Lui « dire » que...

Devant la fenêtre, le rideau était tiré.

5

L'ÉMEUTE.
LA DISPARITION DE TASS.
ALHANA ASTREVENT.

— Maudit chevalier !

La pierre atteignit Sturm à l'épaule. Il chancela, bien que le projectile ait rebondi sur son armure. Tanis devina que la douleur physique n'était pas en cause.

A mesure que la nouvelle de l'arrestation se répandait, la foule envahissait les rues. Sturm marchait la tête haute, ignorant avec superbe les insultes et les projectiles. Les gardes ne montrant guère d'empressement à contenir la populace, les compagnons durent essuyer une pluie de pierres et de légumes divers.

Tanis savait que Sturm ne s'abaisserait pas à répondre mais il redoutait les réactions bouillantes de Flint. Il en oublia le kender.

Outre leur conception très personnelle de la propriété, les kenders avaient une autre caractéristique : la maîtrise d'une ironie particulièrement mordante. C'était un moyen, pour cette race fragilisée par sa petite taille, de survivre dans un monde de chevaliers et de guerriers, de trolls et de hobgobelins. Cette ironie meurtrière leur permettait d'énerver l'ennemi jusqu'à ce qu'il perde la tête et l'habileté au combat.

Tass, passé maître dans cet art, décida de profiter de son statut.

Il renvoya insulte pour insulte à la populace.

Tanis réalisa trop tard ce qui arrivait. Des imprécations comme « maudit chevalier » ou « racaille d'elfe » apparaissaient dénuées d'imagination au kender. Il fallait révéler à ces imbéciles les ressources de la langue commune. Tass leur concocta des chefs-d'œuvre d'invectives, qu'il débita sur le ton le plus charmant.

— Ah ! c'est ton nez, j'ai cru que c'était une maladie ! Les puces qui grouillent sur ta tête sont-elles dressées ? demandait-il en prenant un air extasié. Ta maman était bien une naine des ravins, n'est-ce pas ? ajoutait-il d'une voix exquise.

Les petites phrases de Tass firent leur chemin dans la foule. Les gardes jetèrent des regards anxieux autour d'eux ; l'officier donna l'ordre d'accélérer l'allure. La procession où il comptait exhiber ses prisonniers tournait à l'émeute.

— Faites taire ce kender ! brailla-t-il.

Tanis essayait d'atteindre Tass, mais il était trop loin. Gilthanas trébucha et tomba. Sturm se pencha vers lui pour le protéger, tandis que Flint donnait de furieux coups de pied à la ronde.

— Hé, l'officier ! Sais-tu ce que tu pourrais faire de ton sifflet...

Le kender n'eut pas le temps d'achever sa phrase. Une main puissante l'avait extrait de la mêlée, une autre lui avait clos le bec. Soulevé dans les airs, il ne vit et ne sentit plus que la toile de jute du sac qui l'emprisonnait.

Sturm aida Gilthanas à se relever et essuya le sang qui coulait sur son front. Flint jurait comme un charretier en enlevant les fanes de carottes accrochées à sa barbe.

— Où est passé ce satané kender ! rugit le nain. Je

vais... (Il s'arrêta et le chercha des yeux.) Où est-il donc passé ? Tass ! Aidez-moi...!

— Tais-toi ! chuchota Tanis, pensant que le kender avait réussi à prendre la fuite.

L'officier les poussa à l'intérieur de la Salle de Justice. Tanis réussit à se rapprocher de Sturm.

— Qui rend la justice dans cette ville ? demanda-t-il au chevalier.

— Avec un peu de chance, c'est encore le bourgmestre, répondit Sturm à voix basse. A Tarsis, les seigneurs qui remplissent cette charge ont toujours été des hommes d'honneur. De toute façon, que veux-tu qu'on nous reproche ? Nous n'avons rien fait ! Au pire, on nous reconduira aux portes de la ville.

Le bourgmestre trônait au milieu de ses six conseillers juchés sur une estrade. L'odeur de la salle obscure était si rebutante que l'un d'eux reniflait des oranges truffées de clous de girofle.

En voyant le chevalier, le bourgmestre arrondit les sourcils et le salua d'un signe de tête. Tanis reprit espoir. Les compagnons avancèrent jusqu'à l'estrade, devant laquelle ils restèrent debout.

— Quelle accusation pèse sur ces hommes ? demanda le bourgmestre.

— Incitation à l'émeute, seigneur !

— Mensonge ! explosa Flint. Nous n'avons rien à voir avec ce cirque...

Un personnage vêtu d'une tunique ample émergea de l'ombre et vint murmurer quelque chose à l'oreille du seigneur. Les compagnons ne le remarquèrent qu'à cet instant.

Flint se tut. Il lança un regard à Tanis, qui soupira, soudain découragé. Gilthanas, pâle comme un linceul, s'épongea le front. Seul Sturm resta impassible devant le demi-homme aux traits reptiliens de draconien qui se penchait vers le seigneur.

*
* *

Les compagnons retenus à l'auberge s'étaient regroupés dans la chambre d'Elistan. Cela faisait une heure que les cinq autres avaient été arrêtés. Caramon montait la garde près de la porte et Rivebise regardait de temps à autre par la fenêtre. Il écoutait attentivement Lunedor qui élaborait avec Elistan des projets pour les réfugiés.

Seule Laurana restait assise près de la fenêtre, regardant Caramon et Tika qui parlaient à voix basse. Le guerrier lui racontait une de ses batailles et les yeux de la jeune fille brillaient d'enthousiasme.

Au cours de leur voyage pour retrouver le Marteau de Kharas, la jeune servante de l'auberge de Solace avait acquis une expérience de guerrière. Elle ne savait toujours pas très bien manier l'épée, mais elle était passée maître dans l'art d'utiliser son bouclier comme une arme. L'air joyeux, Caramon était penché vers elle, qui le buvait des yeux.

Laurana détourna le regard. Elle se sentit soudain terriblement seule. Les paroles de Raistlin lui revinrent à l'esprit et l'angoisse l'étreignit.

Le mage s'appliquait à apprendre ses formules magiques, son pensum quotidien. C'était la malédiction des magiciens de devoir les potasser sans cesse pour les savoir par cœur. Chaque invocation lui coûtait une telle énergie qu'il devait se reposer ensuite.

Plus son pouvoir et sa science augmentaient, plus les compagnons se méfiaient de lui. Personne n'avait de raison valable pour ce faire, d'autant qu'il leur avait sauvé la vie à maintes reprises. Mais il émanait de lui quelque chose d'inquiétant ; son côté secret, renfermé, sa retenue et sa solitude d'huître dans sa coquille n'arrangeaient pas les choses.

Le mage caressait distraitement le grimoire bleu

acquis à Xak Tsaroth, ses étranges pupilles en forme de sabliers dardées sur le ciel.

Bien qu'elle redoutât de lui adresser la parole, Laurana brûlait de l'interroger. Qu'avait-il voulu dire, par un au revoir lointain ?

— Que vois-tu donc, quand tu regardes ainsi fixement devant toi ? demanda-t-elle avec douceur en s'asseyant près de lui.

— Ce que je vois ?... répéta-t-il d'une voix triste, exempte de la sécheresse à laquelle Laurana était habituée. Je vois que le temps altère tout. La chair flétrit et meurt sous mes yeux. Les fleurs n'éclosent que pour se faner. Les arbres perdent leurs feuilles, qui meurent elles aussi. Pour moi, c'est toujours l'hiver, c'est toujours la nuit.

— Est-ce à cause de ce qui t'est arrivé dans la Tour des Sorciers ? demanda Laurana, émue. Mais *pourquoi* est-ce arrivé ?

Raistlin eut un de ses rares et étranges sourires.

— Pour me rappeler ma condition de simple mortel. Pour m'apprendre la compassion. J'étais orgueilleux et plein d'arrogance dans ma prime jeunesse. Le plus jeune à passer l'Epreuve, je voulais leur montrer à qui ils avaient affaire !

« Oh ! pour ça, je leur ai montré ! Ils ont dépecé mon corps et disloqué mon âme jusqu'à ce que, finalement, je sois capable de... »

Il s'arrêta. Son regard se posa sur Caramon.

— Capable de quoi ? demanda Laurana, fascinée, mais redoutant la réponse.

— Rien. Je n'ai pas le droit d'en parler.

Ses mains tremblaient. Son souffle devint haletant, et il se mit à tousser. Laurana se sentit coupable d'avoir provoqué cette réaction.

— Pardonne-moi de t'avoir fait du mal. Je ne voulais pas te blesser..., dit-elle, se cachant derrière ses longs cheveux.

Raistlin se pencha, la main tendue vers la cascade

de fils d'or ondulant sous la lumière. Apercevant sa propre chair flétrie, il retira vivement la main et se laissa retomber contre le dossier de sa chaise, un sourire amer aux lèvres. Ce que Laurana n'avait pas vu, et ce qu'elle ne pouvait pas savoir, c'est qu'il admirait en elle la beauté qui lui échapperait toute sa vie. L'elfe restait jeune et intacte, même aux yeux de Raistlin qui ne voyaient pourtant que la mort.

Il n'avait pas répondu à la question de Laurana.

— Je voulais te demander... Lis-tu dans vraiment l'avenir ? Tanis m'a dit que ta mère avait le don de prescience. Je sais qu'il te consulte...

— Le demi-elfe me demande un avis, non une prédiction. Je ne sais pas lire dans le futur. Je ne suis pas voyant. Il me questionne parce que je suis le seul capable de penser parmi cette bande de fous !

— Mais... ce que tu as dit tout à l'heure : « Certains d'entre nous ne se reverront pas en ce monde ». Tu as certainement eu la vision de quelque chose ! Il faut que je le sache ! S'agissait-il de... Tanis ?

— Je l'ignore, répondit Raistlin comme s'il se parlait à lui-même. Je ne sais même pas pourquoi j'ai dit cela. Ça s'est fait tout seul ; en un instant j'ai su que...

Il s'efforça de se souvenir, puis haussa les épaules.

— Tu as su quoi ? insista Laurana.

— Rien. Ce doit être un effet de mon imagination débordante, comme dirait Sturm. Ainsi, Tanis t'a parlé de ma mère, dit-il d'un ton léger, cherchant à changer de sujet.

Déçue, Laurana ne se découragea pas :

— Il prétend qu'elle avait prescience de ce qui se passerait dans l'avenir.

— C'est exact, dit-il avec un sourire sardonique, et cela lui a vraiment beaucoup servi ! Le premier homme qu'elle a épousé était un séduisant guerrier du nord. Leur passion dura quelques mois, puis ils se rendirent mutuellement la vie impossible. Ma mère était de santé fragile, et encline à sombrer pendant des heures dans des phases d'inconscience. Ils étaient pauvres et devaient se contenter de ce qu'il gagnait avec son épée. Bien que noble, il ne parla jamais de sa parentèle. Je ne crois pas que ma mère ait jamais su son vrai nom. Mais il l'a dit à Kitiara, j'en suis sûr. C'est pourquoi elle est partie pour le nord à la recherche de sa famille.

— Kitiara..., souffla Laurana mue par le seul désir d'en savoir plus sur la femme humaine que Tanis aimait. Alors, ce noble guerrier était le père de Kitiara ?

Raistlin la dévisagea.

— Oui, c'est ma demi-sœur. Elle a huit ans de plus que Caramon et moi. Elle ressemble beaucoup à son père. Résolue, impétueuse, c'est une guerrière intrépide et forte. Son père lui a enseigné la seule chose qu'il savait : l'art de faire la guerre. Il partait pour des campagnes de plus en plus lointaines, jusqu'au jour où on ne l'a plus revu. Ma mère a convaincu les Questeurs de le déclarer officiellement mort. Elle s'est remariée avec notre père. C'était un homme simple, bûcheron de métier. Une fois encore, son don de voyance ne lui a servi à rien.

— Pourquoi dis-tu cela ?

— D'abord parce qu'il y a eu la naissance de mon frère et la mienne, répondit Raistlin, aussitôt submergé par une quinte de toux. Caramon ! Où en est ma potion ? Tu es en bonne compagnie, alors je ne compte plus ?

— Mais non, Raist, je m'en occupe.

Le mage fixa un moment Laurana, puis il poursuivit son récit comme si de rien n'était :

— Ma mère ne s'est jamais remise de son accouchement. La sage-femme m'avait donné quelques heures à vivre, et je ne serais sûrement pas là s'il n'y avait pas eu Kitiara. Sa première bataille contre la mort, a-t-elle coutume de dire, elle l'a gagnée avec moi. C'est elle qui nous a élevés. Ma mère était incapable de prendre soin de ses enfants et mon père travaillait nuit et jour pour nous nourrir. Il est mort accidentellement quand Caramon et moi avions dix ans. Ma mère est alors retombée dans sa léthargie. (Sa voix s'altéra.) Elle n'en est plus jamais sortie. Elle est morte d'inanition.

— Quel malheur ! murmura Laurana en frissonnant.

Les yeux fixés sur le ciel gris, Raistlin resta un long moment silencieux.

— J'en ai tiré une excellente leçon : il faut apprendre à contrôler le pouvoir pour ne pas se laisser contrôler par lui.

Laurana semblait n'avoir rien entendu. C'était une occasion unique d'apprendre ce qu'elle voulait savoir, mais elle n'osait pas se dévoiler devant un homme qu'elle craignait et dont elle se méfiait. Sa curiosité l'emporta. Elle ne se rendit pas compte qu'elle tombait dans un piège savamment préparé. Car Raistlin adorait s'approprier les secrets les plus intimes des autres.

— Que t'est-il arrivé ensuite ? Kitiara t'a-t-elle...

Elle buta sur le nom de sa rivale et s'efforça de prendre un air naturel.

Non sans intérêt, Raistlin la regarda se débattre avec ses conflits intérieurs.

— Kitiara était déjà partie. Elle a quitté la maison à quinze ans pour gagner sa vie avec son épée. Elle est remarquable, d'après Caramon, et n'a aucun mal à se faire engager comme mercenaire. Oh, elle est souvent revenue nous voir. Quand nous avons été un peu plus grands, elle nous a emmenés avec elle. C'est là que Caramon et moi avons appris à nous battre, lui avec son épée, moi, avec mes tours de magie. Ensuite, elle a rencontré Tanis, et elle a beaucoup voyagé avec nous.

— Avec qui ? Et où ?

— Il y avait Sturm de Lumlane, qui rêvait déjà de

chevalerie, le kender, Tanis, Caramon et moi. Nous avons voyagé avec Flint. Les routes devenant dangereuses, il a renoncé. Pendant tout ce temps, nous avons beaucoup appris les uns des autres. Mais nous étions incapables de nous fixer, nous ne tenions pas en place. Tanis a jugé qu'il était temps pour nous de se séparer.

— Et vous avez fait ce qu'il a dit ? Etait-il déjà votre chef ?

Elle se rappela comment il était avant de quitter Qualinost, imberbe et sans les sillons qui lui striaient le visage. Tourmenté par le sentiment d'appartenir à deux races, il se montrait déjà morose et renfermé. A l'époque, elle ne l'avait pas compris.

— Il a les qualités considérées comme essentielles pour diriger. L'esprit vif, il est intelligent et imaginatif. Mais pourquoi suit-on Tanis ? Sturm est un noble, membre d'un ordre qui remonte loin dans l'histoire. Pourquoi obéit-il à un bâtard demi-elfe ? Et Rivebise ? Il se méfie de tout ce qui n'est pas humain. Pourtant, Lunedor et lui suivraient Tanis jusqu'aux Abysses. Pourquoi ?

— Je me le suis déjà demandé, répondit Laurana, et je pense...

— Tanis ne fait pas taire ses sentiments. Il ne les nie pas, comme le chevalier, il ne les cache pas, comme le barbare. Tanis a compris qu'un chef doit parfois *penser* avec son cœur et non avec sa tête. Souviens-t'en.

— Tu ne parles pas de toi ! Si tu es aussi intelligent et puissant que tu le prétends, pourquoi suis-tu Tanis, toi aussi ?

— Je ne suis pas Tanis, répondit le mage en regardant Laurana dans les yeux. Nous empruntons simplement la même route. Au moins pour le moment.

*
* *

— A Tarsis, les Chevaliers de Solamnie sont considérés comme indésirables, déclara le bourgmestre d'un ton solennel. Ainsi que les elfes, les kenders, les nains, et tous ceux qui les accompagnent. J'ai cru comprendre qu'il y avait également un magicien en costume rouge parmi vous. Vous portez l'armure. Vos lames sont encore maculées de sang et vous êtes prompts à les dégainer. A l'évidence, vous êtes des guerriers chevronnés.

— Des mercenaires, indiscutablement, bourgmestre, fit l'officier.

— Nous ne sommes pas des mercenaires, dit Sturm avec dignité. Nous venons des plaines du nord de l'Abanasinie. Nous avons libéré huit cents personnes de la tutelle du Seigneur des Dragons, Verminaard, à Pax Tharkas. Pour échapper à l'armée draconienne, nous avons caché les réfugiés dans une vallée, au cœur des montagnes, et nous nous sommes rendus dans le sud, espérant trouver les navires de la légendaire cité de Tarsis. Nous ignorions que la ville se trouvait à présent au milieu des terres, sinon nous ne serions pas ici.

— Vous venez du nord ? dit le bourgmestre en fronçant les sourcils. C'est impossible. Personne n'a jamais traversé les montagnes des nains de Thorbardin.

— Si tu connaissais un peu les Chevaliers de Solamnie, tu saurais que nous préférons mourir plutôt que mentir, même à l'ennemi. Nous avons pénétré dans le royaume des nains grâce au Marteau de Kharas, que nous leur avons restitué.

Mal à l'aise, le bourgmestre, jeta un bref coup d'œil au draconien qui se tenait derrière lui.

— Je connais les chevaliers, dit celui-ci d'un ton contraint, par conséquent, je dois croire à ton histoire, bien qu'elle sonne plus comme un conte de fées que...

Les battants de la porte s'étaient ouverts brutalement, livrant passage à deux gardes qui traînaient un prisonnier. Ecartant les compagnons debout devant l'estrade, ils jetèrent le captif sur le sol. C'était une femme enveloppée de voiles épais. En un effort qui semblait surhumain, elle se redressa. Le bourgmestre la regarda d'un air consterné. Derrière lui, le draconien la considérait avec intérêt. Empêtrée dans ses jupes et ses voiles, la femme essaya de se relever sans que personne ne vienne à son aide.

Sturm avança vers elle.

L'ignoble traitement réservé à cette malheureuse horrifiait le chevalier. Il jeta un coup d'œil à Tanis, qui, d'un signe, lui enjoignit la prudence, mais le spectacle de la femme luttant pour se redresser brisa ses dernières résistances. Il allait se pencher vers elle quand une hallebarde lui barra le chemin.

— Tue-moi si ça te fait plaisir, dit le chevalier au garde, mais tu ne m'empêcheras pas de prêter mon bras à cette dame.

Le soldat recula d'un pas et consulta du regard le bourgmestre. Dissimulant un bref sourire derrière sa main, celui-ci hocha la tête.

— Ma dame, permets-moi de t'aider, dit Sturm avec une digne courtoisie.

Il la tira doucement et la remit sur ses jambes.

— Tu aurais mieux fait de me laisser où j'étais, chevalier, dit la femme d'une voix à peine audible. Ignores-tu que tu risques ta vie...

Au son de sa voix, Tanis et Gilthanas se regardèrent, retenant une exclamation de surprise.

— C'est un privilège pour moi, ma dame, dit Sturm en s'inclinant.

— C'est une elfe du Silvanesti ! chuchota Gilthanas à Tanis. Crois-tu que Sturm l'a compris ?

— Bien sûr que non. Comment le pourrait-il ? Moi-même, j'ai à peine reconnu son accent.

— Que peut-elle bien faire ici ? Le Silvanesti est loin de Tarsis...

Le bourgmestre interpella la prisonnière.

— Dame Alhana, dit-il avec froideur, tu as reçu l'ordre de quitter cette cité. Tu as bénéficié de ma clémence la dernière fois, parce que tu étais l'émissaire de ton peuple. A Tarsis, nous respectons le protocole. Je t'ai dit qu'il ne fallait rien attendre de nous, et je t'ai donné un délai d'une journée pour partir. Tu es encore là. (Il se tourna vers l'officier.) Quelles charges avons-nous contre elle ?

— Elle a tenté d'acheter des mercenaires. Nous l'avons arrêtée dans une auberge de l'ancien front de mer. Une chance qu'elle n'ait pas rencontré ces quatre-là. Personne dans Tarsis n'aiderait un elfe.

— Alhana, murmura Tanis. Pourquoi ce nom m'est-il si familier, Gilthanas ?

— As-tu déjà tout oublié de ton peuple ? Il n'y a qu'une personne parmi nos cousins du Silvanesti qui s'appelle Alhana. C'est la fille de l'Orateur des Etoiles, princesse de son peuple, et reine après la mort de son père, puisqu'elle n'a pas de frère.

Alhana ! Tanis se rappelait maintenant la plus belle et la plus inaccessible des elfes, semblable à la lune d'argent qui présida à sa naissance.

Le draconien conversa brièvement avec le bourgmestre, qui se renfrogna. Il secoua la tête, puis finit par opiner du chef. Le draconien se retira dans l'ombre.

— Tu es arrêtée, dame Alhana, déclara le bourgmestre.

Les gardes avancèrent vers la jeune femme. Sturm se rapprocha d'elle et darda sur les soldats des yeux pleins de morgue. Son allure était si noble et si fière qu'ils hésitèrent.

— Fais quelque chose, Tanis, grommela Flint. Je ne suis pas contre la chevalerie, mais chaque chose en son temps ; ce n'est ni le moment, ni l'endroit.

— J'attends tes suggestions, coupa Tanis.

Le nain, comme les autres, savait qu'il n'y avait plus rien à faire. Tanis pensa à se jeter sur les gardes, mais ils étaient bien trop nombreux. Il s'aperçut que Gilthanas avait fermé les yeux et remuait les lèvres. L'elfe était magicien, bien qu'il ne fasse pas grand usage de ce talent.

Perdant patience, le bourgmestre s'adressa au chevalier d'une voix cinglante.

— Assez ! dit-il avec une autorité digne de son rang.

Sturm, vaincu, baissa sa garde. Tanis poussa un soupir de soulagement.

— Il est hors de question qu'on verse le sang dans la salle du Conseil. La dame n'a pas tenu compte des lois de ce pays, que vous, les chevaliers, deviez faire respecter. Toutefois, ce n'est pas une raison pour manquer de respect à la prisonnière. Gardes, conduisez-la au cachot avec tous les égards qui lui sont dus. Quant à toi, chevalier, tu lui tiendras compagnie, puisque son bien-être te préoccupe.

Les gardes poussèrent les prisonniers devant eux. Dame Alhana marchait en écartant les plis de ses jupes, comme si elle cherchait quelque chose.

— J'ai une faveur à te demander, chevalier. J'ai dû laisser tomber une babiole, qui cependant m'est précieuse. Pourrais-tu jeter un coup d'œil...

Sturm mit un genou en terre et vit immédiatement l'objet, qui scintillait entre les godets de ses jupes. C'était une broche en forme d'étoile constellée de diamants. Une babiole ! Le bijou était d'une valeur incalculable ! Evidemment, elle n'avait aucune envie qu'il tombe aux mains des gardes. Le chevalier referma la main sur la broche et feignit de continuer à chercher. Toujours à genoux, il leva les yeux vers Alhana, qui avait retiré ses voiles. Pour la première fois, un regard humain se posa sur le visage de l'elfe.

Ses semblables l'appelaient Muralasa, Princesse de la Nuit. Ses cheveux noirs, retenus par un filet arachnéen, scintillaient comme un ciel étoilé. Sa peau renvoyait la lumière diaphane de la lune et ses yeux avaient la couleur bleu-violet du crépuscule.

Le chevalier remercia Paladine d'être déjà à genoux ; il songea ensuite que mourir ne serait pas trop cher payé pour avoir l'honneur de servir une femme pareille ; enfin, il s'avisa qu'il fallait dire quelque chose. Mais quoi ? Les mots lui manquaient.

— Je te remercie, noble chevalier, dit doucement Alhana, ses yeux plongeant dans ceux de Sturm. Je te l'ai dit, ce n'est qu'une babiole. Relève-toi. Je suis très fatiguée, et puisque nous allons au même endroit, veux-tu m'offrir ton bras ?

— Je suis à tes ordres, répondit Sturm.

Il se releva et glissa la broche dans son ceinturon. Il lui tendit le bras. La main blanche qu'Alhana posa sur lui le fit tressaillir.

Elle rabattit son voile sur son visage. Il sembla à Sturm que le ciel se couvrait. Ce fut à peine s'il eut conscience que Tanis lui emboîtait le pas.

Lui aussi était chaviré par la beauté d'Alhana. Il savait que cette grâce avait pénétré le cœur du chevalier comme une flèche empoisonnée. Cet amour coulerait dans ses veines comme un venin : les elfes du Silvanesti étaient fiers et hautains. Craignant de perdre leurs coutumes, ils refusaient tout contact avec les humains.

Cette femme est aussi accessible à Sturm que la lune d'argent, songea Tanis en soupirant. *Il ne nous manquait plus que cela...*

6

LES CHEVALIERS DE SOLAMNIE. TASS ET LES LUNETTES DE VÉRITÉ.

Les gardes poussèrent les prisonniers hors de la Salle de Justice et prirent le chemin des cachots. Sur le passage du petit groupe, deux silhouettes encapuchonnées se tenaient en retrait à l'ombre des façades. Il aurait été difficile de dire à quel peuple elles appartenaient. Leur visage et leurs mains étaient enveloppées d'étoffe. Elles se parlaient à voix basse.

— Regarde ! s'exclama l'une. Ce sont eux. Il n'en manque pas un.

— Tous ne correspondent pas au signalement que nous avons reçu, répondit l'autre.

— Mais il y a le demi-elfe, le nain et le chevalier ! Je te dis que ce sont eux ! Je sais où sont les autres, j'ai interrogé un garde.

— Tu as peut-être raison. Nous devrions aller avertir tout de suite le maître.

— Il faudrait suivre les prisonniers ! Ils vont certainement tenter de s'échapper.

— Bien sûr, qu'ils vont essayer ! Et nous savons où ils iront : ils rejoindront leurs amis, à l'auberge. De toute façon, dans quelques heures, tout cela n'aura plus d'importance...

La neige commençait à tomber quand les compagnons, sous la conduite des gardes, s'engagèrent dans une ruelle obscure. Tanis et Sturm s'étaient consultés du regard. Gilthanas et Flint, eux, étaient prêts à passer à l'attaque. Le demi-elfe jeta un coup d'œil alentour. Quelque chose avait bougé dans l'ombre. Soudain, trois silhouettes encapuchonnées, épée au poing, bondirent devant les gardes. L'officier se saisit de son sifflet, mais une des silhouettes lui abattit le plat de son épée sur la tête tandis que les deux autres assaillaient les gardes. Voyant leur chef par terre, inconscient, ils détalèrent.

— Qui êtes-vous ? demanda Tanis aux inconnus.

Les silhouettes masquées lui rappelaient les draconiens qu'il avait combattus à Solace.

— Aurions-nous échappé à la prison pour tomber sur pire ? grommela le demi-elfe devant leur mutisme. Démasquez-vous !

L'une des silhouettes se tourna vers Sturm, le bras tendu vers le ciel.

— *Oth tsarthon e paran.*

Sturm eut un sursaut.

— *Est tsarthai en paranaith*, répondit-il. Ce sont des Chevaliers de Solamnie, déclara-t-il à Tanis.

— Des chevaliers ? Mais...

— Ne perdons pas de temps en explications, Sturm de Lumlane, coupa un des hommes en langue commune. Les gardes ne vont pas tarder. Suivez-nous.

— Pas si vite ! grogna Flint en brisant en deux une hallebarde pour l'adapter à sa taille. Il faudra prendre le temps de nous expliquer, si vous voulez qu'on vous suive ! Comment sais-tu le nom du chevalier, et pourquoi nous avoir guettés...

— Ne vous embarrassez pas de lui ! cria une voix aiguë. Laissez-le là, il servira de pâture aux corbeaux. D'ailleurs, ils n'y toucheront pas ; personne au monde n'arrive à digérer un nain...

— Satisfait de la réponse ? demanda Tanis à Flint, qui écumait de rage.

— Ce kender, je le tuerai !

Des sifflets retentirent dans les rues voisines. Sans plus hésiter, les compagnons suivirent les chevaliers à travers les ruelles. Tass déclara qu'il avait à faire et disparut avant que Tanis puisse l'attraper.

Les chevaliers semblèrent trouver cela tout naturel. Sans mot dire, ils marchèrent au pas de charge jusqu'à ce qu'ils arrivent dans un quartier en ruine.

Ils se trouvaient dans la vieille ville, à présent désertée. Plus personne ne venait dans ces rues. Ce chaos rappelait Xak Tsaroth, songea Tanis. Tandis que Sturm parlait en solamnique avec les chevaliers, le demi-elfe songea à ce qu'avait dû être la cité au temps de sa splendeur, avant le Cataclysme. Il ne restait plus que des pierres envahies par les herbes folles.

Il rejoignit Gilthanas qui conversait avec Alhana et s'assit près d'eux sur un banc.

— Alhana Astrevent, dit le seigneur elfe, je te présente Tanis Demi-Elfe. Il a passé de nombreuses années au Qualinesti. Il est le fils de l'épouse de mon oncle.

Alhana retira son voile et toisa Tanis avec froideur. « Le fils de l'épouse de mon oncle » évitait à Gilthanas de dire que Tanis n'était pas vraiment son cousin. Le demi-elfe rougit, se demandant s'il se débarrasserait un jour de ce douloureux problème.

— Ma mère fut enlevée par des guerriers humains pendant les sombres années qui suivirent le Cataclysme. Après sa mort, l'Orateur a eu la bonté de me recueillir et de m'élever comme son fils.

Les yeux d'Alhana s'obscurcirent.

— Quel besoin as-tu de t'excuser de tes origines ? demanda-t-elle d'une voix glaciale.

— Non... non, ce n'est pas..., bredouilla-t-il, écarlate.

— Alors ne le fais pas, répliqua-t-elle en se tournant vers le seigneur elfe. Gilthanas, tu voulais savoir pourquoi je suis à Tarsis. C'est pour chercher de l'aide, et je dois retourner au Silvanesti afin de retrouver mon père.

— Au Silvanesti ? s'étonna Gilthanas. Je ne savais pas que les elfes du Silvanesti avaient quitté leur ancien pays. Il n'est pas étonnant que nous ayons perdu le contact...

— C'est vrai, dit tristement Alhana, le malheur qui vous a contraints à quitter le Qualinesti nous a frappés également. Longtemps, nous nous sommes battus. A la fin, nous avons dû fuir pour sauver notre existence. Mon père a envoyé son peuple sous ma conduite dans le sud de l'Ergoth. Il a voulu rester au Silvanesti pour défendre coûte que coûte notre patrie. Je m'y suis opposée, mais il a prétendu pouvoir empêcher la destruction de notre pays. Le cœur lourd, j'ai conduit mon peuple en lieu sûr, et je suis revenue chercher mon père. Le temps a passé, et je n'ai pas eu de nouvelles de lui.

— Ma dame, tu n'as pas pris d'escorte pour t'accompagner dans un voyage aussi dangereux ? demanda Tanis.

Alhana le regarda d'un air offensé, comme s'il avait fait intrusion dans la conversation. D'abord, elle ne répondit pas. Puis, après l'avoir attentivement observé, elle changea d'avis.

— Bon nombre de braves ont proposé de m'escorter, dit-elle avec hauteur. Mais il n'y a plus un seul endroit sûr en ce monde. J'ai donc laissé les guerriers auprès de mon peuple pour assurer sa défense. Je suis venue à Tarsis dans l'espoir de trouver des mercenaires qui m'accompagneraient au Silvanesti. Je me suis présentée devant le Conseil, comme l'exige la loi.

Tanis hocha la tête en fronçant les sourcils.

— C'est idiot, dit-il brutalement. Tu connaissais leurs façons d'agir avec les elfes, même avant la guerre avec les draconiens ! Tu as eu de la chance qu'ils se bornent à te chasser de la ville.

Alhana pâlit. Ses yeux sombres étincelèrent.

— Je me suis conformée à la loi, répliqua-t-elle en contenant sa colère. Je me serais conduite comme une barbare en agissant autrement. Quand le bourgmestre a refusé ma requête, je lui ai fait part de mon intention de recruter des guerriers. Mon honneur m'interdisait une autre conduite.

Flint, qui n'avait saisi que quelques bribes de la conversation, poussa Tanis du coude.

— La dame et le chevalier devraient parfaitement s'entendre. Si leur sens de l'honneur ne les tue pas avant...

L'arrivée de Sturm empêcha Tanis de répondre.

— Tanis, s'exclama le chevalier, mes sauveurs ont découvert l'ancienne bibliothèque ! C'est la raison de leur présence ici. Selon des documents exhumés à Palanthas, tout ce qui concerne les dragons est dans la bibliothèque de Tarsis. L'Ordre leur a confié la mission de retrouver la bibliothèque et de récupérer les documents.

Sturm fit signe aux chevaliers de les rejoindre, et les présenta à ses compagnons.

— Voici Brian Tonnerre, chevalier de l'Epée ; Aran Grandarc, chevalier de la Couronne, et Dirk Gardecouronne, chevalier de la Rose.

Les trois hommes s'inclinèrent.

— Et voici Tanis Demi-Elfe, notre chef, continua Sturm.

Alhana ouvrit de grands yeux. Elle regarda Sturm, se demandant si elle avait bien entendu. Le chevalier présenta Gilthanas et Flint. Puis vint le tour d'Alhana.

— Dame Alhana, commença le chevalier, gêné de ne pas savoir le nom de la jeune femme.

— Alhana Astrevent, compléta Gilthanas, fille de l'Orateur des Etoiles, princesse des elfes du Silvanesti.

Les trois chevaliers s'inclinèrent profondément.

— Acceptez ma gratitude, dit froidement Alhana à

Dirk, dont le titre était le plus élevé. Avez-vous les documents que vous cherchiez ?

— Nous avons trouvé un livre, ma dame, répondit Dirk, rédigé dans une langue que nous ne comprenons pas. Mais il contient des images de dragons, et nous pensions le recopier pour le soumettre aux érudits de Sancrist, quand nous avons rencontré quelqu'un qui a pu le déchiffrer. Le kender...

— Tassl ! explosa Flint.

— Tass ? s'étonna Tanis. Il arrive à peine à lire l'écriture commune. Comment saurait-il déchiffrer une langue ancienne ? Le seul parmi nous qui pourrait en être capable est Raistlin.

Dirk haussa les épaules.

— Le kender possède une paire de lunettes magiques. Il les a posées sur son nez, et aussitôt il s'est mis à lire le texte. Le livre relate...

— J'imagine ce qu'il relate ! coupa Tanis. Des histoires d'automates, d'anneaux magiques qui se promènent tout seuls et de plantes qui flottent dans l'air. Où est-il ? J'aimerais avoir une petite explication avec Tasslehoff Racle-Pieds.

— Des lunettes magiques ! grommela Flint. Et moi, je suis un nain des ravins !

Les compagnons suivirent Dirk à l'intérieur d'un bâtiment délabré. Il alluma une torche et les entraîna vers un escalier.

— La bibliothèque a été construite en sous-sol. C'est pourquoi elle a résisté au Cataclysme, expliqua-t-il.

Ils pénétrèrent dans une vaste salle remplie de livres du plancher au plafond. Par terre gisaient des volumes provenant des rayons qui s'étaient effondrés.

— Mais il y a des milliers de manuscrits ! s'exclama Tanis. Comment avez-vous pu trouver celui que vous cherchiez ?

— Cela n'a pas été sans mal. Quand nous l'avons enfin découvert, nous nous sommes aperçus qu'il était intransportable. Dès qu'on touche une page, elle tombe en poussière. Nous redoutions le temps qu'il faudrait passer à les recopier. Mais le kender...

— A propos, le kender ! coupa Tanis. Où est-il ?

— Par ici ! piailla une voix aiguë.

Tanis scruta l'obscurité et repéra la lueur d'une bougie posée sur une table. Tass y était assis devant un gros livre, les lunettes sur le nez.

— C'est bon, Tass, dis-moi où tu les as trouvées ? demanda Tanis.

— De quoi parles-tu ? répondit Tass d'un air innocent. Ah ! ce truc-là... Je les avais dans ma sacoche. Enfin, si tu veux vraiment le savoir, je les ai dénichées dans le royaume des nains.

Flint poussa un grognement ulcéré et se prit la tête entre les mains.

— Elles étaient posées sur une table ! protesta le kender, voyant que les choses devenaient sérieuses. Je le jure ! Il n'y avait personne. J'ai pensé que quelqu'un les avait oubliées, et je les ai prises pour les mettre en sûreté. J'ai bien fait. Un voleur aurait pu passer par là. C'est un objet de prix ! Je pensais les rendre, mais nous avons été si occupés, entre les nains, les draconiens et le Marteau de Kharas, que je les ai oubliées. Quand elles me sont revenues à l'esprit, nous étions à des lieues du royaume et je ne pensais pas que tu m'y renverrais juste pour les rendre, alors...

— A quoi servent-elles ? l'interrompit Tanis, sachant que les explications de Tass pouvaient durer des heures.

— Elles sont fantastiques ! répondit le kender, soulagé de ne pas être grondé. Un jour, je les ai laissées sur une carte, et j'ai compris tout ce que je voyais à travers les verres. Je ne pouvais pas lire cette carte avant de la regarder avec ces lunettes ! Essayant avec mes autres cartes, j'ai pu les lire toutes !

— Pourquoi n'en as-tu jamais parlé ? demanda Tanis.

— L'occasion ne s'est pas présentée. Si tu m'avais demandé : « Tass, possèdes-tu des lunettes magiques ? », je t'aurais tout de suite dit oui. Mais tu ne l'as jamais fait, Sturm de Lumlane, alors arrête de rouler des yeux réprobateurs. Quoi qu'il en soit, je vais vous lire ce que...

— Comment sais-tu qu'elles sont magiques ? C'est peut-être un objet truqué inventé par les nains ? insista Tanis, sentant que Tass lui cachait quelque chose.

Tass sursauta. Il avait espéré que Tanis ne lui poserait pas cette question.

— Euh, je... je crois que j'ai fait une sorte de... remarque, pourrait-on dire, à Raistlin, un soir où tout le monde était occupé. Il m'a dit qu'elles *pouvaient* être magiques. Pour le savoir, il a prononcé une de ses incantations, et elles se sont illuminées. Ces lunettes sont enchantées. Je lui ai montré ce qu'elles étaient capables de faire ; alors il m'a déclaré que c'était des « lunettes de vérité ». Les magiciens nains s'en servaient pour lire les langues étrangères et... les grimoires.

— Qu'a-t-il dit d'autre ?

— Il a dit que si j'essayais de déchiffrer son livre ou si je ne faisais que jeter un œil dessus, il me transformerait en sauterelle et m'avalerait sur-le-champ, chuchota le kender. Je l'ai cru sur parole.

Tanis secoua la tête. Il faisait confiance à Raistlin pour proférer des menaces capables de doucher la curiosité du kender.

Raistlin avait dit autre chose au sujet de ces lunettes, mais Tass n'avait pas bien compris. D'après le mage, elles révéleraient des choses *trop* vraies. Comme ça ne voulait rien dire, il était inutile d'en parler.

— Alors, qu'as-tu découvert dans le livre ? demanda Tanis, resté sur sa faim.

— Des choses très intéressantes, répondit Tass, soulagé que l'interrogatoire soit terminé. (Il tourna une page avec précaution. Elle s'effrita entre ses mains.) Cela arrive presque à chaque fois ! Mais regardez : il y a des images de dragons. Des bleus, des rouges, des noirs et des verts. Je ne savais pas qu'il y en avait tant. Voilà autre chose. C'est une grosse boule de verre. D'après le texte, si on possède une de ces boules, on peut se rendre maître des dragons. Avec ça, ils font tout ce qu'on leur demande !

— Des boules de verre ! dit Flint en éternuant. Il ne faut pas le croire, Tanis. La seule propriété de ces lunettes, c'est de décupler son imagination de mégalomane.

— Mais c'est la pure vérité ! protesta le kender, indigné. Les boules s'appellent orbes de dragon, tu peux demander à Raistlin ! Il le sait certainement, car elles ont été créées par les magiciens des temps anciens.

— Je te crois, dit Tanis, voyant le kender réellement fâché. Mais je crains que cela ne nous apporte rien de bon. Elles ont été probablement détruites pendant le Cataclysme ; de toute façon, nous ne saurions pas quoi en faire.

— Si ! dit Tass, excité. Il y a une liste des endroits où elles se trouvaient. Regardez... (Il s'arrêta, dressant l'oreille.) Chut !

Les compagnons firent silence. D'abord, ils n'entendirent rien, puis perçurent peu à peu ce que l'ouïe fine du kender avait détecté.

Tanis sentit l'angoisse l'envahir. Des centaines de cors résonnaient dans le lointain. Il avait déjà entendu leur son. C'étaient ceux de l'armée draconienne qui approchait, et avec elle, les dragons.

Le chant funèbre du cor...

7

DESTINÉS À NOUS RETROUVER DANS UN AUTRE MONDE.

Les compagnons venaient d'atteindre la place du marché quand les dragons fondirent sur la cité de Tarsis.

Tanis et ses amis s'étaient séparés des chevaliers ; cela ne s'était pas fait sans mal. Contrariés par la défection de Sturm et du kender, qui refusèrent d'abandonner leurs camarades, les chevaliers avaient promis de se venger en complotant contre la promotion de Sturm au grade suprême de son ordre.

Personne n'eut le temps de s'appesantir sur ce problème. Le son des cors, porté par le vent, se rapprochait à une vitesse inquiétante. Les chevaliers regagnèrent leur campement, dans les collines, et les compagnons prirent le chemin de la ville.

Les habitants, descendus dans la rue, s'interrogeaient sur ces étranges sonneries de cors qu'ils n'avaient jamais entendues. Mais, un homme dans Tarsis avait compris ce qui se passait. Au premier écho des cors, le bourgmestre interpella le draconien qui était à son côté.

— Nous étions convenus que la ville serait épargnée ! dit-il, les dents serrées. Nous sommes en cours de négociations...

— Le Seigneur des Dragons est las de négocier,

répondit le draconien en étouffant un bâillement. La cité sera épargnée, mais il fallait lui donner une petite leçon.

Le bourgmestre s'effondra, la tête entre les mains. Les membres du Conseil, ne comprenant pas ce qui arrivait, virent avec effroi des larmes couler sur le visage de leur seigneur.

Leurs ailes flamboyant sous le soleil couchant, des centaines de dragons rouges sillonnaient le ciel. Le peuple de Tarsis ne comprit qu'une chose : c'était la mort qui arrivait à tire-d'aile.

Les dragons survolèrent la ville, planant au ras des édifices pour semer une panique bien plus destructrice que les flammes qu'ils allaient cracher. Les habitants ne pensèrent plus qu'à fuir.

Mais il n'y avait pas d'échappatoire.

Sachant qu'ils ne rencontreraient plus de résistance, les dragons passèrent à l'attaque. Les uns après les autres, ils fondirent sur les maisons qui s'enflammèrent aussitôt. Les incendies se propagèrent rapidement, soulevant des nuages de suie noire.

Les cris de terreur se muèrent en hurlements de douleur et de désespoir. Ne sachant où aller, les villageois se précipitaient éperdument dans la cohue.

Le flot de la populace disloqua le groupe des compagnons. Ils furent foulés aux pieds et catapultés contre les façades. La fumée qui noyait les rues acheva de les disperser.

La ville devenait une fournaise. La chaleur était telle que les maisons implosaient. Tanis empoigna Gilthanas à l'instant où il était projeté contre une façade. Impuissant, il vit ses amis emportés par la marée humaine.

— Retournez à l'auberge ! cria-t-il. Nous nous retrouverons l'auberge !

Restait à espérer qu'ils l'avaient entendu. Sturm prit Alhana dans ses bras et la traîna autant qu'il la porta à travers les rues jonchées de cadavres. Scrutant les nuages de fumée à la recherche de ses compagnons, il luttait pour garder l'équilibre et éviter d'être piétiné par la foule.

Dans la bousculade, Alhana lui fut arrachée. Sturm plongea vers elle et réussit à la rattraper par un poignet. Livide, elle tremblait de terreur. Une ombre immense plana sur la rue. Avec d'effroyables rugissements, le dragon chargea ce qui grouillait sous lui. Sturm tira la jeune femme sous un porche et se campa devant elle pour la protéger. Les flammes crachées, des hurlements déchirants s'élevèrent, envahissant la rue.

— Ne regarde pas ! murmura Sturm à Alhana, des larmes pleins les yeux.

Le dragon était passé. Cloués sur place, ils écoutèrent le silence mortel qui succédait au tumulte. Dans la rue, plus rien ne bougeait.

— Allons-y pendant qu'il est encore temps, dit Sturm d'une voix blanche.

Hébétés, butant contre les cadavres, ils avançaient, mus par leur seul instinct de survie. L'odeur de la chair brûlée et la fumée les prirent à la gorge. Ils s'arrêtèrent sous un porche pour reprendre haleine.

Alhana posa sa tête contre l'armure de Sturm. Le contact du métal froid lui fit du bien. A l'abri de bras puissants, elle sentait des mains lui caresser les cheveux.

Chaste enfant d'un peuple à la morale rigide, Alhana avait toujours su qui serait son époux. Même la date de son mariage était fixée. Son promis était un seigneur qu'elle avait approché en de rares occasions. Il était resté avec les elfes en Ergoth, tandis qu'elle retournait chercher son père. Egarée dans le monde des humains, elle ne s'était pas remise du choc. Elle détestait les hommes ; en même temps, ils l'attiraient. Ils semblaient forts avec leurs sentiments bruts et tranchés. Alors qu'elle pensait les haïr et les mépriser définitivement, voilà que l'un d'eux paraissait différent des autres.

Alhana regarda Sturm. Son visage reflétait la fierté, la noblesse, une discipline et un perfectionnisme indéfectible ; mais ses yeux étaient des abîmes de tristesse. Elle se sentait attirée par cet homme. Un humain ! Réconfortée par sa présence protectrice, elle sentait monter en elle une chaleur délicieuse. Brusquement, elle réalisa que ce feu-là était plus dangereux que mille dragons.

— Partons d'ici, murmura Sturm.

Elle le repoussa sans ménagement.

— Nos chemins se séparent, dit-elle d'une voix glacée. Je dois retourner à mon auberge. Merci de m'avoir accompagnée.

— Quoi ? Te laisser partir seule ? C'est de la folie, dit-il en prenant son bras. Je ne le permettrai pas.

Il comprit qu'il faisait fausse route quand il la sentit se raidir. Elle ne fit pas un geste, mais le fixa jusqu'à ce qu'il lâche prise.

— Nous avons tous deux nos amis, à qui nous devons être loyaux. Chacun doit aller son chemin.

Devant la douleur qui se peignit sur le visage de Sturm, sa voix se brisa. Un instant, elle se demanda si elle aurait la force de le quitter ainsi. Puis elle pensa à son peuple, qui comptait sur elle. Elle se reprit.

— Je te remercie de ta bonté et ta prévenance, mais il me faut partir tant que les rues sont calmes.

Sturm la regarda, l'air blessé. Son visage se durcit.

— Je suis heureux de t'avoir été utile, dame Alhana. Mais tu cours encore au-devant de grands dangers. Permets-moi de t'escorter jusqu'à ta destination, ensuite je ne te dérangerai plus.

— C'est impossible, dit Alhana, serrant les dents. Mon auberge est à deux pas, et mes amis m'attendent. Nous connaissons un chemin pour quitter la ville. Pardonne-moi, mais je ne suis pas sûre de pouvoir faire confiance à des humains.

Les yeux de Sturm étincelèrent. Elle vit qu'il tremblait. De nouveau, elle sentit faiblir ses résolutions.

— Je sais où tu loges, dit-elle. A l'auberge du *Dragon Rouge*. Si je retrouve mes amis, je pourrai peut-être te venir en aide ?

— Ne te soucie pas de cela, répondit Sturm d'une voix aussi froide que la sienne. Et ne me remercie pas. Je n'ai fait qu'appliquer mon code de l'honneur. Adieu.

Il tourna les talons et s'éloigna.

Elle le vit revenir sur ses pas. Il avait oublié quelque chose. Il tira la broche en diamants de son ceinturon et la tendit à Alhana.

— Tiens, dit-il en lui mettant le bijou dans la main. (Il vit son regard noyé de tristesse. Sa voix s'adoucit.) Je suis heureux que tu m'aies fait confiance, même pour quelques instants.

La jeune femme regarda l'étoile de diamants et se mit à trembler. Quand elle leva les yeux, au lieu du mépris auquel elle s'attendait, elle lut de la compassion sur le visage de Sturm. Une fois de plus, les humains la surprenaient. Incapable de soutenir le regard du chevalier, elle baissa la tête et prit ses mains dans les siennes. Elle posa le bijou dans sa paume.

— Garde-le, dit-elle avec douceur. En le voyant tu penseras à Alhana Astrevent, et tu te souviendras qu'elle pense à toi.

Les yeux de Sturm s'embuèrent. Il baissa la tête, incapable de parler. Après avoir baisé l'étoile de diamants, il la remit dans son ceinturon. Puis il tendit les bras vers Alhana, mais elle détourna la tête.

— Pars, je t'en prie.

Sturm hésita un instant. Hélas, son honneur lui interdisait de ne pas se soumettre. Il se retourna et partit à grands pas.

Le regardant s'éloigner, Alhana frémit.

— Pardonne-moi, Sturm, murmura-t-elle. Non, ne me pardonne pas, remercie-moi.

*
* *

— Ah ! fit Raistlin au premier son des cors. Je vous l'avais bien dit.

— Que se passe-t-il ? demanda Elistan.

— Le Grand Seigneur des Dragons attaque la ville, répondit Rivebise, que ses responsabilités de chef rendaient inquiet.

« — Quitte la ville, si nous ne revenons pas ! lui avait dit Tanis. »

Mais le demi-elfe ne pouvait pas prévoir ce qui allait arriver !

Lunedor passa un bras autour de son cou. Il vit son sourire, ses yeux brillant de confiance, et il se détendit.

L'auberge trembla sous une onde de choc. Dans la rue, ils entendirent des cris et le ronflement des flammes.

— Il faut descendre au rez-de-chaussée, dit Rivebise. Caramon, va chercher nos armes. Si Tanis et les autres sont... (Il s'arrêta en voyant le visage anxieux de Laurana.) Si Tanis et les autres sont sains et saufs, ils reviendront ici. Nous les attendrons.

— Excellente décision ! railla le mage. Je ne vois pas où nous pourrions aller !

— Elistan, emmène-les au rez-de-chaussée. Caramon et Raistlin, restez un instant. Je crois que le mieux est de se barricader dans l'auberge. Les rues sont dangereuses.

— Combien de temps crois-tu que nous pouvons tenir ? demanda Caramon.

— Quelques heures, peut-être.

Les jumeaux le regardèrent, pensant aux cadavres

torturés qu'ils avaient trouvés dans le village de Que-Shu, et à ce qui s'était passé à Solace.

*
* *

Tanis et Gilthanas se frayèrent péniblement un chemin à travers la populace. De temps à autre, ils durent se mettre à l'abri ; les dragons patrouillaient en planant au ras des maisons. Gilthanas, qui s'était tordu la cheville, devait prendre appui sur l'épaule de Tanis.

Le demi-elfe remercia les dieux quand il aperçut l'auberge du *Dragon Rouge*, encore debout. Sa joie fut de courte durée : les silhouettes reptiliennes des draconiens s'affairaient autour de la porte. Il tira Gilthanas, au bord de l'épuisement, à l'abri d'une porte cochère.

— Ne bouge pas d'ici, dit le demi-elfe, tu es incapable de marcher. L'auberge est cernée. Je vais la contourner et entrer par-derrière.

Tanis se faufila entre les décombres, se réfugiant sous les portails pour ne pas se faire remarquer. Il n'était plus qu'à quelque mètres de l'auberge quand il entendit un grognement de rage. Il regarda autour de lui et vit Flint qui faisait de grands gestes.

Tanis traversa la rue comme une flèche.

— Que fais-tu là ? Pourquoi n'es-tu pas avec les autres ? demanda-t-il au nain.

Le visage couvert de suie et mouillé de larmes, le nain était agenouillé à côté de Tass, cloué au sol par une poutre qui lui était tombée dessus. Couvert de cendres, le kender avait l'expression surprise d'un vieil enfant.

— Ce crétin de malheur ! gémit Flint. Il fallait qu'il se trouve sous une maison qui s'écroule !

Le nain avait les mains en sang à force de lutter

avec une poutre que seuls trois hommes ou un Caramon seraient parvenus à soulever. Tanis prit le pouls du kender. Le cœur battait très faiblement.

— Reste auprès de lui, souffla-t-il pour dire quelque chose. Je vais chercher Caramon.

Ensemble, ils regardèrent l'auberge, assaillie par les draconiens. Le nain secoua la tête, conscient que Tanis avait autant de chances de revenir avec Caramon que de s'envoler comme un oiseau. Il s'efforça de sourire.

— Bien sûr, mon garçon, je reste avec lui. Adieu, Tanis.

Le demi-elfe partit au pas de course.

*
* *

Une quinte de toux amena Raistlin au bord de l'asphyxie. Il essuya le sang de ses lèvres et sortit un sachet de cuir de sa poche secrète. Il ne lui restait plus qu'un sort, et à peine l'énergie de le lancer. Tremblant comme une feuille, il versa le contenu du sachet dans le pichet de vin qu'il s'était procuré la veille.

Une main arrêta la sienne. C'était Laurana. Elle lui prit le sachet des doigts. Les siens étaient maculés du sang vert des draconiens.

— Qu'y a-t-il là-dedans ? demanda-t-elle.

— Des ingrédients pour jeter un sort... N'en bois pas, c'est un soporifique.

— Tu ne songes pas sérieusement que nous allons dormir cette nuit ? dit-elle avec un sourire.

— Non, pas de cette façon, répondit Raistlin en la fixant. Cette potion provoque un sommeil qui simule la mort. Le cœur ne bat presque plus, la respiration est ralentie à l'extrême, le corps devient froid.

Laurana ouvrit de grands yeux.

— Pour quelle raison prépares-tu cette mixture ?

— Afin de l'utiliser en dernier recours. Pour l'ennemi, tu as l'apparence d'un mort, donc il ne s'acharne pas sur toi, du moins si la chance est ton côté. Sinon...

— Sinon ?

— Certains se sont réveillés sur un bûcher funéraire, répliqua Raistlin d'un ton enjoué. Mais je ne crois pas que ce genre de choses puisse nous arriver.

— As-tu l'intention de nous faire boire ça ?

— Cela nous épargnera d'être torturés par les draconiens.

— Comment le sais-tu ?

— Fais-moi confiance, répondit le mage en souriant.

Caramon entra. Une flèche l'avait atteint à l'épaule. Son sang, qui coulait abondamment, se mêlait à celui des draconien.

— Ils sont en train d'enfoncer la porte d'entrée. Rivebise a ordonné de se replier ici.

— Ecoutez ! s'exclama le mage. Ils ne se contentent pas de la porte d'entrée !

Celle de la cuisine, qui donnait sur l'office, vola en éclats. Caramon et Laurana se retournèrent vers la brèche, prêts à affronter l'ennemi. Une haute silhouette apparut dans l'encadrement de la porte défoncée.

— Tanis ! s'écria Laurana en courant vers lui.

— Laurana ! exhala-t-il dans un souffle.

Il la serra contre lui, sanglotant de soulagement. Caramon referma ses grands bras sur eux.

— Tout le monde va bien ? demanda Tanis.

— Jusqu'à présent, ça peut aller. Mais où est...

— J'ai perdu Sturm, dit Tanis. Flint et Tass sont de l'autre côté de la rue. Le kender est coincé sous une poutre. Gilthanas est resté deux pâtés de maisons plus loin. Il est blessé. Rien de grave, mais il ne pouvait plus marcher.

Tanis vit le pichet de vin et le sachet. Il regarda Raistlin d'un air choqué.

— Non, ce n'est pas le moment de mourir. Du moins, pas comme tu... (Il se ravisa.) Que tout le monde se rassemble !

Caramon battit le rappel en hurlant à pleins poumons. Rivebise surgit. Les compagnons regardèrent Tanis d'un regard plein d'espoir.

Le spectacle de leur confiance mit le demi-elfe en fureur. *Un jour, je les laisserai tomber. Peut-être est-ce déjà fait, d'ailleurs.*

— Ecoutez-moi ! Nous allons essayer de nous enfuir par la porte arrière de l'auberge. L'ennemi ne doit pas être très nombreux. Le gros de l'armée n'est plus dans la ville.

— Alors, c'est *nous* qu'ils recherchent, murmura Raistlin.

— Apparemment. Nous n'avons pas de temps à perdre. Si nous arrivions à atteindre les collines...

Il s'interrompit et leva les yeux vers le plafond. Tout le monde se tut. Un cri strident déchira le silence, suivi d'un battement d'ailes de plus en plus bruyant.

— Tous à couvert ! cria Rivebise.

Mais il était trop tard. Il y eut un glapissement aigu, puis un bruit de tonnerre. Sous la déflagration, les trois étages de pierre et de bois vacillèrent comme un nid de brindilles. Après une explosion de gravats et de poussière, les flammes jaillirent. Au-dessus de leurs têtes, la charpente craqua de toutes parts. Le bâtiment entier s'effondrait.

Hypnotisés de terreur, les compagnons, impuissants, regardèrent dégringoler du plafond des énormes poutres. Les étages s'affaissaient dans un bruit assourdissant.

— Il faut que nous sortions d'ici ! cria Tanis. Tout va s'écrouler !

Avec de sinistres craquements, une solive éclata

puis céda. Tanis saisit Laurana par les épaules et la projeta aussi loin que possible du point de chute de la poutre. Elistan tendit les bras, et la rattrapa au vol.

Tanis entendit le mage proférer des mots bizarres. Puis il se sentit happé par le vide et entraîné dans une chute vertigineuse. Il lui sembla que le monde s'abattait de tout son poids sur lui.

*

* *

Passé le coin de la rue, Sturm fut en vue de l'auberge du *Dragon Rouge*. Justement survolée par un dragon rouge, elle était en train de s'effondrer dans un bouillonnement de flammes et de fumée. Le cœur du chevalier se serra.

Il dut se cacher sous un porche pour éviter les draconiens qui allaient et venaient en devisant gaiement. Leur mission devait être achevée, car ils semblaient en quête de distractions. Trois autres draconiens, vêtus cette fois d'uniformes bleus, semblaient s'émouvoir de la destruction de l'auberge, et montrait le poing au dragon.

Sturm sentit le désespoir l'envahir. Où étaient les compagnons ? S'étaient-ils enfuis ? Une tache blanche attira son regard.

— Elistan !

Le chevalier avait tout de suite reconnu le prêtre qui émergeait des décombres. Il portait quelqu'un dans ses bras.

Les draconiens se ruèrent sur lui et le sommèrent de se rendre. Sturm hurla la devise des Chevaliers de Solamnie et bondit vers l'ennemi.

Déconcertés, les draconiens se retournèrent.

Sturm nota vaguement qu'une silhouette courait en même temps que lui. D'un coup d'œil, il entrevit l'éclat métallique d'un casque, et il entendit un grognement caractéristique. Flint ! Sous une porte cochère, quelqu'un commença à parler. Sturm comprit qu'il s'agissait d'incantations magiques.

Gilthanas avait rampé près des soldats ennemis et leur lançait un sort. Des flèches enflammées jaillirent de ses doigts. Un draconien tomba en se tenant la poitrine. Flint sauta sur un autre, qu'il assomma à coups de pierre. Jouant des poings, Sturm en mit un troisième hors de combat. Il se précipita aussitôt vers Elistan, qui ployait sous son fardeau.

— Laurana ! cria Gilthanas depuis la porte cochère.

Hébétée, la jeune elfe se frotta les yeux, et reconnut le chevalier.

— Sturm, ton épée et les autres armes sont par là, dit-elle, montrant du doigt l'auberge en ruine.

Le chevalier vit un bout de lame étincelant sous les décombres. Il dégagea les gravats, et ramassa sa précieuse épée et la lame de Kith-Kanan, qu'avait trouvée Tanis. A l'affût du moindre signe de vie, il tendit l'oreille. Le silence lui répondit.

— Nous devrions partir d'ici, dit-il d'un ton accablé à Elistan. Où peuvent être les autres ?

— Ils étaient dans l'auberge, répondit le prêtre. Le demi-elfe est arrivé par la porte de derrière au moment où le dragon a frappé. Tanis a vu qu'une poutre allait leur tomber dessus, il a voulu pousser Laurana hors de danger, puis tout s'est effondré dans la pièce. Je ne vois pas comment ils pourraient encore...

— C'est impossible ! cria Flint en bondissant au milieu des décombres.

Sturm le retint et le tira en arrière.

— Où est passé Tass ?

— Coincé sous une poutre, répondit le nain d'un ton lugubre. Il faut que je retourne près de lui. Mais je ne peux pas abandonner les autres... Caramon, se mit-il à crier, où est-il, ce grand lourdaud ! Il ne peut pas me faire ça ! J'ai besoin de lui ! Et de Tanis ! Crénom, j'ai besoin d'eux !

Soudain Laurana poussa un long cri qui glaça Sturm. Elle se précipita dans les décombres.

A genoux, elle essaya de déblayer les pierres noircies de suie.

— Tanis ! appela-t-elle.

Désespéré, Sturm regardait la scène sans savoir quel parti prendre. Le son du cor lui parvint, de plus en plus proche. Les armées allaient envahir la ville. Sturm et Elistan se regardèrent et se comprirent. Ils coururent vers Laurana.

— Chère Laurana, commença le prêtre avec douceur, tu ne peux plus rien pour eux. Les survivants ont besoin de toi. Ton frère et le kender sont blessés. Les draconiens vont arriver. Si nous ne fuyons pas nous périrons inutilement et nous ne pourrons pas continuer à lutter contre ces monstres. Tanis a donné sa vie pour nous, Laurana. Que ce sacrifice n'ait pas été vain !

Laurana leva vers lui son visage maculé de suie, de sang et de larmes. Elle entendait les sonneries de cors, les appels de Gilthanas, les grognements désespérés de Flint, et les paroles d'Elistan. La pluie se mit à tomber. Le feu des dragons avait fait fondre la neige et l'avait changée en eau.

— Aide-moi, Sturm ! murmura-t-elle.

Il passa un bras autour d'elle et l'aida à se relever.

— Laurana ! appela Gilthanas.

Elistan avait raison. Les vivants avaient besoin d'elle. Elle ne pensait qu'à s'étendre sur ces pierres et mourir, mais il fallait continuer. Tanis l'aurait voulu ainsi.

Ils avaient besoin d'elle !

— Adieu, Tanthalas ! murmura-t-elle.

La pluie redoubla, comme si les dieux avaient décidé de noyer Tarsis la Magnifique de leurs larmes.

*
* *

De l'eau glacée lui coulait sur la tête. Une agaçante façon de se réveiller. Raistlin essaya de se déplacer, mais une masse énorme pesait sur lui. Pris de panique, il se débattit. Cela le ramena à la triste conscience de son état. La panique disparut et il s'efforça de faire le point sur la situation.

Il faisait un noir d'encre et il ne voyait rien. D'abord, il fallait se dégager de ce poids et vérifier qu'il n'avait rien de cassé. Ses bras lui obéissaient. Du bout des doigts, il sentit le contact du métal. Une armure ! C'était Caramon, il aurait pu s'en douter. Avec la dernière énergie, il poussa le corps de son frère, et se dégagea de son encombrant protecteur.

Il tâta le cou de Caramon. Les veines palpitèrent sous ses doigts et il sentit de la chaleur. Ouf ! Au moins, il n'était pas seul.

Il se demanda où il pouvait bien se trouver. Il se souvint d'avoir lancé un sort, puis de Caramon se jetant sur lui au moment où le bâtiment s'effondrait.

Ensuite, cette sensation de tomber dans le vide...

Soudain, il comprit. *Nous avons dû traverser le plancher et atterrir dans la cave de l'auberge.* Il tâta le sol jusqu'à ce qu'il ait trouvé ce qu'il cherchait. Le cristal était intact ; seul le souffle d'un dragon pouvait détruire le bâton que lui avait donné Par-Salian dans la Tour des Sorciers.

— *Sharak !* chuchota-t-il.

Le bâton s'illumina. Ils étaient bien dans la cave. Le contenu des jarres et des tonneaux, du vin et de la bière, s'était répandu sur le sol.

Il promena la lueur magique dans la pièce. Tanis, Rivebise, Lunedor et Tika gisaient non loin de Caramon. Un morceau de poutre brisée était fiché à l'oblique dans le sol. Raistlin sourit. *Pas mal du tout, ce dernier petit sort !* Une fois encore, ils lui devaient la vie.

S'ils ne mouraient pas de froid entre-temps. Le mage tremblait de tous ses membres et il pouvait à peine tenir son bâton. La toux le reprit. Rester ici signifiait une mort certaine. Il fallait sortir, et vite.

— Tanis ! cria-t-il en secouant le demi-elfe.

Emergeant de l'inconscience, Tanis balbutia quelques syllabes, puis poussa un cri en se couvrant instinctivement la tête du bras.

— Tanis, tu es sain et sauf, murmura Raistlin. Reviens à toi.

— Quoi ? fit Tanis en se redressant. Où suis-je ? Où est Laurana ?

— Tu l'as mise hors de danger.

— Ah oui ! Je me souviens. Je t'ai entendu prononcer une incantation...

— Qui a évité que nous soyons écrasés.

On aurait cru que Tanis tombait de la lune.

— Où sommes-nous ?

— Dans la cave de l'auberge. Le plancher a cédé et nous sommes passés à travers.

— Par tous les dieux, fit Tanis en inspectant les lieux, nous sommes enterrés vivants !

Les compagnons prirent peu à peu conscience de leur situation. De fait, elle paraissait inextricable. Ils ignoraient depuis combien de temps ils étaient là, et ce qui avait pu se passer depuis. Pour finir, ils n'avaient pas la moindre idée de ce qu'ils pourraient faire pour sortir de la cave.

Caramon tenta de déplacer une pierre, ce qui provoqua un éboulement. Raistlin lui rappela sèchement qu'il ne pouvait plus lancer de sort.

Rivebise se demanda de quelle façon ils allaient périr : de froid, par asphyxie, écrasés sous les pierres, ou par noyade... Le niveau de l'eau montait rapidement.

— Nous pourrions appeler au secours ? suggéra Tika.

— Et ajouter ainsi les draconiens à la liste de nos

ennemis..., ironisa Raistlin. Eux seuls peuvent nous entendre.

Tika rougit jusqu'aux oreilles. Caramon adressa un regard de reproche à son frère et passa un bras protecteur autour des épaules de la jeune femme. Raistlin leur jeta un regard dégoûté.

Au-dessus de leurs têtes, un son étrange interrompit leur conversation. Un autre cri aigu, plus intense encore, lui fit écho. Il ressemblait à ceux que poussent les oiseaux de proie planant sur la steppe au crépuscule.

— Qu'est-ce que ça peut être ? demanda Caramon, stupéfait. Ce n'est pas le cri d'un dragon. On dirait un immense prédateur ailé !

— Je ne sais pas ce que c'est, mais les draconiens sont en train de se faire tailler en pièces ! dit Lunedor.

Les hurlements de douleur et de terreur des draconiens s'arrêtèrent aussi abruptement qu'ils s'étaient élevés. Quel nouveau fléau allait succéder au précédent ?

Ils entendirent le bruit de pierres qui tombaient ; on jetait des poutres lancées sur le sol, où elles s'écrasaient avec fracas. A l'évidence, une créature cherchait à les atteindre.

— Après les draconiens, ça va être notre tour ! dit Caramon.

Lunedor avala sa salive ; Rivebise s'était départi de son expression stoïque et regardait en l'air avec anxiété.

— La ferme, Caramon ! jeta Raistlin en frissonnant.

— Inutile d'avoir peur, nous ne savons même pas de quoi..., commença Tanis.

Un bruit l'interrompit. Des pierres, des poutres et des blocs de mortier tombèrent dans la cave. Une gigantesque serre jaillit des débris et plongea vers eux.

Les compagnons se réfugièrent aux quatre coins de

la cave, cherchant refuge sous les tonneaux éventrés. Pétrifiés, ils virent la serre sortir des décombres, laissant derrière elle une ouverture béante.

Ce fut de nouveau le silence. Personne n'osa le rompre. Nul ne se risqua à bouger.

— Il faut saisir cette chance, décida Tanis. Caramon, va voir ce qu'il se passe là-haut.

Le grand guerrier n'attendit pas la fin de la phrase pour se hisser parmi les gravats.

— Je ne vois rien, dit-il, surpris.

Tanis prit son épée et s'approcha, les yeux levés vers l'ouverture. Une silhouette noire se découpait sur le ciel rougeoyant. Derrière elle se dressait une énorme bête. Ils eurent juste le temps de reconnaître la tête d'un aigle géant, dont les yeux et le bec crochu luisaient à la lueur des flammes.

Les compagnons reculèrent, mais il était trop tard. La grande silhouette les avait repérés.

Elle s'agenouilla au bord du trou et retira le masque qui lui couvrait la tête.

— Ravi de te revoir, Tanis Demi-Elfe, dit une voix froide et claire, aussi lointaine que les étoiles.

8

LA FUITE DE TARSIS.
L'HISTOIRE DES ORBES DRACONIENS.

Tandis que les dragons survolaient la cité éventrée, les armées draconiennes l'avaient envahie. A présent que les dragons s'étaient acquittés de leur tâche, leur seigneur les rappellerait à lui pour les lancer dans une nouvelle entreprise.

Rien en Krynn n'était capable de les arrêter. Parfois, cependant, un incident venait interrompre leur ronde. Un jeune dragon rouge qui conduisait un groupe fut averti qu'un combat avait lieu près d'une auberge détruite. Il s'y dirigea avec son équipe, maugréant contre l'inefficacité du commandement.

Il se remémorait les jours glorieux où Verminaard les menait lui-même à l'assaut, à califourchon sur Pyros. Lui au moins était un véritable Seigneur des Dragons !

— Halte ! C'est un ordre !

Le jeune dragon rouge s'arrêta net et leva les yeux. La voix claire et forte émanait d'un seigneur draconien. Malgré son ample cape et son masque rutilant, il s'agissait d'un humain, à en juger par sa voix. D'où venait-il ? Que faisait-il ici ? Pourquoi chevauchait-il un dragon bleu ?

— Quelles sont tes intentions, seigneur ? demanda

le jeune dragon rouge. De quel droit nous arrêtes-tu sur un territoire où tu n'as rien à faire ?

— Mon affaire, c'est le sort de l'espèce humaine, que ce soit sur ce territoire ou ailleurs, répliqua le Seigneur des Dragons. Et mon épée me confère le droit de te donner des ordres ! Quant à mes intentions, je vous demande de capturer vivants ces misérables humains. Ils seront soumis à un interrogatoire. Amène-les-moi, tu seras bien récompensé.

— Regardez ! s'exclama un des dragons. Des griffons !

Le Seigneur des Dragons poussa une exclamation de colère. Tous regardèrent passer trois griffons qui voulaient à la lisière de la fumée. Deux fois plus petits que les dragons, ils étaient redoutés à cause de leur férocité. Le groupe se dispersa à tire-d'aile devant ces créatures aux griffes et aux becs acérés, qui décapitaient les malheureux reptiliens qui se trouvaient sur leur passage.

Le jeune dragon rouge poussa un rugissement haineux, et se prépara à piquer sur les griffons. Le Seigneur des Dragons se mit en travers de son chemin.

— Je t'ai dit qu'il me les fallait vivants !

— Mais ils sont en train de s'échapper ! protesta le jeune dragon.

— Laisse-les filer. Ils n'iront pas loin. Je te décharge de ta mission. Tu peux rejoindre le reste de l'armée. Et si cet imbécile de Toede en parle, dis-lui que l'histoire de la perte du bâton au cristal bleu n'est pas oubliée. Je connais toutes les bévues de Toede, le chef des hobgobelins, et je me chargerai de les communiquer à d'autres s'il ose s'opposer à mes plans.

Eperonnant son dragon bleu, le Seigneur des Dragons s'élança à la poursuite des griffons. Grâce à leur extraordinaire rapidité, ils avaient déjà dépassé les portes de la ville.

*
* *

— Inutile de me remercier, coupa Alhana Astre-vent.

Chassant du revers de la main la pluie qui lui fouettait le visage, Tanis ne termina pas sa phrase. Cramponné au cou duveteux du griffon, il regarda défiler sous eux la ville réduite à néant.

— Peut-être regretteras-tu tes remerciements quand tu m'auras écoutée jusqu'au bout, déclara froidement Alhana. Je vous ai libérés pour mon propre compte. J'ai besoin de guerriers pour m'aider à retrouver mon père. Nous sommes en route pour le Silvanesti.

— Mais c'est impossible ! s'exclama Tanis. Nous devons rejoindre nos amis ! L'enjeu est beaucoup trop important ! Si nous arrivons à trouver ces orbes draconiens, nous aurons une chance d'anéantir ces horribles créatures et de mettre fin à la guerre. *Après*, nous pourrons aller au Silvanesti...

— Nous y allons *maintenant*, coupa Alhana. Ce n'est pas toi qui décides, Demi-Elfe. Les griffons n'obéissent qu'à moi. Il suffit d'un ordre de ma part pour qu'ils te mettent en pièces, comme ils l'ont fait avec les draconicns.

— Un jour, les elfes se réveilleront, et ils comprendront qu'ils appartiennent à une grande famille, dit Tanis, tremblant de colère. Ils ne pourront pas se comporter éternellement en enfants gâtés, tandis que les autres doivent se contenter des miettes.

— Nous méritons les dons que nous avons reçus des dieux. Vous autres humains et demi-humains (sa voix était cinglante comme un fouet) avez reçu les mêmes bienfaits. Mais à cause de votre avidité sans bornes, vous n'avez pas su les garder. Nous sommes capables de nous battre pour notre survie sans votre aide.

— Tu ne craches pas sur notre aide, en ce moment !

— Vous serez généreusement récompensés, répliqua Alhana.

— Quelles richesses possède donc le Silvanesti qui puissent nous récompenser ?

— Tu recherches les orbes draconiens. Je sais où il s'en trouve un. Au Silvanesti.

En entendant mentionner les orbes, Tanis pensa à ses amis.

— Où est passé Sturm ? demanda-t-il. La dernière fois que je l'ai vu, il était avec toi.

— Je n'en sais rien. Nous nous sommes séparés. Il est parti vous retrouver à l'auberge. Moi, j'ai fait venir mes griffons.

— Pourquoi ne lui as-tu pas demandé de t'accompagner au Silvanesti, si tu as tellement besoin de guerriers ?

— Cela ne te regarde pas, répliqua Alhana en lui tournant le dos.

Tanis était trop fatigué pour avoir les idées claires. Il se tut. Au milieu des bruissements d'ailes des griffons, une voix l'appela.

C'était Caramon, qui lui indiquait du geste quelque chose dans le lointain.

Ils avaient laissé la fumée et les nuages de Tarsis derrière eux, et volaient dans un ciel clair. La lune d'argent et la lune rouge s'étaient levées, mais Tanis n'eut pas besoin de leur lumière pour reconnaître les formes sombres qui déchiraient le ciel étoilé.

— Les dragons, dit-il à Alhana. Ils sont à nos trousses.

*

* *

Tanis ne parvint jamais à se souvenir vraiment de cette fuite cauchemardesque à dos de griffons. Dans un vent glacial, il passa des jours à scruter le ciel pour surveiller leurs poursuivants.

Personne ne volait plus vite que les griffons aux ailes d'aigle. Mais les dragons bleus, les premiers qu'il voyait, les talonnaient sans relâche. Le seul événement dont Tanis garda le souvenir survint la deuxième nuit du voyage. Il était en train de raconter à ses compagnons réunis autour du feu comment il avait retrouvé Tass dans la bibliothèque de Tarsis. Quand il mentionna les orbes draconiens, les yeux de Raistlin brillèrent.

— Tu as sûrement entendu parler de ça, Raistlin, dit Tanis. A quoi servent-ils ?

Raistlin ne répondit pas tout de suite. Ses yeux dorés se posèrent sur Alhana, assise à l'écart. Si elle daignait partager la caverne avec les autres pour y passer la nuit, il était hors de question qu'elle prît part à leurs conversations. Cependant, elle tourna légèrement la tête.

— Tu dis qu'il y a un orbe draconien au Silvanesti, répondit le mage à Tanis, mais ce n'est pas à moi qu'il faut demander ça.

— Je sais très peu de choses, déclara Alhana. Nous le gardons comme une relique ; c'est presque devenu une curiosité. Qui aurait cru que les humains réveilleraient les démons et ramèneraient les dragons sur Krynn ?

Avant que Raistlin ait pu répondre, Rivebise intervint d'une voix courroucée :

— Tu n'as aucune preuve de ce que tu dis !

Alhana le toisa avec mépris. Elle ne s'abaissa pas à répondre à un barbare.

Tanis poussa un soupir. Rivebise connaissait mal les elfes. Il avait mis beaucoup de temps à avoir confiance en Tanis, encore plus en Gilthanas et Laurana. Maintenant qu'il était parvenu à surmonter ses préjugés, ceux d'Alhana lui infligeaient de nouveaux tourments.

— Eh bien, Raistlin, s'il te plaît, raconte-nous ce que tu sais des orbes draconiens, dit tranquillement Tanis.

Le mage s'éclaircit la voix avant de répondre :

— Pendant l'Age des Rêves, du temps où le monde de Krynn respectait et vénérait les membres de mon ordre, il existait cinq Tours des Sorciers. Quand survinrent les Deuxièmes Guerres Draconiennes, les meilleures pages de mon ordre se réunirent dans la plus grande des Tours, celle de Palanthas, et créèrent les orbes draconiens.

Le magicien s'était arrêté. Son regard se perdit dans le vague. Quand il recommença à parler, sa voix avait changé. Lorsqu'il racontait ces événement, il les revivait intensément. Sa voix s'était éclaircie, devenait forte et profonde. Il ne toussait plus. Caramon le considéra avec surprise.

— Les mages qu'on appelle les Robes Blanches entrèrent les premiers dans la salle, tout en haut de la Tour, à l'heure où Solinari, la lune d'argent, s'élevait dans le ciel. Puis Lunitari la sanglante apparut, et avec elle, les Robes Rouges. Finalement, Nutari, le disque noir source de ténèbres au milieu des étoiles, visible pour ses seuls adeptes, rejoignit les deux astres, et les Robes Noires firent leur entrée dans la salle.

« Ce fut un moment singulier dans l'histoire, pendant lequel les différentes robes oublièrent leurs dissensions. Cela ne s'était produit qu'une fois, lorsque les magiciens se rassemblèrent pour les Batailles Perdues. Pour l'heure, il s'agissait d'endiguer le fléau. Car nous avions compris qu'il anéantirait *toutes* les magies du monde, pour imposer le règne d'une force à son service, assujettie aux forces du Mal. Certains parmi les Robes Noires tentèrent de s'allier avec ce nouveau pouvoir, mais ils comprirent vite qu'ils en deviendraient les esclaves. C'est ainsi que par une nuit de trois lunes pleines, sont nés les orbes draconiens. »

— *Trois* lunes ? s'étonna Tanis.

Raistlin ne l'écoutait pas. D'une voix qu'on ne lui connaissait pas, il poursuivit son récit comme dans un rêve :

— Cette nuit-là, les sorciers firent appel à des pouvoirs magiques d'une force inouïe. Quelques-uns n'y résistèrent pas ; ils y laissèrent leur énergie mentale et physique. Mais à l'aube, cinq orbes draconiens trônaient sur leur piédestal, scintillant sous la lumière. Quatre furent transportés de Palanthas dans les autres Tours. Ils ont aidé le monde à chasser la Reine des Ténèbres.

La lueur fiévreuse du regard de Raistlin s'éteignit. Sa voix s'altéra ; il fut pris d'une violente quinte de toux. Les compagnons le fixèrent sans mot dire.

— Pourquoi as-tu mentionné trois lunes ? demanda Tanis.

Raistlin leva vers lui des yeux éteints.

— Trois lunes ? murmura-t-il. Je n'en ai aucune idée. De quoi parlions-nous ?

— Des orbes draconiens. Tu nous as raconté comment ils ont été créés. Comment as-tu...

Tanis n'insista pas. Le mage s'était laissé tomber sur sa couche.

— Je ne vous ai rien raconté du tout, répondit-il avec irritation. A propos de quoi conversions-nous ?

— Nous parlions des orbes draconiens, répondit Lunedor. Tu allais nous expliquer ce que tu savais.

— Je ne sais pas grand-chose. Ils ont été créés par des mages tout-puissants. Eux seuls savent s'en servir. On a prédit le pire à ceux qui les utiliseraient sans avoir les pouvoirs nécessaires. Je ne sais rien de plus. Tout ce qui a trait aux orbes draconiens a disparu pendant les Batailles Perdues. Deux ont été détruits lors de la chute des Tours des Sorciers, afin qu'ils ne tombent pas aux mains de la racaille. La trace des trois autres s'est perdue à la mort de leurs créateurs.

Epuisé, il se laissa retomber sur sa couche et s'endormit.

— Les Batailles Perdues, trois lunes, cette voix étrange... Quel sens donner à tout cela ?

— Je ne crois pas un mot de ce qu'il raconte, dit froidement Rivebise.

Il arrangea ses fourrures et se prépara à dormir. Tanis allait en faire autant quand il vit Alhana s'approcher de Raistlin.

— De puissants magiciens ! Par les dieux, mon père ! murmura-t-elle, tremblante de peur.

La voyant ainsi, Tanis eut une subite illumination.

— Veux-tu dire que ton père aurait utilisé l'orbe draconien qui se trouve au Silvanesti ?

— Je le crains, gémit-elle en se tordant les mains. Il a dit qu'il était le seul à pouvoir combattre le Mal et l'empêcher d'envahir notre pays. Peut-être voulait-il parler de... (Elle se pencha vers Raistlin.) Réveille-le ! ordonna-t-elle à Tanis. Il faut que je sache !

Caramon la retint doucement mais fermement. Alhana le foudroya du regard. Un instant, Tanis crut qu'elle allait le frapper. Il lui prit la main.

— Dame Alhana, dit-il d'un ton apaisant, il ne servira à rien de le réveiller. Il nous a dit tout ce qu'il savait. Quant à ce qu'il a raconté avec *son autre* voix, il ne s'en rappelle pas.

— Ce n'est pas la première fois que cela lui arrive, dit Caramon. Il devient quelqu'un d'autre : après, il est épuisé et il ne se souvient de rien.

Alhana retira sa main de celle de Tanis. Son visage, lisse et froid, était celui d'une statue. Elle tourna les talons, écarta la tenture qui séparait le feu de camp des dormeurs et faillit l'arracher en sortant de la caverne.

— Caramon, je prends le premier tour de garde, va te reposer, dit Tanis.

Le demi-elfe suivit Alhana.

Dehors, les griffons dormaient profondément, la tête

sous une aile. Dans la nuit noire, Tanis ne vit pas tout de suite Alhana. Il entendit ses sanglots, et distingua sa silhouette, assise contre un rocher, le visage entre les mains.

Jamais elle ne lui pardonnerait s'il la surprenait dans cet état de faiblesse et de vulnérabilité, il le savait. Il revint sur ses pas et écarta la tenture.

— Je vais prendre mon tour de garde ! cria-t-il.

Tanis vit la jeune femme se redresser et s'essuyer hâtivement le visage. Elle se tourna vers lui et le regarda venir.

— La caverne était étouffante, dit-elle doucement, je suis venue respirer l'air frais.

— C'est moi qui assure le premier tour de garde, fit Tanis. (Il y eut un moment de silence.) Tu sembles redouter que ton père se soit servi de l'orbe draconien. Il connaissait sûrement son histoire. Autant que je m'en souvienne, il était magicien.

— Il savait d'où venait l'orbe, dit Alhana d'une voix chevrotante. Le jeune mage avait raison lorsqu'il parlait des Batailles Perdues et de la destruction des Tours. Mais il avait tort en disant que les trois orbes avaient disparu. L'un a été mis en sécurité chez mon père.

— Les Batailles Perdues, qu'est-ce que c'est ? demanda Tanis.

— Qualinost aurait-elle perdu la mémoire ? répliqua-t-elle avec colère. Quels barbares êtes-vous devenus depuis que vous vous mêlez aux humains !

— La faute m'en incombe entièrement, répondit Tanis, je n'écoutais pas les leçons du Gardien des Traditions.

Alhana le regarda d'un air suspect, comme s'il se moquait d'elle. Mais il avait l'air sérieux, et elle n'avait pas envie de se retrouver seule ; aussi se décida-t-elle à répondre à sa question :

— Pendant l'Ere de la Force, Istar vécut ses jours de gloire. Le Prêtre-Roi d'Istar et ses disciples jalousaient les magiciens. Ils trouvaient inutile de défendre un pouvoir sur lequel ils n'avaient pas de prise. Quant aux magiciens, ils étaient respectés, mais on s'en méfiait, même des Robes Blanches. Les prêtres d'Istar n'eurent aucune difficulté à monter le peuple contre les sorciers en les rendant responsables du Mal qui se propageait dans le monde. Les Tours des Sorciers, où les mages passaient une redoutable épreuve, étaient le siège de leur pouvoir. Elles devinrent des cibles pour le peuple, qui les prit d'assaut. Comme l'a dit ton jeune ami, pour la seconde fois dans leur histoire, les Robes s'allièrent pour défendre leur dernier bastion.

— Mais comment se fait-il que les mages aient été vaincus ? s'enquit Tanis, incrédule.

— Tu me le demandes, toi qui en as un exemple sous les yeux ? Ton ami le mage est puissant, mais il est contraint de s'arrêter pour prendre du repos. Les plus forts doivent avoir le temps de se régénérer pour lancer leurs sorts et entretenir leur mémoire. Même le plus expérimenté est obligé de dormir et de potasser ses grimoires. En outre, comme aujourd'hui, les magiciens n'étaient pas nombreux. Bien peu osaient affronter l'Epreuve de la Tour des Sorciers, car l'échec signifiait la mort.

— La mort ?

— Exactement, répondit Alhana. Ton ami est très courageux d'avoir pris ce risque aussi jeune. Très courageux, ou très ambitieux. Il ne t'en a pas parlé ?

— Non, il n'aborde jamais le sujet. Mais continue...

— Quand il fut évident que la bataille était perdue, les magiciens détruisirent eux-mêmes les Tours. Les explosions dévastèrent la région sur des lieues. Il n'en resta plus que trois : la Tour d'Istar, celle de Palanthas, et celle de Wayreth. Le Prêtre-Roi d'Istar prit peur : les magiciens pouvaient anéantir les villes de Panathas et d'Istar en même temps que leurs Tours. Il leur garantit donc la liberté s'ils laissaient leurs Tours intactes.

« Les mages sont partis pour la seule Tour qui n'ait jamais été attaquée, celle de Wayreth, dans les Monts Kharolis. C'est là qu'ils mirent en sûreté le peu de savoir magique qui restait en ce monde. Les grimoires qu'ils n'avaient pu emmener avec eux, scellés par des sorts, furent regroupés dans la bibliothèque de Palanthas, où ils ont été conservés, selon les préceptes de nos traditions. »

La lune d'argent s'était levée. Sa lumière auréolait l'elfe d'une beauté glacée qui transperça le cœur de Tanis.

— Que sais-tu de la troisième lune ? demanda-t-il en frissonnant. Une lune noire...

— Très peu de choses. Les magiciens tirent leur pouvoir des lunes : Solinari pour les Robes Blanches, Lunitari pour les Robes Rouges. Pour les Robes Noires, il s'agit, selon la tradition, d'une lune qu'ils sont les seuls à voir dans le ciel.

Raistlin connaissait le nom de la lune noire. Mais il n'en avait pas fait mention.

— Comment ton père a-t-il reçu l'orbe draconien ?

— Lorac était apprenti magicien. Il se rendit à la Tour des Sorciers d'Istar pour y passer l'Epreuve, qu'il réussit. C'est là qu'il a vu les orbes pour la première fois. Je vais te dire ce que je n'ai répété à personne, et qu'il n'a confié à nul autre qu'à moi : tu as le droit de savoir ce qui t'attend.

« Pendant l'Epreuve, l'orbe draconien a communiqué avec lui par l'esprit. Il a exprimé ses craintes d'une calamité qui s'abattrait prochainement sur l'Univers. « Ne me laisse pas à Istar, lui a dit l'orbe, sinon, je périrai, et le monde avec moi. » En quelque sorte, mon père a subtilisé l'orbe draconien pour le sauver.

« La Tour d'Istar fut abandonnée. Le Prêtre-Roi en prit alors possession. Puis les mages quittèrent la Tour de Palanthas. Son destin fut terrible. Le régent de Palanthas, un disciple du Prêtre-Roi, vint pour y apposer des sceaux. En réalité, il était avide de s'emparer des merveilles, bénéfiques ou maléfiques, dont parlent les légendes.

« Le grand mage des Robes Blanches avait verrouillé les portes d'or avec une clé d'argent. Le régent tendit la main pour s'emparer de la clé, lorsqu'un mage des Robes Noires le surprit et s'écria : « Les portes resteront closes et les salles vides jusqu'au jour où le maître du présent et du passé récupérera ses pouvoirs. » Puis il se lança d'une fenêtre. Avant de s'empaler sur les pieux, il jeta un sort sur la Tour. Au moment où son sang se répandait sur le sol, les portes d'or se mirent à trembler et se ternirent, puis noircirent. La Tour étincelante de blanc et de rouge se transforma en pierre grise, ses minarets noirs tombèrent en poussière.

« Le régent et le peuple, terrorisés, s'enfuirent. De ce jour, personne n'a plus osé approcher la Tour de Palanthas. C'est en ce temps-là que mon père a rapporté l'orbe draconien au Silvanesti. »

— Il savait sûrement quelque chose sur l'orbe avant d'en prendre possession, insista Tanis. Par exemple comment l'utiliser...

— Si c'est le cas, il ne m'en a jamais parlé. Voilà, je t'ai tout dit. Maintenant, je dois me reposer. Bonne nuit ! fit-elle sans lui jeter un regard.

— Bonne nuit, dame Alhana. Ne t'inquiète pas. Ton père est un sage, il a une grande expérience. Je suis certain que tout est en ordre.

Alhana allait se retirer sans répondre, mais la sympathie que lui manifestait Tanis ne la laissait pas indifférente.

— Bien qu'il ait réussi l'Epreuve, mon père n'était pas aussi savant que ton jeune ami l'est aujourd'hui. Et s'il pensait que l'orbe draconien était notre seul espoir, je crains bien que...

— Les nains ont un dicton, dit doucement Tanis en la prenant par l'épaule. « Celui qui hypothèque l'avenir paiera les intérêts en chagrin. » Ne te fais pas de souci. Nous sommes avec toi.

Alhana ne répliqua pas. Elle resta un instant face à Tanis, puis se dirigea vers la caverne. Avant d'entrer, elle se retourna vers lui.

— Tu t'inquiètes pour tes amis, lui dit-elle. Il ne faut pas. Le kender a failli mourir, mais ils ont pu quitter la ville sains et saufs. Ils sont en route pour le Mur de Glace, à la recherche d'un orbe draconien.

— Comment peux-tu être au courant ? s'étonna Tanis.

— Je t'ai dit tout ce que j'avais à dire.

— Enfin, Alhana, comment le sais-tu ?

Ses joues rosirent sous l'émotion.

— Je... j'ai confié mon étoile de diamants au chevalier. Il ne connaît pas ses pouvoirs et ne sait pas s'en servir, bien entendu. J'ignore pourquoi je la lui ai donnée... Peut-être parce que...

— Parce que quoi ? demanda Tanis, stupéfait.

— Il a été si galant, si courageux. Il a risqué sa vie pour moi sans savoir qui j'étais. Il m'a secourue parce que j'avais des ennuis. Et il a pleuré quand le dragon tuait tout le monde. Je n'avais jamais vu un homme pleurer. Même quand les dragons nous ont chassés de chez nous, nous n'avons pas versé une larme. Je crois que nous ne savons plus le faire.

Gênée d'en avoir trop dit, elle entra précipitamment dans la caverne.

— Par tous les dieux ! s'exclama Tanis.

Une étoile de diamants ! Un cadeau rare, inestimable ! Chez les elfes, les amoureux échangeaient l'étoile de diamants quand ils étaient obligés de se séparer. Par ce joyau qui reliait leurs âmes, ils partageaient leurs émotions et se soutenaient mutuellement. Qu'une elfe offre ce bijou à un humain était impensable. Quel effet aurait l'étoile sur le chevalier ? Et Alhana ? Jamais elle ne pourrait aimer un humain. Elle avait dû agir dans un état de faiblesse causé par l'effroi.

Cela ne pouvait que mal finir. A moins que des changements radicaux se produisent chez les elfes, ou chez Alhana.

Soulagé de savoir Laurana et les autres en sécurité, il songea à Sturm.

Le pire était à redouter.

9

LE SILVANESTI.
L'ENTRÉE DANS LE RÊVE.

Au lever du soleil, ils s'envolèrent pour leur troisième jour de voyage. Apparemment, ils avaient distancé les dragons, bien que Tika prétendît avoir distingué des taches sombres à l'horizon. En fin d'après-midi, ils furent en vue de Thon-Thalas, la Rivière du Seigneur, qui séparait le Silvanesti du monde extérieur.

Toute son enfance, Tanis avait entendu vanter la beauté et les merveilles de l'ancien royaume des elfes, que ceux du Qualinesti évoquaient sans regret. Ces merveilles étaient devenues le symbole des différends qui divisaient les familles elfiques.

Les elfes du Qualinesti vivaient en harmonie avec la nature, qu'ils cherchaient à embellir. Leurs maisons construites dans les peupliers s'harmonisaient avec leurs troncs dorés et argentés. Ils demeuraient entre des murs de quartz rose, toujours en accord avec les éléments naturels de leur contrée.

Les elfes du Silvanesti aimaient l'unicité et la diversité en toutes choses. Comme l'unicité ne se trouvait pas dans la nature, ils la rendaient conforme à leur idéal. Ils possédaient la patience, et ils avaient du temps. Qu'étaient les siècles pour des êtres dont la vie durait des centaines d'années ? Ils transformaient des forêts entières, élaguant et composant des jardins d'arbres et de fleurs d'une beauté inouïe.

Au lieu de construire des maisons, ils sculptaient les rochers, produisant de tels chefs-d'œuvre que les nains traversaient les montagnes pour venir les admirer.

Depuis les guerres fratricides, pas un elfe du Qualinesti, ni aucun être humain n'avait mis un pied dans la séculaire patrie.

Ils survolaient la cime des premiers peupliers du Silvanesti.

— Est-il exact, Alhana, demanda Tanis, que les humains, fascinés par la beauté du Silvanesti, sont incapables de s'en arracher et n'arrivent pas à le quitter ?

— Je savais que les humains étaient faibles, répondit froidement la jeune femme, mais à ce point ! S'il est vrai que les humains ne pénètrent pas au Silvanesti, c'est bien parce que nous les en empêchons. Nous ne les y retenons pas davantage. Si je pensais que vous voudriez y rester, je ne vous y aurais pas emmenés.

— Pas même Sturm ? ne put s'empêcher de demander Tanis, piqué au vif par le ton cinglant de la jeune femme.

Alhana se retourna, fouettant le visage de Tanis de ses longs cheveux. Elle était blanche de colère, et ses yeux violets avaient viré au noir.

— Ne me parle plus jamais de cela ! Ne me parle plus jamais de lui !

— Mais la nuit dernière..., balbutia Tanis, surpris.

— La nuit dernière n'a jamais existé ! J'étais affaiblie, fatiguée, j'avais peur. Exactement comme quand j'ai rencontré Stu... le chevalier. Je regrette de t'avoir parlé de lui. Et de l'étoile de diamants.

— Regrettes-tu de lui avoir donnée ?

— Je regrette le jour où j'ai posé le pied à Tarsis,

répondit-elle. Je ne souhaiterais qu'une chose : n'y être jamais allée !

Les compagnons survolaient la rivière en direction de la haute Tour des Etoiles, qui brillait comme une grosse perle dans le soleil, quand les griffons piquèrent vers la terre sans raison apparente.

Il semblait peu probable que le Silvanesti eût été attaqué. Le paysage semblait paisible ; il ne présentait aucune trace d'occupation par les draconiens.

— Non, ne descendez pas ! cria Alhana aux griffons. Je vous ordonne de continuer ! Je veux arriver jusqu'à la Tour !

Les bêtes, ignorant ses ordres, tournoyèrent en planant toujours plus bas.

— Ils refusent d'obéir, souffla Alhana, soucieuse. Ils ne me disent pas pourquoi. Je n'y comprends rien. Il faudra nous rendre à la Tour par nos propres moyens.

Ce n'est pas bon signe, songea Tanis. Les griffons, fiers et indépendants, avaient toujours fidèlement servi leurs maîtres ; rien ne leur faisait peur, pas même les dragons.

Cette fois, ils ne semblaient pas tranquilles. Ignorant les injonctions d'Alhana, ils se posèrent au bord de la rivière. Les compagnons n'avaient pas d'alternative. Ils déchargèrent les vivres et regardèrent les griffons déployer leurs ailes et s'envoler dans le ciel clair.

— Eh bien, nous allons marcher. Ce n'est pas très loin d'ici, dit Alhana d'un ton acide.

Les compagnons gardèrent le silence. Guettant le moindre bruit, ils scrutaient les bois que dorait le soleil du soir. Mais on n'entendait que le clapotis de l'eau sur le rivage.

— Tu as bien dit que ton peuple avait dû s'enfuir pour se soustraire à un siège ? finit par demander Tanis à Alhana.

— Si ce pays est occupé par les dragons, je suis un nain des ravins ! grogna Caramon.

— Nous avons été envahis par les draconiens ! Les dragons sillonnaient le ciel, comme à Tarsis ! Les armées ont détruit, pillé, brûlé...

— Ils ont dû chasser le canard sauvage, lança Caramon à Rivebise.

— Mais pourquoi nous a-t-elle amenés ici ? C'est peut-être un piège ? dit le barbare, toujours méfiant.

Caramon se tourna vers son frère, qui n'avait pas quitté des yeux la forêt de peupliers. Son regard semblait perdu dans le lointain.

— Tanis ! s'exclama Alhana, prise d'un soudain espoir. Peut-être mon père a-t-il réussi ? Oh, Tanis, traversons la rivière et allons voir ! Viens ! Le bac se trouve derrière ce méandre de la rivière...

— Attends, Alhana ! Qui sait ce qui se cache derrière ces arbres ! Raistlin...

Le mage le considéra d'un air absent. L'interpellation de Tanis le sortit de son rêve et il battit des paupières.

— Qu'y a-t-il ici, Raistlin ? demanda le demi-elfe. Que t'inspire cet endroit ?

— Rien, Tanis.

— Comment, rien ?

— On dirait un brouillard opaque, impénétrable, une sorte de mur aveugle... Je ne vois rien, je ne sens rien.

Tanis comprit que Raistlin mentait. Mais pourquoi ?

— Raistlin, supposons que Lorac, le roi des elfes, ait tenté de se servir de l'orbe draconien. Que serait-il arrivé ?

— Crois-tu qu'une chose pareille soit possible ? demanda le mage.

— Oui, répondit Tanis, d'après le peu qu'a raconté Alhana, l'orbe draconien a communiqué avec Lorac dans la Tour des Sorciers, et lui a demandé de le soustraire à une calamité imminente.

— A-t-il obéi ?

— Oui, il l'a ramené au Silvanesti.

— Alors il s'agit de l'orbe draconien d'Istar, soupira Raistlin. Je ne connais rien aux orbes, à part ce que tu m'en as dit. Mais je sais une chose, Demi-Elfe : aucun de nous ne sortira indemne du Silvanesti, si toutefois nous en sortons.

— Explique-toi ! Quel danger nous menace ?

— Que t'importe la nature du danger ? Nous sommes obligés d'entrer au Silvanesti. Tu le sais aussi bien que moi. Ou aurais-tu renoncé à retrouver l'orbe ?

— Mais tu pourrais nous dire si tu entrevois une forme de danger ! Nous y serions mieux préparés, insista Tanis, irrité.

— Alors préparez-vous, dit doucement Raistlin en arpentant la berge sablonneuse.

*

* *

Les compagnons franchirent la rivière quand les derniers rayons du soleil atteignaient la berge d'en face. L'obscurité envahit peu à peu la fabuleuse forêt du Silvanesti. Les ombres de la nuit se mouvaient entre les arbres comme de l'eau tourbillonnant autour de la coque d'un bateau.

Le bac progressait lentement. Propulsé par un système de poulies et de cordages arrimés à la rive, il semblait en parfait état. Mais après être montés à bord, les compagnons s'aperçurent qu'il tombait en ruine. Les cordages étaient vermoulus. La rivière elle-même changeait d'apparence. De l'eau brun-rouge suintait de la coque, dégageant une vague odeur de sang.

A peine avaient-ils déchargé les vivres et les bagages que les amarres rompirent. Le bateau partit à la dérive. La nuit tomba d'un seul coup. Le ciel était clair mais sans lunes ni étoiles. Seule une lumière inquiétante émanait de la rivière.

— Raistlin, ton bâton, dit Tanis.

Sa voix résonna jusque dans le fin fond de la forêt.

Sharak ! Le cristal emprisonné dans une griffe de dragon s'alluma au bout du bâton magique. Sa lueur, faible et pâle, n'éclairait que les yeux en forme de sabliers de Raistlin.

— Entrons dans le bois, dit-il d'une voix tremblante.

Personne ne réagit. Debout sur la berge, les compagnons n'osaient pas bouger. Il n'y avait aucune raison d'avoir peur, et cela les effrayait d'autant plus. L'angoisse montait du sol, envahissait leurs membres, leur tordait les entrailles, sapait leurs forces et rongeait leur cerveau.

Peur de quoi ? Il n'y avait rien ni personne, nulle part ! Rien qu'ils ne puissent craindre.

Mais ce rien les effrayait plus que tout.

— Raistlin a raison. Il faut que nous entrions dans le bois et que nous cherchions un abri, dit Tanis en claquant des dents. Suivons-le.

Il avança d'un pas chancelant, sans se demander si les autres l'avaient entendu.

Titubant, il suivit le mage pas à pas. Quand il atteignit la lisière de la forêt, son énergie avait fondu comme neige au soleil. Il avait trop peur pour avancer encore d'un pouce. Ses genoux cédèrent. Un cri déchirant s'échappa de sa gorge sèche :

— Raistlin !

Le mage ne pouvait venir à son secours. La dernière image dont Tanis eut conscience fut le bâton magique tombant au ralenti sur le sol.

Les merveilleux arbres du Silvanesti ! Arrangés depuis des siècles en bosquets raffinés. Autour de Tanis, il n'y avait que ça. Mais les végétaux semblaient s'être retournés contre leurs maîtres pour renaître à une autre vie sous des formes grotesques. Une lueur verte filtrait entre leurs feuilles.

Horrifié, Tanis resta cloué sur place. Il sentit qu'il allait devenir fou. Autour de lui, il n'y avait que des arbres, tous les arbres du Silvanesti. Mais ils étaient devenus des objets hideux.

Comme si l'âme de chaque arbre souffrait d'être emprisonnée dans son tronc, elle se répandait de douleur jusque dans ses branches, qui se tordaient atrocement. Les racines se soulevaient du sol, comme si elles voulaient échapper à la terre ; par les plaies béantes de l'écorce, la sève putride s'écoulait. Le murmure des feuilles s'était transformé en une horrible plainte. Les arbres du Silvanesti pleuraient du sang.

Tanis avait perdu la notion du temps. Il avançait droit devant, toujours plus loin, comme si rien ne pouvait l'arrêter. Puis il entendit le kender hurler de terreur : le cri d'un petit animal qu'on torture. Il se retourna et regarda vers les arbres que Tass montrait du doigt. Tanis songea que Tass ne pouvait pas se trouver là. Puis il vit Sturm, livide de peur, et Laurana, sanglotant de désespoir, et enfin Flint, qui ouvrait de grands yeux.

Tanis prit Laurana dans ses bras. Il sentit sous ses doigts son corps et sa chaleur ; mais dès l'instant où il l'eut touchée, il sut qu'elle n'était pas réellement là.

Cette certitude le terrifia.

Il se retrouva prisonnier d'un bosquet d'arbres. Son épouvante décupla. Des animaux bondirent des branches torturées et assaillirent les compagnons.

Tanis dégaina son épée, mais ce fut en vain : sa main tremblait trop. Il se força à détourner les yeux des animaux qui se muaient en hideuses créatures ni mortes ni réellement vivantes.

Parmi ces bêtes difformes avançaient des légions de guerriers elfes au squelette décharné, dont il ne put soutenir l'atroce regard ; les orbites de leurs crânes lisses n'étaient que des trous noirs. Montés sur des chevaux morts, ils passaient parmi les compagnons en brandissant leurs épées maculées de sang frais. Quand une lame les atteignait, ils se volatilisaient.

Mais les blessures qu'ils infligeaient étaient bien réelles. Caramon, qui se battait contre un loup au torse hérissé de serpents, vit un elfe le viser de son javelot. Il appela son frère à son secours.

— *Ast kiranann kair soth-aran suh kali jalaran*, dit aussitôt le mage.

Un boule de feu jaillit de ses mains et éclata devant l'elfe, sans produire le moindre effet. Son javelot avait transpercé l'armure de Caramon et pénétré son épaule. Le grand guerrier resta cloué à un arbre.

L'elfe retira son arme des chairs de Caramon, qui s'abattit sur le sol. Raistlin, mû par une fureur qui le surprit lui-même, sortit son poignard de sa manche et le lança sur le mort-vivant. La lame se ficha dans le crâne du revenant. Le guerrier et le cheval se volatilisèrent. Caramon gisait à terre, ruisselant de sang. Son bras n'était plus rattaché à l'épaule que par un filament.

Lunedor s'agenouilla près de lui et essaya de prier. Mais sa foi était oblitérée par la terreur.

— Mishakal, aide-moi. Aide-moi à secourir mon ami.

L'horrible blessure se referma. L'étau de la mort s'était desserré. Raistlin se pencha sur son frère et lui prodigua quelques mots de réconfort. Brusquement, il se figea, les yeux fixés sur les arbres, derrière Caramon.

— *Toi !* murmura-t-il d'une voix étranglée de peur.

— Qui est-ce ? demanda faiblement Caramon, inquiet. Que disais-tu ?

Raistlin ne lui répondit pas, mais poursuivit sa conversation avec l'autre interlocuteur.

— J'ai besoin de toi, dit gravement le mage. Maintenant plus que jamais.

Caramon vit son frère tendre la main comme s'il la plongeait dans une ouverture béante. Sans savoir pourquoi, il se mourait de peur.

— Raist, non ! cria-t-il en saisissant son frère par le poignet.

Le mage laissa retomber sa main.

— Notre marché tient toujours, dit-il. Quoi ? Tu en veux davantage ? (Raistlin garda un moment le silence, puis il poussa un grand soupir.) Prends !

Le mage écouta longuement son interlocuteur invisible. Puis l'étrange reflet métallique de son visage pâlit. Il ferma les yeux, sa respiration devint haletante. Finalement, il inclina la tête.

— J'accepte, dit-il.

Caramon hurla. La robe rouge de Raistlin, qui marquait la neutralité, vira au pourpre foncé, puis devint d'un noir profond.

— J'accepte ces conditions, répéta Raistlin, puisque le futur s'en trouvera changé. Que devons-nous faire ?

Il écouta de nouveau la réponse qu'on lui donnait.

— Comment sortirons-nous vivants de la Tour ? demanda-t-il à son immatériel conseiller. Et tu me donneras ce dont j'ai besoin ? Très bien. Bonne chance, si toutefois ces mots ont un sens, sachant le sombre chemin qui est le tien.

Ignorant les admonestations plaintives de Caramon et de Lunedor, terrifiée, le mage partit à la recherche de Tanis. Il le trouva acculé à un arbre, cerné par une multitude de guerriers elfes.

Imperturbable, Raistlin fouilla dans sa poche et en sortit une peau de lapin et un morceau d'ambre, qu'il frotta l'un contre l'autre en récitant :

— *Ast kiranann kair gadurm soth-arn suh kali jalaran.*

Des traits de feu sortirent de ses doigts et prirent les elfes pour cibles. Comme les autres créatures, ils s'évanouirent purement et simplement dans la nature.

— Rassemblez-vous autour de moi ! ordonna le mage aux compagnons.

Tanis hésita. Les guerriers elfes qui se tenaient encore aux abords de la clairière passèrent à l'attaque.

Raistlin leva une main vers le ciel. Stoppés par un mur invisible, les elfes s'arrêtèrent.

— Venez près de moi. (Les compagnons s'étonnèrent. Pour la première fois, Raistlin parlait d'une voix normale.) Dépêchez-vous, ajouta-t-il, ils n'attaqueront pas tout de suite. Ils ont peur de moi. Mais je ne parviendrai pas à les retenir bien longtemps.

Le front ruisselant de sang, Tanis s'avança, puis Lunedor, qui soutenait Caramon. Un à un, ils vinrent tous. Seul Sturm resta à l'écart.

— J'ai toujours su que cela finirait ainsi, déclara le chevalier. Plutôt mourir que me mettre sous ta protection, Raistlin.

Sturm tourna les talons et s'enfonça dans la forêt. Tanis vit le chef des morts-vivants faire un geste pour ordonner à ses troupes de le poursuivre. Le demi-elfe voulut rejoindre le chevalier, mais une main ferme le retint.

— Laisse-le s'en aller, dit gravement le mage, sinon nous mourrons tous. J'ai des informations à vous donner et très peu de temps pour le faire. Nous devons nous frayer un chemin à travers la forêt pour atteindre la Tour des Etoiles. Il faudra emprunter le chemin de la mort ; les créatures les plus abominables qu'ait pu concevoir l'esprit humain se dresseront sur notre passage. Mais sachez qu'il s'agit d'une illusion. Ce rêve est le cauchemar de Lorac. Et celui de chacun d'entre nous. Des images du futur surgiront en nous, elles peuvent être une aide ou une entrave. N'oubliez pas : bien que nos corps soient éveillés, nos esprits sont endormis. La mort existe dans nos seules têtes... A moins que nous soyons persuadé du contraire.

— Dans ce cas, pourquoi rester dans cet état de semi-sommeil ? demanda sèchement Tanis.

— Parce que Lorac croit trop fort à son rêve, et que vous n'y croyez pas assez. Quand tous les doutes seront levés, vous reviendrez à la réalité.

— Si c'est vrai, dit Tanis, et si tu es convaincu qu'il s'agit d'une illusion, pourquoi ne sors-tu pas de cet état ?

— Peut-être en ai-je décidé autrement, dit Raistlin en souriant.

— Je ne comprends pas ! fit Tanis, excédé.

— Tu comprendra, prédit tristement Raistlin. Ou tu mourras. Auquel cas, tout cela sera sans importance...

10

RÊVES ÉVEILLÉS. VISIONS DU FUTUR.

Sous le regard terrifié des compagnons, Raistlin se dirigea vers son frère, qui portait son bras en écharpe.

— Je vais m'occuper de lui, dit-il à Lunedor. J'ai repris des forces. Prends appui sur moi, mon frère, murmura-t-il à Caramon d'une voix si douce que le guerrier en frissonna.

Pour la première fois de sa vie, le grand Caramon s'appuya sur son frère jumeau. Tous deux s'engagèrent dans la forêt maléfique.

— Que t'est-il arrivé, Raist ? demanda Caramon. Pourquoi portes-tu la Robe Noire ? Et ta voix...

— Garde ton souffle pour marcher, mon frère.

Ils s'enfoncèrent dans les futaies peuplées de spectres qui les regardaient d'un air menaçant. Ils sentaient la haine que les morts portent aux vivants sourdre des orbites creuses de leurs crânes.

Personne n'osait s'attaquer à un mage des Robes Noires.

Caramon se vidait de son sang. Dans sa fièvre, il avait l'impression que son ombre prenait de la densité à mesure que la vie se retirait de son corps épuisé.

Tanis parcourait les bois à la recherche de Sturm. Il le retrouva aux prises avec une escouade de guerriers elfes aux armures étincelantes.

— Sturm, ce n'est qu'un rêve ! cria-t-il au chevalier qui pourfendait ses assaillants à tour de bras.

Chaque fois qu'il en abattait un, celui-ci disparaissait, puis réapparaissait comme par enchantement. Tanis dégaina son épée et vint à sa rescousse.

— Tu parles ! fit le chevalier, réprimant un cri de douleur.

Une flèche venait de traverser sa cotte de mailles et s'était fichée dans son bras. Tanis tint l'ennemi en respect pendant Sturm arrachant le dard.

— Et ça, c'est un rêve ? lança le chevalier en montrant son bras ensanglanté.

— Raistlin nous a dit..., commença Tanis.

— Raistlin ! Tanis, regarde donc la robe qu'il porte maintenant !

— Comment peux-tu être au Silvanesti ! protesta le demi-elfe. (Il avait le sentiment étrange de parler avec lui-même.) Et Alhana qui disait que tu allais au Mur de Glace !

— J'ai peut-être été envoyé ici pour te secourir.

Tout va bien, se dit Tanis. *Ce n'est qu'un rêve. Je vais me réveiller.*

Mais les elfes étaient toujours là. Sturm devait avoir raison. Raistlin avait menti. Comme il avait menti avant qu'ils entrent dans la forêt. Mais pourquoi ? Dans quel but ?

Alors, Tanis comprit. L'orbe draconien !

— Il faut à tout prix atteindre la Tour avant Raistlin ! cria Tanis. Je sais ce que va faire le mage !

Les deux hommes partirent au pas de course.

Dans la lumière qui baissait de plus en plus, la Tour éclatante de blancheur leur apparut au milieu d'une clairière pleine de majesté. Ils se mirent à courir, fuyant les bois et les guerriers elfes qui les poursuivaient. Tanis détala jusqu'à ce qu'il se prenne les pieds dans une racine, qui s'enroula autour de sa cheville. Il se démenait comme un diable pour se libérer, quand un des morts-vivants se dressa devant lui et brandit sa lance. Pris au piège, Tanis leva les yeux vers le guerrier elfe et vit son arme lui glisser des mains. Une épée lui avait transpercé le corps.

Tanis chercha des yeux le brave qui lui avait sauvé la vie. C'était un étrange guerrier. Etrange, mais non étranger. L'inconnu enleva son heaume. Deux prunelles sombres se posèrent sur le demi-elfe.

— Kitiara ! s'exclama-t-il, confondu de surprise. Toi, ici ! Comment se fait-il ?

— J'ai cru comprendre que tu avais besoin d'aide, répondit la jeune femme avec un sourire en coin. Je ne me suis pas trompée.

Elle lui tendit la main. Il la prit sans y croire, mais elle palpitait, bien vivante, dans la sienne. Riant de la surprise de Tanis, Kitiara s'exclama :

— Qui est-ce, là-bas devant nous ? Sturm ? Magnifique ! Comme au bon vieux temps ! Si on allait jusqu'à la Tour ?

*
* *

Rivebise se battait seul contre des légions de spectres. Il était conscient qu'il ne tiendrait pas longtemps.

Au milieu du fracas des armes, une voix claire l'interpella. Rivebise poussa un cri de joie. Des hommes de sa tribu, de Que-Shu ! L'heureuse surprise se mua en cauchemar.

Le barbare, horrifié, les vit bander leurs arcs et tirer sur lui.

— Halte ! Ne me reconnaissez-vous pas ? Je suis...

L'une après l'autre, les flèches s'abattirent sur Rivebise.

— C'est toi qui nous as amené le cristal bleu ! crièrent les hommes. Tout est ta faute ! Notre village a été détruit à cause de toi !

— Je n'ai jamais voulu ça, murmura Rivebise en s'effondrant, je ne savais pas. Pardonnez-moi.

*
* *

A grands coups d'épée maladroits, Tika se frayait un chemin à travers la horde de spectres, quand elle constata avec horreur qu'ils se transformaient en draconiens. Leurs longues langues rouges dardées, ils braquaient sur elle leurs méchants petits yeux. La panique s'empara d'elle. Elle heurta Sturm, qui, furieux, lui ordonna de s'écarter de son chemin. Tika recula, bousculant Flint sur son passage. Le nain la poussa brutalement.

La vue brouillée par les larmes, terrorisée par les draconiens, elle perdit la tête, se mettant à frapper tout ce qui bougeait autour d'elle.

Quand elle vit Raistlin apparaître devant elle en robe noire, elle reprit ses esprits. Sans mot dire, il pointa un doigt vers le sol. Flint gisait à ses pieds, transpercé par l'épée de la jeune fille.

*
* *

C'est moi qui les entraînés là-dedans, songea Flint. *Je suis responsable. Je suis le plus âgé. Je dois les sortir de là.*

Le nain brandit sa hache de guerre et poussa un rugissement. Les spectres éclatèrent de rire.

Furieux, Flint fit un pas vers eux. Ses genoux le faisaient abominablement souffrir. Ses doigts engourdis n'arrivaient plus à serrer sa hache. Il était à bout de souffle.

Flint comprit ce qui se passait. Les elfes n'attaquaient pas parce qu'ils voulaient le laisser mourir de sa belle mort : il était trop vieux, tout simplement.

Son esprit se mit à vagabonder. Sa vue se troubla. Il tâta ses poches à la recherche de ces satanées lunettes. Une silhouette surgit à son côté. Elle ne lui était pas inconnue. N'était-ce pas Tika ? Sans ses lunettes, il n'y voyait rien...

*
* *

Lunedor errait parmi les arbres biscornus de la forêt enchantée. Elle avait perdu ses amis et les cherchait désespérément. Au loin, elle avait entendu l'appel de Rivebise et le fracas des épées qui s'entrechoquaient. Son cri s'était éteint dans un râle... Dans sa course folle, elle s'égratignait le visage aux branches hérissées d'épines et ses mains étaient en sang. Quand elle retrouva Rivebise, il était étendu sur le sol, criblé de flèches. Des flèches qu'elle connaissait bien !

Elle s'agenouilla près de lui.

— Guéris-le, Mishakal ! implora-t-elle comme elle l'avait fait si souvent.

Mais rien ne se passa. Le visage de Rivebise resta livide, ses yeux sans expression fixant obstinément le ciel gris.

— Mishakal, pourquoi ne m'entends-tu pas ? Je t'en supplie, guéris-le !

Ce fut alors qu'elle comprit.

— Non, pas lui ! Punis-moi ! hurla-t-elle. C'est moi qui ai douté ! C'est moi qui ai tout remis en question. J'ai vu la destruction de Tarsis, les enfants hurlant de douleur ! Comment peux-tu permettre que tout cela arrive ? J'ai voulu garder la foi, mais qui ne douterait pas devant de telles abominations ? Ce n'est pas lui qu'il faut punir.

En larmes, elle se pencha sur le corps inanimé de

son époux. Elle ne voyait pas les guerriers elfes refermer leur cercle sur elle.

*
* *

Tass, hypnotisé par les monstruosités qu'il voyait autour de lui, s'était égaré en chemin. Il se demandait comment ses amis avaient pu le perdre. Les spectres ne lui faisaient pas peur. Eux qui se nourrissaient de la peur des autres, sentaient que ce petit corps ne se laissait pas impressionner.

Au bout d'une journée de pérégrinations, le kender arriva devant la Tour des Etoiles. Enfin il allait pouvoir s'arrêter ; il avait retrouvé ses amis. Du moins l'un d'eux.

Le dos contre le portail de la Tour, Tika défendait chèrement sa vie. Tass songea qu'il fallait coûte que coûte qu'elle se réfugie dans la Tour ; ainsi serait-elle sauvée. Il se faufila jusqu'au portail et examina la serrure. Elle était d'une simplicité extrême.

— Dépêche-toi, Tass ! cria Tika.

Il allait tourner la clé quand il fut violemment heurté dans le dos.

— Hé ! Fais un peu attention ! cria-t-il.

Il s'était retourné vers elle. Incrédule, il la vit étendue à ses pieds dans une mare de sang où flottaient ses boucles rousses.

— Non ! Non, pas elle ! Tika ! hoqueta le kender.

A coup sûr, elle n'était que blessée ! Il fallait la tirer immédiatement à l'intérieur de la Tour. Les yeux noyés de larmes, les mains tremblantes, Tass s'acharna sur la serrure. Dans sa fureur, il tira un coup sec.

Au moment où la serrure céda, quelque chose lui piqua violemment l'index. Le portail s'ouvrit. Tass regarda la petite goutte de sang qui perlait sur son doigt, et observa la serrure. Une fine aiguille d'or y était enchâssée. Une serrure simple, un piège enfantin.

Il avait fait fonctionner les deux. Les premiers effets du poison se firent sentir : une chaleur intense envahit le kender. Il se tourna vers la jeune fille. Il était trop tard. Tika était morte.

*
* *

Raistlin et son frère traversèrent la forêt sans encombre. Caramon constata avec stupéfaction que le mage réussissait à tenir les spectres à distance par la seule force de sa volonté.

Raistlin faisait preuve d'une gentillesse, d'une douceur et d'une sollicitude inhabituelles. A la tombée du jour, Caramon était trop épuisé pour pouvoir mettre un pied devant l'autre. Sans le soutien de son frère, jamais il n'aurait pu marcher. Et plus il faiblissait, plus Raistlin s'épanouissait.

Lorsque la nuit mit fin aux tortures de la journée, les jumeaux atteignirent la Tour des Etoiles.

— Il faut que je me repose, Raist, dit Caramon, que la souffrance rendait fiévreux.

— Mais certainement, frère, répondit Raistlin en l'aidant à s'adosser contre le mur de marbre.

Il fixa Caramon de ses étranges yeux dorés.

— Adieu et bonne chance, Caramon.

Le grand guerrier leva vers son frère un regard interrogateur. Derrière lui se découpaient les silhouettes des elfes, restés jusqu'ici à distance respectueuse du mage. A présent, ils sentaient qu'il allait partir.

— Raist, tu ne dois pas m'abandonner ! Je ne pourrai pas me défendre contre eux. Je suis à bout de force. J'ai besoin de toi !

— C'est possible, mais moi, je n'ai *plus* besoin de toi. Je me suis approprié toute ta force. Enfin je suis devenu ce que j'aurais dû être sans les cruelles facéties de la nature : un être humain à part entière.

Caramon regarda son frère s'éloigner.

— Raist !

L'appel déchirant arrêta le mage. Il se retourna. Caramon vit briller ses yeux dorés.

— Quel effet cela fait-il de se sentir faible et craintif, mon frère ?

Raistlin se dirigea vers le portail entrouvert. Il enjamba les cadavres de Tika et de Tass, et disparut dans la Tour.

*

* *

Sturm, Tanis et Kitiara arrivèrent en vue de la Tour des Etoiles. La première chose qu'ils virent, furent les corps gisant devant le portail.

— C'est Caramon ! cria Tanis, effondré.

— Où est son frère ? demanda Sturm avec un regard en coin pour Kitiara. Il l'a laissé mourir, sans aucun doute.

Tanis secoua la tête. Il se pencha sur le guerrier blessé à mort. L'épée au poing, Kitiara et Sturm s'occupèrent de tenir en respect les spectres qui s'étaient approchés.

Caramon leva des yeux embués sur Tanis, qu'il reconnut à travers un brouillard.

— Ami, je te demande de veiller sur Raistlin quand je ne serai plus là. Il faut le protéger.

— Veiller sur Raistlin ? répéta le demi-elfe. Lui qui t'a abandonné alors que tu agonises...

Les paupières de Caramon se fermèrent.

— Tu te trompes, Tanis. C'est moi qui lui ai dit de partir...

Le grand guerrier laissa retomber la tête sur sa poitrine. La nuit tombait ; les elfes avaient disparu. Sturm et Kitiara arrivèrent près du guerrier moribond.

— Qu'a-t-il dit ? demanda Sturm.

— Pauvre Caramon, souffla Kitiara en se penchant sur son demi-frère. J'ai toujours pensé que cela finirait ainsi. (Elle garda un moment le silence, puis reprit doucement :) Alors mon petit Raistlin est devenu quelqu'un de vraiment puissant...

— Au prix de la mort de ton frère ! explosa Tanis.

Le regard de Kitiara passa du demi-elfe à Caramon.

— Pauvre enfant ! dit-elle avec douceur.

Tanis couvrit Caramon de son manteau. Tous trois se dirigèrent vers l'entrée de la Tour.

— Tass ! Tika ! Non, par les dieux...

— Il n'y a plus rien à faire, Tanis, dit Sturm, la main sur l'épaule de son ami. Nous devons continuer notre route et en finir avec cette histoire. Dussé-je y passer ma vie, j'aurai un jour la peau de Raistlin !

La mort n'existe que dans nos têtes. Ce n'est qu'un rêve, se répétait Tanis. C'était ce qu'avait dit Raistlin...

Je vais me réveiller, pensa-t-il de toutes ses forces. Quand il rouvrit les yeux, le cadavre de Tass gisait toujours sur les dalles de marbre.

Le demi-elfe suivit Kitiara et Sturm à l'intérieur de la Tour. Le vestibule aujourd'hui délabré avait dû être splendide. Les peintures qui ornaient les murs offraient de visions macabres soulignées par la lumière glauque filtrant des vitraux. Du fond du vestibule sourdait une lueur d'un vert éclatant. Le rayonnement maléfique leur mit le visage en feu, comme s'ils se trouvaient face à un avatar du soleil.

— Nous sommes au cœur du Mal, dit Tanis.

Kitiara vacilla sur ses jambes. Bien qu'il sentît les siennes lui manquer, il soutint la jeune femme au front brillant de sueur. Elle avait peur ; c'était la première fois que Tanis la voyait en position de faiblesse. Sturm, alourdi par son armure, avançait lui aussi à grand-peine.

Ils se rapprochaient de la lueur verte. A présent, elle leur brûlait les yeux, leur desséchait les poumons ; chaque enjambée leur coûtait un effort surhumain.

A l'instant où Tanis comprit qu'il ne pourrait pas faire un pas de plus, quelqu'un l'appela.

Laurana était debout devant lui, l'épée à la main. Elle ne semblait pas souffrir de l'atmosphère maléfique, car elle s'élança vers lui avec une exclamation de joie.

— Tanthalas ! Tu es sain et sauf ! Je t'ai attendu...

Elle avait remarqué la femme qui s'appuyait sur le bras de Tanis, et comprit soudain qui elle était : Kitiara, l'humaine que Tanis aimait. Laurana pâlit, puis s'empourpra.

— Laurana, commença Tanis, qui se sentait coupable et se haïssait de la faire souffrir.

— Tanis ! Sturm ! cria Kitiara, le doigt pointé vers la lueur verte.

— *Drakus tsaro deghnyah !* s'exclama Sturm en solamnique.

Un gigantesque dragon vert venait d'apparaître au fond du vestibule. Cyan Sangvert était un des plus puissants dragons de Krynn, seul le Grand Rouge le surpassant en taille. Oblitérant la lumière verte de son énorme masse, il avançait, la tête ondulant comme un serpent. Il avait reniflé l'odeur de l'acier, de la chair humaine et du sang elfe.

Les compagnons furent incapables de faire un geste. Tétanisés par la peur, ils regardaient le dragon avancer la gueule grande ouverte. Leurs armes glissèrent de leurs mains, qu'ils ne contrôlaient plus.

Les dés étaient jetés. Il n'y avait vraiment plus rien à faire. Chacun pensait à la mort qui les attendait inexorablement quand une silhouette sombre émergea d'une porte dérobée et vint se camper devant eux.

— Raistlin ! dit Sturm. Par tous les dieux, tu vas payer pour la mort de ton frère !

Oubliant le dragon, mû par la seule pensée de Caramon agonisant, Sturm se mit en garde. Le mage le toisa froidement.

— Tue-moi, chevalier ! Du même coup, tu mettras fin à tes jours et à ceux de tes compagnons. Seuls mes pouvoirs magiques ont prise sur Cyan Sangvert.

— Arrête, Sturm ! Nous avons besoin de lui.

Bien qu'il soit plein de rancœur et de haine, Tanis savait que le mage disait vrai. Il sentait de sa puissance filtrer à travers sa robe noire.

— Non, fit Sturm, reculant d'un pas vers ses amis. Je l'ai déjà dit. Je ne me mettrai pas sous la protection du mage. Adieu, Tanis.

Avant que quiconque ait pu le retenir, Sturm dépassa Raistlin, et marcha d'un pas martial sur le dragon. Cyan hocha frénétiquement de la tête, se réjouissant du premier défi qu'il allait relever depuis la prise du Silvanesti.

— Fais quelque chose ! cria Tanis au mage.

— Le chevalier est sur mon chemin. Si je lance un sort, il le subira, et il périra.

— Sturm ! cria Tanis.

Le chevalier hésita. Ce ne fut pas l'appel de Tanis qu'il entendit, mais une sonnerie de trompette cristalline. Cette musique lui rappela l'air pur de ses montagnes natales. Elle l'arracha à la mort et au désespoir.

Il lui répondit par un joyeux cri de guerre et brandit l'antique épée que lui avait léguée son père. La trompette retentit et retentit encore, mais Sturm ne la reconnut pas. Elle avait changé de ton. Il ne s'agissait plus que d'une cacophonie de sons aigrelets et discordants.

Non, ce n'est pas possible ! pensa Sturm, réalisant qu'il s'était laissé abuser. Les cors de l'ennemi ! Il aperçut les draconiens qui apparaissaient derrière le dragon, ricanant dc sa bévue.

Tout était fini, bien fini. Il s'était battu pour rien. C'était l'échec total. Une mort ignominieuse l'attendait. Désespéré, il regarda autour de lui. Où était Tanis ? Il avait besoin du demi-elfe, mais il n'était pas là. Il se raccrocha à la maxime des chevaliers, « Mon honneur est ma vie », mais les mots sonnaient creux ; ils lui parurent vides de sens. Finalement, il n'*était* pas chevalier. Qu'est-ce que ce code pouvait bien lui faire ? Il ne signifiait plus rien pour lui. Sa vie avait été un leurre. Son bras tressaillit et lâcha son épée. Il tomba à genoux, pleurant comme un enfant, la tête dans les mains.

D'un coup de sa monstrueuse patte, Cyan Sangvert déchira le chevalier de ses griffes crochues, mettant ainsi un terme à sa vie. Avec des hurlements sauvages, les draconiens se précipitèrent vers le corps.

Sur leur passage, ils rencontrèrent un obstacle. Une silhouette baignée par le clair de lune se dressait comme un rempart devant le cadavre du chevalier. Laurana sortit doucement de son fourreau l'épée de Sturm, et la brandit devant les draconiens.

— Osez le toucher, et vous êtes morts ! rugit-elle à travers ses larmes.

— Laurana ! cria Tanis en bondissant vers elle.

Trois draconiens se ruèrent vers lui. Jouant de son épée antique, il réussit à les mettre hors de combat. Il était sur le point d'atteindre Laurana quand il entendit Kitiara l'appeler. Elle se débattait au milieu d'une demi-douzaine de reptiliens déchaînés. Ecartelé, le demi-elfe hésita juste ce qu'il fallait pour que Laurana, transpercée par une lame draconienne, s'effondre sur le cadavre de Sturm.

— Laurana ! cria Tanis en se précipitant vers elle.

Kitiara l'appela de nouveau. Tiraillé d'un côté et de l'autre, il se retourna. Kitiara s'effondrait, succombant sous le nombre de ses assaillants.

Le demi-elfe sentit qu'il sombrait dans la folie. Il désirait ardemment la mort, qui mettrait fin à ses souffrances. Resserrant sa prise sur l'épée de Kith-Kanan, il s'élança vers le dragon, propulsé par le seul désir de tuer et d'être tué.

Dressé entre lui et le monstre comme un obélisque noir, Raistlin lui barra le passage et le repoussa.

Gisant sur les dalles froides, Tanis comprit que l'heure de sa mort avait sonné. La main refermée sur l'anneau d'or de Laurana, il attendit la Camarde.

Une étrange psalmodie lui parvint, entrecoupée des rugissements du dragon. Le mage devait être en train de se battre contre Cyan. Tanis ne voulait plus rien savoir, il ferma les yeux. Une seule chose restait réelle : l'anneau d'or qu'il serrait dans sa main.

Alors il prit conscience que le métal ciselé de l'anneau pénétrait dans sa chair. Il serra fort, encore plus fort. Sa paume meurtrie lui faisait mal. Une douleur réelle..., une vraie douleur...

Je suis dans le rêve !

Tanis ouvrit les yeux. Les rayons argentés de Solinari, mêlés aux rayons rougeoyants de Lunitari, envahissaient le hall de marbre blanc. Il avait serré si fort son poing sur l'anneau que la douleur l'avait réveillé.

Se remémorant ce qu'il avait rêvé, Tanis sursauta et jeta autour de lui des coups d'œil anxieux. Il n'y avait personne dans la pièce, excepté Raistlin. Adossé contre le mur, il toussait lamentablement.

Le demi-elfe se releva et, d'un pas mal assuré, avança vers le mage. Il avait du sang sur la bouche. Dans la lumière de Lunitari, ce sang brillait du même rouge que la robe qui enveloppait son corps malingre et estropié.

Le rêve ! Il avait rêvé.

Tanis ouvrit la main. Elle était vide.

11

LE RÊVE PREND FIN. LE CAUCHEMAR COMMENCE.

Le regard de Tanis fit le tour de la pièce. Elle était aussi vide que sa main. Les corps de ses compagnons et le dragon s'étaient évanouis. Il se dirigea vers Raistlin.

— Où sont-ils ? demanda le demi-elfe en le secouant. Laurana ? Sturm ? Ton frère et les autres ? Et le dragon ?

— Le dragon est parti. L'orbe l'a renvoyé quand il a compris qu'il ne pouvait pas me vaincre. Tel que j'étais alors, il n'avait aucune prise sur moi. A présent, un enfant me terrasserait. Quant aux autres, je ne sais pas où ils sont. Tu as survécu, Tanis, parce que ton cœur est fort. Moi, j'ai résisté grâce à mon ambition. En plein cauchemar, nous avons touché la réalité. Quant aux autres..., qui peut savoir ?

— Alors Caramon est vivant, dit Tanis. Parce que son cœur est fort à cause de son amour. Dans un dernier souffle, il m'a conjuré de veiller sur toi. Dis-moi, mage, l'avenir que nous avons cru voir, est-il irréversible ?

— Pourquoi le demandes-tu ? Pourrais-tu encore me tuer, là, tout de suite ?

— Je ne sais pas, répondit Tanis, pensant aux dernières paroles de Caramon. Peut-être.

Raistlin eut un sourire acide.

— Ne te donne pas cette peine. L'avenir change tandis que nous restons là à en discuter. Si nous n'agissons pas, nous ne serons que des jouets entre les mains des dieux, et non leurs héritiers, comme on nous l'a annoncé. Cette histoire est loin d'être finie. Hélas ! Il faut retrouver Lorac, et l'orbe draconien.

Appuyé sur son bâton, Raistlin se traîna dans le vestibule. La lueur verte s'était éteinte. Tanis fit un effort pour tenter de sortir du rêve et revenir dans la réalité. Mais le rêve lui semblait plus réel que tout. Il vit que le mur était abîmé. Y avait-il vraiment eu un dragon dans cette Tour, une lueur verte au fond du vestibule ?

La nuit avait tout voilé. Ils s'étaient mis en route à l'aube ; les lunes n'étaient pas levées. A cette heure, elles étaient pleines. Combien de nuits s'étaient-elles écoulées ? Et combien de jours ?

Les deux hommes entendirent une voix grave, provenant de l'entrée, qui appelait :

— Raist !

Le mage s'arrêta et chercha le regard de Tanis.

— C'est mon frère, souffla-t-il.

Indemne, Caramon se tenait devant le portail, sa haute silhouette se découpant sur le ciel étoilé.

Tanis entendit Raistlin pousser un soupir de soulagement.

— Je suis fatigué, Caramon, dit le mage, que la toux avait repris, et il y a encore beaucoup à faire pour que ce cauchemar soit terminé... et éviter le lever des trois lunes. J'ai besoin de ton aide, souffla-t-il en tendant la main à son frère.

Ils gagnèrent la salle d'audience de la Tour des Etoiles. Toute sa vie, Tanis avait entendu vanter ses merveilles. Elle avait été construite pour emprisonner le clair de lune, comme la Tour du Soleil de Qualinost pour capter la lumière du soleil. Les fenêtres de la Tour étaient serties de gemmes qui amplifiaient les rayons argentés de Lunitari et les rayons rouges de Solinari. A présent éclatées, les gemmes ne renvoyaient plus que de vagues lueurs blafardes.

Le haut de la Tour était ouvert sur des ténèbres sans fond, où ne scintillait aucun astre. Seule une sphère noire se détachait sur le ciel étoilé.

Dans l'ombre, face à la salle des audiences, gisait le père d'Alhana, Lorac, le roi des elfes. Son corps desséché, affalé sur un grand trône de pierre sculptée, avait l'allure d'un cadavre. Sa physionomie était figée, sa bouche ouverte sur un cri silencieux. Sa main reposait sur un globe de cristal.

— Est-il encore vivant ? s'enquit Tanis, horrifié.

— Oui, pour son malheur, répondit le mage.

— Que lui est-il arrivé ?

— Il vit dans un cauchemar. Regarde sa main, posée sur l'orbe draconien. Il a dû essayer d'en prendre le contrôle, mais il n'avait pas les pouvoirs suffisants. C'est l'orbe qui s'est emparé de lui, et qui a appelé Cyan Sangvert pour monter la garde au Silvanesti. Profitant de ses pouvoirs, le dragon a décidé de détruire le pays en implantant des cauchemars dans l'esprit de Lorac. Le roi y a cru si intensément, ses liens avec son peuple étaient si forts, que le cauchemar est devenu réalité. Dès notre arrivée, nous sommes entrés dans son rêve et c'est son cauchemar que nous avons vécu. Et le nôtre. Car nous aussi, nous sommes tombés sous la domination du dragon.

— Tu savais cela depuis le début ! s'exclama Tanis d'un ton accusateur. Tu savais ce qui nous attendait, dès la rivière...

— Laisse-le tranquille, Tanis, intervint Caramon.

— Peut-être le savais-je, peut-être que non. Je ne suis pas tenu de te révéler d'où je tire ma science !

Coupant court à l'altercation, un gémissement plaintif s'éleva près du trône de pierre sculptée. La main sur le pommeau de son épée, Tanis s'élança vers le trône.

— Alhana ! s'écria-t-il.

Elle le regarda sans le voir.

— Alhana ! répéta-t-il.

Elle secoua la tête, incrédule et tendit la main pour tâter celle de Tanis.

— Demi-Elfe !

— Comment es-tu arrivée jusqu'ici ? Que s'est-il passé ?

— J'ai entendu le mage assurer qu'il s'agissait d'un rêve, et j'ai refusé de croire que c'en était un. Je me suis réveillée, pour me trouver dans un cauchemar réel ! Mon beau pays ravagé par les atrocités ! J'ai dû me battre pour parvenir jusqu'ici, dit-elle en s'agrippant à Tanis, qui la serra contre lui. Cela m'a pris des jours. Ce fut un cauchemar. Quand je suis arrivée dans la Tour, le dragon était là. Il m'a amenée devant mon père pour que celui-ci me tue. Mais même dans un cauchemar, Lorac n'a pas voulu assassiner son enfant. Alors Cyan l'a torturé avec les images de ce qu'il allait faire de moi.

— Et toi ? As-tu vu ces images ? demanda Tanis en caressant d'une main réconfortante les longs cheveux noirs de la jeune femme.

— Oui, et ce n'était pas plus mal, car j'ai fini par comprendre que j'évoluais dans un rêve. Mais pour mon père, c'était la réalité.

— Emmène Alhana dans une pièce où elle puisse se reposer, dit Tanis à Caramon. Nous allons tenter de faire quelque chose pour son père.

Alhana voulut protester, mais elle était à bout de forces.

— Conduis-moi dans la chambre de mon père, dit-elle à Caramon. Je te montrerai le chemin.

Tanis se tourna vers le trône de pierre. Raistlin était debout devant Lorac, et semblait se parler à lui-même.

— Qu'y a-t-il ? s'enquit Tanis. Il est mort ?

— Qui ? demanda Raistlin. Ah ! Lorac ! Non, je ne pense pas. Du moins, pas encore.

Tanis comprit que le mage avait concentré toute son attention sur l'orbe magique.

— L'orbe est-il sous contrôle ? demanda-t-il.

Il ne quittait pas des yeux l'objet qui leur avait valu tant d'épreuves et irradiait maintenant une lueur verte qui n'était pas sans lui rappeler de mauvais souvenirs.

Raistlin passa la main au-dessus du globe en prenant garde de ne pas l'effleurer, et récita une formule magique. La lueur verte se transforma en une aura rougeoyante. Tanis eut un mouvement de recul.

— Ne crains rien, c'est un effet de mon incantation. Le globe est encore enchanté. Malgré le passage du dragon, il a conservé ses pouvoirs. Quoi qu'il en soit, il est encore sous contrôle.

— Sous le contrôle de Lorac ?

— Non, sous son propre contrôle. Il a abandonné Lorac.

— T'es-tu rendu maître de l'orbe, Raistlin ?

— L'orbe n'a pas été vaincu ! coupa le mage. J'ai été aidé, et c'est pourquoi j'ai pu vaincre le dragon. Quand l'orbe a senti que le dragon avait perdu la partie, il l'a renvoyé. Quant à Lorac, il l'a délaissé parce qu'il n'avait plus besoin de lui. Cela dit, cet artefact reste très puissant.

— Raistlin, dis-moi...

— Je n'ai rien à ajouter, Tanis. (Il se remit à tousser.) Je ne dois pas gaspiller mon énergie.

Qui avait aidé le mage ? Que savait-il d'autre sur cet orbe, qu'il se refusait à dire ? Tanis allait lui poser la question quand il vit le visage de Caramon s'éclairer.

— Nous pouvons libérer Lorac, dit Raistlin en retirant la main du roi des elfes de l'orbe draconien. Il est vivant. Enfin, pour l'instant. Approche-toi...

Tanis s'exécuta à contrecœur.

— Dis-moi seulement si cet orbe peut encore nous être utile, demanda le demi-elfe.

Le mage réfléchit un moment. Puis il répondit d'une voix douce :

— Oui, si nous *osons* !

La poitrine de Lorac se souleva ; il poussa un cri plaintif qui leur donna la chair de poule. Ses doigts squelettiques battirent convulsivement, toutefois ses yeux restaient clos. Tanis essaya de le calmer, mais il continua de crier jusqu'à ce qu'il soit hors d'haleine.

— Père !

Alhana avait fait irruption dans la salle. Elle prit dans les siennes les mains décharnées de son père et les baisa en pleurant.

— Calme-toi, répétait-elle. Le cauchemar est fini. Le dragon est parti. Tu peux maintenant te reposer. Père, je t'en prie, écoute-moi !

Peu à peu, la voix aimée s'insinua dans l'esprit torturé de visions de Lorac. Ses cris se muèrent en gémissements. Il finit par ouvrir les yeux.

— Alhana, mon enfant ! Tu es vivante ! (Il tendit la main pour lui toucher la joue.) Ce n'est pas possible ! Ma chère fille, je t'ai vue mourir ! Je t'ai vue mourir des centaines de fois. C'est lui qui t'a tuée. Il voulait que je le fasse. Mais je n'ai pas pu. Pourtant, j'en ai tué tant d'autres... (Son regard tomba sur Tanis. Ses yeux s'enflammèrent de haine.) Te voilà, demi-elfe ! Toi, je t'ai tué. Du moins, j'ai essayé. Je dois protéger le Silvanesti ! J'ai tué les autres aussi ! (Il regarda Raistlin. Dans ses yeux, la haine fit place à la peur.) Toi, je n'ai pas pu te tuer ! Non, ce n'est pas lui ! Sa robe n'est pas noire ! Qui es-tu ? Qui êtes-vous ? Représentez-vous un danger ? Par les dieux, qu'ai-je fait ?

— Calme-toi, père, dit Alhana avec douceur, repose-toi. Le cauchemar est fini. Le Silvanesti est sauvé.

Caramon chargea Lorac dans ses bras et l'emporta dans sa chambre. Alhana le suivit, tenant la main de son père.

Sauvé, le Silvanesti ? Tanis regarda par une fenêtre les arbres qui pleuraient du sang. Les elfes ne reviendraient jamais et le Mal continuerait de hanter ce pays. Le cauchemar de Lorac resterait réalité.

Tanis s'interrogeait sur le sort de ses amis. Que leur était-il arrivé ? S'ils avaient refusé de croire au rêve, comme l'avait demandé Raistlin, avaient-ils vraiment péri ? Le cœur lourd, il se résigna à retourner dans la forêt pour les retrouver.

Il se préparait à affronter cette nouvelle épreuve quand les compagnons entrèrent dans la grande salle.

— Je vais l'égorger ! s'écria Tika en voyant Tanis. Non ! Ne me touche pas ! Tu ne sais pas ce que j'ai fait. J'ai tué Flint ! Je ne le voulais pas, Tanis, je le jure ! (Caramon entra. Tika se tourna vers lui en sanglotant.) J'ai tué Flint, Caramon. Ne m'aproche pas !

— Là, là, calme-toi, Tika. C'était un rêve. Comme l'avait dit Raistlin. Le nain n'était pas dans cette forêt !

Il la prit dans ses bras. Ils restèrent longtemps enlacés, se réconfortant l'un l'autre.

— Mon ami, dit Lunedor en tendant les bras à Tanis.

Voyant sa mine défaite, le demi-elfe la serra contre lui et jeta un coup d'œil interrogateur à Rivebise. Le barbare, blême, hocha la tête. Quel cauchemar avaient-ils vécu ?

Chacun a dû vivre le sien, songea le demi-elfe.

La Kitiara de son cauchemar lui revint en mémoire ! Comme elle était réelle... Et Laurana, mourante...

Tanis laissa retomber la tête sur l'épaule de Lunedor. Rivebise referma les bras sur eux. Leur amour revivifia l'elfe.

Une pensée effroyable lui traversa l'esprit. Le rêve de Lorac était devenu réalité. Qu'en serait-il des leurs ?

Nous avons besoin de dormir, pensa Tanis. *Comment y parviendrons-nous ? Pourrons-nous jamais trouver le sommeil ?*

12

VISIONS PARTAGÉES.
LA MORT DE LORAC.

Les compagnons finirent par trouver le sommeil. Dans le même temps, ceux qui n'étaient pas au Silvanesti se réveillèrent dans un pays froid et hostile.

Laurana s'éveilla en poussant un cri. Elle ne savait pas où elle était.

Flint tâta ses articulations en grelottant. Il constata avec satisfaction qu'elles n'étaient pas plus douloureuses que la veille.

Sturm ouvrit des yeux hagards qu'il referma aussitôt, et se recroquevilla sous sa couverture. Puis il entendit remuer devant sa tente. Il empoigna son épée et souleva la toile.

— Oh ! fit Laurana devant son air effaré.

— Désolé, Laurana, je ne voulais pas t'effrayer. Que se passe-t-il ?

— Cela peut te sembler stupide, répondit-elle en rougissant, mais j'ai fait un rêve atroce et je n'arrive pas à me rendormir.

Tremblante, elle s'assit auprès de Sturm.

— Je ne voulais pas te réveiller... Vois-tu, dans mon rêve, je t'ai entendu crier. C'était si réel... Je te voyais...

— A quoi ressemble le Silvanesti ? l'interrompit Sturm.

— Pourquoi me demandes-tu cela ? C'est justement du Silvanesti que j'ai songé ! Aurais-tu aussi rêvé de ce pays ?

Sturm allait répondre quand il entendit du remue-ménage à l'extérieur de sa tente. Cette fois, il souleva tout de suite la toile :

— Entre, Flint ! dit le chevalier.

Le nain parut embarrassé de trouver ici Laurana. Elle le rassura d'un sourire.

— Je comprends, dit-elle, tu as fait un cauchemar. Le Silvanesti ?

— Alors je ne suis pas le seul ? J'imagine que vous voulez savoir ce que j'ai rêvé ?

— Non, surtout pas ! s'écria Sturm. Je ne veux plus jamais en entendre parler !

— Moi non plus, dit Laurana.

— Je suis bien content, fit Flint en lui tapotant l'épaule, je n'aurais pas pu parler de mon rêve. Je voulais seulement m'assurer que ce n'était qu'un songe. Il paraissait si réel que je m'attendais à vous trouver tous deux...

Tass entra dans la tente.

— Vous parliez d'un rêve ? Moi je ne rêve jamais. Du moins je ne m'en souviens pas. Les kenders ne rêvent pas. A vrai dire, je suppose qu'ils le font, car même les animaux... (Devant le regard foudroyant de Flint, il revint précipitamment à sa première idée.) Bref, j'ai fait un rêve fantastique ! Les arbres pleuraient du sang. Des elfes morts tuaient tout le monde. Raistlin portait une robe noire. Enfin, les choses les plus incroyables ! Tu y étais, Sturm. Il y avait aussi Laurana et Flint. A la fin, tout le monde était mort ! Enfin, presque. Pas Raistlin. Il y avait un dragon vert...

Tass s'interrompit. Qu'avaient-ils donc à le regarder ainsi, la mine défaite, l'œil hagard ?

— Qu'est-ce que je disais... Oui, un dragon vert, et Raistlin, tout en noir. J'en ai déjà parlé ? Cela lui va très bien, d'ailleurs. Le rouge lui donne un teint jaunâtre, si vous voyez ce que je veux dire... Non, vous ne voyez pas. Bon, je crois que je ferais mieux de retourner me coucher. Vous ne voulez vraiment pas entendre la suite ? demanda-t-il, plein d'espoir. Bon, eh bien, bonne nuit.

Il sortit de la tente sans que les trois amis eussent proféré un mot.

— Les cauchemars me troublent, lâcha Flint d'un ton lugubre, mais je n'ai aucune envie d'en parler avec un kender. Comment se fait-il que nous ayons tous fait le même rêve ? Qu'est-ce que ça signifie ?

— Un pays étrange, le Silvanesti, dit Laurana d'un air pensif. Crois-tu que ce rêve ait une quelconque réalité ? Sont-ils vraiment morts ?

Tanis était-il vraiment avec cette humaine ? pensa-t-elle sans le dire.

— Nous étions ici, et nous ne sommes pas morts, dit Sturm. Reste à espérer qu'il en soit de même pour les autres. Cela peut sembler bizarre, mais j'ai la certitude qu'ils vont bien.

Laurana se détendit. L'étau de la terreur s'était desserré. Elle prit la main de Sturm dans la sienne et la pressa, puis quitta la tente.

— Eh bien, je vais assurer mon tour de garde, dit Flint en se levant. Je crois que pour le sommeil, c'est terminé.

— Je viens avec toi, répondit Sturm en bouclant son ceinturon. Je crains que nous ne sachions jamais pourquoi nous avons tous eu le même rêve.

En quittant la tente, son regard fut attiré par un objet qui brillait sur le sol. Intrigué, il se baissa. C'était l'étoile de diamants que lui avait confiée Alhana.

*
* *

Pour la première fois après des mois d'horreur, l'aube se leva sur le Silvanesti. Lorac était le seul à la contempler. Les autres dormaient encore.

Lorac regarda le beau visage de sa fille caressé par les rayons du soleil. Quelle arrogance dans ses traits ! Elle incarnait tout ce qui constituait le peuple elfe. Dehors, Lorac voyait une brume glauque monter du sol pourri de son pays. *Voilà mon œuvre !* songea le vieillard avec amertume.

Il vivait là depuis plus de quatre cents ans et avait vu s'épanouir entre les mains de son peuple chaque arbre et chaque fleur. Il était l'un des rares à avoir vécu le Cataclysme. Les elfes du Silvanesti avaient mieux surmonté cette épreuve que les autres races de Krynn, desquelles ils s'étaient ensuite totalement coupés. Ils savaient pourquoi les anciens dieux avaient déserté Krynn — ce dont ils rendaient les humains responsables — mais ils ne s'expliquaient pas la disparition de leurs prêtres.

Les elfes du Silvanesti avaient eu vent des malheurs de leurs cousins du Qualinesti. Mais peut-on s'attendre à autre chose que meurtres et dévastation quand on se mêle aux humains ? Un jour, les dragons venus du nord avaient envahi le ciel du Silvanesti.

Lorac ne fut pas pris de court. Il fit embarquer son peuple sur des navires que sa fille conduisit en lieu sûr. Resté seul, le roi descendit dans la salle secrète de la Tour des Etoiles où il gardait l'orbe draconien.

Il savait qu'il ne possédait pas de grands pouvoirs magiques, et il se souvenait des avertissements des mages. Cependant il décida de se servir de l'orbe pour tenter de sauver son pays.

Dès la première seconde où sa main reposa sur la sphère, il comprit qu'il avait commis une erreur fatale. Il n'avait ni la force ni les moyens de contrôler l'orbe. Mais il était trop tard. L'artefact s'était rendu maître de lui. Le plus horrible était d'avoir conscience de rêver, mais de ne pas pouvoir s'affranchir de l'emprise du songe.

Alors le cauchemar était devenu réalité.

Lorac pleurait amèrement.

Il sentit une main se poser sur son épaule.

— Père, je ne supporte pas de te voir ainsi. Eloigne-toi de la fenêtre et repose-toi. Un jour, le pays retrouvera sa splendeur. Tu l'aideras à renaître.

— Alhana, crois-tu que notre peuple reviendra au Silvanesti ? demanda-t-il en regardant la nature mutilée et malade.

— Bien sûr, père.

— Tu mens, maintenant ? Depuis quand les elfes se mentent-ils ?

— Nous nous sommes peut-être toujours menti, répondit Alhana, se remémorant ce que Lunedor lui avait appris. Les anciens dieux n'ont pas abandonné Krynn. Une prêtresse de Mishakal la Guérisseuse qui voyage avec nous m'a parlé de ce qu'elle a reçu de la déesse. Je ne voulais pas le croire, père, car j'étais jalouse. C'est une humaine. Mais après tout, pourquoi les dieux se seraient-ils adressés aux humains, leur rendant ainsi l'espoir ? Je conçois maintenant qu'ils ont agi sagement. Ils ont choisi les humains parce que les elfes ne veulent pas d'eux. Grâce à l'épreuve que nous subissons sur cette terre désolée, nous apprendrons tous, comme toi et moi nous l'avons compris, que nous ne pouvons pas vivre *sur* Krynn et rester à l'écart *de* Krynn. Les elfes vivront pour reconstruire leur pays et tous ceux qui furent ravagés par le Mal.

— Ramèneras-tu notre peuple chez lui ?

— Oui, père, je te le promets. Nous travaillerons sans relâche. Nous demanderons pardon aux dieux. Nous irons parmi les gens de Krynn et...

Les larmes voilèrent ses yeux ; sa voix s'étrangla : Lorac ne l'écoutait plus. Ses paupières s'étaient fermées.

— Je retourne dans le giron de la terre, murmura-t-il. Tu m'inhumeras, ma fille. Si ma vie a apporté le malheur sur notre pays, ma mort peut lui rendre un peu de paix.

La vie s'était retirée du vieux roi elfe. Son noble visage avait retrouvé sa sérénité.

*
* *

Les compagnons se préparaient à quitter le Silvanesti le soir même. Sans le secours de cartes, ils se dirigeraient à l'aveuglette vers le nord, et ils voyageraient de nuit pour éviter les patrouilles draconiennes. Ils espéraient trouver un port qui leur permette de s'embarquer pour Sancrist.

Le mage entendait prendre l'orbe draconien dans ses bagages, une charge que personne ne lui disputa. Tanis se demandait comment transporter l'énorme boule de cristal quand Alhana arriva, un petit sac dans les mains.

— Mon père a transporté cet orbe dans cette bourse. Vu les dimensions de l'objet, cela m'a paru bizarre. Mais il m'a confié que ce sac lui avait été remis dans la Tour des Sorciers. Voyons s'il peut vous servir.

Avidement, le mage tendit la main.

— *Jistrah tagopar ast moirparann kini*, murmura-t-il.

La bourse s'auréola d'une lueur rose.

— Elle est enchantée, déclara-t-il avec satisfaction. Caramon, tu es le seul à pouvoir soulever l'orbe. S'il te plaît, fais-le glisser à l'intérieur de ce sac.

— Quoi ? Mais il est minuscule ! L'orbe ne tiendra jamais dedans !

Le mage lui lança un regard impérieux. Embarrassé, le grand guerrier s'exécuta.

L'orbe disparut à l'intérieur du sac.

— Que s'est-il passé ? demanda Tanis, méfiant.

— L'orbe est dans le sac. Regarde toi-même, si tu ne me crois pas.

Tanis jeta un coup d'œil. L'artefact était à l'intérieur, confirmant sa présence par une petite lueur verte.

Il a tout simplement rétréci, pensa le demi-elfe avec le sentiment bizarre que c'était lui qui avait *grandi*.

Raistlin tira sur les cordons pour refermer la bourse et la glissa dans une poche de sa robe.

— Je crains qu'entre nous les choses ne soient plus jamais comme avant. Ne crois-tu pas, Raistlin ? demanda Tanis.

Les yeux dorés de Raistlin s'assombrirent, comme s'il regrettait la confiance et l'amitié qui les avaient liés toute leur jeunesse.

— C'est vrai, répondit-il, mais c'était le prix à payer.

— Quel prix ? A qui et pourquoi ?

— Ne me le demande pas, Demi-Elfe. (Le mage se remit à tousser et prit appui sur son frère.) Je ne peux pas te répondre, Tanis, car je ne le sais pas moi-même.

*
* *

— J'aimerais que tu reviennes sur ta décision, et que tu nous permettes d'enterrer ton père avec toi selon les rites funéraires, dit Tanis à Alhana sur le seuil de la Tour. Nous pouvons rester ici un jour de plus et partir demain.

— Oui, laisse-nous participer à la cérémonie, ajouta Lunedor. Je connais les rites de votre peuple, nos coutumes funéraires se ressemblent, d'après ce que m'a raconté Tanis. J'étais prêtresse de ma tribu, et je présidais à la mise en linceul...

— Non, mes amis, coupa Alhana d'un ton sans réplique. Selon le vœu de mon père, je dois m'acquitter seule de cette tâche.

Ce n'était pas l'exacte vérité, mais Alhana savait qu'ils seraient choqués de la voir mettre son père en terre sans cercueil ni linceul, une pratique réservée aux hobgobelins et autres créatures maléfiques. Elle-même était épouvantée par cette perspective.

— Je vous en prie, ne vous faites pas de souci pour moi, reprit-elle après un silence. Sa sépulture est prête depuis longtemps, et j'ai l'habitude de ces rites.

Tanis vit qu'elle était troublée, mais il dut s'incliner devant sa décision.

— Je comprends, dit Lunedor.

Elle prit la princesse elfe dans ses bras et la pressa contre son cœur comme une sœur. Tout d'abord Alhana se raidit. Puis elle s'abandonna à la compassion de Lunedor.

— Que ton âme soit en paix, murmura la prêtresse de Mishakal en lui caressant affectueusement la tête.

— Que vas-tu faire après avoir enterré ton père ? demanda Tanis après que Lunedor se fut éloignée.

— Je retournerai auprès des miens, répondit gravement Alhana. Les griffons reviendront me chercher et nous nous envolerons pour l'Ergoth. Nous ferons tout ce qui est en notre pouvoir pour combattre le Mal, puis nous rentrerons chez nous.

Tanis regarda autour d'eux. Terrifiant dans la journée, le Silvanesti atteignait de nuit le comble de l'horreur.

— Je sais..., dit Alhana, répondant à ce qu'il n'osait pas exprimer. Ce sera notre pénitence...

Tanis leva sur elle un regard sceptique ; le combat qui l'attendait serait rude. Alhana affichait cependant une expression déterminée. Il lui sourit et préféra changer de sujet.

— Trouveras-tu le temps de venir à Sancrist ? demanda-t-il. Ta présence serait un grand honneur pour les chevaliers. Pour l'un d'eux surtout.

Alhana rougit.

— Peut-être, dit-elle dans un souffle. Je ne peux encore rien dire. J'ai appris tant de choses sur moi-même. Mais il me faut le temps de les accepter. Il se peut que je n'y arrive jamais.

— Accepter d'apprendre à aimer un humain ?

Elle regarda le demi-elfe droit dans les yeux.

— Crois-tu que cela pourrait le rendre heureux ? Il serait loin de son pays, puisque je dois rentrer au Silvanesti. Et moi, serai-je heureuse de le voir vieillir, puis mourir, alors que je suis jeune et que je le resterai longtemps ?

— Je me suis posé les mêmes questions, Alhana, dit Tanis en pensant à la douloureuse décision qu'il avait prise à propos de Kitiara. Si nous rejetons l'amour qui nous est offert, et si nous refusons de donner le nôtre par crainte de le perdre un jour, nos vies resteront vides, et nous aurons perdu plus encore.

— Quand nous nous sommes rencontrés, je me suis demandée pourquoi tous te suivaient. Maintenant, je comprends. Je n'oublierai pas ce que tu viens de me dire. Bonne chance sur les chemins de la vie, Tanis...

— Bonne chance, Alhana, dit l'elfe en serrant la main qu'elle lui tendait.

Il se demanda pourquoi, s'il était aussi sage qu'ils le disaient tous, sa vie était un tel désastre.

Tanis rejoignit les compagnons à l'orée des bois. Cette nuit, les lunes ne se lèveraient pas. Comme pour pleurer la mort de Lorac, les ténèbres faisaient un épais voile de deuil à la forêt. Alhana était debout sur le seuil de la Tour, frêle silhouette brillant tel le fantôme de la lune d'argent. Tanis la vit lever la main. Il entrevit une furtive étincelle de lumière.

L'étoile de diamants...

LIVRE II

1

RETOUR DU MUR DE GLACE.

Le vieux nain était à l'article de la mort.

Cloué sur sa couchette, les entrailles nouées, il luttait contre la nausée. Ses yeux suivaient le balancement de la lampe à huile accrochée au plafond. De toute évidence, sa lueur vacillante annonçait sa fin prochaine.

Les lattes du plancher craquèrent imperceptiblement. Quelqu'un avait dû approcher sur la pointe des pieds, sans doute pour l'observer à la dérobée... Flint se tourna vers le trublion.

— Qui est là ? coassa-t-il.

— Tass, répondit le kender d'une voix pleine de sollicitude.

Flint poussa un soupir et tendit la main à son visiteur, qui la serra avec effusion.

— Alors, gamin ? Je suis content que tu sois venu à temps pour me dire adieu, gémit le nain. Je suis à l'agonie, mon garçon. Je vais rejoindre Reorx...

— Qui ? fit Tass en se penchant vers lui comme s'il était dur d'oreille.

— Reorx ! répéta le nain, agacé. Reorx m'ouvre tout grand les bras...

— Quoi ? fit Tass en se rapprochant encore du nain.

— Reorx ! Je-vais-re-join-dre-Reorx, scanda le nain, excédé.

— Mais non, voyons ! Nous allons à Sancrist. Reorx, c'est une auberge, non ? Il faut que je demande à Sturm.

— Reorx, le dieu des nains, crétin ! explosa Flint, à bout de nerfs.

— Ah ! fit Tass. Reorx ! Oui, Reorx...

— Ecoute, mon garçon, dit Flint, décidé à rester digne pour ne pas gâcher ses derniers instants, je voudrais te léguer mon heaume. Tu sais, celui que tu m'as donné à Xak Tsaroth, avec une crinière de griffon.

— Vraiment ? répondit Tass, impressionné. C'est extrêmement gentil, Flint, mais que vas-tu devenir sans casque ?

— Mon garçon, là où je serai, je n'aurai pas besoin de casque.

— A Sancrist, on ne sait jamais, fit Tass, l'air dubitatif. Dirk pense que le Seigneur des Dragons prépare une attaque en règle, et ton casque pourrait s'avérer plutôt pratique...

— Je me moque de Sancrist ! rugit Flint. Je n'ai pas besoin de casque puisque je vais mourir !

— Moi aussi, j'ai failli mourir, fit Tass d'un air solennel. C'était à Tarsis, le jour où le dragon démolissait les maisons. Une s'est écroulée sur moi. Elistan m'a dit que j'avais failli y passer...

Flint émit un grognement et se laissa retomber sur sa couchette. Il prit à témoin la lampe qui se balançait au-dessus de sa tête :

— Serait-ce trop demander que de mourir sans être harcelé par un poison de kender ?

— Oh ! arrête, Flint ! Tu n'es pas mourant du tout. Tu as le mal de mer, voilà tout.

— Je me meurs, décréta le nain, buté. J'ai contracté une maladie incurable, à laquelle je vais succomber.

Et c'est de votre faute ! C'est vous qui m'avez traîné sur ce fichu rafiot...

— Navire ! coupa Tass.

— Rafiot ! répéta Flint, furieux. Vous m'y avez traîné, et vous me laissez crever de mon abominable maladie dans un cagibi infesté de rats !

— Nous aurions peut-être mieux fait de te laisser au Mur de Glace en compagnie des hommes-morses, murmura Tass.

Flint se redressa d'un bond, considérant le kender d'un œil noir. Tass battit prudemment en retraite et se dirigea vers la porte.

— Euh, eh bien, je crois que je vais y aller... J'étais juste venu voir si tu n'avais pas envie de manger quelque chose. Le cuistot à préparé une mixture baptisée soupe aux pois cassés...

*
* *

Calée à l'abri du vent entre les cordages, Laurana sursauta. Un rugissement venait d'ébranler le pont, suivi d'un bruit de vaisselle brisée. Elle regarda Sturm, debout à côté d'elle, d'un air interrogateur.

— Flint, dit-il avec un sourire.

Dégoulinant de soupe aux pois cassés, Tass arriva sur le pont.

— J'ai l'impression que Flint va mieux, déclara le kender. Mais il est incapable d'avaler quoi que ce soit...

*
* *

Depuis qu'ils avaient quitté le Mur de Glace, ils naviguaient en maintenant une belle vitesse. Porté par les courants et les vents dominants, le navire volait littéralement sur les vagues.

Selon les dires de Tass, un des orbes se trouvait au Mur de Glace. Les compagnons s'y étaient rendus. Non seulement ils avaient retrouvé l'orbe, mais aussi vaincu son gardien, Feal-Thas, un seigneur draconien. Avec l'aide des barbares des Glaces, ils avaient réussi à s'enfuir avant la destruction du château. Puis ils s'étaient mis en route pour Sancrist.

Les épisodes cauchemardesques vécus au Mur de Glace n'étaient rien comparés au rêve hallucinant de réalité qui les avait hantés un mois auparavant. Aucun ne se risquait à y faire allusion.

En dehors du nain, embarqué de force et tombé aussitôt malade, le moral semblait au beau fixe. Outre l'orbe, ils ramenaient un objet plus important encore, bien qu'ils n'en aient pas eu conscience au moment de sa découverte...

*

* *

Accompagnés de Dirk et des deux jeunes chevaliers qui les avaient libérés à Tarsis, les compagnons s'étaient mis à la recherche de l'orbe draconien dans le château du Mur de Glace. L'entreprise n'était pas allée sans mal, car ils avaient dû affronter des hommes-morses, des loups et des ours.

Au hasard d'une halte inopinée, ils étaient tombés en arrêt devant un spectacle saisissant : un dragon aux écailles argentées d'au moins cinquante pieds de haut se dressait devant eux, emprisonné dans un mur de glace. Malgré son air féroce, il dégageait une impression de noblesse et ne provoquait en rien la terreur qu'ils avaient éprouvée face aux dragons rouges. Au contraire, la magnifique créature leur inspirait une compatissante tristesse.

Autre fait étrange, le dragon avait un cavalier. D'après son antique armure, il s'agissait d'un Chevalier de Solamnie. Entre ses mains gantées, il tenait ce qui avait dû être une grande lance.

« — Que fait un Chevalier de Solamnie sur le dos d'un dragon ? » demanda Laurana, qui songeait aux seigneurs draconiens.

« — Il est arrivé que des chevaliers basculent du côté du Mal, répondit Dirk, bien que j'aie peine à le reconnaître. »

« — Pourtant, je ne sens pas l'aura du Mal, dit Elistan. Plutôt un grand chagrin. Je me demande qui les a tués. Ils n'ont pas l'air d'être blessés. »

Tass fronça les sourcils.

« — Cela me rappelle quelque chose... une image que je connais bien ! Elle représente un homme à cheval sur un dragon argenté. J'ai vu... »

« — Tout ce que tu vois...! Tu as même vu des éléphants à fourrure ! » coupa Flint en ricanant.

« — Je parle sérieusement, » protesta le kender.

« — Où était-ce, Tass ? demanda Laurana. T'en souviens-tu ? »

« — Je crois que... ce devait être à Pax Tharkas, et cela me rappelle Fizban... »

« — Fizban ! Un comble ! explosa Flint. Ce vieux mage est encore plus fêlé que Raistlin, si la chose est possible... »

« — Je ne vois pas de quoi Tass veut parler, intervint Sturm, les yeux fixés sur le dragon, mais je me souviens de ce que racontait ma mère sur Huma chevauchant un dragon d'argent, Lancedragon au poing, avant l'ultime combat... »

« — Et moi je me rappelle que ma mère me demandait de laisser des gâteaux pour l'Ancien en robe blanche qui venait au château pendant les fêtes ! s'esclaffa Dirk. Non, c'est à coup sûr un chevalier renégat, enchaîné par le Mal. »

« — Tu as raison, Sturm ! s'exclama Tass. C'est une Lancedragon ! J'ignore comment je le sais, mais j'en suis sûr ! »

« — L'aurais-tu vu dans le livre de la bibliothèque de Tarsis ? » demanda Sturm.

Le sérieux inhabituel du kender avait quelque chose d'effrayant.

« — Peut-être devrions-nous emporter la Lancedragon, suggéra timidement Laurana. Cela ne nuirait à personne. »

« — Allons, viens, Lumlane, fit Dirk. Les Thanoïs ne vont pas tarder à retrouver notre trace ! »

Sturm ne répondit pas.

« — Comment pourrions-nous prendre cette lance ? dit-il, pensif. Elle est encastrée dans dix pouces de glace ! »

« — Je sais comment faire ! » s'exclama Gilthanas.

Il commença à escalader la paroi lisse et glacée. A quatre pattes sur l'aile du dragon, il avança au plus près de la lance. Pressant la main contre la glace qui l'enveloppait, il prononça une incantation.

Une lueur rouge s'échappa de ses doigts. La chaleur fit fondre la glace, et il parvint à saisir la lance. Hélas, le poing du chevalier était refermé comme un étau sur la hampe. Gilthanas essaya en vain de lui ouvrir les doigts.

Le froid qui le pénétrait jusqu'à la mœlle devenait insupportable. Il dut renoncer, et redescendit.

« — C'est impossible ! La lance est soudée à sa main. »

« — On pourrait peut-être lui briser les doigts ? » suggéra le kender, toujours animé de bonnes intentions.

Sturm le foudroya du regard.

« — Profaner un mort, jamais ! Je vais essayer de faire glisser la lance. »

A son tour, Sturm escalada la paroi. A l'instant où il empoignait la lance, la tête du chevalier remua imperceptiblement. Ses doigts gelés s'ouvrirent. Sturm faillit tomber à la renverse de stupeur. Il lâcha la lance et recula à quatre pattes sur l'aile du dragon.

« — Sturm, le chevalier t'offre la lance, prends-la ! cria Laurana. C'est qu'il veut la remettre à un pair. »

« — Je ne suis pas chevalier ! rétorqua Sturm. C'est sûrement un signe, mais est-il de bon augure ? »

Il retourna sur ses pas et, saisissant la lance avec détermination, il la retira de la main du chevalier sans rencontrer de résistance.

« — Fantastique ! dit Tass, impressionné. Tu as vu, Flint, quand le corps s'est mis à bouger ? »

« — Non, je n'ai rien vu ! Et toi non plus ! Fichons le camp d'ici, » dit le nain en frissonnant.

Laurana prit la lance des mains de Sturm et l'enveloppa dans une fourrure. Les compagnons continuèrent leur chemin à travers les couloirs glacés du château.

« — Et si c'était une arme maléfique ? » souffla Sturm à Laurana, qui marchait à son côté.

La jeune elfe se retourna sur le dragon et le cavalier. Le soleil blême des pays du sud les nimbait d'une brume sinistre. Elle crut voir le corps du chevalier s'affaisser.

« — Crois-tu à la légende de Huma ? » demanda-t-elle en guise de réponse.

« — Je ne sais plus en quoi je dois croire, répondit Sturm. Il n'y a pas si longtemps, les choses étaient claires et simples ; si ce n'était pas noir, c'était blanc. Je croyais en l'histoire de Huma. Ma mère m'en parlait comme d'un événement réel. Et puis un jour, je suis allé en Solamnie. »

Il s'arrêta, craignant de lire de la réprobation sur le visage de Laurana. Mais celle-ci le considérait avec intérêt, et il se risqua à lui faire une confidence.

« — Je n'ai jamais parlé de cela, pas même à Tanis, poursuivit-il. Dans mon pays, en Solamnie, j'ai découvert que la chevalerie n'était pas l'ordre honorable et dévoué que ma mère m'avait décrit, mais un lieu d'intrigues et de complots politiques. Les meilleurs de ses membres étaient à l'image de Dirk, honorables, mais inflexibles et d'esprit rigide, imbus de leur supériorité et dédaignant tout ce qu'ils considéraient comme inférieur. Pire encore : lorsque je leur ai parlé de Huma, ils m'ont ri au nez. Pour eux, Huma n'est qu'un chevalier errant, qui aurait été exclu de l'Ordre pour avoir enfreint ses règles. Battant la campagne afin de rameuter les paysans, il serait devenu grâce à eux une figure de légende. »

« — Mais a-t-il réellement existé ? » insista Laurana, émue par la tristesse du chevalier.

« — Oui, sans aucun doute. Son nom figure sur les registres des Ordres mineurs de chevalerie que le Cataclysme a épargnés. Mais personne ne croit plus aux légendes du Dragon d'Argent, de l'Ultime Bataille, ni de Lancedragon. Comme Dirk l'a fait remarquer, il n'existe pas de preuves. Nul ne peut en témoigner. « Ce ne sont que des contes pour les enfants », comme dirait Raistlin.

« Tu sais, je ne l'aurais jamais cru, mais Raistlin me manque... Ils me manquent tous. C'est comme si on m'avait retiré une part de moi-même. J'ai ressenti la même chose lorsque j'étais en Solamnie et c'est pourquoi je suis parti sans même attendre les épreuves d'initiation à la chevalerie. Ces gens, qui sont mes amis, agissaient davantage contre le Mal que l'Ordre au grand complet. Y compris Raistlin, bien que j'aie peine à le comprendre. Lui pourrait nous dire tout ce que cela signifie. Au moins, il y croirait. Si seulement il était là. Si Tanis était là... »

« — Oui, si seulement Tanis était là... », dit Laurana.

Réalisant que la douleur de la jeune elfe dépassait la sienne, Sturm la serra affectueusement contre lui. La voix cinglante de Dirk leur intimant l'ordre de ne pas traîner en arrière gâcha ce bref moment de réconfort.

*
* *

Le fort vent du sud qui soufflait des glaciers donnait des ailes au navire. Selon les dires du capitaine, si ces conditions se maintenaient sur la mer de Sirrion, ils seraient dans deux jours à Sancrist.

— Nous allons longer la pointe sud de l'Ergoth, dit-il à Elistan, un doigt sur la carte. Cette nuit, vous verrez l'île de Cristyne. Après, nous aborderons à Sancrist. On raconte de drôles d'histoires sur l'Ergoth du Sud, ajouta-t-il en regardant Laurana. La contrée serait remplie d'elfes, à ce qu'on dit ; moi, je ne suis jamais allé voir.

— Des elfes ! s'exclama Laurana.

— Ils ont été obligés de fuir leur pays, chassés par les armées draconiennes, d'après ce que j'ai entendu dire.

— C'est peut-être notre peuple ! dit Laurana à Gilthanas, qui, lui aussi, scrutait l'horizon.

— Plus vraisemblablement les elfes du Silvanesti, répondit Gilthanas. Je crois que dame Alhana nous a parlé de l'Ergoth. Te souviens-tu, Sturm ?

— Non, répondit le chevalier.

Il alla s'appuyer au bastingage et fixa les flots embrasés par le levant. Laurana le vit tirer un objet de son ceinturon et le caresser amoureusement. L'étoile miroita au soleil. Aussitôt, Sturm la fit disparaître.

Intriguée, Laurana allait le rejoindre quand le capitaine poussa une exclamation.

— Quel est ce bizarre nuage, là-bas, au sud ? Que quclqu'un grimpc au mât !

Le capitaine régla sa longue-vue et scruta le ciel.

— Si c'est un nuage, je n'en ai jamais vu de cette sorte ! cria la vigie.

— Je vais voir ! déclara Tass en commençant à grimper.

La masse blanche avait bien l'air d'un nuage. Mais elle se déplaçait à une vitesse singulière et...

— Donne-moi ça, dit Tass en arrachant la longue-vue des mains de la vigie. Ben ça alors ! s'exclama-t-il, l'œil collé à la lentille de verre.

Il se laissa glisser le long du cordage et atterrit sur le pont, tout essoufflé.

— C'est un dragon ! cria-t-il.

2

LE DRAGON BLANC.
CAPTURÉS !

Le dragon s'appelait Neige. Il appartenait à une espèce de taille plus modeste que les autres dragons de Krynn. Originaire des contrées arctiques, ces créatures, capables de supporter le froid le plus rigoureux, contrôlaient les régions glaciaires du sud de l'Ansalonie.

Leur petite taille leur valant d'être plus rapides, les seigneurs draconiens les chargeaient des missions de reconnaissance. Neige se trouvait donc au loin lorsque les compagnons étaient arrivés au château du Mur de Glace.

La Reine des Ténèbres avait appris qu'une bande d'aventuriers s'étaient introduits au Silvanesti, avaient réussi à vaincre Cyan Sangvert et avaient emporté l'orbe draconien.

Pour récupérer l'artefact au plus vite, la Reine des Ténèbres rappela Neige et son escadrille, et les dépêcha sur les Plaines Arides qui séparaient le Silvanesti de Sancrist. Quand Neige arriva au Mur de Glace, il était trop tard. Feal-Thas était mort, et l'orbe avait disparu. Leurs alliés thanoïs, des hommes-morses, lui firent une description détaillée des coupables et lui indiquèrent la seule route qu'ils avaient pu emprunter : celle du nord, vers Sancrist.

Quand Neige fit son rapport à la Reine des Ténèbres, celle-ci entra dans une effroyable colère. A présent, il lui manquait deux orbes ! Son pouvoir maléfique était solidement établi sur l'ensemble de Krynn, mais les forces du Bien continuaient de la narguer, voire de la tenir en échec. Un jour ou l'autre, l'ennemi pouvait découvrir le secret des orbes.

Neige fut donc chargé de récupérer l'orbe et de le remettre à la Reine des Ténèbres. Ces artefacts extraordinaires étaient pétris d'intelligence et dotés d'une résistance inouïe. Ils avaient largement survécu à leurs créateurs.

Neige s'élança au-dessus de la mer de Sirrion. Rapidement, il fut en vue du navire. C'est là que se posait le problème, et il était de taille : comment récupérer l'orbe ?

L'intelligence n'était pas le point fort des dragons blancs. Jamais on ne les avait entraînés à penser : Feal-Thas était là pour ça.

Sa première idée avait été d'emprisonner le navire dans la glace en soufflant dessus. Mais l'orbe serait alors enfermé dans une carcasse gelée qui risquait de couler à pic. D'autre part, il était hors de question de prendre le bateau dans ses serres pour le poser à terre ; il était bien trop lourd. Neige décrivit de grands cercles autour de l'esquif en se creusant la cervelle.

Au-dessous de lui, sur le pont du navire, régnait une agitation de fourmilière.

Il plana ainsi toute la journée, observant, amusé, l'effet de la panique qu'il suscitait. Au coucher du soleil, il eut une idée, qu'il mit à exécution sans tarder.

*

* *

A bord, l'annonce de l'arrivée d'un dragon créa un fameux remue-ménage. Bien que le combat fût perdu d'avance, chacun fourbit ses armes. Laurana et Gilthanas tendirent leurs arcs, Sturm et Dirk vérifièrent leurs épées, Tass fit tournoyer son bâton et Flint tenta même de se lever.

Elistan priait Paladine.

Anxieux, ils suivaient des yeux le mouvement des ailes blanches qui se laissaient porter par les vents. Le dragon n'attaquait pas.

L'attente devint insupportable. Les voiles étaient en berne, et le navire oscillait au gré des courants. Les nuages qui s'étaient amoncelés au nord obscurcirent peu à peu le ciel.

Laurana baissa son arc.

Le dragon ne s'intéresse nullement à nous. Ce qu'il veut, c'est l'orbe, songea-t-elle. *Sinon, il aurait attaqué depuis longtemps.* Mais il ne fallait pas trahir ce secret devant l'équipage.

L'après-midi passa, le dragon tournant toujours au-dessus du bateau avec la patience d'un charognard. Le capitaine, conscient de la menace qui pesait sur son navire, était de plus en plus nerveux. Redoutant une mutinerie, il demanda aux compagnons de se mettre à couvert sous le pont.

— Terre à tribord !

Au cri de la vigie, le capitaine prit un air sinistre.

— C'est l'Ergoth ! Les courants nous entraînent sur les récifs !

Le dragon cessa de tourner. Son vol parut se suspendre. Puis il reprit son essor. Se croyant tirés d'affaire, les matelots poussèrent des cris de joie. Mais Laurana, se souvenant de Tarsis, comprit ce qui allait arriver.

— Le dragon passe à l'attaque ! cria-t-elle. Il se prépare à piquer sur nous !

— Tout le monde dans la cale ! ordonna Sturm.

Le capitaine se précipita sur le gouvernail. Sachant qu'il risquait sa vie, Sturm lui ordonna de rejoindre ses hommes. Devant son refus, il l'assomma d'un coup de poing et le jeta dans la coursive.

Le dragon heurta le pont avec une telle violence que le navire faillit chavirer. Les compagnons et les matelots furent précipités les uns sur les autres.

— C'est le moment d'invoquer ton dieu ! cria Dirk en s'extirpant d'un amas de corps.

— C'est ce que je suis en train de faire, dit froidement Elistan en aidant le nain à se relever.

Agrippée à une poutrelle, Laurana, terrorisée, attendait que tombe un déluge de feu. Soudain, un froid mordant lui coupa le souffle, pénétrant ses os jusqu'à la mœlle.

— Les dragons blancs ne crachent pas de feu ! s'exclama-t-elle. Ils soufflent de la glace ! Elistan ! Tes prières ont été entendues !

— Un dragon qui souffle de la glace ! s'écria Tass. Si seulement je pouvais voir ça !

— Que va-t-il advenir du bateau ? demanda Laurana. Il craque de toutes parts.

— Nous ne pouvons rien y faire, répondit Sturm. Le gréement cédera sous le poids de la glace et entraînera les voiles avec lui. Le grand mât sera abattu comme un arbre dans la tempête. Les courants feront dériver la coque sur les récifs et ce sera le naufrage. Que pourrions-nous faire...

— Essayer d'abattre le dragon en vol ! dit Gilthanas.

— Le pont doit être couvert d'une bonne couche de glace, objecta le chevalier. Nous sommes coincés à l'intérieur.

Je comprends comment le dragon compte récupérer l'orbe, songea Laurana. *Une fois que le navire se sera échoué, il nous tuera, et pourra cueillir son butin.*

Un nouveau choc ébranla la coque, qui glissa sur l'eau. Ils comprirent que le dragon soufflait sur le navire pour le pousser vers la côte.

Neige était fier de son plan, qu'il trouvait excellent. Il lui suffisait de planer derrière le bateau et de souffler dessus de temps en temps pour aider les courants à le propulser vers le rivage. Hélas, il ne tarda pas à découvrir la faille de son ingénieux stratagème. Le clair de lune fit apparaître des récifs acérés émergeant des flots.

D'énormes nuages vinrent voiler les rayons de lune ; il fit bientôt un noir d'encre. Neige ne voyait plus rien. Il maudit les nuages qui, dans le nord, servaient si bien les desseins des seigneurs draconiens. Il entendit le fracas de planches qui se brisaient sur les rochers et les cris des matelots. Alors il se mit à planer au ras de l'eau dans l'espoir de les prendre dans ses filets de glace en attendant le petit matin.

Un autre bruit, plus inquiétant encore, lui parvint à travers les ténèbres. Un arc s'était détendu, une flèche avait sifflé. On lui tirait dessus !

Atteint à l'aile, il poussa un hurlement de douleur et reprit promptement de l'altitude. Qui pouvait faire mouche ainsi dans la nuit ? Neige se souvint qu'il existait des gens capables de voir dans l'obscurité. Ces maudits elfes ! De plus, il faisait une cible idéale, maintenant qu'il avait une aile endommagée.

Ses forces commencèrent à décliner. Il avait volé toute la journée et sa blessure le faisait souffrir. Soudain, il décida de rentrer au Mur de Glace. La Reine des Ténèbres ne serait pas contente, mais après tout, sa mission était accomplie : le navire avait fait naufrage et l'orbe n'atteindrait jamais Sancrist. La Reine et son vaste réseau d'espions le retrouveraient sans peine...

— Le dragon est parti ! s'écria Gilthanas.

— Bien sûr ! lança Dirk. Il n'est pas doué de vision elfique ! D'ailleurs, ta flèche a fait mouche.

— C'est Laurana qui l'a touché, pas moi ! dit

Gilthanas en souriant à sa sœur, qui aidait à sauver vivres et bagages du naufrage.

Le navire venait de sombrer. Sturm, qui avait pris Flint sur son dos, le déposa sur le rivage.

Dans une gerbe d'éclaboussures, Tass sortit de l'eau en claquant des dents, un sourire jusqu'aux oreilles. Suivaient Elistan et le capitaine.

— J'ai perdu six de mes hommes, dit celui-ci d'un ton abattu, et mon navire, qui était tout ce que je possédais.

— Je suis désolé, fit Dirk d'un ton hautain. Toi et tes hommes avez tenté ce que vous avez pu. Mais ce qui est fait est fait.

— Capitaine, nous avons envoyé tes hommes sur cette plage pour qu'ils se mettent à l'abri, dit Laurana en pointant un doigt vers le nord.

Comme pour illustrer ses paroles, un grand feu se mit à flamboyer dans la zone qu'elle indiquait.

— Quels idiots ! maugréa Dirk. Ils vont attirer l'attention du dragon.

— Il faut choisir : ou nous prenons ce risque ou nous mourons de froid. En ce qui me concerne, tu peux bien faire ce que tu veux..., marmonna le capitaine avant de disparaître dans l'obscurité.

Tout le monde grelottait. Laurana, prise jusqu'ici dans le feu de l'action, se mit à trembler de froid. Elle s'inquiéta de ce qui avait pu être sauvé du naufrage.

— L'orbe est bien là ? demanda-t-elle avec anxiété.

— Oui, dans ce coffre, répondit Dirk, avec la lance et l'épée elfe que vous appelez Dracantale. Bon, eh bien, autant aller profiter de ce bon feu...

— Pa si vite..., fit une voix qui sonnait étrangement.

En un clin d'œil, les compagnons furent entourés de torches qui les éblouirent. Ils se précipitèrent sur leurs armes. Laurana examina attentivement les nouveaux venus.

— Attendez ! cria-t-elle. Ils sont des nôtres ! Ce sont des elfes !

— Silvanesti ! dit chaleureusement Gilthanas.

Il laissa tomber son arc et s'avança en tendant les bras.

— Nous avons fait un long voyage dans les ténèbres, dit-il en elfe, content de te retrouver, mon frère...

Il ne put aller plus loin. Le chef des elfes lui flanqua un coup de gourdin sur la tête. Assommé, Gilthanas s'écroula sur le sable. Sturm et Dirk se mirent aussitôt en garde. Dans les rangs elfes, les lames étincelèrent.

— Arrêtez ! cria Laurana. (Elle s'agenouilla près de son frère et retira la capuche qui couvrait son visage.) Nous sommes vos cousins du Qualinesti ! Ces humains sont des Chevaliers de Solamnie !

— Nous savons très bien ce que vous êtes : des espions du Qualinesti ! Rien d'étonnant que vous voyagiez avec des humains ; il y a bien longtemps que votre race est polluée ! Emmenez-les ! dit le chef à ses hommes. S'ils résistent, vous savez ce que vous avez à faire. Et trouvez l'orbe draconien dont ils parlaient.

Les elfes firent un pas vers les compagnons.

— Non ! cria Dirk en se campant devant le coffre qui contenait l'artefact. Sturm, ils n'auront pas l'orbe !

Sturm avait déjà adressé son salut à l'ennemi et marchait à sa rencontre, l'épée brandie.

— Ils veulent en découdre, dit le chef des elfes en levant son arme. Eh bien soit !

— Vous êtes tous devenus fous ! hurla Laurana en se dressant entre les deux partis. Même les gobelins et les draconiens, malgré leur vilenie, ne vont pas jusqu'à se décimer ! Tandis que les elfes, jadis incarnation du Bien, ne pensent qu'à s'entre-tuer ! (D'un geste bref, elle ouvrit le coffre.) Regardez ! L'espoir du monde est là ! C'est un orbe draconien, conquis au péril de notre vie au château du Mur de Glace. Notre navire s'est échoué sur les récifs, mais nous avons chassé le dragon qui voulait nous ravir l'orbe. Après ces épreuves, nous voilà confrontés à un danger plus grand encore : notre propre peuple menace nos vies. S'il en est ainsi, si nous sommes tombés si bas, alors tuez-nous, et je vous jure que nous ne ferons rien pour nous défendre !

Sturm, qui ne comprenait pas la langue des elfes, vit ses adversaires baisser leurs armes. *Je me demande ce qu'elle leur a raconté, mais on dirait que ça a marché*, se dit-il en rengainant sa lame.

— Je vais réfléchir à cette histoire, fit le chef des elfes en langue commune. (Il regarda Laurana, penchée sur son frère.) Nous avons peut-être agi un peu trop vite, mais quand vous aurez passé un peu de temps ici, vous comprendrez pourquoi.

— Je n'approuverai jamais un acte comme celui-ci !

Un elfe sorti de l'ombre et s'avança vers le chef.

— Il y a là-bas des humains, on dirait des marins, qui prétendent avoir été attaqués par un dragon. Ils auraient fait naufrage.

— Vous avez vérifié ?

— Nous avons trouvé des débris de bois sur le rivage. Nous ferons des recherches demain matin. Les humains sont trempés et en piteux état. Ils n'ont opposé aucune résistance. Je crois qu'ils disent la vérité.

— Tu sembles avoir parlé sincèrement, dit le chef des elfes en langue commune à Laurana. Mes hommes rapportent que les humains capturés sont des matelots. N'ayez crainte : nous les gardons prisonniers, car nous ne pouvons pas nous permettre de problèmes supplémentaires sur cette île. Mais ils seront bien traités ; nous ne sommes pas des gobelins ! Je regrette d'avoir frappé ton ami...

— C'est mon frère, répliqua Laurana. Il est le fils

cadet de l'Orateur du Soleil. Je suis Lauralanthalasa, et voici Gilthanas. Nous appartenons à la famille royale du Qualinesti.

Le chef pâlit, mais reprit vite contenance.

— Ton frère sera bien soigné. Je vais envoyer chercher un guérisseur...

— Nous n'avons pas besoin de ton guérisseur ! répliqua Laurana. Cet homme est un prêtre de Paladine, dit-elle, faisant un geste vers Elistan. Il s'occupera de mon frère...

— Un humain ?

— Oui, un humain ! cria Laurana. Les elfes ont assommé mon frère, donc je préfère demander aux humains de le soigner. Elistan...

Le prêtre s'avança. Sur un signe de leur chef, les elfes s'emparèrent de lui. Sturm volait déjà à son secours, mais Elistan l'arrêta d'un regard et jeta un coup d'œil éloquent à Laurana. Sturm comprit l'avertissement muet. Leur sort était entre les mains de la jeune elfe.

— Lâchez-le ! fit Laurana. Laissez-le soigner mon frère !

— Dame Laurana, je ne peux croire en l'existence d'un prêtre de Paladine. Tous ses adeptes ont disparu quand les dieux se sont détournés de Krynn. Je ne sais d'où sort ce charlatan ni comment il a pu t'abuser, mais je ne le laisserai pas poser la main sur un elfe.

— Même sur un elfe ennemi ?

— Même si un elfe avait tué mon propre père, répondit le chef. A présent, dame Laurana,je voudrais te parler seul à seul de ce qu'il se passe en Ergoth du Sud.

Voyant qu'elle hésitait, Elistan prit la parole :

— Va, chère Laurana. Tu es la seule qui puisses faire quelque chose pour nous. Je resterai auprès de Gilthanas.

— Très bien, fit Laurana, pâle comme une morte.

Elle se releva et suivit le chef.

— Je n'aime pas ça, dit Dirk en fronçant les sourcils. Elle n'aurait pas dû leur parler de l'orbe draconien.

— Ils nous ont entendus en parler avant ! laissa tomber Sturm.

— Soit, mais elle leur a montré où il était ! Je n'ai pas confiance en elle, ni en son peuple. Qui sait ce qu'ils sont en train de manigancer ?

— Ça suffit ! gronda une voix sourde.

Les deux hommes se retournèrent. Le nain approchait en titubant. Il claquait des dents, mais ses yeux lançaient des éclairs.

— J'en ai plus qu'assez de toi, haut et puissant seigneur, tonna-t-il en s'efforçant de serrer les dents.

Sturm voulut s'interposer entre Dirk et lui, mais le nain le repoussa. Sturm réprima un sourire. Trempé jusqu'aux os, la barbe collée sur la poitrine, Flint, qui arrivait à peine à la ceinture du chevalier, le toisait d'un regard mauvais.

— Vous autres, les chevaliers, à force de macérer dans votre carcan de ferraille, vous avez réduit vos cervelles en purée ! A supposer que vous en ayez jamais possédé une once, ce dont je doute... J'ai vu un jour arriver une petite elfe de rien, et la voilà devenue une femme magnifique ! Et je vous le dis, il n'y en a pas un sur Krynn qui égale son courage et sa noblesse. Il se trouve qu'elle t'a sauvé la vie, et ça, tu n'arrives pas à le digérer !

Dirk s'empourpra.

— Je n'ai besoin ni des elfes ni des nains pour..., commença-t-il, hors de lui.

Il fut interrompu par l'arrivée de Laurana, qui revenait en courant, l'œil brillant.

— Nous n'avions vraiment pas besoin de ça ! murmura-t-elle entre ses dents. Le Mal est en train de se propager dans mon propre peuple !

— Que se passe-t-il ? demanda Sturm.

— Voilà où nous en sommes : trois tribus se partagent le territoire de l'Ergoth du Sud...

— Trois ? interrompit Tass. Quelle est cette troisième tribu ? D'où sortent-ils ? On peut les voir ? Je n'ai jamais entendu parler...

— Tass ! coupa Laurana, exaspérée. Va voir Gilthanas et reste auprès de lui. Et demande à Elistan de venir nous rejoindre.

— Mais...

— Va ! ordonna Sturm en lui flanquant une bourrade.

Humilié, Tass s'en alla d'un pas traînant. Il s'assit près de Gilthanas et bouda. Elistan lui tapota gentiment l'épaule et rejoignit les autres. Laurana poursuivit son récit :

— La troisième tribu, ce sont les elfes du Kaganesti, connus sous le nom d'elfes sauvages en langue commune. Ils se sont battus à nos côtés pendant les guerres de Kinslayer. Pour les récompenser de leur loyauté, Kith-Kanan leur octroya les Monts de l'Ergoth, bien avant que le Cataclysme sépare le Qualinesti de l'Ergoth. Cela ne m'étonne pas que vous n'ayez jamais entendu parler d'eux. C'est un peuple secret, qui vit replié sur lui-même. On les appelait jadis elfes des confins, car ce sont de féroces guerriers, fidèles à Kith-Kanan, mais ils détestent les villes. Ils ont fraternisé avec les druides dont ils ont reçu le savoir en héritage, mais ils pratiquent le mode de vie des anciens elfes. Mon peuple les considère comme des barbares.

« Il y a quelques mois, quand les elfes du Silvanesti ont été contraints de quitter leur pays, ils se sont réfugiés ici, avec la permission des elfes du Kaganesti, à condition que cela soit provisoire. Peu après, mon peuple est arrivé du Qualinesti. Ainsi, les trois groupes se trouvent réunis pour la première fois depuis des siècles. »

— Je ne vois pas en quoi..., l'interrompit Dirk.

— Tu vas vite comprendre, coupa Laurana d'une voix haletante, car nos vies dépendent des tristes circonstances qui règnent sur cette île.

« Au début, tout s'est bien passé. Les cousins exilés avaient beaucoup de points communs ; tous deux avaient été chassés de leur chère patrie par le fléau. Les elfes du Silvanesti s'installèrent sur la côte ouest, ceux du Qualinesti sur la côte est. Ils étaient séparés par un détroit où se jette un fleuve, le Than-Tsalarian, ce qui signifie Fleuve des Morts en langage kaganesti. Les Kaganestis, eux, vivent dans la région des collines, au nord du fleuve.

« Pendant un temps, il y eut des tentatives de rapprochement entre les elfes du Silvanesti et ceux du Qualinesti. C'est alors que les ennuis commencèrent. Car même après des siècles, les vieilles haines et les anciens préjugés refirent surface. Le détroit pourrait être rebaptisé Than-Tsalaroth, Fleuve de la Mort. »

Flint posa sa main sur celle de Laurana.

— Tu sais, chez les nains, c'est du pareil au même. Vous avez vu comment j'ai été traité à Thobardin, chez les nains des ravins. De toutes les plaies qui accablent les hommes, les plus atroces sont les haines familiales.

— Le sang n'a pas été versé, mais les anciens ont eu tellement peur de ce qui risquait d'arriver qu'ils ont interdit de traverser le détroit, sous peine d'emprisonnement. Voilà la situation. Chaque camp se défie de l'autre. Ils s'accusent mutuellement de trahison pour le compte du Seigneur des Dragons ! On a démasqué des espions des deux côtés.

— Je comprends pourquoi ils nous ont attaqués, murmura Elistan.

— Et les elfes du Kaganesti ? demanda Sturm.

— Eux qui ont offert leur hospitalité ont été bien mal récompensés. Ils n'ont jamais vécu dans la richesse. D'après nos critères, ils subsistent pauvrement de la cueillette et de la chasse. Ils ne cultivent pas la terre et ne savent pas forger le métal. Quand nous sommes arrivés, il ont été éblouis par les bijoux et les armes. Ils ont cherché à découvrir les secrets de l'or, de l'argent, de l'acier...

« J'ai honte de le dire, mais mon peuple a profité de leur pauvreté. Les elfes du Kaganesti ont travaillé pour les nôtres. A cause de cela, les anciens, fâchés de voir leur jeunesse partir pour mener une autre vie, abandonnant leurs coutumes ancestrales, sont devenus hostiles et belliqueux. »

— Laurana ! appela Tass.

Laurana tourna la tête.

— Regardez ! Voilà justement une elfe kaganesti ! s'exclama-t-elle.

Une jeune femme svelte, habillée comme un homme, s'était agenouillée près de Gilthanas et lui massait le front. Le jeune seigneur elfe grogna de douleur. La jeune femme entreprit de mélanger des ingrédients dans une coupe en terre.

— Que fait-elle ? s'enquit Elistan.

— Apparemment, c'est elle qu'ils ont envoyée en guise de guérisseur. Les Kaganestis sont renommés pour leurs connaissances druidiques.

Le nom d'elfe sauvage leur va comme un gant, se dit Elistan. Jamais il n'avait rencontré d'être pensant qui eût un aspect si primitif. Entièrement vêtue de peaux de bêtes, la jeune femme avait la pâleur et la maigreur des populations sous-alimentées. Sa chevelure terne était si emmêlée et sale qu'elle n'avait plus de couleur. Mais ses mains étaient longues et fines. Sur son visage se lisait de la compassion pour le blessé.

— Eh bien, qu'allons-nous devenir dans cette histoire ? demanda Sturm.

— Les Silvanestis sont d'accord pour nous escorter auprès de ma tribu, répondit-elle en rougissant. Il y a eu un litige. Ils ont insisté pour nous présenter d'abord aux anciens, mais j'ai protesté, affirmant que je n'irais nulle part sans demander l'accord de mon père. Ils n'ont plus rien dit. Dans toutes les tribus, la fille dépend de la maison paternelle jusqu'à sa maturité. Me garder ici contre ma volonté équivaudrait à un rapt, et ce serait la guerre. Personne n'en veut.

— Et ils nous laissent partir, sachant que nous sommes en possession de l'orbe ? demanda Dirk, surpris.

— Ils ne nous laissent pas partir, répliqua Laurana. J'ai dit qu'ils nous *escortaient* auprès de ma tribu.

— Il y a un avant-poste solamnique au nord, souffla Dirk. Nous pourrions y trouver un bateau qui nous emmènerait à Sancrist !

— Essaye d'atteindre la lisière de ce bois, tu verras bien si tu y arrives vivant ! dit Flint en éternuant bruyamment.

— Flint a raison, renchérit Laurana. Il faut que nous allions chez les elfes du Qualinesti pour convaincre mon père de nous aider à transporter l'orbe vers Sancrist. Maintenant, assez parlé. Ils m'ont donné le temps de vous expliquer la situation, mais ils sont pressés de partir. Je vais m'occuper de Gilthanas. Sommes-nous tous d'accord ?

Laurana regarda les deux chevaliers. Ce n'était pas leur approbation qu'elle cherchait, mais plutôt un acquiescement. Calme et déterminée, elle faisait tellement penser à Tanis que Sturm ne put s'empêcher de sourire. Mais Dirk, lui, ne souriait pas du tout. Vexé de ne pouvoir prendre les choses en main, il était furieux.

Il marmonna entre ses dents qu'il fallait tirer le meilleur parti de la situation, et à grands pas rageurs il partit chercher le coffre.

Laurana s'en alla rejoindre son frère. L'elfe sauvage entendit ses pas crisser sur le sable. Elle leva la tête et regarda la jeune femme d'un air apeuré, puis recula à la manière d'un animal craintif. Tass, qui avait bavardé avec elle dans un galimatias de langues commune et d'elfe, la retint par le bras.

— Ne t'en va pas, c'est la sœur du seigneur elfe. Regarde, Laurana, Gilthanas revient à lui. Ce doit être à cause de la boue qu'elle lui a collée sur le front. J'aurais juré qu'il ne se remettrait pas avant des lunes... Laurana, voici mon amie... Comment t'appelles-tu, déjà ?

L'elfe sauvage, qui tremblait de tous ses membres, garda les yeux fixés sur le sol. Elle murmura quelque chose que personne ne comprit.

— Qu'as-tu dit, jeune fille ? demanda Laurana d'une voix si douce que l'elfe leva timidement les yeux.

— Silvart...

— Cela signifie « cheveux d'argent » en kaganesti, n'est-ce pas ?

Laurana se pencha vers son frère et l'aida à se redresser. Gilthanas porta instinctivement la main à son front.

— Ne touche pas l'emplâtre ! dit vivement Silvart en arrêtant son bras. Cela te fera du bien.

Elle avait parlé dans une langue commune claire et précise. Après avoir jeté un coup d'œil furtif à Laurana, elle fit un pas en arrière.

— Attends, Silvart !

L'elfe sauvage se figea et regarda Laurana avec un tel effroi que celle-ci eut honte.

— N'aie pas peur. Je voudrais te remercier d'avoir soigné mon frère. Tass avait raison, sa blessure était sérieuse, mais tes soins font merveille. Reste auprès de lui, si tu le peux.

— Je demeurerai près de lui, maîtresse, si tu me l'ordonnes, répondit Silvart, les yeux toujours baissés.

— Ce n'est pas un ordre, Silvart, c'est un souhait. Je m'appelle Laurana.

Silvart leva les yeux.

— Alors je resterai près de lui, Laurana, si c'est ce

que tu veux. Mon vrai nom est Silvara, et signifie « cheveux d'argent ». Silvart est le nom qu'*ils* me donnent. S'il te plaît, appelle-moi Silvara.

Les elfes du Silvanesti apportèrent le brancard de branchages qu'ils avaient confectionné et y déposèrent Gilthanas. Silvara marchait d'un côté de la litière, accompagnée de Tass, ravi d'avoir quelqu'un à qui raconter ses histoires. De l'autre côté cheminaient Laurana et Elistan, suivis de Dirk, qui portait le coffre.

L'aube pointait lorsqu'ils atteignirent la lisière du bois qui bordait le rivage.

— Je crains que nous ayons une nouvelle traversée à effectuer, Flint, déclara Sturm. Nous allons sur une presqu'île.

— Mais qu'allons-nous fiche là-bas ? demanda le nain, en éternuant. On est vraiment obligés ?

— Oui, à cause de l'orbe draconien.

— Mais nous ne savons pas nous en servir !

— Les chevaliers apprendront, répondit tranquillement Sturm. L'avenir du monde en dépend.

— Et moi, tout ce que je sais, rétorqua Flint, fixant les flots d'un œil hostile, c'est qu'on a failli me noyer deux fois, et qu'une maladie mortelle...

— Flint, tu as eu le mal de mer, voilà tout !

— Non, j'ai dit « mortelle », et je pèse mes mots, Sturm de Lumlane ! Ecoute-moi bien. Les bateaux nous portent la poisse. Depuis que nous avons posé le pied sur le rafiot du lac de Crysalmir, nous n'avons pas cessé d'avoir des ennuis. C'est là que ce cinglé de magicien s'est aperçu de la disparition des constellations célestes, et depuis, nous allons de catastrophe en catastrophe. Tant que nous utiliserons des bateaux, cela ira de mal en pis !

Sturm sourit. *Si seulement les choses étaient si simples*, songea-t-il.

3

L'ORATEUR DU SOLEIL. LA DÉCISION DE LAURANA.

L'Orateur du Soleil, le chef des elfes du Qualinesti, résidait dans une cabane de bois et d'argile séchée que les Kaganestis lui avaient construite. Ce qu'il considérait comme une hutte était pour les elfes sauvages une merveilleuse habitation digne d'abriter plusieurs familles. Aussi avaient-ils été choqués d'apprendre que l'habitation serait à peine suffisante pour l'Orateur et son épouse.

Ce qu'ils ne pouvaient pas deviner, c'était que cette demeure devait assurer la fonction de palais des elfes du Qualinesti, où l'Orateur tiendrait ses conseils coutumiers et quotidiens, avec la même autorité et dans le même costume d'apparat qu'au pays. Pourtant, l'Orateur avait bien changé au cours des derniers mois, au grand dam de son peuple. Pour commencer, il avait confié à son fils cadet une mission considérée comme suicidaire. Ensuite, sa fille chérie s'était enfuie à la recherche de son bien-aimé, un demi-elfe. L'Orateur ne reverrait sans doute jamais ses enfants.

La perte de Gilthanas était somme toute acceptable, puisqu'il avait accompli un acte héroïque. Le jeune homme était parti à la tête d'une bande d'aventuriers pour les mines de Pax Tharkas, dans le but de libérer les humains retenus prisonniers et de détourner ainsi les troupes draconiennes du Qualinesti. Contre toute attente, ce plan avait été couronné de succès. L'armée draconienne était revenue en toute hâte à Pax Tharkas, ce qui avait permis aux elfes du Qualinesti de s'enfuir vers l'Ergoth du Sud.

Mais ce que ne pouvait accepter l'Orateur, c'était la disparition de sa fille, un déshonneur. Courir après un ami d'enfance, Tanis Demi-Elfe ! Cela le rendait malade. Comment avait-elle pu faire une chose pareille ? Jeter l'opprobre sur la famille ! Une princesse à la poursuite d'un bâtard !

La fuite de Laurana avait fait pâlir l'image de l'Orateur du Soleil. Mais le peuple avait besoin d'un chef fort. Et s'il abdiquait en faveur de son fils Porthios, qui s'occupait efficacement des affaires de l'Etat ? Le jeune seigneur s'était révélé avisé et habile, même si certains déploraient sa dureté envers les elfes du Kaganesti et du Silvanesti.

L'Orateur comptait parmi ceux-là. La dureté de son aîné le retenait de lui confier les rênes du pouvoir. Il avait souvent tenté de lui prouver que la patience et la modération payaient davantage que les menaces et les armes, mais Porthios trouvait son père trop mou et trop sentimental. Conscient de l'esprit de caste des Silvanestis, qui considéraient tout juste les Qualinestis comme des elfes à part entière, sans parler des Kaganestis, une race jugée inférieure, le jeune seigneur elfe pensait sans le dire que tout cela finirait dans un bain de sang.

De l'autre côté du Than-Tsalarian, un seigneur rigide et insensible nommé Quinath, le fiancé de la princesse Alhana Astrevent, partageait ce point de vue. En l'absence inexpliquée et inexplicable de la princesse, il exerçait le pouvoir sur les Silvanestis. Les deux hommes s'entendaient à merveille pour entretenir les dissensions ; ils partagèrent l'île en deux factions, au total mépris de la troisième tribu elfe.

Comme un chien qu'on ne laisse pas entrer dans la

cuisine, les Kaganestis se virent refoulés aux confins de l'île. Les elfes sauvage, connus pour leur tempérament, furent scandalisés de voir *leur* territoire partagé sous leur nez. Le gibier se fit rare ; il finissait généralement dans les marmites des réfugiés. Comme l'avait dit Laurana, le Fleuve des Morts risquait bien de devenir le Fleuve de la Mort, les eaux qui charrient le sang...

L'Orateur se trouvait de fait dans un camp retranché. Accablé de chagrins et de soucis, il déléguait de plus en plus ses pouvoirs à Porthios.

Levé de bon matin pour préparer son audience quotidienne, l'Orateur fut surpris du tapage qui troublait Qualin-Mori, comme ses elfes appelaient leur terre d'adoption. *Allons bon ! Que se passe-t-il encore* ? se dit-il en soupirant. Porthios avait dû arrêter des jeunes des deux bords qui se querellaient. Mais le tapage persistait.

Là-dessus, on frappa à la porte. Celle-ci s'ouvrit sur une fine silhouette encapuchonnée qui se rua vers l'Orateur. Pris de court, le potentat recula au fond de la pièce.

La capuche tomba. Le roi elfe découvrit sous un flot de cheveux dorés le ravissant visage de sa fille.

— Père ! s'écria Laurana en se précipitant dans ses bras.

Gilthanas avait été pleuré comme un mort par le peuple. Son retour fut l'occasion d'une fête aussi fastueuse que celle donnée au Qualinesti avant son départ pour le Sla-Mori.

Gilthanas s'était vite remis de sa blessure, dont il ne gardait qu'une cicatrice sur le front. Laurana et ses amis, témoins de la violence du coup, s'émerveillaient de cette guérison, mais son père considéra la chose d'un œil indifférent. Laurana, déçue de son absence de réaction, voulut en parler avec Elistan. Mais le prêtre de Paladine était en grande conversation avec l'Orateur, fort impressionné par l'étendue de son savoir.

Malgré le bonheur d'être rentrée au bercail, la jeune femme se rendait compte que les choses avaient changé.

Les gens semblaient contents de la revoir, mais ils la traitait avec la même courtoisie que Dirk, Sturm, Flint et Tass. En quelque sorte, elle était devenue une étrangère. Même son père et sa mère gardaient leurs distances. Elle n'en aurait pas été autrement étonnée, s'ils ne s'étaient pas montrés si empressés auprès de Gilthanas. Pourquoi faisaient-ils cette différence ? Laurana n'y comprenait rien.

Ce fut Porthios qui lui ouvrit les yeux au cours du festin.

— Notre vie doit te sembler différente de ce qu'elle était au Qualinesti, dit l'Orateur à Gilthanas, attablé auprès de lui. Mais tu t'y habitueras vite.

Il se tourna vers Laurana, et lui dit d'un ton froid :

— J'aurais aimé que tu reprennes ta place de scribe auprès de moi, comme par le passé, mais je vois que tu es bien trop occupée.

Laurana n'en crut pas ses oreilles. Non qu'elle eût l'intention de rester sur l'île, mais elle ne s'attendait pas à être évincée de la sorte. En outre, elle avait fait part à son père de son projet de départ pour Sancrist, mais celui-ci semblait n'avoir rien entendu.

— Père, dit-elle en essayant de contenir son irritation, je te l'ai déjà dit, nous ne pouvons pas rester ici. Tu n'as pu oublier ce qu'Elistan et moi nous t'avons confié. Nous avons trouvé l'orbe draconien ! Nous avons désormais les moyens de neutraliser les dragons et de mettre fin à la guerre ! Il faut que nous portions l'artefact à Sancrist...

— Tais-toi, Laurana ! coupa l'Orateur. Tu ne sais pas ce que tu dis. L'orbe draconien est en effet une précieuse conquête, mais il ne convient pas d'en parler ici. Quant à l'emmener à Sancrist, il n'en est pas question...

— Je te demande pardon, seigneur, déclara Dirk en s'inclinant, mais c'est une affaire qui ne te concerne pas. L'orbe draconien n'est pas ta propriété. L'Ordre m'a chargé de le retrouver, et j'y suis parvenu. J'ai l'intention de remplir ma mission jusqu'au bout. Tu n'as pas le droit de m'en empêcher.

— Vraiment ? répliqua l'Orateur, courroucé. C'est mon fils Gilthanas qui l'a amené dans notre terre d'exil. Cet orbe nous revient de droit.

— Je n'ai jamais prétendu une chose pareille, père ! protesta Gilthanas, rougissant sous les regards des compagnons. L'orbe ne m'appartient pas, il est à nous tous...

Porthios foudroya son cadet du regard. Intimidé, Gilthanas se tut.

— Si quelqu'un devait revendiquer l'orbe, ce serait Laurana ! s'exclama Flint Forgefeu. C'est elle qui a tué Feal-Thas, le sorcier *elfe* !

— Si l'orbe est à elle, alors il est à moi, tonna l'Orateur. Selon la loi elfique, ma fille n'a pas atteint la maturité, donc ce qui est à elle m'appartient. Il en va ainsi aussi bien chez les elfes que chez les nains, que je sache ?

Rouge comme une écrevisse, Flint allait répondre, mais Tass ne lui en laissa pas le temps.

— Et alors, quelle importance ? fit-il remarquer d'un ton enjoué. D'après la loi kender, si toutefois il y en a une, tout appartient à tout le monde.

Tass ne parlait pas en l'air. Les kenders avaient leur propre conception de la propriété d'autrui ; rien ne restait bien longtemps dans la maison d'un kender, à moins d'être vissé au sol. Un voisin pouvait entrer, admirer un objet et partir nonchalamment avec. Chez les kenders, le patrimoine familial se résumait à ce qui avait réussi à rester plus de trois semaines dans la maison.

Personne ne releva les paroles de Tass. Après que Flint lui eut envoyé un coup de pied sous la table, le kender se réfugia dans un silence boudeur jusqu'à ce qu'il découvre un nouveau centre d'intérêt, sous la forme d'un sac abandonné sur le banc. Il passa le reste du repas à faire l'inventaire de son contenu.

Flint concentra son attention sur les convives. Les choses avaient l'air de s'envenimer.

Dirk était furieux. Seul son code de bienséance le faisait tenir tranquille. Laurana chipotait dans son assiette sans mot dire. Flint poussa Sturm du coude.

— Et nous qui pensions que la conquête de l'orbe avait été une épreuve ! dit-il à voix basse. Nous n'avions affaire qu'à un magicien fou et à quelques hommes-morses. Ici, c'est toute une tribu d'elfes qui nous encercle !

— Nous discuterons raisonnablement avec eux, dit Sturm.

— *Raisonnablement* ! s'esclaffa le nain. Il serait plus facile d'obliger deux cailloux à faire la conversation !

Flint avait vu juste. A la demande de l'Orateur, les compagnons restèrent assis après que les elfes eurent pris congé. Dirk se leva pour engager les pourparlers.

— L'orbe restera en notre possession, déclara-t-il froidement. Tu n'as aucun droit sur lui. Il n'appartient ni à ta fille, ni à ton fils. J'ai accepté qu'ils m'accompagnent après les avoir libérés, à Tarsis. Je suis heureux d'avoir pu les escorter jusque chez eux, et je te remercie de ton hospitalité. Mais je partirai demain matin pour Sancrist, avec l'orbe.

Porthios se campa face à Dirk.

— Le kender, lui aussi, peut dire que l'orbe lui appartient. Et alors ? Il est à présent entre les mains des elfes et il y restera. Croyez-vous que nous soyons assez bêtes pour laisser un objet de cette importance à des humains qui mènent le monde à sa perte ?

— Nous menons le monde à sa perte ? explosa

Dirk. Savez-vous seulement dans quel état il se trouve ? Les dragons vous ont chassés de votre pays. Maintenant, ils vont s'emparer du nôtre ! Contrairement à vous, nous n'avons pas l'intention de fuir. Nous resterons pour combattre. Cet orbe représente notre seul espoir...

— Eh bien, retournez dans votre pays et laissez-vous rôtir comme des alouettes, je ne vous retiens pas, cracha Porthios. C'est vous qui avez réveillé le Mal, affrontez-le, maintenant ! Le Seigneur des Dragons a obtenu de nous ce qu'il voulait, il nous laissera tranquilles. Ici, en Ergoth, l'orbe est en sécurité.

— Imbéciles ! cria Dirk en frappant du poing sur la table. Le Seigneur des Dragons a une seule idée en tête, c'est la conquête de *toute* l'Ansalonie ! Ce qui inclut cette île ! Vous aurez sans doute la paix un temps, mais si nous venons à périr, vous périrez également !

— Tu sais que ce qu'il dit est vrai, fit timidement Laurana. Porthios, père nous a déjà dit au Qualinesti que le Seigneur des Dragons ne se contenterait pas de nos terres, mais qu'il nous exterminerait ! L'as-tu oublié ?

— Bah ! Il s'agissait de Verminaard. Il est mort...

— Oui, grâce à nous, et pas grâce à vous ! s'écria Laurana.

— Laurana ! s'exclama l'Orateur de toute sa hauteur. Tu t'égares ! Tu n'as pas le droit de parler ainsi à ton frère aîné. Nous avons aussi affronté des dangers au cours de l'exode. Porthios respecte ses devoirs et assume ses responsabilités. Gilthanas aussi ! Eux, ils ne se sont pas enfuis pour courir après un bâtard de demi-elfe comme une pu...

Le Grand Orateur s'arrêta net. Laurana devint livide. Gilthanas fit mine de venir à son secours, mais elle le repoussa.

— Père, dit-elle d'une voix méconnaissable, qu'allais-tu dire ?

— Viens, Laurana, supplia Gilthanas. Il ne le pense pas. Nous en reparlerons demain.

Froid et figé comme une statue, l'Orateur resta muet.

— Tu allais me traiter de putain, dit Laurana en insistant sur chaque syllabe.

— Retourne dans ta chambre, Laurana, ordonna l'Orateur d'une voix tendue.

— Voilà ce que tu penses de moi, dit-elle, la gorge serrée. C'est pourquoi tout le monde se tait quand j'arrive quelque part : je suis une putain...

— Ma sœur, fais ce que te dit notre père. Quant à ce que nous pensons de toi, tu ne peux t'en prendre qu'à toi-même. Mais que crois-tu ? Regarde-toi ! Tu es habillée comme un homme. Tu portes une épée souillée de sang. Tu parles de tes « aventures » ! Tu cours les routes avec des humains et des nains ! Tu passes tes nuits avec eux ! Avec ton bâtard d'amant ! D'ailleurs, où est-il celui-là ? Il t'a sans doute déjà laissée tomber...

La lumière des torches dansa devant les yeux de Laurana, puis ce furent les flammes qui lui brûlèrent le corps, faisant place à un froid intense. Sa vue se troubla. Elle se sentit aspirée par un gouffre sans fond. Au-dessus d'elle, des gens parlaient, des visages sans forme s'agitaient.

— Laurana, ma fille...

Puis ce fut le trou noir.

— Maîtresse...

— Quoi ? Qui est-ce ? Où suis-je ? Je ne vois rien ! Au secours !

— Là, là, maîtresse, prends ma main, c'est moi, Silvara. Tu te souviens ?

Deux mains très douces saisirent celles de Laurana et la relevèrent lentement.

— Bois, maîtresse.

Laurana sentit le bord d'une coupe contre ses lèvres.

Elle avala l'eau fraîche. Ses forces revenaient, ses yeux se dessillèrent.

Une chandelle brûlait à côté de son lit ; elle était dans la maison de son père.

— Je ne me souviens pas de...

— Chut ! Il faut parler doucement, dit Silvara, un doigt sur les lèvres. Tu t'es évanouie. C'est ce qu'ils ont dit quand il t'ont ramenée ici. Ton père est effondré. Il ne pensait pas ce qu'il a dit. C'est arrivé parce qu'il souffre terriblement de ton attitude.

— Comment sais-tu tout cela ?

— Je suis restée cachée dans l'ombre, c'est facile pour nous autres...

— Mais pourquoi t'occupes-tu de moi ? Pourquoi te donnes-tu cette peine ? demanda Laurana en regardant la jeune fille, dont la beauté sous la crasse, la frappa.

L'elfe sauvage capta le regard curieux de Laurana. Elle rougit.

— J'ai quitté les elfes du Silvanesti quand nous avons traversé le fleuve, maîtresse...

— Laurana. S'il te plaît, appelle-moi Laurana.

— Bien..., Laurana. Je... je suis venue te demander de m'emmener avec toi quand tu partiras.

— Partir ? Mais je ne pars...

— Tu ne pars pas ? demanda doucement Silvara.

— Je... je ne sais plus...

— Je peux t'être utile, reprit Silvara. Je connais le chemin qui mène à l'avant-poste des chevaliers, où se trouvent les grands bateaux ailés. Je vous aiderai à y aller !

— Pourquoi ferais-tu cela pour nous ? demanda Laurana. Ecoute, je suis désolée, ce n'est pas de la méfiance, mais tu ne nous connais pas, et notre mission est dangereuse. Je crois que tu t'en sortirais mieux toute seule.

— Je sais que vous transporterez l'orbe draconien, murmura Silvara.

— Comment connais-tu son existence ?
— J'ai entendu les Silvanestis en parler près du fleuve.
— Et tu as compris de quoi il s'agissait ?
— Mon peuple connaît beaucoup d'histoires, répondit Silvara. Je sais qu'il importe de mettre fin à la guerre. C'est pour cette raison, et pour... (Elle s'arrêta et resta un moment silencieuse.) Tu es la première personne que je rencontre qui connaît la signification de mon nom.
Laurana la considéra avec étonnement. La jeune fille avait l'air sincère. Mais Laurana ne la croyait pas. Pourquoi aurait-elle risqué sa vie pour eux ? Peut-être était-elle une espionne, envoyée par les elfes du Silvanesti pour récupérer l'orbe ? C'était peu vraisemblable, mais les choses les plus étranges sont toujours possibles...
La tête entre les mains, Laurana réfléchit. Pouvaient-ils faire confiance à Silvara, au moins pour quitter le pays ? Ils devraient traverser le Kaganesti ; Silvara serait une aide précieuse.
— Il faut que je parle à Elistan. Peux-tu le faire venir ?
— Il attend à côté que tu te réveilles...
— Et les autres ? Où sont mes amis ?
— Le seigneur Gilthanas est chez votre père, bien sûr, répondit Silvara en baissant les yeux, et les autres sont dans leur hutte.
Silvara alla ouvrir la porte et fit un signe. Elistan entra.
— Elistan !
Laurana se jeta au cou du prêtre et se serra contre lui. Elle se sentit aussitôt rassurée. Tout irait bien maintenant, elle en était sûre. Elistan saurait comment agir.
— Comment te sens-tu, Laurana ? Ton père...
— Oui, je sais. Elistan, il faut que tu décides ce que nous devons faire. Silvara propose de nous aider

à quitter ce pays. Nous pourrions récupérer l'orbe et partir cette nuit.

— Si c'est là ce que tu penses devoir faire, il n'y a pas de temps à perdre.

— Qu'en penses-tu ? Viendras-tu avec nous ? demanda-t-elle en prenant sa main.

— Non, Laurana. Si tu veux partir, ta décision ne peut reposer que sur toi-même. J'ai fait appel à Paladine : mon devoir est de rester avec les elfes. Ainsi, je parviendrai peut-être à convaincre ton père que je suis au service des vrais dieux. Si je pars, il continuera à croire que je suis un charlatan.

— Et l'orbe ?

— A toi de voir. Les elfes sont dans l'erreur. Espérons qu'ils s'en rendront compte avec le temps. Mais nous n'allons pas discuter pendant cent ans, le temps presse. Je pense que tu devrais emmener l'orbe à Sancrist.

— Moi ? Mais je ne peux pas !

— Chère Laurana, si tu prends cette décision, tu devras assurer le commandement de l'expédition. Sturm et Dirk sont trop distraits par leurs querelles de chevaliers, et ce sont des humains. Toi, tu as affaire aux elfes — ton propre peuple. Gilthanas a pris le parti de son père. Tu es la seule à avoir une chance de réussir.

— Mais je suis incapable de...

— Tu es capable de beaucoup plus que tu crois, Laurana. Les épreuves que tu as subies n'étaient peut-être destinées qu'à préparer ce qui va suivre. Ne perds plus de temps. Bonne chance, chère Laurana. Que Paladine te bénisse et t'assiste, comme je le fais moi-même.

— Elistan !

Le prêtre était parti. Silvara referma la porte derrière lui.

Laurana se laissa retomber sur le lit. Elistan avait raison : l'orbe ne devait pas rester ici. Si elle décidait de partir, il fallait le faire de suite. Mais tout était si précipité ! Quel poids sur ses épaules ! Pouvait-elle se fier à Silvara ? Une question superflue : qui d'autre pourrait la guider ?

Il ne lui restait plus qu'à aller chercher l'orbe, la lance et ses amis. Pour l'orbe et la lance, elle savait comment faire. Pour les amis...

Elle réalisa qu'elle s'engageait sur un chemin sans retour. Et Gilthanas ? Ils étaient devenus si complices qu'elle ne pouvait le laisser. Mais il serait épouvanté à l'idée de subtiliser l'orbe et de partir comme un voleur. S'il ne venait pas avec eux, les trahirait-il ?

La tête sur les genoux, elle ferma les yeux. *Tanis, où es-tu ? Que dois-je faire ? Pourquoi moi ? Je ne suis pour rien dans tout ce qui arrive !*

Elle se souvint du visage triste et tourmenté du demi-elfe. Sans doute s'était-il posé souvent les mêmes questions. *Moi qui ai toujours cru qu'il ne doutait jamais.* Peut-être s'était-il senti aussi seul et apeuré qu'elle ? *Nous comptions tous sur lui, qu'il l'ait voulu ou non. Il l'avait accepté, faisant ce qu'il croyait être juste.*

Moi aussi.

*
* *

Incapable de trouver le sommeil, Sturm arpentait la cabane attribuée aux « hôtes forcés » de l'Orateur. Seul le nain ronflait comme une forge. Soudain, le chevalier s'immobilisa, l'oreille aux aguets. La cabane de rondins rectangulaire ne comportait que deux ouvertures : la porte, et un orifice pratiqué dans le toit pour l'aération.

Le bruit que Sturm avait entendu provenait du toit. C'était une alternance de craquements de solives et de raclements.

— C'est sûrement une bête sauvage ! grommela Dirk. Et dire que les gardes nous ont pris nos armes !

— Je ne crois pas, dit Sturm. Un animal serait plus silencieux. A propos, que font nos gardes ?

Dirk regarda dehors par une fente de la porte.

— Ils sont assis autour du feu. Deux sont endormis. Ils ne doivent pas nous trouver bien inquiétants...

Une masse sombre venait de masquer l'ouverture du toit. Sturm se pencha sur le feu et saisit une bûche enflammée.

— Sturm ? Sturm de Lumlane ?

La masse sombre avait parlé. Cette voix lui disait quelque chose.

— Théros ! Théros Féral ! s'exclama le chevalier. Quel bon vent t'amène ? La dernière fois que je t'ai vu, c'était à Solace, et tu étais plus près de la mort que du pays des elfes...

L'imposant forgeron réussit à grand-peine à passer par le trou. Il atterrit lourdement sur le plancher.

— La princesse Laurana m'a chargé de vous faire sortir d'ici. Nous devons la retrouver dans le bois. Dépêchez-vous. Nous avons quelques heures avant le lever du jour, et il faudra traverser le fleuve avant.

Réveillé en sursaut, Flint regarda le forgeron d'un air hébété. Le kender, lui aussi, ouvrait de grands yeux. Il semblait fasciné par le bras droit du nouveau venu, qui brillait comme de l'argent.

— Théros, interrogea Tass, qu'est-il arrivé à ton bras ?

— Les questions à plus tard ! Pour l'heure, il faut faire vite, et en silence !

— Traverser le fleuve, gémit Flint. Encore des bateaux, toujours des bateaux...

*

* *

— Je viens voir l'Orateur ! dit Laurana à la sentinelle postée devant la maison de son père.

Suivie de Silvara, enveloppée dans une ample cape, Laurana entra.

— L'orbe est dans le coffre, au pied de son lit, chuchota-t-elle à l'elfe sauvage. Tu es sûre de pouvoir le porter ? Il est assez lourd.

— Il n'est pas très volumineux, répondit Silvara en écartant les deux mains comme si elle tenait une balle.

— Non, tu ne l'as pas vu. Il a près de deux pieds de diamètre. C'est pour cela que je t'ai fait mettre cette cape.

Silvara la regarda avec étonnement.

— Bon, nous n'allons pas rester plantées là toute la nuit. Nous trouverons bien une solution.

Elles se glissèrent dans la chambre. Quand elles refermèrent la porte, il y eut un horrible grincement. Silvara se mit à trembler comme une feuille. Laurana eut toute les peines du monde à garder son calme. Elle voyait son père, allongé à côté de sa mère, qui continuait de dormir profondément.

Les larmes lui montèrent aux yeux.

Le coffre se trouvait au pied de leur lit. Laurana ouvrit le couvercle. L'orbe était là, signalant sa présence par une petite lueur bleue. Ce n'était pas le même orbe ! Ou si c'était le même, il avait singulièrement rétréci. Comme l'avait dit Silvara, il avait les dimensions d'une balle. Elle le sortit du coffre. Il n'était pas aussi lourd qu'elle croyait. Laurana tendit l'orbe à Silvara, qui le fit disparaître dans les replis de sa cape. Elle prit la Lancedragon brisée, pensant la donner à Sturm.

Au fond du coffre, il y avait aussi Dracantale, l'épée que Kith-Kanan avait remise à Tanis. Laurana hésita. Fallait-il se charger de deux armes ? Silvara la regardait.

— Que fais-tu ? N'hésite pas, prends-la aussi !

Surprise, Laurana dévisagea l'elfe sauvage. Puis d'un coup sec, elle rabattit le couvercle du coffre.

L'Orateur se retourna dans son sommeil. Il se dressa sur un coude.

— Qui est là ? Que se passe-t-il ? demanda-t-il d'une voix enrouée.

Laurana serra le bras de Silvara pour la rassurer.

— C'est moi, père. Laurana ! répondit-elle d'une petite voix. Je voulais te dire que je regrette ce qui s'est passé. Et te prier de me pardonner.

— Ah ! Laurana, fit l'Orateur en se laissant retomber sur son oreiller. Je te pardonne, ma fille. A présent, retourne dans ton lit. Nous en parlerons demain matin.

La jeune femme attendit que sa respiration redevienne régulière. Serrant contre elle la Lancedragon, elle entraîna Silvara hors de la chambre royale.

— Qui va là ? appela en langue elfe une voix d'humain.

— Qui parle ? répondit une voix d'elfe.

— Gilthanas, c'est toi ?

— Théros ! Mon ami !

Le seigneur elfe sauta au cou du forgeron. Submergé par l'émotion, il le serra contre lui.

— Théros, tu es en possession de tes deux bras ! A Solace, les draconiens t'avaient bien coupé le droit ? Tu serais mort, s'il n'y avait pas eu Lunedor.

— Te souviens-tu de ce que m'avait dit ce porc de Toede ? demanda Théros de sa belle voix grave. « Si tu veux retrouver ton bras, forge-le toi-même ! » Eh bien, c'est ce que j'ai fait ! Le récit de mes aventures pour trouver ce bras d'argent serait interminable...

— Et ce n'est guère le moment, grommela une voix derrière lui. A moins que tu veuilles les faire entendre à quelques milliers d'elfes. Ainsi tu as réussi à t'échapper, Gilthanas ! (Dirk sortit de l'ombre.) As-tu l'orbe ?

— Je ne me suis pas échappé, répliqua le seigneur elfe. J'ai quitté la maison paternelle pour accompagner ma sœur et Sil... sa suivante à travers les ténèbres. Laurana, il est encore temps de renoncer à cette folie. Rapporte l'orbe. Ne te laisse pas égarer par les âneries de Porthios. Si l'orbe reste ici, nous pourrons défendre notre peuple. Nous finirons par savoir comment l'utiliser, nous avons des magiciens...

— Allons nous rendre aux gardes séance tenante, nous passerons la nuit au chaud ! s'écria Flint, grelottant.

— Soit tu donnes tout de suite l'alarme, soit tu nous concèdes le temps de filer. Laisse-nous une chance avant de nous trahir, déclara Dirk.

— Je n'ai pas la moindre intention de vous trahir, grogna Gilthanas, furieux. Laurana ?

— Je suis décidée à aller au bout. J'ai bien réfléchi. Je crois que ce que nous faisons est juste. Elistan le pense aussi. Silvara nous montrera le chemin...

— Je connais aussi les montagnes, dit Théros. Et vous aurez besoin de moi pour passer la barrière des gardes.

— Eh bien, le sort en est jeté.

— C'est bon, soupira Gilthanas, je viens avec vous. Si je reste, Porthios me soupçonnera toujours de complicité.

— Parfait ! coupa Flint. Pourrions-nous filer dès maintenant ? Ou y a-t-il encore d'autres personnes à réveiller ?

— Par ici ! dit Théros. Les gardes ont l'habitude de mes escapades nocturnes. Restez dans l'ombre, et laissez-moi parlementer.

Avec des précautions de chats, les compagnons suivirent la haute silhouette du forgeron le long de l'enceinte du camp. Laurana avait pourtant l'impression qu'ils faisaient autant de tapage qu'un cortège de mariage. Le nain, qui trébuchait sur la moindre racine, manquait s'étaler dans chaque flaque d'eau.

Pendant ce temps les elfes ronflaient, confits dans une autosatisfaction aveugle. Avoir échappé au pire leur donnait l'illusion que rien ne pouvait les atteindre.

Silvara, qui portait l'orbe, le sentit se réveiller au contact de son corps. Il commençait à se réchauffer...

4

LE FLEUVE DES MORTS.
LA LÉGENDE DU DRAGON D'ARGENT.

Le silence et le froid dominaient la nuit. Des nuages masquaient les lunes et les étoiles. La pluie et le vent restaient en suspens dans l'atmosphère, pesante comme une chape de plomb. La nature semblait en état d'alerte. Laurana avait laissé les elfes derrière elle, au chaud dans leur cocon de peurs et de haines médiocres. Que sortirait-il de cette singulière chrysalide ?

Les compagnons franchirent les barrage de gardes sans difficulté. Reconnaissant Théros, les elfes bavardèrent avec lui tandis que les autres se faufilaient à travers bois. A l'aube, le petit groupe avait atteint le fleuve.

Arrivée au bord de l'eau, Silvara mit ses doigts sur ses lèvres et imita un cri d'oiseau. Elle répéta cet appel à trois reprises.

Portée par l'onde, la réponse lui parvint de l'autre rive du fleuve. Silvara retourna vers les compagnons, postés à la lisière du bois.

— Kargai Sargaron, dit-elle précipitamment au forgeron, mes amis vont arriver. Je voudrais que tu restes avec moi pendant que je leur explique la situation. Ils n'accepteront pas sans mal d'accueillir des chevaliers et des Qualinestis sur leur territoire, je le crains.

— Je leur parlerai, répondit Théros. Tiens, les voilà qui arrivent !

Laurana regarda les deux silhouettes sombres qui glissaient sur l'eau grise. *Les elfes du Kaganesti doivent monter la garde un peu partout*, pensa-t-elle. *Cette fille jouit d'une étrange liberté pour une esclave.* S'il était si facile de s'échapper, pourquoi était-elle restée chez les elfes du Silvanesti ? A moins que la fuite ne soit pas son véritable but...

— Théros, que signifie le nom de « Kargai Sargaron » qu'elle te donne ? demanda Laurana.

— « L'homme au bras d'argent », répondit le forgeron avec un large sourire.

— On dirait qu'ils te font une totale confiance.

— C'est vrai. J'ai passé la plupart de mon temps chez les elfes du Kaganesti. (L'expression de Théros se crispa.) Je ne veux pas te manquer de respect, mais tu n'as aucune idée des tourments que ton peuple leur inflige. Ils déciment leur gibier, corrompent les jeunes au moyen de l'or, de l'argent et de l'acier. (Il poussa un soupir.) J'ai fait tout ce que j'ai pu. Je leur ai montré comment forger des outils et des armes pour la chasse. Mais l'hiver sera long et rude ! Le gibier se fait de plus en plus rare. Si on en arrive à laisser les elfes sauvages mourir de faim, ou à les tuer...

— Et si je restais ? murmura Laurana. Je pourrais les aider...

Elle réalisa que c'était une idée ridicule. Que pouvait-elle pour eux, alors qu'elle était rejetée par son propre peuple ?

— Tu ne peux être partout à la fois, dit Sturm. C'est aux elfes de résoudre leurs problèmes.

— Je sais, répondit-elle en soupirant. J'étais comme eux, Sturm. Mon merveilleux petit univers tournait autour de moi et je m'en croyais le centre. J'ai couru rejoindre Tanis parce que j'étais certaine de me faire aimer de lui. Tout le monde m'aimait. Pourquoi pas lui ? J'ai vite découvert que le *monde* ne tournait pas autour de moi, qu'il se moquait éperdument de mon existence. Puis j'ai côtoyé la souffrance et la mort. J'ai dû tuer pour ne pas être tuée. Et j'ai eu vu ce qu'était l'amour vrai. Lunedor et Rivebise m'ont montré qu'on pouvait tout lui sacrifier, même la vie. Je me suis sentie méprisable. Aujourd'hui, c'est mon peuple que je trouve méprisable. Et misérable. Je le croyais parfait. A présent, je comprends ce qu'éprouvait Tanis, et pourquoi il est parti.

Les embarcations des Kaganestis avaient atteint le rivage. Silvara et Théros vinrent au-devant d'eux.

Sur un geste du forgeron, les compagnons sortirent de l'orée du bois, les mains bien en évidence pour témoigner de leurs intentions pacifiques. Les elfes sauvages s'entretinrent un moment avec Silvara et Théros, sans résultat positif apparent.

Le son d'un cor retentit dans le lointain. Laurana et Gilthanas se regardèrent avec inquiétude. Théros les désigna et se frappa la poitrine de son bras d'argent, pour signifier qu'il se portait garant des compagnons. Le cor retentit de nouveau. Silvara supplia de plus belle. A contrecœur, les elfes sauvages finirent par accepter.

Les compagnons se ruèrent vers les embarcations. Tous avaient pris conscience du danger qui menaçait. Leur fuite avait été découverte, on était à leur poursuite.

Aidés par le courant qui entraînait les pirogues vers l'ouest, les elfes sauvages pagayèrent frénétiquement. Le visage fouetté par un vent glacé, les compagnons voyaient les arbres dressés le long du rivage défiler à toute vitesse. Sur les berges, toute vie semblait absente. Quelques silhouettes apparaissaient de temps à autre entre les buissons, sans doute des Kaganestis à l'affût des intrus. Parmi ces esclaves, il devait y avoir des espions, pensa Laurana. Son regard se posa sur Silvara.

Ils arrivèrent en vue d'un confluent. A leur jonction, deux cours d'eau formaient un large fleuve qui descendait vers le sud pour déboucher sur la mer.

— Regardez ! dit Théros. Voilà pourquoi on l'appelle le Than-Tsalarian, le « Fleuve des Morts ».

Une embarcation qui semblait vide voguait au fil de l'eau. Les elfes sauvages arrêtèrent de ramer et inclinèrent respectueusement la tête sur le passage de l'esquif. Soudain, Laurana comprit.

— Une barque funéraire !

L'embarcation arriva à leur hauteur. Un jeune guerrier kaganesti en cuirasse y était étendu avec son arc et son carquois, une épée posée sur la poitrine.

— C'est une coutume ancestrale de mon peuple, déclara Silvara de sa voix profonde et mélodieuse. Les morts retournent à la mer, où ils sont nés. C'est un des principaux points de discorde entre les elfes. (Elle regarda Gilthanas.) Ceux du Silvanesti considèrent ce rite comme un sacrilège. Ils veulent nous contraindre à l'abandonner.

— Un de ces jours, ce seront des cadavres qualinestis ou silvanestis qui descendront ce fleuve avec une flèche kaganestie dans la poitrine, dit Théros. Alors, ce sera la guerre.

— Je crois que les elfes auront à affronter des ennemis bien plus redoutables, dit Sturm en hochant la tête. Regardez !

Au pied du guerrier mort, gisait une rondache prise à l'ennemi. Laurana reconnut l'emblème qui l'ornait.

— Un bouclier draconien ! s'exclama-t-elle.

Le voyage sur le Than-Tsalarian n'était pas de tout repos ; la force des courants et les remous mettaient les rameurs à dure épreuve. Tass avait été mobilisé, mais il avait lâché sa pagaie, et failli faire chavirer la pirogue en tentant de la récupérer. Dirk l'avait repêché de justesse, sur quoi les elfes sauvages lui avaient fait comprendre qu'ils le passeraient par-dessus bord s'il n'arrêtait pas de faire l'imbécile.

Depuis le kender essayait de tromper son ennui en guettant les poissons.

— Tiens, c'est bizarre ! dit-il brusquement en retirant sa main de l'eau. ! L'eau scintille ! Flint, cria-t-il au nain calé dans le fond de l'autre pirogue, regarde l'eau !

La main du kender était couverte d'une fine pellicule d'argent qui brillait sous la lumière matinale.

— Tu as raison, petit kender, dit Silvara en souriant. Les Silvanestis appellent ce cours d'eau Than-Sargon, ce qui signifie Route d'Argent. Quel dommage que le ciel soit couvert ! Quand Solinari est à son zénith, le fleuve roule des flots d'argent en fusion. C'est très beau !

— Comment est-ce possible ? demanda Tass en considérant sa main avec émerveillement.

— Personne n'en sait rien. Il y a bien une légende qu'on raconte chez nous...

Silvara rougit.

— Quelle légende ? demanda Gilthanas, assis en face d'elle à la proue de la pirogue.

Son ardeur à pagayer était considérablement tempérée par l'intérêt qu'il portait à l'elfe sauvage. Chaque fois qu'elle levait les yeux, Silvara rencontrait ceux du jeune homme, ce qui augmentait son trouble.

— Cela ne vous intéressera pas beaucoup, répondit-elle en fixant les flots pour échapper au regard de Gilthanas. C'est un conte de Huma, qu'on raconte aux enfants...

— Huma ! s'exclama Sturm, qui ramait pour deux. Raconte-nous ta légende de Huma, elfe sauvage.

— Oui, raconte, répéta Gilthanas en souriant.

— Eh bien, commença-t-elle en s'éclaircissant la voix, selon les elfes du Kaganesti, le chevalier Huma, à la fin des terribles guerres draconiennes, parcourut le monde pour secourir les gens. Au comble du désespoir, il réalisa qu'il était sans pouvoir face à l'acharnement des dragons. Alors il invoqua l'aide des dieux.

Silvara jeta un coup d'œil à Sturm, qui acquiesça.

— Paladine répondit à ses prières et lui envoya le Cerf Blanc. Mais personne ne sait où le Cerf l'a emmené.

— Les gens de chez nous le savent, dit doucement Silvara, parce que le Cerf Blanc, après de nombreuses épreuves, le conduisit dans une paisible clairière du pays d'Ergoth. Il y rencontra une femme belle et vertueuse, qui soulagea sa peine. Ils tombèrent amoureux l'un de l'autre. Mais la femme refusa d'abord l'amour du chevalier. Finalement, incapable d'étouffer plus longtemps le feu qui la consumait, elle l'accepta. Leur bonheur fut un clair de lune d'argent dans un ciel d'orage.

Les yeux dans le vague, Silvara interrompit son récit. Machinalement, elle tâta l'étoffe de sa cape, qui couvrait l'orbe posé à ses pieds.

— Continue ! la pressa Gilthanas.

Charmé par la voix et les yeux magnifiques de Silvara, il avait arrêté de pagayer.

— Leur bonheur fut de courte durée. La belle avait un secret. Un terrible secret. Elle n'était pas née d'une femme, mais d'un dragon. Seuls ses pouvoirs magiques lui conféraient une apparence humaine. Hélas, elle ne parvenait plus à supporter le poids de ce secret, et se refusait à mentir à Huma, qu'elle aimait d'amour. Elle lui révéla sa véritable nature en lui apparaissant une nuit sous son autre forme, celle d'un dragon d'argent. Elle espérait qu'il la tuerait, car elle souffrait tant qu'elle n'avait plus envie de vivre. Mais face à cette resplendissante créature, le chevalier vit le reflet de l'âme noble de la femme qu'il aimait. Alors elle reprit sa forme humaine et conjura Paladine de la lui garder à jamais si elle renonçait à ses pouvoirs magiques et à la longue vie des dragons pour demeurer avec Huma dans le monde des humains.

Le visage de Silvara se crispa ; elle ferma les yeux. Gilthanas se demanda pourquoi la légende la troublait tant. Touché, il tendit une main vers elle, mais elle se retira si violemment que la pirogue fit une embardée.

— Je suis désolé, dit Gilthanas, je ne voulais pas t'effrayer. Alors, qu'est-il arrivé ? Qu'a répondu Paladine ?

— Paladine accéda à ses désirs, mais il lui imposa une terrible condition. Il lui fit voir l'avenir. Si elle restait dragon, Huma et elle recevraient la Lancedragon, seule capable d'anéantir le fléau draconien. Si elle devenait mortelle, elle pourrait vivre avec Huma, mais les dragons continueraient de dévaster le monde. Huma lui jura qu'il donnerait tout ce qu'il avait, plus la chevalerie et son honneur, pour rester avec elle. L'écoutant, elle vit que la lumière qui brillait dans ses yeux s'était voilée. Alors elle sut quelle réponse donner au dieu. Son choix était fait. Les dragons devaient être bannis du monde. La rivière d'argent, dit-on, est le torrent de larmes qu'elle versa sous sa forme de dragon lorsque Huma la quitta pour partir à la recherche de la Lancedragon.

— Jolie histoire, dit Tass en bâillant, mais plutôt triste. Ce vieil Huma est-il revenu ? Est-ce que ça finit bien ?

— L'histoire se termine mal, dit Sturm en fixant le kender d'un air excédé. Huma est mort glorieusement au combat, après avoir défait le chef des dragons, bien qu'il fût blessé mortellement. J'ai entendu dire, ajouta-t-il d'un air pensif, qu'il était allé à l'assaut monté sur un dragon d'argent.

— Et nous avons vu un chevalier sur un dragon d'argent au Mur de Glace, dit Tass. Il a donné à Sturm...

D'une bourrade, le chevalier fit taire le kender, qui avait oublié que c'était un secret.

— J'ignore tout du dragon d'argent, dit Silvara. Et nous savons peu de choses sur Huma. Après tout, c'est un humain. Je crois que cette légende s'est perpétuée parce que nous révérons le fleuve, qui emporte nos morts.

Un des elfes sauvages gesticula en direction de Gilthanas et parla d'un ton acide à Silvara. Le jeune seigneur la regarda d'un air interrogateur.

— Il demande si tu es trop important pour ramer ; dans ce cas, il t'autorisera volontiers à nager.

Gilthanas eut un sourire confus. Il reprit la pagaie et l'enfonça dans les flots.

Malgré leurs efforts, il devenait de plus en plus difficile d'avancer contre le courant. Ils finirent par aborder, vaincus par leurs muscles endoloris et les ampoules qui saignaient dans leurs mains. Les pirogues furent tirées sur la berge.

— Crois-tu que nous avons semé nos poursuivants ? demanda Laurana à Théros.

— Satisfaite de la réponse ? dit-il en pointant une main vers l'horizon.

Dans l'obscurité croissante, Laurana distingua plusieurs formes sombres à peine visibles à la surface de l'eau. Elles étaient encore très éloignées ; cependant la nuit risquait d'être agitée... Le forgeron hocha la tête, l'air bonhomme.

— Ne t'inquiète pas. Nous ne risquons rien jusqu'à demain matin. Personne n'ose s'aventurer de nuit sur le fleuve, pas même les Kaganestis, qui pourtant le connaissent comme leur poche. Et pour cause ! D'étranges créatures à têtes de lézard hantent la forêt. Demain, nous ramerons aussi loin que possible, mais nous serons vite obligés de continuer à pied.

— Demande à ces gens s'ils sont prêts arrêter les Qualinestis qui nous poursuivent, dit Sturm à Théros.

Le forgeron posa la question dans un étrange mélange de langue commune et de kaganesti. Un elfe sauvage hocha la tête. De tout son être se dégageait quelque chose d'animal.

Laurana comprit pourquoi son peuple voyait en ces gens des créatures à mi-chemin entre l'humain et l'animal. Ils étaient imberbes, grâce à leur sang elfe, mais possédaient des traits humains caractéristiques. L'homme lui rappela Tanis par sa façon de parler, sa forte musculature et ses gestes vifs.

Théros traduisit sa réponse à Laurana.

— Il dit que si les Qualinestis veulent vous poursuivre sur ce territoire, ils doivent respecter les règles et demander l'autorisation aux anciens de pénétrer dans leur pays. Ils l'obtiendront certainement. Il se peut même qu'on leur prête main-forte. Ils n'ont pas plus envie d'accepter des humains que leurs cousins de l'Ergoth du Sud. En fait, il a dit qu'ils nous ont aidés à cause des services que je leur ai rendus et pour faire plaisir à Silvara.

Laurana tourna la tête vers Silvara, en grande conversation avec Gilthanas. Son visage se durcit. Théros devina ce qui lui avait traversé l'esprit.

— Je trouve étrange que tu sois choquée, toi qui, d'après les rumeurs, as tout quitté pour suivre ton amoureux, mon ami Tanis Demi-Elfe. Je te croyais différente des autres, Laurana.

— Ce n'est pas ça du tout ! répondit-elle d'un ton acerbe. Je ne suis pas l'amante de Tanis. Mais là n'est pas la question. Je n'ai pas confiance en cette fille, tout simplement. Elle montre beaucoup trop d'empressement à nous aider.

— Ton frère y est peut-être pour quelque chose...

— Mais il est de sang royal ! répliqua-t-elle, indignée. (Elle réalisa ce qu'impliquaient ses paroles, et changea de sujet.) Que sais-tu au juste de Silvara ?

— Pas grand-chose, répondit Théros, ce qui la mit hors d'elle. Je sais que les gens l'aiment et la respectent surtout pour ses talents de guérisseuse.

— Et d'espionne ?

— Ecoute, Laurana, ces gens luttent pour leur survie. Ils le font parce qu'ils sont bien obligés. Tu m'as servi un bien beau discours ce matin sur la berge. J'y aurais presque cru !

Le forgeron rejoignit les elfe, occupés à cacher les pirogues sous les branchages. Furieuse contre elle-même, Laurana se mordit les lèvres. Théros aurait-il vu juste ? Etait-elle choquée de l'intérêt que Gilthanas portait à Silvara ? Etait-elle vraiment indigne de lui ? Gilthanas considérait Tanis indigne de sa sœur. Y avait-il deux poids, deux mesures ?

Laisse parler ton cœur, lui avait dit Raistlin. C'était bien joli, mais encore fallait-il comprendre ses sentiments ! Son amour pour *Tanis* ne lui avait-il donc rien appris ?

Lentement, les idées de Laurana se remirent en place. Elle pensait réellement ce qu'elle avait dit à Théros. Il y avait chez Silvara quelque chose dont elle se méfiait, et qui n'avait rien à voir avec l'attirance que son frère éprouvait pour elle.

Ce malentendu avec Théros était simplement regrettable, et elle suivrait le conseil de Raistlin. Elle se fierait à son instinct.

Bref, elle garderait un œil vigilant sur l'elfe sauvage.

5

SILVARA.

Bien qu'il fût courbatu et suffisamment épuisé pour ne penser qu'à dormir, Gilthanas ne parvenait pas à trouver le sommeil. Poussés par la brise marine qui soufflait de l'ouest, de gros nuages cachaient les lunes. De temps à autre, il apercevait quand même les étoiles ; la lune rouge fit une brève apparition entre deux cumulus.

Le seigneur elfe se tourna dans tous les sens pour essayer de trouver une position confortable sur le sol gelé. Il réussit seulement à s'emmêler dans ses couvertures.

Les autres ne semblaient pas avoir ce problème, nota-t-il avec envie. Laurana dormait paisiblement, la main sous sa joue, comme lorsqu'elle était petite. *Son comportement devient de plus en plus étrange, ces derniers temps*, se dit Gilthanas. Mais il ne pouvait lui en vouloir. Elle avait tout abandonné pour faire ce qu'elle croyait juste, et il fallait bien emmener l'orbe à Sancrist. Avant cette histoire, leur père aurait accepté qu'elle reprenne la vie familiale. Maintenant, il était trop tard. Elle resterait une paria.

Et lui, avait-il changé ? A Qualin-Mori, il avait d'abord jugé que son père avait raison. Mais était-ce vraiment sincère ?

Les apparences prouvaient plutôt le contraire, puisqu'il était parti avec Laurana. Par les dieux, il devenait aussi fou qu'elle ! Pour commencer, sa haine viscérale de Tanis s'était peu à peu muée en admiration et en affection. Ensuite, son mépris des autres races menaçait de s'éteindre. Il n'avait pas rencontré beaucoup d'elfes aussi nobles et dévoués que Sturm de Lumlane. Il n'aimait pas beaucoup Raistlin, mais il enviait son savoir, lui qui n'avait jamais eu la patience, ou le courage, d'approfondir sa science. Enfin, il fallait admettre qu'il aimait bien le kender et le vieux nain râleur. Mais jamais il n'avait pensé tomber amoureux d'une elfe sauvage.

— Voilà ! J'ose me l'avouer à présent : je l'aime.

Etait-ce vraiment de l'amour, ou une banale attirance physique ? Cette pensée le fit sourire ; séduisante, Silvara, avec son visage barbouillé, ses cheveux crasseux, ses haillons grossiers ? Il avait dû la regarder avec les yeux du cœur ! Il tourna la tête vers ses compagnons, roulés à même le sol dans leurs couvertures. La place de Silvara était vide.

Gilthanas regarda autour de lui. Il faisait sombre. Les compagnons avaient renoncé à faire du feu pour ne pas attirer l'attention des draconiens.

Il décida d'aller à la recherche de la jeune femme. Il avança à pas de loup, le moindre bruit pouvant attirer l'attention de Dirk et de Sturm, qui montaient la garde.

Soudain un frisson lui parcourut l'échine. L'orbe ! Il tâta fébrilement les affaires de Silvara. L'artefact était bien là.

Un bruit lointain d'éclaboussures traversa le silence. Un oiseau ou un poisson ? Gilthanas jeta un coup d'œil vers le fleuve, puis aux deux chevaliers, qui discutaient à voix basse, et se glissa hors du camp.

Aussi silencieux que son ombre, il avança dans le bois. Le fleuve miroitait entre les fûts noirs des arbres. Il arriva en vue de pierres rocailleuses qui formaient une petite baie bordée d'arbustes. Son cœur s'arrêta de battre.

On n'entendait rien d'autre que le doux murmure de l'eau coulant entre les pierres. Silvara, immergée jusqu'aux épaules, semblait insensible à la température, plutôt glaciale. Ses longs cheveux flottaient autour d'elle. Gilthanas retint son souffle. Il fallait qu'il s'en aille tout de suite, il le savait, mais quelque chose de plus fort que lui le retenait. Il était fasciné.

La brise écarta les nuages. Le croissant de la lune d'argent, Solinari, inonda le fleuve de sa clarté tamisée. Silvara sortit de l'eau, le corps et les cheveux ruisselants de perles argentées. Touché au plus profond de lui-même, Gilthanas ne put retenir une exclamation.

Silvara sursauta et jeta autour d'elle des regards terrifiés. Elle se précipita sur ses vêtements et en tira un couteau. Elle le brandit, prête à se défendre.

Son corps scintillant sous le clair de lune rappela à Gilthanas une biche qu'il avait forcée après une longue chasse. Silvara avait dans les yeux la même lueur de bête traquée. Elle ne le voyait pas.

Brusquement, elle se retourna, prête à bondir pour échapper au danger.

— Attends, Silvara ! C'est moi, Gilthanas ! Tu n'aurais pas dû partir seule..., c'est risqué...

Elle s'arrêta près des buissons. Obéissant à son instinct de chasseur, Gilthanas avança lentement vers elle, les yeux dans les siens, la voix caressante :

— Tu ne devrais pas t'aventurer si loin. Je vais te tenir compagnie. Et j'ai des choses à te dire, Silvara. Je ne veux pas non plus rester seul ici. Ne t'en va pas. J'ai déjà dû renoncer à tant de choses. Ne t'en va pas...

Il continuait d'approcher en parlant sur le même ton rassurant quand il la vit faire un pas en arrière. Alors il s'assit tranquillement sur un rocher. Elle s'arrêta et le regarda sans faire un geste pour aller reprendre ses vêtements. Apparemment, elle avait davantage à défendre que sa pudeur.

Bien que gêné par sa nudité, Gilthanas admira sa détermination. Toute femme elfe bien élevée se serait évanouie depuis longtemps. Bien sûr, il aurait dû détourner les yeux, mais il ne pouvait s'empêcher de la regarder. Il décida qu'il fallait continuer de parler, peu importait ce qu'il raconterait. De phrase en phrase, il s'aperçut qu'il lui confiait ses pensées les plus intimes :

— Silvara, je me demande pourquoi je suis ici ! Mon père a grand besoin de moi, mon peuple aussi. Pourtant je suis là, bravant la loi. Mon peuple est exilé, j'ai trouvé le moyen de le sauver — l'orbe — et au lieu de ça, je risque ma vie pour voler l'orbe et le donner aux humains, qui en ont besoin pour gagner leur guerre.

« Pourquoi, Silvara ? Pourquoi me suis-je ainsi déshonoré ? Pourquoi ai-je trahi les miens ? »

Silvara jeta un coup d'œil vers le bois, puis sur Gilthanas. *Elle va fuir*, pensa-t-il.

Lentement, elle baissa son couteau. Son regard était empli d'une telle tristesse que Gilthanas eut honte de lui.

— Pardonne-moi. Je ne veux pas te charger de mes soucis. Je ne sais plus où j'en suis. Tout ce que je sais...

Baissant les yeux sur les flots argentés, il semblait accablé.

— ... C'est que tu dois agir ainsi, acheva Silvara à sa place.

Il leva les yeux. Elle s'était drapée dans sa couverture. Ce louable effort de pudeur raviva le désir de Gilthanas.

Il quitta son rocher et marcha vers elle. Immobile devant les buissons, elle restait sur la défensive. Sa peur ne était pas apaisée, mais elle avait abandonné le couteau.

— Silvara, ce que j'ai fait est contraire au code des elfes. Quand ma sœur m'a parlé de subtiliser l'orbe, j'aurais dû aller trouver mon père.

— Pourquoi ne l'as-tu pas fait ?

— Pare que je suis convaincu que les elfes ont tort. Leurs lois et leurs coutumes sont devenues iniques. C'est Laurana qui a raison. Sturm aussi. Il faut donner l'orbe aux humains. Cette guerre, nous devons la faire. Au fond de mon cœur, je le sais. Mais ma tête n'écoute pas ce qu'il lui dicte. Je souffre de tout cela...

En face de lui, Silvara marchait à pas lents le long du rivage.

— Je te comprends, dit-elle avec douceur. Mon peuple ne saisit pas non plus ce que je fais ni pourquoi je le fais. Mais je sais ce qui est juste, et j'y crois.

— Je t'envie, chuchota-t-il.

Il grimpa sur une grosse pierre plate. Silvara n'était plus qu'à trois pas de lui.

— Silvara, une autre raison m'a fait quitter mon peuple, et tu la connais.

Il lui tendit la main. Elle tressaillit et eut un mouvement de recul. Il fit un pas vers elle.

— Silvara, je t'aime. Tu sembles être si seule, aussi seule que moi. Je t'en prie, tu ne seras plus jamais seule. Je te le jure...

Elle leva une main hésitante. D'un mouvement bref, il la saisit et l'attira sur la pierre plate.

La biche aux abois réalisa un peu tard qu'elle était prise au piège. Non par les bras de l'homme, dont elle aurait pu facilement se défaire, mais par son amour pour celui qui l'avait attirée dans ses filets.

L'amour de Gilthanas était aussi tendre et profond que le sien, et ce sentiment réciproque devenait leur destin. Lui aussi s'était laissé prendre.

Gilthanas la serra contre lui ; elle était tremblante, non de frayeur, mais de passion. Il prit son visage entre ses mains et le baisa. Les lèvres de Silvara étaient aussi douces que brûlantes. Sa main se pressa, toute chaude, contre la sienne. Gilthanas sentit la saveur salée d'une larme sur ses lèvres.

— Ne pleure pas. Je suis désolé, dit-il, relâchant son étreinte.

— Ton amour n'est pas la cause de mes larmes. Je pleure sur moi-même... Tu ne peux pas comprendre.

Silvara passa un bras autour de son cou et l'attira à elle. Sa main lâcha le lin qui l'enveloppait.

La couverture glissa vers les flots argentés, qui l'emportèrent...

6

LA POURSUITE.
UN PLAN SANS ESPOIR.

Vers midi, les fuyards durent renoncer à remonter le fleuve, qui n'était plus qu'un torrent. De nombreuses pirogues kaganesties avaient déjà été remisées sur les rives. Les compagnons tiraient les leurs sur la berge quand un groupe d'elfes sauvages sortit du bois. Ils transportaient les corps de deux guerriers. Comme ils s'apprêtaient à mettre les compagnons en joue, Théros et Silvara allèrent au-devant d'eux pour engager la conversation.

Le forgeron revint la mine morose ; Silvara était rouge de colère.

— Les miens refusent de nous aider, expliqua-t-elle. Ils ont été attaqués deux fois en quelques jours par les hommes-lézards. Ils affirment que ce sont les humains qui les ont amenés sur l'île dans un navire aux ailes blanches.

— C'est ridicule, s'écria Laurana. Théros, tu ne leur as pas parlé des draconiens ?

— Si, mais je crains que les circonstances ne plaident pas en votre faveur. Les Kaganestis ont repérer le dragon blanc au-dessus du navire, mais ils ne vous ont pas vu l'abattre. Ils ont fini par accepter de nous laisser traverser leurs terres, mais ils ne feront rien pour nous. Silvara et moi, nous nous sommes portés garants de votre conduite.

— Que viennent faire les draconiens par ici ? interrogea Laurana. Sont-ils avec l'armée ? L'Ergoth du Sud aurait-il été envahi ? Si c'est le cas, nous ferions mieux de rebrousser chemin...

— Non, je ne crois pas, répondit Théros. Si le Seigneur des Dragons voulait envahir l'île, il aurait envoyé des milliers de soldats et ses dragons. Là il s'agit plutôt des patrouilles chargées de semer le trouble pour dresser les elfes les uns contre les autres. Les seigneurs draconiens comptent faire l'économie d'une campagne en les poussant à s'entre-tuer.

Silvara les conduisit sur le sentier qui menait aux collines. La pente devint très vite raide. Théros déclara qu'il fallait s'en remettre à Silvara, car il n'était jamais allé aussi loin en amont du fleuve. Laurana ne parut guère satisfaite de la tournure des événements. Elle se doutait qu'il y avait quelque chose entre son frère et l'elfe sauvage depuis qu'elle avait surpris entre eux un sourire de connivence.

La jeune fille avait troqué ses nippes contre une tunique et un pantalon de peau souple. Ses cheveux, lavés et retenus au sommet de la tête, lui tombaient en cascades argentées jusqu'à la taille, illustrant parfaitement le nom qu'elle portait.

Au coucher du soleil, le groupe arriva devant une caverne.

— Nous allons passer la nuit ici, dit Silvara. Nous avons dû semer nos poursuivants ; peu de gens connaissent ces montagnes aussi bien que moi. Mais par prudence, mieux vaut ne pas allumer de feu.

La nuit se passa calmement. Au petit matin, il neigeait un peu. Tass se glissa dehors pour aller voir ce qui se passait. Il revint précipitamment à l'intérieur de la caverne, un doigt sur les lèvres, et fit signe aux compagnons de le suivre.

Les empreintes qu'il leur montra étaient si fraîches

que la neige ne les avait pas encore recouvertes. Chacun reconnut la trace de bottes d'elfes.

— Ils ont dû nous dépasser pendant la nuit, dit Silvara. Ne restons pas ici. Ils s'apercevront vite qu'ils ont perdu notre piste, et vont retourner sur leurs pas. Partons.

— Cela ne changera pas grand-chose, grommela Flint en montrant les empreintes qu'il venait de laisser dans la neige fraîche. Autant les attendre confortablement, cela nous évitera de la peine. Il est impossible de partir sans laisser d'indices !

— Nous ne pouvons pas cacher nos traces, mais nous pouvons gagner du temps et mettre quelques lieues de distance entre eux et nous.

— Peut-être, fit Dirk en dégainant son épée.

Laurana prit Sturm par le bras.

— Il faut éviter que le sang soit versé ! lui dit-elle, affolée par l'attitude du chevalier.

— Nous laisserons pas ton peuple nous empêcher d'emmener l'orbe à Sancrist !

— Je sais, dit-elle en rentrant avec les autres dans la caverne.

Tous étaient prêts à partir. Debout sur le seuil, Dirk s'impatientait.

— Allez-y ! Je vous rejoindrai, dit Laurana, qui ne voulait pas qu'on la voie pleurer. J'arrive !

Dirk ne se le fit pas dire deux fois. Théros, Sturm et compagnie passèrent sans se presser devant elle en la regardant d'un air gêné.

Laurana ne pouvait chasser l'image de la main de Dirk posée sur son épée. *Non, ce n'est pas possible. Je ne peux pas me battre contre les miens. Si cela arrive un jour, les dragons auront vraiment gagné. Je préfère mourir...*

Elle entendit un bruit derrière elle. Elle se retourna, la main sur son arme.

— Silvara ! s'exclama-t-elle, surprise. Je te croyais déjà partie. Qu'est-ce que tu fais là ?

— Rien... Je prends seulement mes affaires, répondit l'elfe du fond de la caverne.

L'orbe, qui reposait dans un coin s'anima d'une lueur insolite. Avant que Laurana ait pu approcher, Silvara le couvrit de sa cape.

— Il faut se dépêcher, pressa-t-elle. Je suis désolée de te retarder...

— Un instant, dit Laurana en s'approchant du fond de la caverne.

L'elfe sauvage la retint au passage.

— Dépêchons-nous, dit-elle d'un ton presque impérieux, la main fermée sur le bras de Laurana.

— Lâche-moi !

Laurana avança au fond de la caverne mais ne vit rien qui lui parût digne d'intérêt. Un simple amas de brindilles et de charbon de bois parmi les cailloux. Si c'était un signal, il était vraiment sommaire ! Elle donna un coup de pied dans le tas.

— Voilà ! dit-elle à Silvara. Message ou pas, il sera difficile à déchiffrer pour tes amis.

Elle s'attendait à une réaction de colère ou de dépit, mais Silvara trembla simplement de tous ses membres. Elle regardait Laurana d'un air anxieux.

— Laurana, dépêche-toi ! cria Théros.

Elles sortirent de la caverne. *Quelle idiote je suis ! Comme nous avons été stupides ! Avant que Silvara le recouvre, l'orbe draconien a brillé étrangement, je l'ai vu !*

Une flèche siffla dans l'air vif du matin et vint se ficher dans un arbre à quelques pouces de la tête de Dirk.

— Les elfes ! Lumlane, ils attaquent ! cria le chevalier en dégainant son épée.

— Non ! Nous ne nous battrons pas ! Pas question de tuer !

— Tu es folle ! vociféra Dirk en se dégageant de Laurana, qui avait bondi sur lui.

Une seconde flèche siffla.

— Elle a raison ! renchérit Silvara, revenue sur ses pas. Impossible de se battre ici ! Nous aurons plus de chances de nous défendre si nous réussissons à atteindre le col.

Dirk arracha une nouvelle flèche qui s'était plantée dans sa cotte de mailles.

— Ils ne cherchent pas à nous tuer, dit Laurana. Sinon, nous serions morts depuis longtemps. Il faut filer. De toute façon, nous ne pouvons pas nous battre ici.

— Baisse ton épée, Dirk, ou c'est avec moi que tu devras ferrailler, dit Sturm.

— Tu es un lâche, Lumlane ! Tu fuis l'ennemi !

— Non, je fuis mes *amis*, répondit Sturm, l'épée toujours brandie. Va-t'en, sinon les elfes devront se contenter de ton cadavre !

Une troisième flèche siffla aux oreilles de Dirk, qui rengaina son épée, la rage au cœur. Le regard qu'il décocha à Sturm en s'engageant dans le sentier était si haineux que Laurana frémit.

Théros, qui fermait la marche, jetait des pierres qui dévalaient la pente à grand bruit. Les tirs avaient cessé.

— Ça ne les arrêtera pas longtemps ! souffla le forgeron en rattrapant Sturm et Laurana.

Au bord du sentier, Tass essayait vainement de relever Flint, qui n'en pouvait plus.

— Il ne nous reste plus que quelques mètres à faire ! pressa Silvara, tirant Laurana. Allez ! Continuez !

Suivis de Tass, trop fatigué pour articuler une parole, Sturm et Théros traînèrent le nain jusqu'au sommet. Epuisé, tous se laissèrent tomber sur la neige, sauf Silvara qui inspecta le pied de la montagne.

D'où tire-t-elle cette force ? se demanda Laurana.

Silvara se retourna vers eux.

— Nous devons nous séparer, dit-elle avec autorité.

Laurana la fixa sans comprendre.

— Pas question, fit Gilthanas en essaya de se relever.

— Ecoutez-moi ! ordonna-t-elle. Les elfes nous suivent de si près qu'ils nous rattraperont sûrement. Nous serons obligés de nous battre ou de nous rendre.

— Nous nous battrons ! grommela Dirk.

— Il y a une meilleure solution. Toi, chevalier, tu partiras pour Sancrist seul avec l'orbe. Nous nous occuperons de nos poursuivants.

Ils regardèrent Silvara sans mot dire. Devant l'expression de Dirk, qui s'était éclairée, Sturm et Laurana échangèrent un coup d'œil inquiet.

— C'est une trop lourde responsabilité pour une seule personne, objecta Sturm. Il faudrait qu'un deuxième...

— Tu veux parler de toi, Lumlane, bien entendu ? coupa Dirk.

— Evidemment, si quelqu'un doit t'accompagner, c'est bien Sturm ! trancha Laurana.

— Je peux vous faire un plan des chemins de la montagne, proposa Silvara. La route est assez bonne, et l'avant-poste des chevaliers ne se trouve qu'à deux jours de marche.

— Comme nous ne pouvons pas *voler* jusqu'à cet avant-poste, protesta Sturm, les elfes retrouveront nos traces, et les vôtres. Ils sauront que nous nous sommes séparés.

— Nous pourrions déclencher une avalanche, proposa Silvara. J'en ai eu l'idée en voyant Théros jeter des pierres.

— Je connais un moyen de déclencher une avalanche par magie, dit Gilthanas. Elle couvrira toutes les traces.

— Pas toutes ! Il faut en laisser quelques-unes du groupe, pour qu'ils puissent le suivre, fit remarquer Silvara.

— Mais où irons-nous ? demanda Laurana. Je n'ai pas l'intention d'errer au hasard dans la nature.

— Je sais où aller, répondit Silvara en baissant les yeux. Il s'agit d'un endroit secret, que mon peuple est seul à connaître. Je vous y conduirai. Mais il faut se dépêcher !

— J'emmènerai seul l'orbe draconien à Sancrist, déclara Dirk. Le groupe a besoin d'un guerrier, Sturm partira avec vous.

— Nous ne manquons pas de guerriers, lui rappela Laurana. Nous avons Théros, mon frère et le nain. Quant à moi, j'ai toujours pris part au combat...

— Moi aussi ! glapit Tass.

— Et le kender ! De toute façon, il ne faut pas que le sang coule. C'est à Sturm qu'appartient la décision. Il agira selon sa conscience ; pour ma part, je pense qu'il devrait accompagner Dirk.

— Je suis d'accord avec toi, marmonna Flint. Après tout, nous ne prenons pas autant de risques qu'eux, puisque nous n'aurons pas l'orbe. Et c'est cela que veulent les elfes.

— Oui, acquiesça Silvara, sans l'orbe, nous courrons moins de dangers que les chevaliers.

— Alors ma décision est prise, dit Sturm. J'accompagnerai Dirk à Sancrist.

— Et si je t'ordonnais de rester ? demanda Dirk.

— Tu n'as pas d'ordre à me donner. Aurais-tu oublié que je n'ai pas été sacré chevalier ?

Un silence pesant accueillit la remarque.

— Non, je suis loin de l'avoir oublié, répliqua Dirk, et si cela ne tenait qu'à moi, tu ne le serais jamais !

Sturm tressaillit comme si Dirk l'avait souffleté.

Les deux hommes chargèrent leurs paquetages. Laurana s'avança vers eux.

— Tu pourrais venir avec nous, lui proposa Sturm. Tanis sait que nous allons à Sancrist, et il fera son possible pour y être.

— C'est vrai ! dit Laurana, les yeux brillants. Ce n'est pas une mauvaise idée. (Son regard revint à Silvara, qui, les yeux fermés, semblait entrer en communication avec l'Au-delà.) Non, Sturm, il faut que je reste près d'elle. Il y a quelque chose qui cloche. Je ne comprends pas... Mais revenons à Dirk. Pourquoi insiste-t-il pour partir seul ? Flint a raison : si les elfes vous capturent, ils n'hésiteront pas à vous tuer.

— Quelle question ! Le seigneur Dirk Gardecouronne, après avoir bravé d'innombrables dangers, accomplit sa périlleuse mission et rapporte l'orbe tant convoité...! Tu imagines ! fit Sturm en haussant les épaules.

— Mais l'enjeu est capital, protesta Laurana.

— Tu as raison, Laurana. Beaucoup de choses sont en jeu... Bien plus que tu ne crois. En particulier le commandement suprême des Chevaliers de Solamnie ! Je n'ai pas le temps de te l'expliquer maintenant...

— Allons, Lumlane, si tu tiens à venir, c'est tout de suite !

Sturm s'inclina devant Laurana avec l'élégance qui lui était coutumière.

— Bon voyage, mon ami, répondit-elle en lui sautant au cou.

Il déposa un baiser sur le front de la jeune elfe.

— Nous remettrons l'orbe aux sages, qui sauront l'étudier. Le Conseil de Blanchepierre doit se réunir sous peu. Les elfes y assisteront, puisqu'ils ont leur mot à dire. Viens le plus tôt possible, Laurana, ta présence est indispensable.

— J'y serai, si les dieux le veulent, répondit-elle, les yeux fixés sur Silvara qui tendait l'orbe à Dirk.

Le visage de l'elfe sauvage prit une expression d'intense soulagement lorsque le chevalier se fut engagé.

Sturm fit un signe d'au revoir et lui emboîta le pas.

Laurana fit un pas dans leur direction.

— Attendez ! cria-t-elle. Il faut emmener la Lancedragon.

— Non ! fit Silvara en essayant de la retenir.

— Qu'est-ce qu'il te prend ? Pourquoi leur as-tu suggéré de partir ? Pourquoi es-tu si pressée que nous nous séparions ? Pourquoi l'orbe, et pas la Lancedragon ?

Silvara haussa les épaules et ne répondit pas. Laurana se sentit dominée par l'éclat intense de ses yeux bleus. Elle lui rappelait terriblement Raistlin.

Gilthanas considérait lui aussi l'elfe sauvage avec perplexité. La mine sérieuse, Théros regarda Laurana, comme pour dire qu'il commençait à partager ses doutes. Mais leur sort était entre les mains de Silvara. Subjugués, ils ne firent pas un geste. L'elfe sauvage se dirigea calmement vers le sac que Laurana avait laissé par terre et en tira le morceau de lance brisée.

— Lancedragon restera avec moi, dit Silvara en parcourant le groupe d'un regard hypnotique. Et vous aussi.

7

SINISTRE VOYAGE.

Derrière eux, l'avalanche déclenché par Gilthanas dévala la montagne comme une nappe blanche qui recouvrit leurs traces.

Sous la conduite de Silvara, les compagnons s'étaient engagés en direction de l'est. Pour masquer l'absence des deux chevaliers, ils prenaient de telles précautions à chaque pas que Laurana s'en irrita.

— Ne t'inquiète pas, ils n'auront aucun mal à nous suivre, dit Silvara.

— Comment peux-tu être aussi sûre de toi ?

— Parce qu'ils savent où nous allons. Tu ne t'étais pas trompée en pensant que je leur avais laissé des indices. Sous les brindilles et le charbon de bois que tu as dispersés d'un coup de pied, il y a une carte que j'ai tracée en vitesse. Quand ils la trouveront, ils penseront que je l'ai dessinée pour vous expliquer le chemin. Elle sera encore plus crédible avec les brindilles.

La voix de Silvara s'était adoucie lorsque son regard rencontra celui de Gilthanas. Il détourna la tête. L'elfe sauvage pâlit.

— Je ne l'ai pas fait sans raison, plaida-t-elle. Dès que j'ai vu leurs traces devant la caverne, j'ai su qu'il fallait se séparer. Il faut me croire !

— Et l'orbe ? Qu'as-tu essayé de faire ? demanda Laurana.

— Mais... rien, hésita Silvara. Il faut me croire !

— Je ne vois pas pourquoi, répliqua froidement Laurana.

— Je n'ai rien fait de mal...

— Qui nous dit que tu n'as pas attiré les chevaliers et l'orbe dans un piège mortel ? insista Laurana.

— Ce n'est pas vrai ! s'écria Silvara. Croyez-moi. Ils ne risquent rien. Il fallait sauver l'orbe, qui ne doit pas tomber entre les mains des elfes. Voilà pourquoi je les ai éloignés, et pourquoi je vous ai aidés à fuir ! (Elle huma l'air à la façon d'un animal.) Venez, nous n'avons que trop traîné !

— Encore faut-il que nous voulions te suivre ! lança Gilthanas. Que sais-tu de cet orbe ?

— Ne me demande pas ça ! répondit Silvara d'une voix triste.

Ses yeux bleus exprimaient un tel amour que Gilthanas détourna le regard. Elle le prit par le bras et lui parla d'une voix tendre.

— Je t'en prie, *shalori*, bien-aimé, aie confiance en moi ! Souviens-toi de notre conversation, au bord du fleuve. Tu disais t'être mis hors la loi par fidélité à tes convictions. Je t'ai dit que je te comprenais, parce que j'avais fait la même chose. Tu ne me croyais pas ?

— Je t'ai crue, répondit-il après un silence. Nous te suivrons. Viens, Laurana.

Bras dessus, bras dessous, Silvara et Gilthanas gagnèrent le sentier enneigé.

Laurana regarda ses compagnons. Ils évitèrent son regard. Ce fut Théros qui rompit le silence.

— Jeune femme, dit le forgeron, cela fait cinquante ans que je suis au monde. Cela n'impressionne pas beaucoup les elfes, je sais. Mais pour nous, les humains, le temps que nous vivons compte de manière décisive. Eh bien je t'assure que ces deux-là s'aiment autant qu'il est possible ! Un amour pareil n'a rien de maléfique. Alors, je suis prêt à les suivre jusque dans l'antre d'un dragon.

Le forgeron fit un pas vers le sentier.

— J'ai tellement froid aux pieds que je les suivrais dans l'antre d'un dragon pour me réchauffer les orteils ! déclara Flint. Allez, viens, on y va, ajouta-t-il, tirant Tass dans son sillage.

Laurana resta toute seule. Elle savait qu'elle les suivrait ; il n'y avait rien d'autre à faire. Elle ne demandait qu'à croire Théros. Pour une fois, il était bon de penser qu'il en allait ainsi dans le monde. Elle s'était trompée sur beaucoup de choses.

Pourquoi ne se serait-il pas agi d'amour entre les deux jeunes gens ?

Après avoir franchi le col, ils descendirent une forte pente. Aux rochers couverts de glace succédèrent des arbres décharnés, puis une forêt. Ils arrivèrent dans une vallée envahie par un brouillard d'une telle densité qu'on l'aurait cru palpable. Main dans la main pour ne pas se perdre, ils suivirent la chevelure d'argent de Silvara qui leur servait de repère.

Bientôt le sol s'aplanit. Ils devaient être dans une clairière tapissée de feuilles mortes et de mousse.

— Nous sommes dans le Val de Brumasil, expliqua Silvara, un des plus beaux endroits de Krynn avant le Cataclysme. Mais sa beauté n'est plus qu'un souvenir. Jadis une forteresse visible à des lieues à la ronde s'élevait au-dessus du brouillard. La nuit la lune d'argent et la lune rouge l'irradiaient à travers la brume. Des pèlerins venaient de tous les coins de Krynn. Enfin... (Elle s'ébroua.) Nous bivouaquerons ici cette nuit.

— Quels pèlerins ? demanda Laurana en déchargeant son sac.

— Je n'en sais rien, répondit Silvara. Des légendes de chez nous... Je crois que personne ne vient plus ici depuis longtemps.

Elle ment, pensa Laurana. La voix douce et grave de Silvara semblait étrangement criarde dans l'atmosphère feutrée des bois. Le brouillard était oppressant. Les compagnons se couchèrent dans un silence troublé par le seul bruit des gouttes d'eau tombant sur le feuillage.

— Dormez, maintenant ! Car au zénith de la lune d'argent, il faudra partir, dit Silvara en s'étendant près de Gilthanas. Je vous réveillerai.

— Quand nous serons de retour de Sancrist, après le Conseil de Blanchepierre, nous nous marierons, lui dit Gilthanas.

Silvara ne répondit pas.

— Ne t'inquiète pas pour mon père, continua le jeune seigneur en caressant ses cheveux argentés qui brillaient dans la nuit. Il sera furieux au début, mais je suis le plus jeune, et personne ne se soucie vraiment de ce que je deviens. Porthios fera un scandale, mais qu'importe ! Nous ne vivrons pas avec les Silvanestis. Je ne sais pas comment cela se passe chez vous ; je peux apprendre. Je suis bon tireur à l'arc. J'aimerais que nos enfants grandissent dans la nature, heureux et libres... Mais Silvara... tu pleures !

Il la serra contre lui et sourit. Qu'avait-il dit de si terrible ? Les femmes étaient des créatures étranges...

— Calme-toi, tout ira bien. Dors, maintenant, murmura-t-il à son oreille.

*
* *

Les compagnons furent aveuglés par la lumière d'une torche. C'était Silvara qui les réveillait.

— Nous avons besoin de nous éclairer, n'ayez pas peur, dit-elle pour prévenir les objections. Ce val est coupé du monde. Il y a bien longtemps, on y accédait par un chemin menant à l'avant-poste des chevaliers, et par un autre conduisant au pays des ogres. Les deux n'existent plus depuis le Cataclysme. Je vais vous guider sur un sentier que je suis seule à connaître.

— Toi et ton peuple, lui rappela sèchement Laurana.

— Oui, mon peuple aussi..., répondit Silvara, toute pâle.

— Où nous emmènes-tu ? insista Laurana.

— Vous le verrez sans tarder. Nous y serons dans une heure.

Les compagnons dévisagèrent Laurana d'un air perplexe. *Qu'ils aillent au diable* ! pensa-t-elle.

— Ne me regardez pas comme ça ! fulmina-t-elle. Que voulez-vous donc faire ? Rester ici à attendre dans le brouillard...

— Je ne suis pas une traîtresse ! dit Silvara, découragée. Je vous en prie, accordez-moi encore un peu de votre confiance.

— Allons-y ! Nous te suivons, répondit Laurana.

Le brouillard semblait s'épaissir au fur et à mesure qu'ils avançaient. Pas un cri de bête ou d'oiseau ne venait rompre le silence. C'était toujours les mêmes hautes herbes qu'ils foulaient sans les voir.

Silvara fit halte sans prévenir.

— Nous sommes arrivés, dit-elle en levant sa torche.

Les compagnons distinguèrent devant eux une masse escamotée par la brume. Silvara avança de quelques pas ; ils entendirent un bruit d'eau bouillonnante. L'air devint chaud, puis suffocant.

— Des sources chaudes ! s'exclama Théros, comprenant soudain où il se trouvait. Voilà la raison de ce brouillard. Et cette forme sombre...

— C'est le pont qui enjambe les sources, dit Silvara en approchant la torche. On l'appelle le Pont du Passage.

Le pont était un arceau de marbre blanc sculpté de personnages. On y reconnaissait des chevaliers évoluant symboliquement au-dessus des nuées de brouillard. Il était si ancien, que Flint ne sut reconnaître sa facture. Les humains, les elfes et les nains n'étaient pour rien dans la création de ce merveilleux édifice. Qui donc l'avait construit ?

Le nain constata l'absence de rambarde de chaque côté.

— Nous ne pourrons jamais traverser là-dessus ! dit Laurana. Nous voilà dans un cul-de-sac.

— Nous pouvons traverser, dit Silvara, car nous sommes *appelés* à le faire.

— *Appelés* ? répéta Laurana, excédée. Par qui ?

— Attendez un peu ! dit Silvara.

Ils obéirent les yeux fixés sur les tourbillons d'eau, puisqu'il n'y avait rien d'autre à faire.

— Voici Solinari, déclara Silvara.

Elle jeta sa torche dans les flots. Les compagnons furent plongés dans l'obscurité. Gilthanas appela Silvara, mais elle avait disparu, comme engloutie en même temps que la torche.

Le brouillard se mit à scintiller, éclairant les contours d'une silhouette : Silvara se tenait debout devant le pont, les mains tendues vers le ciel.

La brume se déchira. La lune d'argent apparut, étincelante au milieu des étoiles.

Silvara entonna une formule magique.

Peu à peu, le clair de lune enveloppa l'elfe sauvage. Sa lumière argentée illumina les flots qui roulaient au-dessous d'elle.

Elle redonnait vie aux chevaliers sculptés dans leur éternité de marbre !

Mais ce n'est pas cette beauté irréelle qui troublait les compagnons. Le visage tendu, les larmes aux yeux, ils se serrèrent les uns contre les autres.

Dressé comme s'il allait décrocher la lune, un gigantesque dragon sculpté dans le roc les dominait de toute sa hauteur.

— Où sommes-nous tombés ? demanda Laurana d'une voix brisée.

— Quand vous aurez franchi le Pont du Passage, vous vous trouverez devant le Monument du Dragon d'Argent, répondit Silvara. Il est le gardien du tombeau de Huma, ancien roi de Solamnie.

8

LE TOMBEAU DE HUMA.

Sous la lumière de Solinari, le Pont du Passage resplendissait comme un joyau au-dessus des flots du Val Brumasil.

— Vous n'avez rien à craindre, répéta Silvara. La traversée du pont n'est périlleuse que pour les pilleurs de tombes.

Les compagnons n'étaient pas rassurés pour autant. Silvara avança la première, confiante et légère, suivie des autres, plus lents et circonspects.

Quand chacun eut franchi le pont, la tension se relâcha. Laurana ne put s'empêcher de questionner l'elfe sauvage :

— Pourquoi nous as-tu amenés ici ?

— Tu ne me fais toujours pas confiance ?

Laurana hésita à répondre. Le grand dragon de pierre, la gueule ouverte, les surplombait de ses ailes déployées, sa patte géante tendue vers eux.

— Tu t'es débarrassée de l'orbe pour nous emmener voir un monument consacré à un dragon ! Que veux-tu que je pense ? Tu veux nous montrer ce que tu prétends être le tombeau de Huma. Mais personne ne sait s'il a réellement existé ou s'il s'agit d'une légende. Qu'est-ce qui prouve que c'est sa sépulture ? Est-ce là que repose son corps ?

— Non, bredouilla Silvara. Le corps a disparu, ainsi que...

— Ainsi que...?

— ... La lance dont il s'est servi pour tuer le Dragon de Toutes les Couleurs et d'Aucune, *la* Lancedragon, acheva Silvara dans un soupir. Entrons à l'intérieur, nous y passerons la nuit. Demain matin, tout deviendra clair, je te le promets.

— Je ne vois pas en quoi demain..., commença Laurana.

— Rentrons à l'intérieur ! dit Gilthanas avec fermeté. Laurana, tu te conduis comme une enfant gâtée ! Pourquoi veux-tu que Silvara nous mette en danger ? S'il y avait un dragon, tout le monde le saurait ! Il y a longtemps qu'il aurait détruit toute vie sur cette île. Cet endroit ne dégage rien de maléfique. Au contraire, il en émane une sorte de sérénité. C'est une cachette parfaite ! Les elfes sauront vite que l'orbe est arrivé à Sancrist. Ils renonceront à nous poursuivre, et nous pourrons partir. N'est-ce pas, Silvara ? Nous sommes bien venus ici pour cette raison ?

— Oui..., c'est ainsi que doit se dérouler mon plan. A présent, venez tant que brille la lune d'argent. Quand elle aura disparu, nous ne pourrons plus entrer dans le tombeau.

Aussi peu convaincue par la tirade de Gilthanas que par les réponses embarrassées de Silvara, Laurana suivit le mouvement d'un pas réticent. Seule la curiosité la motivait. Tass, qui s'était précipité en avant, les interpella.

— Raistlin ! l'entendirent-ils crier d'une voix étranglée. Il s'est transformé en géant !

— Le kender est devenu fou, dit Flint d'un ton satisfait. Je le savais...

Les compagnons accoururent. Le kender gigotait sur place en désignant sa trouvaille.

— Par la barbe de Reorx ! s'exclama Flint. C'est vraiment Raistlin !

Une statue à l'effigie du jeune mage, plus vraie que nature, s'élevait au-dessus d'eux. Il n'y manquait ni l'expression de cynisme amer, ni les pupilles en forme de sabliers.

— Et là, c'est Caramon ! s'écria Tass.

Quelques pieds plus loin se dressait une statue du guerrier.

— Et voilà Tanis..., murmura craintivement Laurana. Par quel malheureux sortilège...

— Rien de maléfique, corrigea Silvara, à moins que tu aies des intentions néfastes. Dans ce cas, tu serais en présence des effigies de tes plus redoutables ennemis. Terrorisée, tu n'oserais aller plus loin. Mais ces statues sont celles de vos amis. Donc, vous passerez sans encombre.

— J'ai peine à compter Raistlin au nombre de mes amis, marmonna Flint.

— Je peux en dire autant, ajouta Laurana.

Elle passa en tremblant devant le mage en robe d'obsidienne. Des images précises du cauchemar du Silvanesti lui revinrent à la mémoire. Elle s'aperçut qu'elle était entourée d'un cercle composé des effigies de ses amis, au milieu duquel se dressait un petit temple.

C'était un simple édifice rectangulaire, décoré d'une fresque des chevaliers armés de lancedragons qui chargeaient d'énormes monstres figés dans un cri d'agonie.

— Ce temple a abrité le corps de Huma, expliqua Silvara.

Sous la pression de ses doigts, les portes de bronze s'ouvrirent sans bruit. Les compagnons, assis sur les marches, attendaient dans l'incertitude. Mais l'endroit n'avait rien d'inquiétant.

Ce temple rappela à Laurana le tombeau de la garde royale du Sla-Mori et la terreur que lui avait inspirée les spectres guerriers, gardiens du roi Kith-Kanan.

Mais ici dominait la tristesse laissée par le vide d'une victoire chèrement acquise.

Un par un, les compagnons pénétrèrent dans le tombeau. Les portes se refermèrent, les plongeant dans l'obscurité.

Une lumière jaillit. Laurana se demanda d'où Silvara avait sorti la torche qu'elle venait d'allumer.

Une stèle vide se dressait au centre de la crypte. Du chevalier Huma, ne restait que le bouclier et l'épée. Impressionnés par la solennité du lieu, les compagnons observèrent un silence respectueux.

— J'aurais aimé que Sturm soit là, murmura Laurana, les larmes aux yeux. Ce doit être vraiment la sépulture de Huma. Pourtant...

Un malaise la gagnait insidieusement. Ce n'était pas de la peur, mais une sensation qu'elle avait éprouvée dès qu'ils étaient entrés dans le Val Brumasil : une pression.

Silvara alluma les torches suspendues aux murs. Des rangées de bancs s'alignaient autour de la pièce, au fond de laquelle s'élevait un petit autel de pierre. Il était orné des symboles de la chevalerie : la couronne, la rose, le martin-pêcheur. Des pétales de roses et des plantes desséchées depuis des siècles répandaient encore leur parfum. Sous l'autel, une grande plaque de fer avait été enchâssée dans le dallage.

Curieuse, Laurana se pencha avec intérêt sur la plaque. Théros la rejoignit.

— Qu'y a-t-il là-dessous, à ton avis ? Un puits ? demanda-t-elle.

— Voyons voir, marmonna le forgeron.

Théros prit l'anneau à pleine main et tira de toutes ses forces sur la plaque. Elle laissa échapper un bruit de soufflet puis glissa sur les dalles en crissant.

— Qu'as-tu fait ? interrogea Silvara, qui s'était retournée d'un bond.

Théros tressaillit en entendant le son criard de sa voix. Inquiète, Laurana recula d'un pas.

— Ne vous approchez pas ! avertit Silvara d'une voix tremblante. Eloignez-vous ! C'est dangereux !

— Comment le sais-tu ? demanda froidement Laurana, qui avait repris ses esprits. Personne n'est entré ici depuis des années. C'est bien ça ?

— Oui, répondit Silvara en se mordant les lèvres. Je le sais par les légendes...

Laurana se campa au bord du trou. Même avec la torche, on ne voyait rien.

— Je ne crois pas que ce soit un puits, dit Tass.

— Ne t'aproche pas, je t'en supplie ! implora de nouveau Silvara.

— Elle a raison, petit voleur ! dit Théros en retenant le kender par le collet. Si tu tombes là-dedans, tu peux te retrouver de l'autre côté du monde.

— Vraiment ? s'étonna Tass, enthousiaste. Je me demande à quoi cela ressemble. Y a-t-il des gens là-bas ? Sont-ils comme nous ?

— Pas comme les kenders, j'espère ! grommela Flint. Sinon, ils sont certainement tous cinglés. D'ailleurs, chacun sait que le monde repose sur l'Enclume de Reorx. Ceux qui tombent de l'autre côté sont pris entre son marteau et le monde qu'il est en train de forger. Des gens, de l'autre côté ? Tu parles ! s'esclaffa-t-il bruyamment.

Théros remit la plaque en place. Flint tira Laurana par la manche :

— Tu sais, je connais la maçonnerie. Eh bien, je trouve qu'il y a quelque chose de bizarre dans tout ça. Le tombeau et les statues ont été exécutés par des hommes, il y a fort longtemps...

— Assez longtemps pour que ce soit vraiment le tombeau de Huma ?

— Sans aucun doute ! Mais la grosse bête, dehors, chuchota-t-il en faisant un geste en direction de la statue du dragon, n'est pas l'œuvre des hommes, ni des elfes, ni des nains. (Laurana, préoccupée, semblait ne pas comprendre.) C'est une œuvre si ancienne, que tout le reste, comparé à elle, est carrément moderne.

Laurana commença à réaliser et ouvrit de grands yeux. Satisfait, Flint hocha la tête d'un air solennel.

— Aucun bipède vivant sur Krynn n'aurait pu sculpter cette falaise ! insista-t-il.

— Cela devait une créature d'une force extraordinaire, murmura Laurana, une gigantesque créature...

— Avec des ailes...

— Avec des ailes, répéta-t-elle dans un souffle.

Elle s'arrêta, entendant psalmodier ce qui ne pouvait être qu'une formule magique.

En chantonnant Silvara émiettait des pétales de roses devant l'autel.

Laurana tenta de lutter contre l'engourdissement qui l'envahissait. Elle tomba à genoux, et heurta en jurant un banc de pierre. Entre ses paupières alourdies, elle aperçut Théros étendu sur le dallage, non loin de son frère, qui vacillait sur ses jambes. A côté d'elle, le nain ronflait déjà.

Sa dernière perception fut le bruit sec et métallique d'un bouclier qui avait dû heurter le sol. L'air était devenu oppressant, comme saturé du parfum des roses...

9

L'ÉTONNANTE DÉCOUVERTE DU KENDER.

Lorsque Tass entendit l'incantation de Silvara, il réagit instinctivement en se mettant à l'abri sous le bouclier de la stèle. Après l'avoir bruyamment refermé sur lui comme un couvercle, il attendit que la psalmodie s'achève.

Quand le silence se fit, il patienta quelques instants, s'attendant à être changé en crapaud ou en torche vivante, enfin en quelque chose d'intéressant. Ce fut en vain, car rien ne se produisit. Taraudé d'ennui, il se décida à sortir de sa cachette.

Tous ses amis étaient endormis ! C'était donc ça, le sort de Silvara ! D'ailleurs, où était-elle passée ?

Etait-elle allée quérir un monstre qui les dévorerait tous ?

Mais il la découvrit accroupie sur le seuil, se lamentant sur son sort.

— Comment vais-je me sortir de là ? gémissait-elle. Je les ai conduits jusqu'ici. N'est-ce pas suffisant ? Non ! J'ai éloigné l'orbe. Ils ne savent pas s'en servir. Je dois rompre mon serment ! Comme tu le dis, ma sœur, c'est à moi de choisir. Mais c'est si difficile ! Je l'aime...

Elle se prit la tête entre les mains et sanglota à fendre l'âme. Le kender, qui avait un cœur d'or, fut sur le point d'aller la consoler. Il se ravisa en se rappelant les paroles de l'elfe sauvage, qui n'étaient pas vraiment rassurantes.

Je ferais mieux de filer avant qu'elle se rende compte que j'ai résisté à son sort, se dit-il.

Malheureusement, Silvara bloquait la porte. Le trou ! Théros l'avait refermé mais il pouvait forcer un interstice entre la pierre et la plaque.

Après un dernier coup d'œil à Silvara, il se coula silencieusement dans l'orifice qu'il venait de se ménager.

Les échelons, trop espacés pour les petites jambes d'un kender, furent pénibles à descendre. *Evidemment, tout a été construit pour les humains,* songea-t-il avec irritation. *Personne ne pense jamais aux petits !*

Il était tellement furieux qu'il remarqua les diamants au moment où il eut le nez dessus.

— Par la barbe de Reorx ! s'exclama-t-il, empruntant à Flint ce juron qu'il adorait.

Six splendides diamants couverts de mousse étaient encastrés dans le mur du tunnel.

— Quelle idée de cacher d'aussi magnifiques joyaux dans un endroit pareil ?

Il tendit la main vers la pierre la plus proche.

Un courant d'air de la puissance d'un ouragan emporta le kender comme une fétu de paille. Tass vit la lumière diminuer jusqu'à devenir aussi petite qu'une tête d'épingle. Il se demanda s'il était aux prises avec le marteau de Reorx quand, brusquement, il cessa de tomber dans le vide. Le souffle le poussa latéralement le long d'un autre couloir. Il se sentit happé vers le haut ! Quelle sensation singulière !

Comme c'était excitant ! Il tendit les bras, et constata avec satisfaction qu'il prenait de la vitesse.

Et si j'étais mort ? songea-t-il soudain. *Je suis mort, c'est pourquoi je suis plus léger que l'air. Mais non, puisque je peux agiter les bras ! Magnifique !*

Ah ! voilà de la lumière !

Il se rendit compte qu'il était dans un tunnel beaucoup plus long que l'autre.

— La tête de Flint quand je vais lui raconter ça !

Le souffle faiblit peu à peu. Tass était arrivé au bout du couloir. Il se trouvait au ras d'une salle éclairée par des torches. A ses pieds, s'élevait un escalier conduisant à une galerie.

Qui avait allumé ces torches ? Se trouvait-il dans le tunnel du tombeau ou dans le roc sculpté en forme de dragon ? Pour plus de sûreté, il sortit son petit couteau et commença à gravir les marches.

— Par la barbe de Reorx ! Regardez-moi ça !

Le kender, qui n'était pas vraiment un esthète, fut ébloui. Une fresque colorée ornait le mur qui lui faisait face. Il n'avait jamais rien vu d'aussi beau. Si ! Cette peinture lui rappelait quelque chose. Mais quoi...?

Il s'absorba dans la contemplation de dragons de toutes les couleurs assaillant des villes qui s'écroulaient au milieu des flammes tandis que les gens fuyaient, épouvantés. Comme à Tarsis.

— La Montagne du Dragon ! s'exclama-t-il en reconnaissant sur une autre peinture la coupe transversale de la gigantesque sculpture. Une belle carte ! Ah ! je vois maintenant où je suis.

D'un coup d'œil, il inspecta les lieux pour s'orienter.

— C'est la gorge du dragon, dit-il en suivant du doigt le dessin de la carte. C'est pourquoi cette pièce a une forme bizarre. Voilà le grand escalier... et la galerie dans laquelle je me trouve ! Je comprends comment j'ai atterri ici. Mais par les dieux, qui a bien pu construire un truc pareil ?

Tass poursuivit l'examen des étonnantes peintures murales. A sa droite, des dragons rouges, des bleus, des noirs et des blancs se battaient avec des dragons dorés et argentés.

— Maintenant, je me rappelle ! s'exclama-t-il, aux anges.

Il se mit à sauter comme un poisson hors de l'eau, en poussant force cris de joie.

— Je me souviens ! Je me souviens ! A Pax Tharkas, Fizban m'a montré une peinture où il y avait des dragons. Je sais qu'il existe de bons dragons ! Ce sont eux qui vont nous aider à combattre les méchants ! Il suffit de les trouver. Et voilà les Lancedragons !

— C'est un comble ! grogna quelqu'un derrière le kender. On ne peut même plus dormir tranquille ! Quel boucan ! De quoi réveiller un mort !

Tass fit volte-face, le couteau brandi. Il n'était pas seul !

Un personnage en robe sombre émergea d'un recoin obscur de la pièce. Il s'étira, et se dirigea sur le kender. Dans l'impossibilité de battre en retraite, Tass s'abandonna à sa curiosité naturelle et attendit, bouche bée.

Un vieillard avançait vers lui.

Tass lâcha son couteau et prit appui contre la balustrade. Pour la première, et sans aucun doute l'unique fois de son existence, Racle-Pieds resta sans voix.

— F-f-f...

Les mots restaient coincés dans sa gorge.

— Eh bien ! Qu'y a-t-il ? Articule ! vitupéra le vieillard. Tu étais un peu plus bavard, il y a un instant ! Qu'as-tu donc ? Tu ne te sens pas bien ?

— F-f-f...

— Ah ! mon pauvre garçon, je vois ce qui ne va pas. Une extinction de voix ! Embêtant, très embêtant... Attends, je vais arranger ça.

Le vieillard fouilla dans ses poches et en sortit une pièce de monnaie qu'il fourra dans la main de Tass.

— Tiens, prends ça et file ! Va consulter un prêtre...

— Fizban ! cria Tass.

— Où ça ? fit le vieillard en regardant autour de

lui. Dis-moi, reprit-il après réflexion, es-tu bien sûr d'avoir reconnu Fizban ? N'est-il pas mort ?

— Moi, je crois que c'est lui..., répondit Tass, ébranlé.

— Alors qu'a-t-il à traîner partout en faisant peur aux gens ! déclara le vieillard, indigné. Il faut que je lui parle. Hé, toi là-bas !

Tass tendit une main tremblante et toucha le bras du vieil homme.

— Je n'en suis pas absolument certain mais... je crois que *tu es* Fizban.

— Ah bon ? Je ne me sentais pas dans mon assiette ce matin, — ce doit être le temps —, mais je ne me croyais pas si mal en point. (Il haussa les épaules.) Alors je suis mort. Liquidé ! On ferme la baraque ! (Il se laissa choir sur un banc.) J'ai eu droit à un bel enterrement ? Il y a eu foule, j'espère ? A-t-on tiré les vingt et un coups de canon ? J'ai toujours rêvé d'une salve pour mes funérailles...

— Euh... Eh bien, il s'agissait plutôt d'un hommage funèbre. En fait, nous avons eu beaucoup de mal à retrouver... Comment pourrais-je m'exprimer ?

— Mes restes ? demanda le vieillard avec sollicitude.

— Euh... tes restes, chuchota le kender. Nous avons cherché partout dans des nuages de plumes de poulet... Il y avait cet elfe noir... et Tanis qui disait que nous l'avions échappé belle !

— Des plumes de poulet ! s'exclama le vieillard. Que viennent faire des plumes de poulet dans mes funérailles ?

— C'est-à-dire que... Il y avait toi, Sestun et moi. Tu te rappelles Sestun, le nain des ravins ? Et puis il y avait une grosse chaîne, à Pax Tharkas, et un grand dragon rouge. Nous étions accrochés à la chaîne, le dragon a soufflé dessus et nous sommes tombés... J'ai compris que pour nous, c'en était fini. Nous allions y passer. Nous avons fait une chute d'une centaine de pieds, et pendant ce temps-là, je t'entendais chantonner une incantation...

— Je suis un bon magicien, tu sais !

— Hum, sûrement, balbutia Tass. Donc, tu lançais ton sort, « chute de duvet » ou quelque chose dans le genre, quand des milliards de plumes se mirent à pleuvoir...

— Qu'est-il arrivé ensuite ?

— C'est là que tout devient confus. J'ai entendu un cri et un grand bruit sourd. Un éclatement, en fait. Je me suis imaginé que tu t'étais écrasé sur le sol.

— Moi ? Ecrasé ? Mais qu'est-ce que tu vas chercher !

— Sestun et moi sommes tombés dans une mer de plumes. Nous t'avons cherché, dit Tass les yeux pleins de larmes à cette pensée, mais en vain... Puis le dragon a frappé, et nous avons filé...

— Ainsi tu m'as laissé enfoui sous un tumulus de plumes ?

— Tu sais, la cérémonie funèbre a été *terriblement* belle. Lunedor a fait un discours, Elistan aussi. Tu n'as pas rencontré Elistan, n'est-ce pas, mais tu te rappelles Lunedor ? Et Tanis ?

— Lunedor... Ah oui ! Beau brin de fille. Avec un grand type sévère, qui est amoureux d'elle.

— C'est Rivebise ! acquiesça Tass, tout excité. Et Raistlin ?

— Le maigrichon ? Un sacré magicien ! Mais il n'arrivera à rien s'il ne fait pas soigner sa toux.

— Tu es bien Fizban ! s'écria Tass en lui sautant au cou.

— Du calme, du calme, dit Fizban, un peu embarrassé. Ça suffit, tu vas froisser ma robe. Arrête de renifler, c'est insupportable. Veux-tu un mouchoir ?

— Non, j'en ai un...

— Bon, voilà qui est mieux. Dis donc, je crois que ce mouchoir est à moi, je reconnais mes initiales...

— Vraiment ? Tu as dû le laisser tomber...

— Je me souvins de toi, maintenant ! s'écria Fizban. Tu es Tass, Tass-quelque chose.
— Tass Racle-Pieds.
— Et moi, je suis... Comment disais-tu, déjà ?
— Fizban.
— Fizban. Eh bien ! dire que je le croyais mort...

10

LE SECRET DE SILVARA.

— Comment as-tu survécu ? demanda Tass.

Le visage de Fizban prit une expression mélancolique.

— Je ne crois pas vraiment avoir survécu, répondit-il comme pour s'excuser. J'ai bien peur d'en avoir aucune idée. Mais maintenant que j'y pense, depuis ce jour, je n'ai plus réussi à avaler du gibier à plumes. A présent, tu vas me dire ce que tu fais ici.

— Je suis arrivé avec quelques amis. Les autres se promènent je ne sais où, si toutefois ils sont encore vivants, dit Tass.

— Ils le sont, ne t'inquiète pas pour eux, le rassura Fizban.

— Tu crois ? s'exclama Tass, dont le visage s'éclaira. Quoi qu'il en soit, nous avons suivi Silvara...

— Silvara !

Le vieillard avait bondi sur ses jambes. Ses yeux pétillèrent.

— Où est-elle ? Et tes amis, où sont-ils ?

— En bas, balbutia Tass, surpris par le changement qui s'était opéré chez le vieillard. Silvara leur a jeté un sort.

— Un sort... Tu dis qu'elle leur a jeté un sort... C'est ce que nous allons voir ! Viens avec moi.

Il partit à grands pas. Tass dut courir pour le rattraper.

— Où sont-ils exactement ? demanda Fizban devant l'escalier. Sois un peu plus précis !

— Euh... dans le tombeau. Le tombeau de Huma. Enfin, d'après ce que raconte Silvara.

— Hum, au moins nous n'aurons pas à marcher beaucoup !

Fizban dévala l'escalier et pénétra dans le tunnel par lequel Tass était venu. Hors d'haleine, le kender s'agrippa à sa robe. Ils étaient portés par le tourbillon d'air frais qui s'engouffrait dans le couloir.

— En bas ! ordonna Fizban.

Ils furent aussitôt attirés vers le haut. Les cheveux de Tass se dressèrent sur sa tête.

— J'ai dit « En bas » ! vociféra le vieillard en agitant furieusement son bâton.

Le souffle d'air les aspira bruyamment et les entraîna si vite vers le fond que le chapeau de Fizban s'envola. Fasciné, Tass voulut poser des questions. Mais le vieillard lui intima l'ordre de se taire et se mit à marmonner à voix basse en décrivant des signes étranges avec son bâton.

*

* *

Etendue sur un banc de pierre glacé, Laurana ouvrit les yeux, se demandant où elle était.

Silvara ! Elle se redressa d'un coup et regarda autour d'elle. Flint grommelait en se massant le cou tandis que Théros se relevait, l'air ahuri. Elle vit Gilthanas de dos, debout devant le seuil de la crypte.

Il entendit sa sœur approcher et se retourna, un doigt sur les lèvres.

La tête entre les mains, Silvara pleurait à gros sanglots.

Laurana, sur le point de se mettre en colère, fut désarmée. Elle s'attendait à tout, sauf à cela. Il lui fallait une explication. Elle avança vers l'elfe sauvage.

— Silvara...

La jeune fille leva vers elle un visage inondé de larmes.

— Comment avez-vous pu vous réveiller ? Comment vous êtes-vous libérés de mon sortilège ?

— Laissons cela ! répondit Laurana qui n'en avait aucune idée. Dis-nous plutôt...

— C'est *moi* qui vous ai réveillés ! claironna une voix grave.

Les compagnons se retournèrent et virent un vieil homme à barbe blanche vêtu d'une robe grise sortir majestueusement du sous-sol de la crypte.

— Fizban ! murmura Laurana sans y croire.

Un bruit mat et sourd rompit le silence. Flint s'était évanoui. Personne n'y prêta attention. Soudain un cri strident s'éleva ; Silvara se jeta sur le sol en gémissant.

Sans un regard pour le nain, Fizban traversa la crypte, s'agenouilla devant elle et la secoua.

— Qu'as-tu fait, Silvara ? demanda-t-il d'un ton sévère.

Laurana se dit qu'elle devait rêver. Cet homme plein d'autorité n'avait pas grand-chose à voir avec le vieux magicien gâteux qu'elle connaissait.

— Qu'as-tu fait, Silvara, parle ! Tu as trahi ton serment !

Non ! gémit la jeune fille. Non, pas encore.

— Tu as pris une autre apparence, et tu t'es mêlée des histoires des humains. Ce serait déjà amplement suffisant. Mais en plus, tu les as amenés ici !

— Eh bien oui ! s'écria Silvara. J'ai rompu mon serment, du moins étais-je sur le point de le faire. Je les ai amenés ici. Il le fallait ! J'ai vu le malheur et la souffrance. En outre, ils avaient l'orbe...

— Oui, l'orbe, dit doucement Fizban. Un orbe

draconien qu'ils ont trouvé au Mur de Glace. Il était en ta possession. Qu'en as-tu fait, Silvara ? Où est-il maintenant ?

— Je l'ai envoyé loin d'ici...

Fizban sembla vieillir d'un seul coup. La mine défaite, il prit appui sur son bâton en soupirant.

— Où ? Où est-il à présent ?

— Sturm l'a emmené à Sancrist, intervint Laurana en tremblant. Est-ce dangereux pour lui ?

— Qui ? demanda Fizban en se tournant vers elle. (Il reconnut Laurana et sourit.) Tiens ! bonjour, ma chère ! Heureux de te revoir. Comment va ton père ?

— Mon père..., balbutia Laurana. Ecoute, vieillard, peu importe mon père. Qui...

— Et voilà ton frère ! dit Fizban en tendant la main à Gilthanas. Content de te voir. Toi aussi, dit-il en s'inclinant devant Théros. Bras d'argent ? Ça, par exemple ! Quelle coïncidence ! Théros Féral, n'est-ce pas ? J'ai beaucoup entendu parler de toi. Mon nom est...

Le vieux magicien s'arrêta, les sourcils froncés.

— Fizban, souffla Tass.

— Fizban, répéta le vieillard en hochant la tête.

Laurana crut surprendre un clin d'œil de connivence entre Fizban et Silvara. Celle-ci baissa la tête comme si elle acquiesçait à un ordre muet ou un signal secret.

Le vieux magicien se tourna vers Laurana :

— Tu dois te demander qui est réellement Silvara ? C'est à elle de le dire. Moi, je dois vous quitter. Un long voyage m'attend.

— Dois-je vraiment leur dire ? demanda doucement l'elfe sauvage, les yeux posés sur Gilthanas.

Fizban suivit son regard. En voyant le visage tourmenté du seigneur elfe, son expression s'adoucit.

Silvara tendit les mains vers le vieillard, qui les prit dans les siennes et l'attira contre lui.

— Non, Silvara, dit-il d'une voix caressante, tu n'es pas obligée de leur dire. Comme ta sœur, tu as le choix. Tu peux même leur faire oublier jusqu'au souvenir d'être venus ici.

Le sang se retira du visage de la jeune fille.

— Mais cela signifiera que...

— Oui, Silvara. A toi de décider. Adieu, dit le magicien en lui posant un baiser sur le front.

Il se tourna vers les compagnons :

— Au revoir ! Au revoir ! Content de vous avoir revus. Je vous en veux un peu pour l'histoire des plumes de poulet, mais ça ne durera pas. (Il s'arrêta, fixant Tass d'un œil impatient.) Alors, tu viens ? Je ne vais pas passer la nuit ici !

— Moi ? Tu veux que je vienne avec toi ? Et comment ! Laisse-moi le temps de prendre mon baluchon... Et Flint ?

— Il va très bien, assura Fizban. Tu ne seras pas séparé bien longtemps de tes amis. Nous les reverrons... dans sept jours ; j'ajoute trois, je retiens un ; combien font sept fois quatre ?... Bon, aux alentours de l'anniversaire de la Famine. C'est à cette date que se tiendra le Conseil. Maintenant, viens, j'ai du pain sur la planche. Tes amis sont entre de bonnes mains. Silvara va s'occuper d'eux, n'est-ce pas ?

— Je le leur dirai, promit-elle. Tu as raison. Cela fait bien longtemps que je ne tiens plus mon serment. Je dois aller au bout de ce que j'ai commencé.

— Fais ce qui te semble juste, dit Fizban en caressant les cheveux de Silvara.

— Serai-je punie ?

— Certains diront que tu es déjà assez punie comme ça, répondit-il. Mais quoi que tu aies commis, tu l'as fait par amour. Tout dépend de ton choix, même ta punition.

Le vieillard s'éloigna, Tass sur les talons.

— Au revoir Laurana ! Au revoir, Théros ! Prenez soin de Flint !

Dans le silence qui suivit, Laurana entendit le vieillard marmonner :

— Comment c'était déjà ? Fizdol ? Forban ?
— Fizban, répondit la voix aiguë de Tass.
— Ah oui, Fizban. Fizban...
Les regards des compagnons convergèrent vers Silvara. L'elfe sauvage semblait avoir retrouvé sa sérénité. Son visage restait grave, mais toute tension l'avait quitté. Calme et déterminée, elle acceptait sans regrets ce qui lui arrivait.
Elle prit les mains de Gilthanas dans les siennes en le regardant avec tant d'amour qu'il se sentit comblé. Il comprit qu'elle allait lui faire ses adieux.
— Je vais te perdre, Silvara, murmura-t-il d'une voix brisée, je le vois dans tes yeux. Je ne comprends pas pourquoi ! Tu dis que tu m'aimes...
— Oui, je t'aime, seigneur elfe, répondit doucement Silvara. Je t'ai aimé dès que je t'ai vu. Tu étais étendu sur le sable, blessé, et quand tu as levé les yeux sur moi, j'ai su que j'aurais le même destin que ma sœur. En adoptant une apparence humaine, nous prenons en même temps tous les risques liés à cette condition. Bien que nous donnions le meilleur de nous-mêmes, rien ne nous exempte des faiblesses humaines. Aimer...
— Silvara, je ne comprends pas ce que tu veux dire !
— Tu vas comprendre, assura-t-elle en baissant la tête.
Il la prit dans ses bras et la serra contre lui, caressant doucement ses mèches argentées.
Renonçant à être témoin du chagrin des jeunes gens, Laurana préféra se détourner. Théros approcha d'elle et l'attira à l'écart.
— Qui était ce vieil homme ? demanda-t-il.
— C'est une longue histoire. Je ne sais pas quoi te répondre.
— J'ai l'impression de le connaître, dit Théros en fronçant les sourcils. Je ne me souviens pas de l'endroit où j'aurais pu le voir, et pourtant il me rappelle

Solace et l'*Auberge du Dernier Refuge.* Mais lui me connaît... J'ai eu un choc lorsqu'il a posé les yeux sur moi. C'était comme si la foudre m'avait frappé.

Le forgeron frissonna. Son regard retourna sur Silvara et Gilthanas.

— Que penser de cette histoire ? demanda-t-il à Laurana.

— Je crois que nous n'allons pas tarder à le savoir.

— Tu avais raison, dit Théros. Tu te méfiais d'elle...

— Sans doute, mais pas pour les bon motifs, avoua Laurana, non sans remords.

Silvara se dégagea de l'étreinte de Gilthanas. Il tenta de la retenir.

— Gilthanas, dit-elle dans un souffle, prends une torche et tiens-la devant moi.

Il hésita un instant, puis obéit.

— Tiens-la comme ça..., ordonna-t-elle en le guidant, et regarde mon ombre sur le mur, derrière nous.

Quand ils découvrirent l'ombre qui se découpait sur la pierre nue, les compagnons en restèrent bouche bée.

Ce n'était pas celle de la jeune fille mais celle d'un dragon.

— Toi, un dragon ! s'exclama Laurana, incrédule.

Elle porta la main à son épée. Théros l'arrêta d'un geste.

— Non, Laurana ! fit-il fermement. Je me souviens maintenant du vieillard. Il venait souvent à l'*Auberge du Dernier Refuge,* habillé autrement, et il n'était pas magicien, mais c'était bien lui ! J'en jurerais ! Il racontait des histoires aux enfants. Des histoires de bons dragons, dorés et...

— Argentés, acheva Silvara. Je suis un dragon d'argent. Ma sœur était celui qui aimait Huma et qui est mort avec lui dans sa dernière bataille.

— Non, ce n'est pas possible ! s'écria Gilthanas en jetant la torche par terre.

Il la foula aux pieds et l'éteignit. Silvara le regarda avec une immense tristesse et tendit une main vers lui.

Il recula, horrifié.

Silvara laissa lentement retomber sa main et murmura :

— Je te comprends. Pardonne-moi.

Gilthanas fut pris de tremblements. Théros l'empoigna et le tira sur un banc où il le fit asseoir.

— Ça va, ça ira, balbutia le seigneur elfe. Laisse-moi seul, il faut que je reprenne mes esprits. Ce qui arrive est pure folie ! Quel cauchemar. Un dragon !

Le forgeron le couvrit de son manteau, et retourna vers Silvara.

— Où se trouvent les autres « bons dragons » ? demanda-t-il. Le vieil homme a dit qu'il y en avait beaucoup.

— Nous sommes nombreux, concéda Silvara, qui répugnait à répondre à cet interrogatoire.

— Sont-ils comme celui que nous avons vu au Mur de Glace ? demanda Laurana. Puisque vous êtes nombreux, alliez-vous et aidez-nous à vaincre les mauvais dragons !

— Non ! cria farouchement Silvara.

Ses yeux bleus étincelèrent. Effrayée, Laurana recula d'un pas.

— Pourquoi ?

— Je ne peux pas le dire.

— Il y a un rapport avec le fameux serment dont tu as parlé, n'est-ce pas ? insista Laurana. Ce serment que tu as rompu. Et avec la punition que Fizban et toi avez évoquée...

— Je n'ai pas le droit de le dire ! répliqua Silvara avec passion. J'ai fait assez de mal comme ça. Mais il fallait bien que je fasse quelque chose ! Je ne pouvais plus vivre ainsi dans un monde où souffrent tant d'innocents ! Je croyais pouvoir me rendre utile, alors j'ai pris l'apparence d'une elfe sauvage. Puis j'ai fait ce qui était en mon pouvoir pour empêcher qu'éclate la guerre entre les elfes, mais la situation s'est gâtée. C'est alors que vous êtes arrivés. Je vous ai vus menacés d'un danger bien plus redoutable que vous l'imaginiez, car vous étiez en possession de...

— L'orbe draconien ! coupa Laurana.

— Oui. J'ai compris qu'il fallait se décider. Vous aviez l'orbe, mais aussi la lance. Tous deux étaient à ma portée ! J'ai songé que c'était un signe, mais je ne savais pas dans quel sens agir. J'ai décidé d'emmener l'orbe jusqu'ici pour le mettre en sécurité. Au cours du voyage, j'ai compris que les chevaliers n'accepteraient jamais que l'artefact reste au Val Brumasil. Il y aurait des dissensions. A la première occasion, j'ai fait en sorte que l'orbe quitte ces lieux. Apparemment, j'ai eu tort. Mais comment aurais-je pu le savoir ?

— Pour quelle raison ? Quels sont les pouvoirs de l'orbe ? Aurais-tu envoyé les chevaliers à la mort ?

— Qui peut le dire ? Je sais que tout orbe peut le Bien comme le Mal, mais je ne sais pas me servir des orbes *draconiens*. Ils sont l'œuvre de magiciens très puissants.

— Mais selon le livre que Tass a lu avec les lunettes magiques, ils sont capables de maîtriser les dragons ! Tass assure que les lunettes *lisent* la vérité...

— C'est vrai, répondit Silvara. Mais ce n'est que *trop* vrai, et je crains que vos amis en fassent l'expérience à leur dépens.

— Alors, pourquoi nous as-tu amenés ici ? demanda Laurana. Pourquoi ne pas nous avoir laissés partir avec l'orbe ?

— Puis-je leur dire ? En aurais-je la force ? interrogea Silvara, comme si elle s'adressait à quelque esprit invisible.

Elle resta un long moment silencieuse, méditant sa décision.

Puis elle se leva et se dirigea vers le paquetage de Laurana. Elle le déballa et en sortit le morceau de lance brisée que les compagnons avaient été chercher jusqu'au Mur de Glace. Quand elle releva la tête, son visage était serein.

Serein, mais aussi empreint de force et de fierté. Pour la première fois, Laurana put accepter l'idée que la jeune fille soit un superbe et puissant dragon. D'une démarche majestueuse, ses cheveux d'argent ruisselants de lumière, Silvara alla se camper devant Théros.

— Théros Bras d'Argent, je te confère le pouvoir de forger des Lancedragons.

LIVRE III

1

LES MERVEILLEUX SORTILÈGES DU MAGICIEN ROUGE.

Le crépuscule assombrissait peu à peu la salle de l'*Auberge du Cochon Siffleur.* La brise soufflant de la baie de Balifor et qui s'infiltrait entre les fenêtres disjointes avait donné à l'établissement une partie de son nom. Un simple coup d'œil au patron justifiait l'animal peint sur l'enseigne. Selon ce qui se disait en ville, le jovial et débonnaire Guillaume Deaudouce avait été frappé par le sort le jour de sa naissance. Un cochon baladeur ayant culbuté son berceau, bébé Guillaume en avait conçu une telle frayeur qu'il adopta l'apparence d'un pourceau.

Cette fâcheuse ressemblance n'avait pas altéré l'avenant caractère de l'homme. Marin de profession, il avait fini par satisfaire son désir de toujours : tenir une auberge.

Il n'y avait pas d'aubergiste plus aimé ni plus respecté à Port Balifor que Guillaume Deaudouce. Rien ne le faisait autant rire que les plaisanteries sur les cochons, auxquelles il répondait par des imitations et des grognements qui déclenchaient l'hilarité de ses clients.

Guillaume n'avait plus guère l'occasion de pousser ses grognements. Les buveurs se faisaient rares, et l'ambiance était plutôt morose. Port Balifor était en effet une ville occupée. Les armées des seigneurs draconiens, dont les navires mouillaient dans le port, avaient déversé leurs contingents d'abominables reptiliens dans la ville.

La consternation régnait parmi la population à majorité humaine de Balifor. Si les habitaient avaient su ce qu'il en était du reste du monde, ils se seraient sans doute réjouis de leur sort. Les dragons n'avaient pas brûlé la ville, et les soldats laissaient la population tranquille. La partie orientale de l'Ansalonie n'intéressait pas les Seigneurs des Dragons. Elle n'était peuplée que de communautés humaines dispersées et de kenders, dont le Kendermor était la patrie. Le gros des forces des armées draconiennes était concentré au nord et à l'ouest. Tant qu'ils pouvaient disposer du port, les Seigneurs des Dragons ne voyaient pas la nécessité de détruire Balifor.

Bien que les habitués se fissent rares, les affaires marchaient bien. La soldatesque draconienne et hobgobeline était bien rémunérée, ce qui lui permettait de sacrifier à sa faiblesse : l'ivrognerie. Mais Guillaume n'avait pas ouvert une taverne pour faire fortune. Ce qu'il aimait, c'était remplir son auberge d'amis. Ce qu'il détestait, c'était les troupes draconiennes.

Un soir qu'il trinquait avec de vieux compagnons, marins de leur état, des étrangers se présentèrent dans la taverne. Guillaume les dévisagea. Comme ils n'étaient pas draconiens, mais de simples voyageurs exténués, il les accueillit cordialement et les installa dans un coin de la salle.

Les nouveaux venus commandèrent de la bière, sauf un personnage en robe rouge, qui demanda de l'eau chaude. Après une longue discussion ayant pour centre le nombre de pièces contenues dans une bourse de cuir, ils finirent par choisir du pain et du fromage.

— Ils ne sont pas d'ici, dit Guillaume à ses amis. Ils ont l'air d'être plus fauchés qu'une bande de marins après huit jours de bordée !

— Ce sont des réfugiés, conclut un habitué en les jaugeant du regard.

— Drôle de mélange, ajouta un autre. Le barbu est un demi-elfe, et le grand transporte un arsenal qui ferait peur à toute l'armée draconienne !

— Je parierais qu'il en a déjà tenu quelques-uns au bout de son épée, grommela Guillaume. Ils doivent être en cavale. Regardez comme le barbu fixe la porte. Bon, on ne peut pas les aider à se battre contre le seigneur, mais je vais veiller à ce qu'ils ne manquent de rien. (Il approcha.) Remballez votre monnaie, dit-il d'un ton bourru en déposant du fromage et de la viande sur la table. Vous traversez quelques difficultés, c'est aussi évident que le groin au milieu de ma figure.

L'une des deux jeunes femmes lui sourit. Guillaume n'en avait jamais vu d'aussi belle. Ses cheveux d'or et d'argent débordaient en vagues de sa capuche, et ses yeux étaient bleus comme la mer. Ce sourire lui fit l'effet d'un verre de gnôle à jeun.

L'homme au visage et aux cheveux sombres qui était assis à côté d'elle poussa les pièces d'argent vers l'aubergiste.

— Nous ne demandons pas la charité !

— Rivebise ! dit la jeune femme d'un ton plein de reproche.

Le demi-elfe allait ajouter quelque chose quand le personnage en robe rouge qui avait commandé de l'eau chaude prit une des pièces.

Il la posa en équilibre sur le dos de sa main et la fit aller et venir jusqu'à son poignet. Guillaume ouvrit de grands yeux. Curieux, ses amis approchèrent. La pièce fit plusieurs tours en virevoltant sur la main de l'homme en rouge, puis disparut... et réapparut au-dessus de la tête de Guillaume, où elle orbitait en compagnie de cinq de ses sœurs.

Les spectateurs en restèrent bouche bée.

— Prends-en une pour la peine ! dit le mage.

Timidement, Guillaume tendit la main. Elle se referma sur le vide. Les six pièces avaient disparu. Il n'en restait qu'une, qui se trouvait dans la paume du mage.

— Je te l'offre en paiement, dit celui-ci avec un sourire malin, mais prends garde qu'elle ne te brûle pas les poches !

L'aubergiste la saisit délicatement et l'inspecta avec méfiance. Brusquement, elle s'enflamma. Avec un hurlement, il la laisser tomber et la piétina pour l'éteindre. Ses amis pouffèrent de rire. Il la ramassa, et à sa grande surprise, la trouva intacte.

— Cela vaut bien un plat de viande ! dit Guillaume d'un air réjoui.

— Et une nuit à l'auberge ! ajouta un de ses compères en jetant une poignée de pièces sur la table.

— Je crois que nous avons résolu nos problèmes, dit Raistlin à ses compagnons.

« Le Magicien Rouge et ses Merveilleux sortilèges », un spectacle ambulant dont on parle encore entre Balifor et Les Ruines-Nord, était né.

Dès le lendemain soir, Raistlin exécuta ses tours devant le cercle admiratif des amis de Guillaume. La nouvelle se répandit comme une traînée de poudre. Après que le mage se fut produit pendant une semaine, Rivebise, opposé à cette idée, fut forcé d'admettre que Raistlin avait résolu leurs ennuis pécuniaires, et d'autres problèmes tout aussi pressants.

Le manque d'argent était leur première préoccupation. Ils avaient besoin de fonds pour louer un navire qui les emmènerait à Sancrist. Ensuite, il leur fallait pouvoir traverser sans encombre des territoires occupés par l'ennemi.

Dès sa prime jeunesse, Raistlin avait eu recours à ses talents de prestidigitateur pour assurer sa subsistance et celle de son frère. Son habileté et la pratique lui avaient donné une aisance absolue. Il faisait voguer des bateaux aux ailes blanches sur le comptoir de la taverne, et des oiseaux s'envolaient des soupières tandis que des dragons apparaissaient aux fenêtres. Le clou final consistait à se transformer lui-même en une torche vivante qui se consumait totalement, pour réapparaître quelques instants plus tard sur le seuil de l'auberge dans un tonnerre d'applaudissements.

En une semaine, l'*Auberge du Cochon Siffleur* fit plus de recette qu'en une année. Hélas le spectacle n'avait pas manqué d'attirer des hôtes indésirables. Guillaume enrageait de voir des draconiens et des gobelins se mêler à l'auditoire. Mais Tanis le calma rapidement.

Le demi-elfe ne se plaignait nullement de la présence de l'ennemi. Si les draconiens appréciaient le spectacle, ils en parleraient autour d'eux, et leur renommée leur permettrait de traverser le pays sans encombre.

Leur projet était de se rendre à Flotsam pour trouver un bateau, que personne à Balifor ne consentirait à leur louer. Flotsam s'intéressait plus à l'argent qu'à la guerre.

Les compagnons passèrent un mois fructueux à l'*Auberge du Cochon Siffleur*. Guillaume les hébergea pour rien et ne préleva pas un sou sur l'argent qu'ils avaient tiré de leurs talents de saltimbanques.

Les premiers temps, les spectacles de Raistlin reposaient sur ses seuls tours. Comme il commençait à fatiguer, Tika proposa de danser entre ses numéros pour lui permettre de se reposer. Raistlin se montra sceptique ; quand Tika apparut dans l'affriolant costume qu'elle s'était confectionné, ce fut Caramon qui blêmit.

Mais elle leur rit au nez.

Dès sa première prestation, la recette fit un bond spectaculaire. Raistlin décida de la laisser participer au spectacle. Songeant que les foules aiment la variété dans le divertissement, il réussit à persuader Caramon, que cette idée faisait rougir jusqu'aux oreilles, de présenter des tours de force. L'instant où le colosse soulevait Guillaume d'une seule main jusqu'au plafond devint un temps fort de la représentation.

Tanis fut chargé de surprendre les spectateurs avec son aptitude à voir dans l'obscurité. Mais Raistlin resta pantois quand Lunedor vint le trouver un soir avant le spectacle.

— Je voudrais chanter, déclara-t-elle sans ambages.

Le mage la regarda d'un air incrédule. Il interrogea Rivebise du regard, mais le barbare hocha la tête.

— Tu as une voix prenante, je m'en souviens très bien. La dernière fois que je t'ai entendue chanter, c'était à l'*Auberge du Dernier Refuge*, où tu as déclenché une émeute qui a failli nous coûter la vie.

Lunedor rougit au rappel de l'événement, grâce auquel elle avait fait connaissance avec les compagnons. Rivebise se rembrunit et posa un bras protecteur sur son épaule.

— Allons-nous-en, dit-il en jetant un regard haineux à Raistlin. Je t'avertis...

Lunedor secoua la tête avec obstination.

— Je chanterai, dit-elle froidement, et Rivebise m'accompagnera. Nous avons écrit une ballade.

— Très bien, répondit le mage, nous essayerons demain.

Ce soir-là, la taverne était bondée. Il y avait des parents et leurs enfants, des marins, des draconiens, des gobelins et des kenders.

Raistlin fit voltiger ses pièces de monnaie, puis apparaître un cochon qui se tortilla sur le comptoir. Enfin il déclencha une panique générale en faisant surgir un gigantesque troll derrière les carreaux d'une fenêtre. Comme à l'accoutumée, le public l'applaudit à tout rompre. Tika prit la relève.

Sa danse souleva les acclamations, surtout chez les

draconiens qui se mirent à cogner leurs chopes contre les tables.

Puis ce fut le tour de Lunedor. Sa chevelure or et argent cascadant sur sa tunique bleu clair, elle était si resplendissante que son apparition provoqua un silence immédiat.

Rivebise s'installa à ses pieds et commença à jouer de sa flûte de roseau. Après quelques mesures, Lunedor entonna leur ballade de sa voix profonde. Ce chant doux et mélodieux avait quelque chose d'envoûtant. Mais ce furent surtout les paroles qui retinrent l'attention de Tanis. Il échangea un regard inquiet avec Caramon.

— Je crains le pire ! souffla le mage, assis à côté de son jumeau. Nous risquons une émeute !

— Pas sûr. Regarde le public.

Les femmes appuyaient la tête sur l'épaule de leurs maris et les enfants écoutaient attentivement. Les draconiens, à la manière des animaux que la musique hypnotise, semblaient fascinés. Seuls les gobelins se morfondaient, mais ils n'osaient pas manifester leur ennui devant les draconiens.

Le chant de Lunedor parlait des dieux d'antan. Il racontait comment ils avaient déclenché le Cataclysme pour punir le Prêtre-Roi d'Istar et le peuple de Krynn de leur orgueil. La ballade leur rappela que le peuple, se croyant abandonné, avait vénéré des idoles. Elle leur apportait un message d'espoir : les vrais dieux ne les avaient pas délaissés. Ils attendaient simplement d'être reconnus.

Quand la flûte se tut, l'assistance parut sortir d'un rêve. Les gens ne savaient plus vraiment ce que disait la chanson, dont ils avaient oublié les paroles. Les draconiens commandèrent à boire, et les gobelins réclamèrent Tika et ses danses. Cependant certains restaient sous l'emprise du chant. Timidement, une jeune femme au teint sombre approcha de Lunedor.

— Je ne veux pas te déranger, ma dame, mais ta ballade m'a bouleversée. Je veux connaître les dieux d'antan.

— Viens me voir demain, répondit Lunedor en souriant, et je t'apprendrai ce que je sais.

C'est ainsi que, peu à peu, les dieux de jadis commencèrent à revivre dans le cœur du peuple. Quand les compagnons quittèrent Balifor, la jeune femme à la peau sombre et quelques autres personnes arboraient le talisman de Mishakal, déesse de la Guérison. Secrètement, ils répétaient le message des dieux, pour faire renaître l'espoir dans un pays en proie à la désolation.

2

LE TRIBUNAL DE LA CHEVALERIE.

— Enfin, je déclare Sturm de Lumlane coupable de lâcheté devant l'ennemi, articula lentement Dirk.

Un murmure parcourut l'assemblée des chevaliers, qui s'étaient réunis dans le château du seigneur Gunthar.

Face à eux, les trois hommes assis à une table de chêne se penchèrent l'un vers l'autre pour se concerter à voix basse.

Jadis, trois juges présidaient le tribunal de la chevalerie : le Grand Maître, le Grand Prêtre, et le Juge Suprême. Depuis le Cataclysme, il n'y avait plus de Grand Prêtre, et la place de Grand Maître se trouvait vacante. Quant au Juge Suprême, sa position était précaire, car le prochain Grand Maître pourrait à son gré le démettre de ses fonctions.

En dépit de l'absence de chef, l'Ordre continuait à fonctionner selon des règles strictes. Le seigneur Gunthar, qui n'était pas assez puissant pour briguer la position très convoitée de Grand Maître, assurait cette fonction par intérim. Pour juger le jeune écuyer Sturm de Lumlane, il était flanqué du Juge Suprême MarKenin, et du jeune seigneur Geoffroi, qui tenait lieu de Grand Prêtre.

Dans la grande salle du château de Uth Wistan,

vingt chevaliers venus des quatre coins de Sancrist assistaient au procès, selon les exigences de la Règle de l'Ordre.

Après avoir témoigné, le seigneur Dirk s'inclina devant le seigneur Gunthar et reprit place parmi ses pairs. Il ne restait plus qu'à entendre ce qu'avait à dire Sturm pour sa défense, et le jugement serait rendu.

Sturm avait subi sans broncher le réquisitoire infamant de Dirk. Impassible, il s'était entendu accuser de désobéissance, d'insubordination, et d'usurpation du titre de chevalier. Pas un mot n'était sorti de sa bouche.

Depuis le début du procès, le seigneur Gunthar ne quittait pas l'accusé des yeux. Il l'avait vu flancher une seule fois, lorsque Dirk avait parlé de sa lâcheté. Son visage avait pris l'expression... Oui, Gunthar avait déjà vu cette expression-là sur celui d'un homme transpercé par une lance. Mais Sturm s'était immédiatement ressaisi.

Gunthar était tellement captivé par l'attitude de Lumlane qu'il faillit perdre le fil de la conversation de ses collègues. Il saisit au vol les derniers mots du seigneur MarKenin.

— ... pas droit à la défense.

— Et pourquoi donc ? demanda sèchement le seigneur Gunthar. C'est le droit le plus strict de l'accusé.

— Mais nous n'avons jamais eu un cas de la sorte, répondit MarKenin. Jusqu'à maintenant, quand un écuyer comparaissait devant le Conseil pour briguer le titre de chevalier, il y avait de nombreux témoins. On donne à Lumlane la possibilité d'expliquer ses actes, alors que ni lui, ni personne ne les conteste. Ils sont avérés. La seule défense de Lumlane...

— Est de prétendre que Dirk a menti, acheva le seigneur Geoffroi. Et c'est une chose impensable ! La parole d'un écuyer ne vaut rien contre celle d'un chevalier de la Rose !

— Le jeune homme aura néanmoins le droit de se justifier, répliqua Gunthar. C'est prévu par notre Loi. Auriez-vous l'intention de la contester ?

— Non...

— Non, bien sûr, mais...

— Parfait.

Gunthar se lissa les moustaches et se pencha pour taper sur la table avec le pommeau d'une épée — celle de Sturm. Dans son dos, les deux juges échangèrent des signes de connivence qui ne lui échappèrent pas. L'atmosphère était lourde des intrigues qui empoisonnaient la chevalerie.

Dans d'autres circonstances, et s'il avait été plus jeune, Gunthar aurait sans aucun doute mis bon ordre aux conspirations. Il s'attendait à l'attitude déloyale de MarKenin, qui avait depuis longtemps pris le parti de Dirk, mais il fut surpris de celle de Geoffroi, qui l'avait toujours fidèlement suivi.

Grâce à sa fortune et à ses appuis, Dirk Gardecouronne était le seul à pouvoir rivaliser avec Gunthar dans la course au titre de Grand Maître. Espérant gagner des voix supplémentaires, Dirk s'était porté volontaire pour aller chercher les légendaires orbes draconiens. Gunthar n'avait pu que s'incliner : il ne fallait pas laisser penser que la puissance grandissante de Dirk était redoutable. Selon la Loi, Dirk était l'homme le mieux qualifié pour la mission. Mais Gunthar se méfiait de lui. L'homme était avide de gloire et de pouvoir ; s'il était loyal, c'était surtout envers lui-même.

Le retour triomphal de Dirk avec l'orbe lui donnait à présent le beau rôle. Certains chevaliers s'étaient rangés derrière lui ; quelques partisans de Gunthar avaient suivi leur exemple.

Seuls les jeunes chevaliers de l'Ordre mineur de la Couronne s'opposaient à Dirk. Peu nombreux, ils brillaient par la loyauté plus que par les richesses. Tous s'étaient ralliés à la cause de Lumlane.

Gunthar savait que Gardecouronne allait se tailler la part du lion. En se débarrassant d'un homme qu'il haïssait, il évincerait du même coup son rival pour la place de Grand Maître.

L'amitié bien connue de Gunthar pour la famille Lumlane était un handicap. C'était lui qui avait appuyé la requête de Sturm, quand celui-ci avait revendiqué la succession paternelle. La protection qu'il assurait au fils de son ami défunt risquait de lui nuire considérablement.

Gunthar songea avec tristesse que Lumlane, qu'il tenait pour un homme de valeur digne de marcher sur les traces de son père, allait voir sa carrière anéantie.

— Sturm de Lumlane, demanda-t-il dès que le silence fut revenu, as-tu entendu l'accusation ?

— Oui, mon seigneur.

— Sturm, es-tu conscient de la gravité des charges qui pèsent contre toi, et qui peuvent amener le Conseil à te déclarer indigne de la chevalerie ?

— Oui, mon seigneur.

Gunthar se lissa la moustache et réfléchit à la manière de mener l'interrogatoire ; il savait que tout ce que Sturm dirait sur Dirk se retournerait contre lui.

— Quel âge as-tu, Lumlane ?

A cette question inattendue, Sturm marqua un temps d'arrêt.

— Trente ans passés, je crois ? poursuivit Gunthar.

— Oui, mon seigneur.

— D'après ce qu'a rapporté le seigneur Dirk, tes exploits devant le Mur de Glace prouvent ta maîtrise du métier des armes...

— C'est une chose que je n'ai jamais niée, mon seigneur, intervint Dirk.

— Mais tu l'accuses de lâcheté, lança Gunthar. Si mes souvenirs sont bons, tu as dit qu'il avait refusé de se battre quand les elfes ont attaqué.

Dirk devint rouge de colère.

— Puis-je rappeler à Sa Seigneurie que ce n'est pas moi l'accusé ?

— Tu accuses Lumlane de lâcheté devant l'ennemi, continua Gunthar, mais il y a longtemps que les elfes ne sont plus nos ennemis.

Dirk hésita. Autour de lui, les chevaliers semblaient mal à l'aise. Les elfes siégeaient au Conseil de Blanchepierre, mais ils ne prenaient pas part au vote. Avec la réapparition de l'orbe draconien, ils ne manqueraient pas d'assister au Conseil. Il était préférable que ce malheureux faux pas ne leur vienne pas aux oreilles.

— « Ennemi » est exagéré, mon seigneur. Mon seul tort est d'avoir appliqué la Loi à la lettre. Lors de cet incident, les elfes, bien qu'ils ne soient pas nos ennemis, ont tout fait pour nous empêcher d'emmener l'orbe à Sancrist. Par cette attitude, ils s'opposaient à ma mission, ce qui me contraignit à les considérer comme des ennemis.

Canaille ! se dit Gunthar.

Dirk s'inclina en s'excusant d'être intervenu et se rassit. Sturm prit la parole :

— La Loi prescrit qu'il faut veiller à épargner la vie, et se battre uniquement pour se défendre, soi ou les autres. Les elfes ne nous menaçaient pas. Nous ne courions aucun danger.

— Ils vous ont pourtant décoché bon nombre de flèches, l'ami ! dit le seigneur MarKenin en frappant la table de son poing ganté.

— C'est vrai, mon seigneur, admit Sturm. Mais chacun sait qu'ils sont des tireurs hors pairs. S'ils avaient voulu nous tuer, ils n'auraient pas visé les arbres.

— Que serait-il arrivé si vous aviez attaqué ? demanda Gunthar.

— Les conséquences auraient été tragiques, mon seigneur, répondit Sturm d'une voix grave. Pour la première fois depuis des générations, les elfes et les humains se seraient entre-tués, ce qui n'aurait pas manqué de plaire aux draconiens.

Les jeunes chevaliers de la Couronne applaudirent. Le seigneur MarKenin, scandalisé par ce manquement, leur lança un regard offusqué.

— Seigneur Gunthar, puis-je te rappeler que le seigneur Dirk n'est pas l'accusé. Il a souvent prouvé sa valeur sur le champ de bataille. Je pense que nous pouvons lui faire confiance quand il s'agit d'apprécier une action hostile. Sturm, prétends-tu que les accusations portées contre toi par le seigneur Dirk Gardecouronne sont fausses ?

— Mon seigneur, je n'affirme pas que le chevalier ait menti. Néanmoins, il a déformé les faits.

— Dans quel but, selon toi ? demanda le seigneur Geoffroi.

— Je préfère ne pas répondre, mon seigneur.

— Pour quelle raison ? demanda gravement Gunthar.

— Parce que, selon la Loi, cela nuirait à l'honneur de la chevalerie, répondit Sturm.

— L'accusation est grave. Sais-tu que tu n'as aucun témoin pour confirmer ton témoignage ?

— Oui, mon seigneur, et c'est pourquoi je préfère ne pas répondre.

— Et si je t'ordonne de parler ?

— Dans ce cas, je m'exécuterai.

— Alors parle, Lumlane. Les données de ce procès sont exceptionnelles, et je ne vois pas comment nous rendrions un jugement équitable sans avoir tout entendu. En quoi le seigneur Dirk Gardecouronne a-t-il déformé les faits ?

Sturm s'empourpra. Sa cause était perdue, il le savait. Jamais il ne serait chevalier, jamais il ne réaliserait le rêve qui lui tenait plus à cœur que la vie.

Il se décida à prononcer les paroles qui feraient de Dirk son ennemi juré jusqu'à la mort.

— Je crois que le seigneur Dirk Gardecouronne m'a discrédité dans le but de servir ses ambitions, mon seigneur.

La salle se fit houleuse. Dirk bondit, prêt à se jeter sur Sturm. Ses amis l'arrêtèrent.

Gunthar frappa sur la table pour réclamer le silence, mais Dirk avait eu le temps de provoquer Lumlane en duel pour obtenir réparation.

Gunthar toisa froidement le chevalier de la Rose.

— Tu sais fort bien, seigneur Dirk, que les duels d'honneur sont interdits en temps de guerre ! Reprends-toi, ou je serai contraint de t'expulser de cette cour !

Dirk se laissa retomber sur son siège.

— As-tu quelque chose à ajouter pour ta défense, Sturm de Lumlane ?

— Non, mon seigneur.

— Alors tu peux te retirer, nous allons délibérer.

Sturm s'inclina devant les juges, puis se retourna pour saluer l'assemblée. Deux chevaliers le conduisirent dans l'antichambre.

Resté seul, il s'assit sur un banc et sourit avec amertume. La situation était sans issue. L'expression préoccupée de Gunthar ne lui avait guère laissé d'espoir. Quelle serait la sentence ? L'exil, la confiscation de ses terres et de ses biens ? Il ne possédait rien, et il avait quitté la Solamnie depuis si longtemps que l'exil ne signifiait pas grand-chose pour lui. La mort ? Il la souhaitait presque, si elle pouvait l'arracher à la souffrance qui le rongeait.

Plusieurs heures s'écoulèrent. L'après-midi passa en discussions animées, dont les éclats retentissaient dans les couloirs.

Vers le soir, une cloche retentit.

— Lumlane ! appela un chevalier.

Sturm se recueillit un instant pour prier Paladine de

lui donner du courage. Flanqué de deux chevaliers, il entra dans la salle du Conseil.

L'épée de ses ancêtres était là, posée sur la grande table devant les juges. Des larmes lui montèrent aux yeux. Il baissa la tête.

Symbole de sa culpabilité, une couronne de roses noires entourait l'épée.

— Faites avancer le nommé Sturm de Lumlane, ordonna le seigneur Gunthar.

Le nommé Lumlane ! songea Sturm, désespéré. Sachant que Dirk le regardait, il releva la tête. Il était hors de question de donner sa douleur en spectacle. Il se redressa fièrement, le regard rivé sur le seigneur Gunthar.

— Sturm, le tribunal t'a déclaré coupable. Nous sommes disposés à rendre la sentence. Es-tu prêt à l'entendre ?

— Oui, mon seigneur.

Gunthar se lissa la moustache, geste qu'il ne manquait jamais de faire avant de se battre.

— Sturm, il t'est interdit de porter la tenue et l'équipement des Chevaliers de Solamnie. Par conséquent, le Trésor de l'Ordre ne t'accordera ni gages, ni biens, ni récompenses...

Une vague de murmures traversa l'assistance. La sentence ne tenait pas debout ! Personne ne recevait quoi que ce soit du Trésor de l'Ordre depuis le Cataclysme. Il se tramait quelque chose.

— Enfin...

Le seigneur Gunthar marqua une pause. Jouant négligemment avec les roses noires de l'épée, il parcourut l'auditoire d'un regard pénétrant, comme s'il comptait faire monter la tension avant de rendre le verdict.

— Sturm de Lumlane, chevaliers ! C'est la première fois qu'un cas aussi singulier se présente devant notre tribunal. Mais par les temps qui courent, cette singularité n'a rien de très étonnant. Ce jeune écuyer est connu pour sa valeur et ses talents de combattant. Même l'accusation en convient. Sturm est en même temps accusé de désobéissance et de lâcheté. Il ne nie pas les faits, mais déclare qu'ils ont été mal interprétés.

« Selon la Loi, la parole d'un chevalier tel que Dirk Gardecouronne prime sur celle d'un écuyer encore indigne de son bouclier. Mais la Loi donne à l'accusé le droit de produire des témoins. En raison des circonstances actuelles, Lumlane ne peut faire venir ses témoins. Dirk Gardecouronne, pour les mêmes motifs, n'a pu produire les siens pour confirmer ses accusations. Par conséquent, les juges sont d'accord sur la procédure suivante, qui déroge légèrement à l'habitude. »

Sturm regardait Gunthar sans comprendre. Que se passait-il ? Il observa les deux autres juges. MarKenin ne cachait pas son mécontentement ; il était clair que le compromis avait été conclu de haute lutte.

Gunthar poursuivit l'explication de la procédure :

— Attendu que je réponds de lui sur l'honneur, le Conseil a décidé d'admettre Sturm de Lumlane dans l'Ordre mineur de la Couronne. (Il y eut des exclamations dans la salle.) Par conséquent, il occupera le troisième poste de commandement du détachement qui lèvera les voiles pour Palanthas. Conformément à la Loi, chacun des trois Ordres sera représenté dans le commandement. Dirk Gardecouronne assurera le haut-commandement au nom de l'Ordre de la Rose. Le seigneur MarKenin représentera l'Ordre de l'Epée, Sturm de Lumlane me remplacera pour celui de la Couronne.

L'assemblée était abasourdie. Cette fois, Sturm ne songeait plus à dissimuler les larmes qui roulaient sur ses joues. Il entendit derrière lui un remue-ménage et un cliquetis d'armes. Furieux, Dirk et ses compagnons quittaient la salle.

Les jeunes chevaliers que Sturm allait commander

applaudirent. Il eut un pincement au cœur ; il venait de remporter une victoire, mais ce qu'était devenue la chevalerie l'écœurait : un nid de factions rivales assoiffées de pouvoir. La fraternité dans l'honneur n'était plus qu'un souvenir.

— Félicitations, Lumlane, siffla MarKenin. J'espère que tu es conscient de ce que le seigneur Gunthar a fait pour toi.

— Certainement, mon seigneur, répondit Sturm en s'inclinant. Je jure sur l'épée de mon père que je resterai digne de sa confiance.

— Je te le conseille, conclut MarKenin.

Il tourna les talons, suivi de Geoffroi, qui n'avait pas daigné desserrer les dents.

Les jeunes chevaliers entourèrent Sturm et le félicitèrent. Un peu plus tard, Gunthar l'emmena faire quelques pas dans le vestibule.

— Laisse-moi te remercier, mon seigneur, déclara Sturm d'une voix émue.

— Tu n'as pas à me remercier, mon fils. Viens ! Quittons cet endroit morose et allons nous réchauffer avec un bon verre de vin.

Les deux chevaliers traversèrent les couloirs de l'antique château.

— Je te dois beaucoup, mon seigneur, insista Sturm. Tu as pris des risques énormes. J'espère prouver que j'en suis digne...

— Des risques ! Foin de ces bêtises !

Ils pénétrèrent dans une pièce décorée de roses, de plumes de martin-pêcheur et de petites couronnes dorées pour les fêtes de Yule. Gunthar s'assit devant le feu et se fit apporter du vin chaud fleurant bon les épices.

— Combien de fois ton père m'a-t-il protégé de son bouclier lorsque j'étais à terre...!

— Et tu as fait la même chose pour lui, continua Sturm. Tu ne lui dois rien. Pour moi, tu as mis ton honneur en jeu ; si j'échoue, tu seras déchu de ton rang, dépouillé de tes titres et de tes terres. Dirk y veillera...

Sirotant son vin, Gunthar observait Sturm qui osait à peine tremper les lèvres dans le sien.

— As-tu jamais failli, Sturm ?

— Non, mon seigneur, jamais. Je le jure !

— Alors je n'ai rien à craindre de l'avenir. Je bois à tes succès au combat, Sturm de Lumlane ! dit le seigneur en levant sa coupe.

Sturm ferma les yeux. Les épreuves avaient été rudes. La tête posée sur les bras, il pleura comme son père l'avait fait le jour où sa femme et son fils étaient partis en exil.

Gunthar s'en souvenait comme si c'était hier.

— Je te comprends, dit-il en lui passant un bras autour des épaules.

Epuisé, Sturm finit par s'endormir.

Pendant les quelques jours qui précédèrent le départ de la flotte, Sturm eut tant de choses à régler qu'il ne vit pas le temps passer.

La bataille de Palanthas serait d'importance. De son issue dépendait le contrôle du nord de la Solamnie.

Les remparts de la ville seraient défendus par l'armée locale. Les chevaliers occuperaient la Tour du Grand Prêtre, qui gardait le col du Mont Vingaard. Au-delà de ces dispositions, les chefs n'avaient pas réussi à se mettre d'accord, et l'atmosphère restait tendue.

Le jour du départ, tout le monde se rassembla sur l'embarcadère. Gunthar fit ses adieux à ses fils. Il échangea avec Dirk les formules d'usage des chevaliers et gratifia MarKenin d'une accolade. Puis il chercha des yeux Sturm, qu'il découvrit un peu à l'écart de la foule.

— Lumlane, j'ai été pris par le temps et je n'ai pas pu te voir ces derniers jours. Tu m'as parlé d'amis qui devaient se rendre à Sancrist. Pourraient-ils témoigner en ta faveur devant le Conseil ?

Sturm réfléchit. La première personne à laquelle il pensa fut Tanis, qui lui avait beaucoup manqué ces derniers jours. Longtemps il avait espéré le voir arriver, mais il n'y comptait plus. Le demi-elfe avait ses propres problèmes, et nombre de risques à affronter.

Mais il pouvait placer ses espoirs ailleurs. Inconsciemment, Sturm tâta l'étoile de diamants qu'il portait sous sa cuirasse. Elle lui communiqua une douce chaleur ; il comprit qu'Alhana était avec lui malgré la distance qui les séparait.

— Laurana ! déclara-t-il.

— Une femme ? s'étonna Gunthar, qui fronça les sourcils.

— Oui, mais c'est la fille de l'Orateur du Soleil, roi du Qualinesti. Il y a aussi son frère Gilthanas. Tous deux peuvent témoigner en ma faveur.

— La famille royale..., dit Gunthar, songeur. Ce serait parfait, d'autant que l'Orateur participera à la réunion du Conseil à propos de l'orbe. Si tout va bien, mon garçon, tu finiras par revêtir l'armure des chevaliers !

— Et j'aurais payé ma dette envers toi, dit Sturm.

— N'y pense plus, répondit le seigneur en levant la main. (Sturm s'agenouilla respectueusement devant lui.) Reçois ma bénédiction, Sturm de Lumlane, et accepte-la comme celle de ton père absent. Fais ton devoir et reste digne de lui. Que l'esprit de Huma inspire ton cœur !

— Merci, mon seigneur. Adieu !

— Adieu, Sturm ! dit Gunthar en l'embrassant.

Les chevaliers embarquèrent sous un ciel plombé. Le soleil était absent de cette aube hivernale. Nulle acclamation ne résonnait sur le quai, seuls les ordres, les grincement des treuils et le claquement des voiles égayèrent les adieux.

Les vaisseaux levèrent l'ancre et prirent la direction du nord. Bientôt une pluie glacée tomba, tirant un rideau entre ceux qui restaient et ceux qui étaient partis.

3

L'ORBE DRACONIEN.
LE VŒU DE RAISTLIN.

Debout devant le chariot, Raistlin contemplait de ses étranges yeux dorés les bois alentour. Les fêtes de Yule étaient passées ; l'hiver avait pris possession de la nature. La terre s'était endormie sous un épais tapis de neige.

Les compagnons de Raistlin étant occupés chacun de leur côté, le mage était seul. Hochant la tête d'un air lugubre, il rentra dans le chariot et referma la porte derrière lui.

Depuis quelques jours, les compagnons avaient établi leur camp aux abords du Kendermor. Leur voyage, qui contre toute attente avait été un succès, touchait à sa fin. Dès ce soir, ils se mettraient en route pour Flotsam, où ils comptaient louer un navire.

Le mage traversa le chariot encombré de malles et de ballots. Son regard s'attarda sur la tunique de scène d'un rouge phosphorescent que Tika lui avait confectionnée. Elle prétendait l'empaqueter, mais il l'avait vertement rabrouée. Haussant les épaules, la jeune femme était partie se promener dans le bois, où elle savait qu'elle retrouverait Caramon, comme à l'accoutumée.

Raistlin palpa l'étoffe chatoyante si douce au toucher. Il regrettait déjà la période de sa vie qui venait de s'achever.

J'ai été heureux, se dit-il, *et c'est bizarre. Je ne peux pas dire que ça m'est arrivé souvent. Certainement pas quand j'étais jeune, ni durant ces dernières années, après ce qu'ils ont fait à mon corps et à mes yeux. Mais je n'ai jamais couru après le bonheur. Quelle fadeur, comparé à la magie ! Encore que... Ces dernières semaines ont été un moment de paix. Et même de joie. En connaîtrai-je d'autres, après ce que je vais être obligé de faire ?*

Il gagna le fond du chariot et tira le rideau sur l'espace personnel qu'il s'était réservé.

Parfait. Il serait tranquille jusqu'à la tombée de la nuit. Tanis et Rivebise étaient partis à la chasse. En principe, Caramon aussi. Mais chacun savait qu'il s'agissait d'une excuse pour retrouver Tika. Quant à Lunedor, elle était occupée à préparer les vivres pour leur voyage.

Il sortit d'une poche un petit sac d'aspect ordinaire, qui contenait pourtant l'orbe draconien. Les mains tremblantes d'excitation, il défit les cordons, prit l'artefact dans sa paume et l'examina.

Rien n'avait changé. La lueur verte pulsait faiblement à l'intérieur du globe, toujours glacial. Raistlin le plaça sur le socle qu'il avait fabriqué et attendit. Comme il l'espérait, l'orbe commença à grossir. Mais était-ce l'objet qui grandissait, ou lui qui rapetissait ? Impossible à dire.

Il savait qu'il devait absolument rester maître de soi pour résister à l'influence que l'orbe exercerait sur lui.

Il avait la gorge serrée. *Du calme,* se dit-il. *Il faut que je me détende. Il n'y a rien à craindre. Je suis fort. Regarde de quoi je suis capable !* lança-t-il à l'intention de l'orbe. *Mesure la puissance que j'ai acquise ! Tu sais ce que j'ai réussi dans le Bois des Ombres. Et au Silvanesti ! Je suis fort. Je n'ai pas peur.*

L'orbe ne se manifesta pas.

Le mage ferma les yeux pour s'arracher à son attraction. Quand il eut repris son contrôle, il les rouvrit : l'orbe avait récupéré ses dimensions initiales. Raistlin eut la vision des mains de Lorac serrant la sphère ; il frissonna.

Il se ressaisit vite et tendit ses longs doigts aux reflets métalliques vers l'objet magique. Après un instant d'hésitation, il posa la main sur l'orbe et prononça l'antique formule :

— *Ast bilak moiparalan suh akvlar tantanagusar.*

Comment lui était-elle venue aux lèvres ? Comment savait-il qu'il fallait la prononcer pour signaler sa présence à l'orbe draconien ? Raistlin ne se l'expliquait pas. Mais au plus profond de lui, il *savait* ! Etait-ce la même voix qui lui avait soufflé ces mots au Silvanesti ? Peut-être...

Il répéta la formule d'une voix forte :

— *Ast bilak moiparalan suh akvlar tantangusar.*

La lueur verte devint une myriade d'étincelles qui tourbillonnaient à l'intérieur du globe. Il était si froid que le mage fut tenté de retirer sa main. Serrant les dents, il fit taire la douleur et répéta la formule.

Le tourbillon multicolore s'arrêta. Une lueur qui semblait composée de toutes les couleurs mais qui n'en avait aucune éclaira l'intérieur de la sphère.

Avant que Raistlin ait pu retirer la sienne, deux mains jaillirent de la clarté indéfinissable et l'agrippèrent. L'orbe avait disparu ! Le chariot avait disparu ! Il n'y avait plus rien autour de lui. Ni lumière ni ténèbres ! Rien que deux mains qui retenaient les siennes.

A qui appartenaient-elles ? A un humain, à un elfe, à un vieux, à un jeune ? Impossible à dire. Des doigts très longs le retenaient dans un étau implacable. S'il se laissait aller, il tomberait dans le vide, et le néant l'engloutirait. Il résista avec l'énergie du désespoir aux mains qui l'entraîneraient sûrement dans...

Soudain, il revint à lui, comme s'il avait reçu un seau d'eau froide sur la tête. *Non !* dit-il intérieurement à l'esprit qui le tenait prisonnier. *Je n'irai pas ! Et j'imposerai ma force !*

Faisant appel à toute son énergie, il tira vers lui les mains spectrales.

Elles opposèrent une farouche résistance. Deux volontés farouches s'affrontaient. Raistlin sentit ses forces diminuer. Il perdait du terrain.

En un effort surhumain, le mage mobilisa tout ce que son corps pouvait lui donner de puissance pour rétablir l'équilibre.

Au moment où il pensa que son cœur et sa tête allaient exploser, les mains cessèrent d'exercer leur traction. Elles le tenaient toujours, mais ne cherchaient plus à prendre le pas sur lui. Deux pouvoirs antagonistes s'étaient jaugés.

L'extase de la victoire et le miracle de la magie avaient transfiguré Raistlin, qui irradiait une lumière dorée. Son corps était complètement détendu. A présent, les mains le soutenaient et lui communiquaient leur force.

— *Qui es-tu* ? demanda intérieurement le mage. *Un bon ou un mauvais génie ?*

— *Ni l'un ni l'autre. Je suis tout et rien. En moi est tapi l'esprit des dragons.*

— *Comment fonctionnes-tu ? Commandes-tu vraiment les dragons ?* demanda Raistlin.

— *Si tu m'en donne l'ordre, je les appellerai. Ils obéiront.*

— *Se retourneront-ils contre leur maître ? Seront-ils en mon pouvoir ?*

— *Cela dépend de la puissance de leur maître et du lien qu'ils ont avec lui. Dans certains cas, il est si fort que le maître garde son emprise sur le dragon. Mais la plupart feront ce que tu leur demandes. Ils ne peuvent pas agir autrement.*

— Il faut que j'étudie tout cela, murmura Raistlin,

qui se sentait de plus en plus faible. Je ne comprends pas...

— *Repose-toi. Je t'aiderai. Maintenant que nous nous sommes trouvés, tu peux compter sur moi. Je détiens des secrets oubliés depuis longtemps. Tu les connaîtras.*

— *Quels secrets ?*

Raistlin se sentit défaillir. L'effort avait été trop grand. Ses doigts tentèrent en vain de conserver leur prise.

Les mains spectrales le retinrent délicatement, comme une mère son enfant.

— *Détends-toi, je ne te laisserai pas t'effondrer. Dors. Tu es fatigué.*

— *Parle-moi ! Il faut que je sache !*

— *Je ne te dirai qu'une chose, car tu dois te reposer : dans la bibliothèque d'Astinus de Palanthas, attendent des centaines de livres abandonnés par les magiciens à l'époque de la Bataille Perdue. Ils passent pour d'obsolètes recueils, remplis d'un fatras ennuyeux pondu par des sorciers tombés dans l'oubli.*

Raistlin sentit les ténèbres le gagner. Il s'agrippa aux mains de l'esprit.

— Que contiennent réellement ces livres ? murmura-t-il.

Il eut une *vision* de la réponse. Puis il fut submergé par une vague noire, qui l'emporta.

*
* *

Non loin de là, dans une grotte, Tika et Caramon reposaient dans les bras l'un de l'autre. Tika caressait amoureusement le visage du guerrier et couvrait ses lèvres de baisers.

— Je t'en prie, Caramon, murmura-t-elle. C'est une torture ! Nous avons envie l'un de l'autre. Maintenant, je n'ai plus peur. Je t'en prie, aime-moi !

Caramon ferma les yeux. Le désir le faisait souffrir, et cela devenait insupportable. Il fallait mettre fin à cette délicieuse extase. Il hésita. Le parfum des boucles rousses de Tika lui montait à la tête, ses lèvres semblaient irrésistibles...

Avec un grand soupir, il la prit par les poignets et la repoussa. Puis il se releva.

— Non, je ne souhaite pas conduire les choses aussi loin.

— Moi, si ! s'écria Tika. Je n'ai plus peur du tout !

C'est faux, pensa-t-il en massant ses tempes douloureuses, *je te sens trembler comme un lapin pris au piège.*

Les yeux pleins de larmes, Tika entreprit de rajuster sa tunique, si nerveusement qu'elle cassa le lacet de son corselet.

— Et voilà ! Regarde ce qui arrive ! J'ai abîmé ma tunique, il va falloir la raccommoder. Tout le monde s'imaginera que...

La tête entre les mains, elle s'abandonna à ses larmes.

— Je me moque de ce que pensent les autres ! s'exclama Caramon. D'ailleurs, ils ne pensent rien du tout ! Ce sont nos amis, ils nous aiment.

— Je sais bien ! C'est à cause de Raistlin, n'est-ce pas ? Lui ne m'aime pas. Il me déteste !

— Ne dis pas ça, Tika, répondit Caramon. Si c'était le cas, et s'il n'était pas si faible, cela n'aurait aucune importance. Je ne me préoccupe pas de ce dit ou pense le voisin. Les autres veulent que nous soyons heureux. Ils ne comprennent pas pourquoi nous ne sommes pas encore amants. Tanis m'a dit en face que j'étais idiot...

— Il a raison.

— C'est possible. Mais ce n'est pas sûr.

La voix de Caramon avait une telle intonation que

Tika s'arrêta de pleurer. Le guerrier la regarda dans les yeux.

— Tu ne sais pas ce qui est arrivé à Raistlin dans la Tour des Sorciers. Aucun de vous ne le sait, et ne le saura jamais. Moi, j'y étais. Et j'ai vu. Ils m'ont forcé à regarder ! (Il se prit la tête entre les mains.) Ils ont dit que sa force sauverait le monde. Quelle force ? Sa force intérieure ? Sa force physique, c'est moi ! Je ne comprends pas ce qu'il entend par là, mais Raist m'a dit pendant le rêve que nous étions une seule et même personne qu'une malédiction divine avait divisée en deux corps. Nous avons besoin l'un de l'autre. Du moins pour le moment.

Il se tut. Tika essuya ses larmes et releva la tête. Elle voulut lui répondre, mais il l'interrompit :

— Attends, laisse-moi finir. Tika, je t'aime autant qu'un homme peut aimer une femme en ce monde, et je te désire comme un fou. Si nous n'étions pas engagés dans cette guerre stupide, tu serais déjà mienne. Mais je ne peux pas te consacrer ma vie. Alors tu es libre de trouver quelqu'un qui...

Tika fondit en larmes.

— Caramon ! Caramon ! Viens vite ! cria une voix.

— Raistlin ! rugit le grand guerrier en se précipitant dehors.

Tika le vit s'éloigner.

— Que se passe-t-il ? dit Caramon en entrant dans le chariot. Raist ?

Tanis hocha la tête.

— Je l'ai trouvé comme ça.

Le mage était étendu sur le sol, livide. Il respirait faiblement et du sang coulait de sa bouche. Caramon le prit dans ses bras.

— Raist, que s'est-il passé ?

— Voilà ce qui s'est passé, répondit Tanis en désignant du doigt l'orbe animé d'un tourbillon de couleurs indéfinissables.

Caramon en eut le souffle coupé. D'horribles visions de Lorac lui revinrent à l'esprit...
Raistlin releva la tête et ouvrit les yeux.
— A moi..., souffla-t-il faiblement. Les sorts... des anciens mages... ils sont à moi maintenant... A moi...
Il dodelina de la tête et n'acheva pas sa phrase. Sur son visage se lisaient le calme et la placidité. Sa respiration était régulière.
Un sourire fleurit sur ses lèvres.

4

LES VISITEURS DE YULE.

Après les fêtes de Yule, le seigneur Gunthar mit plusieurs jours à regagner son château. Les intempéries avaient transformé la route en bourbier, et son cheval s'enlisa plusieurs fois dans les fondrières. Quand Gunthar arriva chez lui, trempé jusqu'aux os, il était épuisé et transi. Son fidèle majordome l'accueillit avec soulagement.

— Mon seigneur ! annonça-t-il. Nous avons des visiteurs. Ils sont arrivés il y a quelques heures.

— Qui donc, Wills ? Quelqu'un des environs ?

— Un vieil homme, seigneur, accompagné d'un kender.

— Un kender ? répéta Gunthar, peu enthousiaste.

— Hélas. Mais rassure-toi, j'ai mis l'argenterie à l'abri et ton épouse a caché ses bijoux à la cave.

— On se croirait en état de siège !

— Avec ces satanées créatures, on n'est jamais trop prudent !

— Mais qui sont ces gens ? Des mendiants ? Pourquoi les as-tu laissés entrer ? Donne-leur quelques sous et un peu à manger, et renvoie-les. A commencer par le kender, bien sûr.

— C'était mon intention, seigneur, mais ces gens n'ont pas l'air d'être n'importe qui. A mon avis, le vieux est cinglé, mais il est malin. Il sait des choses qui pourraient nous être utiles.

— Que racontes-tu là ? demanda Gunthar en dévisageant le vieux domestique, dont il respectait le sens de l'observation.

— Le vieil homme m'a chargé de te dire qu'il avait des nouvelles à propos de l'orbe draconien, seigneur !

— L'orbe draconien ! (L'affaire était secrète, du moins en théorie ; en réalité tous les chevaliers étaient au courant.) Tu as bien fait, Wills, comme toujours. Où sont les visiteurs ?

— Dans la salle d'armes, c'est là où ils pourront faire le moins de dégâts.

— Je vais changer de vêtements et je les verrai après. Leur as-tu servi quelque chose ?

— Oui, seigneur, du vin chaud, de la viande froide et du pain. Il ne m'étonnerait pas que le kender ait déjà dérobé les assiettes...

L'oreille aux aguets, Gunthar et Wills restèrent un moment devant la porte de la salle d'armes avant d'entrer.

— Remets ça en place ! entendirent-ils crier.

— Mais c'est à moi ! Regarde, c'était dans mon sac !

— Bah ! Je t'ai vu l'y mettre il y a cinq minutes.

— Eh bien, tu te trompes, protesta une voix pointue. Regarde, mon nom est inscrit dessus...

— « A Gunthar, mon époux bien-aimé, pour son anniversaire », lut lentement la voix grave.

Il y eut un moment de silence. Wills pâlit. La voix aiguë se fit à nouveau entendre :

— Ce truc a dû tomber, Fizban. Voilà, c'est exactement ça ! Regarde, mon sac est juste sous la table. C'est ce qu'on appelle de la chance ! Tu imagines, il aurait pu atterrir par terre et se casser...

Le seigneur Gunthar ouvrit la porte.

— Joyeuses fêtes, messieurs !

Les étrangers se retournèrent. Wills bondit vers le plus âgé des deux et lui arracha la chope qu'il tenait. Après un coup d'œil indigné au kender, il la posa hors de sa portée, au-dessus de la cheminée.

— Puis-je faire quelque chose, seigneur ? Dois-je rester pour le garder à l'œil ? demanda Wills en jetant au kender un regard qui en disait long.

Avant que Gunthar ait pu ouvrir la bouche, le vieil homme répondit :

— Oui, merci bien, mon brave. Apporte-nous de la bière, mais pas ce bouillon tiède réservé aux cuisines ! Va en tirer au tonneau, sous l'escalier de la cave. Tu sais, celui qui est couvert de toiles d'araignées...

Wills en resta bouche bée.

— Eh bien, qu'est-ce que tu attends ? Ne reste pas planté là, la bouche ouverte comme un poisson échoué ! (Il se tourna vers Gunthar :) Il est un peu demeuré, non ?

— Pas du tout, balbutia Gunthar. C'est très bien, Wills. Je crois qu'une bière me fera du bien, une bière du tonneau... euh, sous l'escalier. Comment sais-tu tout cela, vieil homme ?

— Il est magicien, répondit Tass, en se laissant tomber sur un siège.

— Un magicien ? s'exclama le vieillard. Où ça ?

Tass marmonna quelque chose en lui tapant sur l'épaule.

— Moi ? C'est vrai ? Que me bayes-tu là ! C'est fabuleux. Mais attends, maintenant que tu me le dis, je me souviens d'un sort... La boule de feu. Comment ça marche, déjà ?

Le magicien récita une formule magique.

Affolé, le kender bondit de son siège et le tira par la manche.

— Non, mon vieux ! Pas maintenant !

— Ah ! on ne me laisse pas faire... C'est pourtant un sort époustouflant...

— Je n'en doute pas, murmura Gunthar, décontenancé. Maintenant, expliquez-vous. Qui êtes-vous ? Que venez-vous faire ici ? Wills m'a parlé d'un orbe draconien...

— Mon nom est...

— Fizban, acheva le kender avec un soupir. Et moi, je suis Tass Racle-Pieds, dit-il en tendant la main. Je te souhaite également de bonnes fêtes de Yule, seigneur.

— Ah oui ! L'orbe draconien ! s'écria Fizban, en rivant des yeux inquisiteurs sur Gunthar. Où est-il ? Nous avons fait du chemin pour le trouver !

— Je crains de ne pouvoir vous le dire, répondit Gunthar, en admettant qu'un objet de la sorte se trouve dans ce château...

— Oh ! mais il est passé par ici, répliqua Fizban. C'est un chevalier de la Rose, un certain Dirk Gardecouronne, qui l'a apporté. Sturm de Lumlane était avec lui.

— Ce sont des amis à moi, expliqua Tass. Je les ai aidés à trouver l'orbe, ajouta-t-il, l'air faussement modeste. Nous l'avons pris à un sorcier, dans un palais de glace. C'est une merveilleuse histoire... Tu veux que je te la raconte ?

— Non, fit Gunthar en les regardant, hébété. Je ne vais pas avaler une histoire à dormir debout... Attendez ! Sturm a fait allusion à un kender. Qui compose votre groupe ?

— Flint le nain, Théros le forgeron, Gilthanas et Laurana...

— Oui, je crois que c'est ça ! s'exclama Gunthar. Mais il n'a pas parlé d'un magicien...

— C'est parce que je suis mort, déclara Fizban en mettant ses pieds sur la table.

Wills entra dans la salle avec les chopes de bière. Il foudroya le kender du regard.

— Voilà trois chopes, seigneur. Avec celle de la

cheminée, cela fait quatre. J'aimerais bien les revoir toutes quand je reviendrai !

Il quitta la salle en claquant la porte.

— Je les surveille, ne t'inquiète pas, seigneur, promit Tass avec magnanimité. Vous avez des problèmes de chopes qui disparaissent ?

— Euh... je... mais non ! Tu disais « mort » ? demanda Gunthar, qui perdait le contrôle de la situation.

— C'est une longue histoire, dit Fizban en vidant d'un trait sa chope. Ah ! Exquise, cette bière ! Bon, où en étais-je ?

— Mort ! dit Tass.

— Ah oui. C'est une trop longue histoire. Passons à l'orbe. Où est-il ?

Excédé, Gunthar se leva, prêt à appeler les gardes pour faire jeter dehors ses visiteurs. Mais le regard intense du vieux mage le retint.

Les Chevaliers de Solamnie avaient toujours craint la magie et les magiciens.

— Que veux-tu savoir ? demanda le seigneur, mal à l'aise.

— Cela ne regarde que moi, répondit Fizban. Qu'il te suffise de savoir que je suis venu pour cet orbe, sur lequel je sais beaucoup de choses...

Ne sachant quel parti prendre, Gunthar hésitait. Après tout, l'orbe était sous la protection des chevaliers. Si le vieillard savait vraiment de quoi il retournait, pourquoi ne pas lui dire où il se trouvait ? D'ailleurs, était-ce à lui de décider ?

— L'orbe draconien est chez les gnomes.

La chope de Fizban s'écrasa avec fracas sur les dalles.

— Qu'est-ce que je t'avais dit ? fit Tass en regardant les débris d'un air navré.

*
* *

Aussi loin qu'ils se souvinssent, les gnomes avaient toujours habité le Mont Sasufi. En tout cas, ils étaient déjà là quand les premiers chevaliers arrivèrent à Sancrist pour bâtir des châteaux aux confins du royaume de Solamnie nouvellement créé.

Méfiants à l'égard de tout ce qui venait de l'extérieur, ils furent très inquiets de voir débarquer d'un navire des hordes d'hommes de haute taille à l'allure guerrière et au visage sévère.

Décidés à garder secret ce qu'ils considéraient comme un paradis, les gnomes passèrent à l'action. De loin la race la plus évoluée sur le plan technologique (ne leur devait-on pas l'invention de la machine à vapeur et le ressort à spirale ?), ils prirent la décision d'escamoter leur montagne.

Après des mois de labeur acharné, leurs plus grands cerveaux estimèrent que le plan était au point.

A ce moment précis certains membres de la Guilde des Philosophes se demandèrent si les humains n'avaient pas déjà remarqué la montagne, point culminant de l'île. Sa disparition soudaine ne risquait-elle pas d'éveiller la curiosité ?

Ce problème les plongea dans un abîme de perplexité et donna matière à des discussions interminables.

Pendant ce temps, les cerveaux, outrés, décidèrent de mettre leur projet à exécution.

Ce qui arriva fut consigné dans les annales de Sancrist sous le nom de Jour des Œufs Pourris.

Ce matin-là, un lointain ancêtre du seigneur Gunthar se réveilla en se demandant si son fils n'était pas tombé du toit du poulailler, ce qui était arrivé une semaine auparavant alors qu'il poursuivait un coq.

— Va plonger le petit dans la mare, il pue ! dit l'ancêtre de Gunthar à sa femme en se pelotonnant sous les couvertures.

— Mais non, c'est la cheminée qui tire mal !

Quand les époux furent complètement éveillés, ils

constatèrent que la fumée qui remplissait la maison ne sortait pas de la cheminée et que la puanteur ne venait pas du poulailler.

Imités par la population de la colonie, ils sortirent de la maison et firent pris à la gorge par l'odeur. Dehors, on ne voyait rien. Une épaisse fumée jaunâtre aux relents d'œufs décomposés couvrait le pays.

En quelques heures, l'odeur les rendit tous malades. Alors ils se précipitèrent vers les plages, où ils respirèrent avec soulagement l'air frais de la mer.

Pendant qu'ils se demandaient avec inquiétude s'ils pourraient revenir un jour dans leurs maisons, des petites créatures à la peau brune sortirent du nuage jaunâtre et s'effondrèrent à leurs pieds.

Avenant, le peuple de Solamnie vint immédiatement en aide aux malheureux gnomes. Les deux ethnies de Sancrist firent ainsi connaissance.

La rencontre se passa le plus aimablement du monde. Les Solamniens plaçaient quatre vertus au-dessus de tout : l'honneur, le Code, la Loi, et la technique. Ils furent impressionnés par les inventions des gnomes, parmi lesquelles il convient de citer la poulie, l'arbre de transmission, la vis, et l'engrenage, destinés à leur faciliter la vie.

Ce fut lors de cette première rencontre que la montagne fut baptisée Sasufi.

Comme les chevaliers le constatèrent rapidement, les gnomes ressemblaient aux nains par leur petite taille et leur aspect trapu, la similitude s'arrêtant là. Leurs voisins étaient de maigres créatures à la peau brune et aux cheveux blancs, extrêmement nerveux et de tempérament bouillant. Ils parlaient à une telle vitesse que les chevaliers crurent d'abord entendre une langue étrangère. La cause de ce débit précipité fut mise en évidence lorsqu'un des anciens commit l'erreur de demander à un gnome le nom de leur montagne.

Une traduction sommaire de la réponse donnerait à peu près ceci :

« — Une belle et haute élevation de terre, énorme amas composé de plusieurs strates de roches différentes, parmi lesquelles nous avons pu recenser du granite, de l'obsidienne, du quartz veiné d'une autre roche en cours d'identification, dotée d'un système de réchauffement dont nous étudions le fonctionnement pour le copier, car il permettra d'élever la chaleur de la roche à de telles températures qu'elle se transforme en liquide et en gaz jaillissant occasionnellement à l'air libre, d'où elle coule sur le versant de la belle et haute élévation de terre, énorme amas de... »

« — Ça suffit ! » s'écria le chevalier.

Sasufi ! Les gnomes furent impressionnés. Que ces humains fussent capables de désigner une chose aussi fantastique et aussi gigantesque d'un mot si simple relevait du prodige ! De ce jour, la montagne fut appelé Mont Sasufi, au grand soulagement de la Guilde gnomique des Cartographes.

Chevaliers et gnomes vivaient depuis dans l'harmonie, les premiers ayant quantité de problèmes technologiques à résoudre, les seconds leur fournissant à un rythme soutenu une foule d'inventions.

Quand l'orbe draconien arriva, les chevaliers voulurent savoir comment il fonctionnait. Sous la garde de deux chevaliers, ils le confièrent aux gnomes. L'idée qu'il pût être magique ne leur traversa jamais l'esprit.

5

LA CATAPULTE DES GNOMES.

— Et souviens-t'en, il n'existe pas un gnome qui termine sa phrase. La seule façon de s'en sortir est de leur couper la parole. Ne crains pas de les fâcher, ils ont l'habitude.

Le vieux magicien fut interrompu par l'arrivée d'un gnome en longue robe de bure qui s'inclina respectueusement devant eux.

Tass examina le nouveau venu avec une insolente curiosité. Selon la légende, ces petits êtres auraient eu une lointaine parenté avec les kenders. En fait, les gnomes avaient bien l'expression mobile et le regard vif et touche-à-tout des kenders, mais il leur manquait leur insouciance. Ce petit homme à l'air sérieux était du genre nerveux et pointilleux.

— Tass Racle-Pieds, dit poliment le kender en tendant la main.

Le gnome lui prit la main, l'examina avec attention, puis la trouvant sans intérêt, la laissa retomber. Le kender allait lui présenter Fizban, mais le gnome s'était déjà saisi de son bâton à frondes.

— Ah ! s'exclama-t-il, les yeux brillants. Faites-venir-quelqu'un-de-la-Guilde-des Armes ! ordonna-t-il à une vitesse vertigineuse.

Le garde n'attendit pas la fin de la phrase pour

abaisser un levier, qui déclencha une sirène mugissante. Persuadé qu'un dragon avait atterri derrière lui, Tass se retourna, prêt à se battre.

— Un simple coup de sifflet, dit Fizban, tu ferais bien de t'y habituer.

— Sifflet ? Je n'ai jamais rien entendu de pareil ! En plus, il crache de la fumée ! Hé ! Revenez ! Rendez-moi mon bâton ! cria-t-il aux trois gnomes qui emportaient son bien avec des regards avides.

— Salle-d'études-Skimbosh ! commenta le gnome.

— Quoi ?

— Salle d'études, traduisit Fizban, je n'ai pas compris le reste. Tu devrais parler plus lentement, dit-il au gnome en faisant tournoyer son bâton.

— Etrangers, je-m'efforcerai-de-faire-attention. Ne-vous-inquiétez-pas, le-bâton-est-en-sécurité, nous-allons-simplement-en-faire-un-dessin...

— Vraiment ? l'interrompit Tass, très flatté. Je peux vous faire une démonstration, si vous voulez.

— Ce-serait-extrêmement-intéressant, lâcha le gnome, rayonnant.

— Dis-moi plutôt comment tu t'appelles, coupa le kender, ravi d'avoir conquis son interlocuteur.

Fizban fit un geste, mais il était déjà trop tard.

— Gnoshoshallamarioninillisyylphanitdisdisslishdie...

— C'est ton nom ? s'enquit Tass, stupéfait.

— Oui, répondit le gnome, presque hors d'haleine. En-fait-c'est-mon-prénom. D'ailleurs-si-tu-voulais-me-laisser-poursuivre...

— Attends ! intervint Fizban. Comment t'appellent les chevaliers ?

— Oh ! fit le gnome, déçu. Si-c'est-ce-que-tu-veux-savoir... Gnosh...

— Merci. Ecoute, Gnosh, nous sommes assez pressés ; il y a la guerre et d'autres embêtements. Le seigneur Gunthar vous a avertis que nous sommes venus pour voir l'orbe draconien.

— Mais-bien-sûr-que-vous-verrez-cet-orbe, puisque-le-seigneur-Gunthar-l'a-demandé. Mais-puis-je-savoir-ce-qui-vous-intéresse-en-lui...

— Je suis magicien, coupa Fizban.

— Magicien ! Suis-moi-immédiatement-à-la-salle-d'études-puisque-l'orbe-est-l'œuvre-de-magiciens-renommés...

Fizban et Tass se regardèrent d'un air ahuri.

— Oh ! venez, lâcha le gnome avec impatience.

Ils arrivèrent devant la porte de la salle centrale. Le gnome tira sur une corde ; un son strident s'éleva, suivi d'un tintement de cloches et de coups de gong. Dans un gigantesque nuage de vapeur qui faillit les ébouillanter, les deux battants d'airain glissèrent sur leurs gonds. Sans cause apparente, ils s'immobilisèrent. En un clin d'œil, des centaines de gnomes vociférants fourmillèrent autour des portes, se chamaillant pour se reprocher mutuellement la panne.

A l'instant où Tass pénétra à l'intérieur de la montagne Sasufi, il décida qu'il reviendrait vivre chez les gnomes quand cette aventure serait finie. Le kender n'avait jamais rien vu d'aussi extraordinaire. Pétrifié, il ouvrit de grands yeux.

Gnosh le regarda d'un œil réjoui.

— Impressionnant, n'est-ce-pas ? demanda-t-il.

— Ce n'est pas vraiment mon univers, murmura Fizban.

Ils se trouvaient au centre de la cité, bâtie au cœur d'un volcan éteint. Large de plusieurs milliers de pieds, la ville avait été construite par paliers tout autour de la cheminée du volcan.

— Combien de niveaux y a-t-il jusqu'en haut ? demanda le kender, le nez en l'air.

— Trente-cinq-et...

— Trente-cinq ! répéta Tass, admiratif. Je n'aimerais pas vivre au trente-cinquième étage ! Combien cela fait-il de marches à gravir ?

— Nous-avons-beaucoup-amélioré-nos-plans-d'origine, et-à présent-voici-l'une-des-merveilles-technologiques-que-nous-avons...

— Je vois, fit Tass. Vous vous préparez à une guerre d'envergure. De ma vie, je n'ai encore vu autant de catapultes...

Un coup de sifflet déchira les tympans du kender, tandis qu'un gnome filait dans les airs comme une comète. Tass comprit que ce n'était pas des machines de guerre qu'il avait sous les yeux, mais des engins servant à remplacer les escaliers.

Le rez-de-chaussée était rempli de tous les types de catapultes jamais conçus par les gnomes. Autour des catapultes, sur les catapultes, sous les catapultes, et dans les catapultes, s'entrelaçaient des milliers de coudées de cordages reliés à un assortiment de poulies, d'engrenages et de rouages, qui tournaient dans d'effroyables grincements. Du sol, des machines, des murs, de partout sortaient des dizaines de gnomes qui manipulaient des leviers.

— Oserais-je espérer que la salle d'études se trouve au rez-de-chaussée ? demanda Fizban d'un ton désenchanté.

Gnosh secoua énergiquement la tête.

— Salle-d'études-niveau-quinze.

Le vieux magicien poussa un soupir à fendre l'âme.

Un son aigu fit grincer les dents du kender.

— Ah ! c'est-à-nous, dit Gnosh. On-nous-attend, venez...

Tass sauta de joie à l'idée de monter dans une catapulte géante. D'un air hargneux, un gnome lui indiqua du doigt une longue file d'attente. Sans vergogne, le nez pointé vers le ciel, Tass sauta sur le siège.

— Les-anciens-d'abord-, jeune-homme ! Sors-d'ici-immédiatement, dit Gnosh en tirant le kender avec une énergie inattendue. Le magicien-doit-monter-le-premier.

— Euh..., c'est très aimable, dit Fizban en reculant. Je crois me rappeler un sort que j'ai utilisé souvent...

qui m'emmènera là-haut. *Lévitation !* C'était ça... Voyons, par quoi commençait-il, déjà ? Attends, laisse-moi réfléchir...

— C'est-toi-qui-es-pressé, dit sévèrement Gnosh, environné de gnomes qui le poussaient et le chahutaient.

— Bon, bon, très bien, grogna le vieux mage en grimpant dans la catapulte.

— Niveau-Skimbosh ! cria Gnosh au gnome qui actionnait le levier de propulsion.

Le machiniste baissa l'un des cinq leviers placés en face de lui. Un nombre incalculable de cordes se tendirent. Fizban se terra au fond de la catapulte, essayant de se rappeler la formule magique salvatrice.

— Le-machiniste-va-donner-le-signal, dit Gnosh au kender.

Il désigna le gnome, qui tira sur une des cordes.

— Que fait-il exactement ? s'enquit Tass.

— La-corde-actionne-une-cloche-au-quinzième-niveau, appelé Skimbosh, pour-annoncer-une-arrivée.

— Que se passe-t-il quand la cloche ne sonne pas ? demanda Fizban.

— Une-deuxième-cloche-retentit-pour-avertir-que-la-première-n'a-pas-sonné...

— Que se passe-t-il au rez-de-chaussée quand la cloche ne sonne pas ?

— Rien. C'est-le-problème-de-Skimbosh-et-pas-le-nôtre...

— Mais c'est *mon* problème, s'ils ne savent pas que j'arrive ! s'écria Fizban. Je ne vais pas filer là-haut comme une flèche pour leur faire une surprise !

— Ah ! Eh-bien-vois-tu, c'est-que...

— Je descends, déclara Fizban.

— Non, attends ! Ils-sont-prêts-à-te-réceptionner-dans-le-filet...

— Un filet ! répéta Fizban, livide. Il ne manquait plus que cela, dit-il en passant une jambe par-dessus bord.

Le machiniste actionna le premier levier. La catapulte pivota en grinçant ; Fizban fut projeté en arrière.

— Ils-sont-en-train-de-mettre-la-catapulte-en-position, dit Gnosh. Après-le-calcul-des-coordonnées, elle-doit-être-orientée-correctement-pour-diriger-le-passager-sur...

— Et le filet ? l'interrompit Tass.

— Le-magicien-sera-propulsé-en-hauteur, mais-rassure-toi-l'expérience-prouve-que-la-marche-est-plus-dangereuse-que-le-vol. Et-quand-il-sera-au-bout-de-sa-trajectoire,il-amorcera-sa-descente-et-il-sera-cueilli-par-le-filet-que-lui-tendra-Skimbosh.

Pour illustrer son explication, Gnosh fit le geste d'attraper une mouche avec la main.

— Il doit falloir une incroyable précision pour que ça réussisse ! fit remarquer Tass.

— En-effet-le-système-de-synchronisation-est-très-ingénieux-car-nous-y-avons-adjoint-une-sorte-de... crochet. Malgré-tout-ça-il-y-parfois-des-*interférences*... Mais-une-commission-d'experts-a-été-nommée.

Le machiniste abaissa un levier. Avec un ululement strident, Fizban s'éleva dans les airs.

— Ouh-là-là, fit Gnosh, on-dirait-que...

— Quoi ? On dirait quoi ? cria Tass, essayant de voir ce qu'il se passait au-dessus d'eux.

— Le-filet-s'est-encore-ouvert-trop-tôt, dit Gnosh en secouant la tête. C'est-la-deuxième-fois-aujourd'hui. Il-devient-impératif-de-mettre-cette-question-à-l'ordre-du-jour-du-prochain-congrès-de-la-Guilde-des-Filets...

Les yeux écarquillés, Tass suivit la trajectoire de Fizban, propulsé à une vitesse extraordinaire, et comprit ce que Gnosh voulait dire. Au lieu de s'ouvrir après le passage du magicien, le filet s'était déployé avant qu'il atteigne le quinzième niveau.

Fizban s'aplatit contre le filet tendu et y resta collé un instant comme une araignée, puis retomba dans le vide.

Une batterie de cloches et de gongs se déchaîna.

— Ne me dis pas que c'est l'alarme pour la panne de filet, souffla Tass, effondré.

— Tout-juste, mais-ne-te-fais-pas-de-souci, gloussa Gnosh, essayant de plaisanter. Le-signal-d'alarme-déclenche-le-filet-du-niveau-treize-pour-qu'il-récupère-le-passager. Ouille-ouille-un-tout-petit-peu-tard, dirait-on... Bon, il-reste-encore-le-niveau-douze...

— Mais fais quelque chose ! hurla Tass.

— Inutile-de-te-mettre-dans-des-états-pareils ! répondit Gnosh, furieux. Et-laisse-moi-finir-ma-description-du-dispositif-de-sécurité-en-cas-d'urgence... Ouh ! Eh-bien-ça-y-est...

Médusé, Tass vit le fond de six énormes barriques s'ouvrir au niveau trois ; elles crachèrent une avalanche d'éponges qui recouvrit rapidement le sol du rez-de-chaussée. Tous les cas de figures avaient apparemment été prévus.

Par bonheur, au niveau huit, le filet s'enroula *in extremis* autour de Fizban et le déposa sur la terre ferme. Entendant le magicien proférer force imprécations et jurons, les gnomes ne montrèrent aucun empressement à dérouler le filet.

— Tout-va-bien-à-présent-c'est-à-toi ! déclara Gnosh.

— Une dernière question ! s'écria Tass en prenant place dans la catapulte. Que se passe-t-il quand le système des éponges se coince ?

— Une-solution-très-pratique ! répondit joyeusement Gnosh. Si-les-éponges-sont-en-retard, le-signal-d'alarme-libère-l'eau-d'une-gigantesque-citerne-centrale. Il-ne-reste-plus-qu'à-nettoyer-les-dégâts.

Le machiniste abaissa le levier.

Alors qu'il s'attendait à découvrir une infinité d'objets fascinants dans la salle d'études, Tass fut déçu. La pièce n'était meublée que de trois tables. Elle était éclairée par une ouverture qui laissait entrer la lumière du jour. Un nain en visite chez les gnomes leur avait soufflé cette invention simple et néanmoins géniale, qu'il appelait « fenêtre ». Sur la table centrale, trônaient l'orbe draconien et le bâton à frondes, autour desquels se pressaient les gnomes.

Tass nota que l'orbe avait repris ses dimensions initiales. C'était une simple boule de cristal habitée de volutes laiteuses. L'expression d'ennui du chevalier qui la gardait changea à l'arrivée des étrangers.

— Calme-toi-tout-va-bien, le rassura Gnosh, ils-sont-envoyés-par-le-seigneur-Gunthar.

Il poussa ses hôtes vers la table centrale.

— Par tous les dieux ! s'écria-t-il.

L'orbe avait changé d'aspect. Un tourbillon de couleurs fluorescentes l'animait.

Murmurant des mots étranges, Fizban avança et passa la main au-dessus de l'artefact, qui noircit instantanément. Le magicien se retourna avec une expression si sévère que même Tass recula.

— Sortez ! tonna Fizban. Tout le monde dehors !

— J'ai des ordres, et il n'est pas question..., commença le chevalier.

Fizban prononça quelques mots dans sa barbe : le garde glissa sur le sol, endormi. Les gnomes ne demandèrent pas leur reste. Seul Gnosh demeura dans la pièce.

— Viens, dépêche-toi, Gnosh ! lui cria Tass. Je ne l'ai jamais vu dans cet état. Mieux vaut faire ce qu'il dit. Sinon, il est capable de nous transformer en nain des ravins ou quelque chose d'aussi dégoûtant !

Gnosh voulut jeter un dernier regard sur l'orbe, mais la porte s'était refermée en claquant.

— Ma mission..., gémit-il.

— Tout ira bien, le rassura Tass, qui n'en croyait pas un mot.

L'expression de Fizban ne lui disait rien qui vaille. D'ailleurs, le mage était méconnaissable. Le kender en avait l'estomac noué. Autour de lui, les gnomes marmonnaient en lui jetant des regards hostiles. Il attira Gnosh à l'écart.

— Dis-moi, as-tu découvert quelque chose sur cet orbe ?

— Après-avoir-passé-des-jours-à-le-fixer-sans-rien-voir, j'ai-observé-qu'il-y-avait-quelque-chose-de-bizarre-à-l'intérieur. Des-mots-se-sont-inscrits-sur-l'espèce-de-brume-du-cristal.

— Des mots ? Qui signifiaient quoi ?

— Je-n'en-sais-rien du-tout. Je-n'ai-pas-réussi-à-les-déchiffrer. Personne-n'a-pu, pas-même-les-membres-très-éminents-de-la-Guilde-des-Langues-Etrangères.

— De la magie, évidemment ! marmonna Tass.

— Oui, répondit Gnosh, l'air malheureux, c'est-ce-que-nous-en-avons-conclu...

La porte s'ouvrit comme sous l'effet d'une explosion. Gnosh se retourna, terrifié. Fizban se tenait sur le seuil, un petit sac noir dans une main, le bâton de Tass dans l'autre. Gnosh se précipita dans la salle des études.

— L'orbe ! glapit-il, exceptionnellement concis. Tu-l'as-pris !

— Oui, Gnosh, dit Fizban d'un ton las.

Le vieux mage était au bord de l'épuisement. Le visage cendreux, les paupières rougies, il ne tenait debout que grâce à son bâton.

— Viens avec moi, mon garçon, dit-il au gnome, et ne t'inquiète pas. Tu pourras accomplir ta mission. Mais pour l'instant, il faut emmener l'orbe au Conseil de Blanchepierre.

— Aller-avec-vous ? Au-Conseil ! s'exclama Gnosh en battant des mains. Je-pourrai-peut-être-faire-un-rapport, ne-crois-tu-pas-que...

— Je n'en doute pas le moins du monde, répondit Fizban.

— J'arrive-tout-de-suite ! Laissez-moi-le-temps-de-préparer-mes-papiers...

Il partit comme une flèche.

— As-tu découvert quelque chose ? demanda Tass en approchant prudemment de Fizban. Les gnomes ne se sont-ils servis de l'orbe ?

— Non, non, soupira Fizban, heureusement pour eux. Car cet objet a des pouvoirs inimaginables. Le sort du monde dépendra de la décision de quelques-uns.

— Que veux-tu dire ? La décision ne se prendra pas au Conseil ?

— Tu ne peux pas comprendre, mon garçon, dit doucement Fizban. Arrête un moment, je dois me reposer. Ecoute, Tass, je concentre toute ma volonté sur l'orbe. Oh ! pas pour contrôler les dragons, ajouta-t-il devant la stupeur du kender. Je regarde dans le futur.

— Et qu'as-tu vu dans le futur ? demanda timidement Tass, qui redoutait la réponse.

— J'ai vu deux routes se présenter à nous. Si nous prenons la plus facile, ce sera simple au début, mais fatal à la fin du parcours, sans espoir de retour. Si nous choisissons l'autre, il y aura des embûches et ce sera pénible. Cela coûtera peut-être la vie à des êtres que nous aimons, mon garçon. Pire, cela peut leur coûter leur âme. Mais si nous sommes capables de sacrifices, nous finirons par trouver l'espoir.

— Et l'orbe joue un rôle là-dedans ? demanda Tass.

— Oui.

— Sais-tu ce qu'il faut faire pour emprunter... la routc difficile ?

— Oui, je le sais, répondit Fizban d'une voix grave. Mais je ne peux pas prendre cette décision. Elle est entre les mains d'autres personnes.

— Je vois, soupira Tass. Des gens importants, je suppose. Des gens comme les rois, les seigneurs elfes et les chevaliers.

Cela coûtera peut-être la vie à des êtres que nous aimons... Le kender, la gorge serrée, se cacha la tête dans les mains. Cette aventure tournait au tragique ! Où était Tanis ? Et ce cher vieux Caramon ? Et la jolie Tika ? Il s'était efforcé de ne pas penser à eux, après l'affreux cauchemar.

Et Flint ? Je n'aurai jamais dû le quitter. Il est peut-être mort à l'heure qu'il est ! Jamais je n'ai songé que l'un de nous puisse mourir. J'ai toujours cru qu'en restant ensemble, nous pouvions résister à tout. Mais nous sommes dispersés, et tout va de mal en pis !

Tass sentit la main de Fizban tapoter la queue-de-cheval dont il était si fier. Pour la première fois de sa vie, il se sentait seul et il avait peur. Il fourra la tête dans la manche de son compagnon et pleura amèrement.

— Oui, répéta le mage en lui caressant le crâne, des gens importants.

6

LE CONSEIL DE BLANCHEPIERRE. UN PERSONNAGE IMPORTANT.

Le Conseil de Blanchepierre se réunissait le vingt-huit décembre, Jour de la Famine, qui honorait les souffrances du peuple pendant l'hiver suivant le Cataclysme. Le seigneur Gunthar estimait que ce moment de jeûne et de méditation était idéal pour siéger.

Cela faisait un mois que les armées s'étaient embarquées pour Palanthas. Les nouvelles que Gunthar avait reçues le matin même n'étaient pas pour le réjouir. Il les lut plusieurs fois d'un air préoccupé, puis remit le parchemin dans sa poche.

Peu de temps auparavant, le Conseil s'était tenu d'urgence à cause des réfugiés elfes de l'Ergoth du Sud et de la prise de la Solamnie du Nord par les draconiens. Les membres du Conseil avaient été réunis au grand complet : les chevaliers, les gnomes, les nains des collines, les peaux sombres, les marins de l'Ergoth du Nord, et les colons de Sancrist. Les elfes, les nains des montagnes et les kenders étaient présents mais n'avaient pas pris part au vote.

Ce premier Conseil s'était mal passé. Les vieilles rancœurs avaient réveillé les antagonismes entre les différents peuples. On avait dû séparer Arman Kharas, le roi des nains des montagnes, et Duncan Briseroc, celui des nains des collines, qui en étaient venus aux mains.

Alhana Astrevent, qui représentait son père, souverain du Silvanesti, refusa de dire un mot. Elle était venue pour empêcher Porthios, le seigneur elfe du Qualinesti, de s'allier avec les humains.

Il n'y avait rien à craindre de ce côté-là, les elfes et les humains ne s'adressant pas la parole en dehors des politesses d'usage. Le discours passionné du seigneur Gunthar, qui déclara que : « l'unité était le commencement de la paix et les divisions la mort de l'espoir ! », n'avait fait aucune impression.

Porthios avait répondu en accusant les humains d'avoir causé la réapparition des dragons. Par conséquent, ils n'avaient qu'à se tirer eux-mêmes du désastre. Aussitôt après, Alhana Astrevent s'était retirée, sans laisser planer le moindre doute sur la position du Silvanesti.

Le nain des montagnes, Arman Kharas, avait déclaré que son peuple acceptait la collaboration interethnique, mais qu'on ne pourrait pas compter là-dessus tant qu'on n'aurait pas retrouvé le Marteau de Kharas. Le seul à offrir son aide avait été Kronin Bélépine, le chef des kenders. Comme la collaboration des compatriotes de Tass était la dernière chose que souhaitaient les autres membres, la proposition avait été accueillie par des sourires polis, tandis que des coups d'œil horrifiés s'échangeaient dans le dos de Kronin.

Le Conseil s'était achevé sur ce constat d'échec.

Gunthar attendait davantage de la deuxième réunion. La présence de l'orbe, qui constituait un nouveau facteur, changeait les choses.

Les deux partis elfes seraient présents. L'Orateur du Soleil avait avec lui un humain du nom d'Elistan, qui se prétendait prêtre de Paladine. Le chevalier Gunthar, pour avoir entendu parler de lui par Sturm, était impatient de le rencontrer. Quant au Silvanesti, le chevalier se demandait qui le représenterait. Sans doute le régent qui avait remplacé Alhana Astrevent pendant sa mystérieuse absence.

Les elfes étaient arrivés à Sancrist deux jours plus tôt, la seule race étrangère à être représentée. Les nains des montagnes n'avaient pu être avertis à temps, et aucun messager n'était parvenu à franchir les lignes draconiennes qui assiégeaient les nains des collines.

Gunthar espérait que les humains et les elfes s'uniraient pour livrer une bataille décisive aux armées draconiennes en Ansalonie. Mais ses espoirs s'envolèrent avant même que le Conseil débute.

Le seigneur avait quitté sa tente pour faire une dernière fois le tour de la clairière de Blanchepierre.

Son fidèle serviteur le rattrapa.

— Mon seigneur, il faut revenir tout de suite à ta tente.

Hors d'haleine, Wills n'en dit pas plus long. Gunthar lui emboîta le pas.

Revêtu de son armure, le seigneur Mikael faisait les cent pas devant la tente de son chef.

— Que se passe-t-il ? demanda Gunthar, inquiet à la vue de la mine défaite du jeune chevalier.

— Seigneur, nous venons d'apprendre que les elfes exigent la restitution de l'orbe. Si nous n'obtempérons pas, ils nous déclareront la guerre pour le récupérer !

— Quoi ? La guerre ? Contre nous ? C'est grotesque ! Ils ne vont pas... Es-tu certain de cette information ? Est-elle fiable ?

— On ne peut plus fiable, seigneur Gunthar, dit un homme sortant de l'ombre.

— Mon seigneur, je te présente Elistan, prêtre de Paladine, dit Mikael. Pardon de ne pas l'avoir fait plus tôt, mais cette nouvelle m'a bouleversé.

— J'ai beaucoup entendu parler de toi, dit Gunthar en tendant la main au prêtre.

Le seigneur dévisagea Elistan. Il s'attendait à un personnage falot et éthéré, non à un gaillard robuste qui n'aurait pas déparé les rangs des chevaliers. L'antique emblème de Paladine, un dragon sculpté dans le platine, brillait sur sa poitrine.

Tout ce que Sturm avait dit d'Elistan lui revint à la mémoire. Comme s'il avait lu dans ses pensées, le prêtre déclara avec un sourire fatigué :

— Oui, j'ai échoué. Tout ce que j'ai pu faire, c'est persuader les elfes d'assister au Conseil. Je crains qu'ils soient venus dans le seul but de lancer un ultimatum : ou vous leur rendez l'orbe draconien, ou ils vous feront la guerre pour le récupérer.

Gunthar se laissa tomber sur un siège et fit signe à ses hôtes de s'asseoir. Son regard erra un moment sur les cartes, où des masses sombres signalaient la progression des armées draconiennes en Ansalonie. Il les repoussa d'un geste impatient.

— Autant abandonner tout de suite ! s'exclama-t-il. On pourrait même envoyer un message aux seigneurs draconiens : « Inutile de prendre la peine de tout détruire. Nous nous débrouillons très bien tout seuls ! »

D'un geste rageur, il sortit le parchemin qu'il avait reçu.

— Voilà les nouvelles de Palanthas. La population a contraint les chevaliers à quitter la ville. Les notables négocient avec les seigneurs draconiens, et la présence de nos troupes compromettrait les accords. Ils refusent de nous aider. Une armée de mille Palanthiens est en train de se tourner les pouces !

— Où se trouve le seigneur Dirk ? demanda Mikael.

— Avec ses chevaliers et mille fantassins réfugiés du Throtyl, il tient la Tour du Grand Prêtre, une forteresse au sud de Palanthas. C'est le seul col qui permette de franchir les Monts Vingaard. Palanthas tiendra donc un certain temps, mais les draconiens finiront par percer... (Il fit une pause.) Dire qu'il suffirait de deux mille hommes pour tenir ce col !

Quels imbéciles ! Et maintenant, pour couronner le tout, les elfes s'en mêlent ! Que penses-tu de ça, prêtre ? demanda-t-il, se tournant vers Elistan.

— Il est écrit sur les disques de Mishakal que le Mal, par nature, finit par se retourner contre lui-même. Il deviendra l'artisan de sa propre défaite.

« J'ignore ce qui sortira de ce Conseil. Les dieux ne m'ont pas éclairé à ce sujet. Peut-être ne savent-ils rien eux-mêmes. Le sort du monde est sur le fil du rasoir, et il dépend de nous. Voilà ce dont je suis sûr : si nous baissons les bras, nous assurons au Mal sa première victoire ! »

Elistan se leva et quitta la tente.

Gunthar garda le silence. Le monde entier lui semblait plongé dans un mutisme pesant. Les nuages étouffaient jusqu'au son clair des trompettes.

— Qu'en penses-tu, Mikael ?

— De quoi ? Des elfes ?

— Ce prêtre...

— Je ne m'attendais pas à un personnage de la sorte, répondit Mikael. Il ressemble plus aux prêtres de l'ancien temps, qui guidaient les chevaliers avant le Cataclysme, qu'aux charlatans qu'on rencontre maintenant. Elistan est un homme qui pourrait prendre part au combat, invoquant Paladine d'une main, une massue dans l'autre. Il porte l'emblème qu'on n'a plus revu depuis que les dieux nous ont abandonnés. Mais est-il un véritable prêtre ? Il en faut plus pour me convaincre.

— Jc partage ton avis, répondit Gunthar en se levant. Il va bientôt être l'heure... Reste ici, il peut nous arriver d'autres messages.

Sur le seuil de la tente, il se retourna.

— C'est étrange, Mikael. Nous avons toujours mis nos espoirs dans les dieux, nous sommes un peuple qui se défie de la magie. Aujourd'hui, nous attendons tout de la magie, et quand se présente une chance de renouer avec la foi, nous nous en défions.

Mikael ne répondit pas. Gunthar hocha la tête et partit vers la clairière de Blanchepierre.

Comme venait de le dire Gunthar, le peuple de Solamnie avait toujours révéré les dieux, la clairière de Blanchepierre ayant été un des hauts lieux de la foi.

Le mystère de la pierre blanche intriguait et fascinait les fidèles. Le Prêtre-Roi d'Istar en personne avait consacré aux dieux et interdit aux hommes le rocher blanc dressé au milieu d'une végétation éternellement luxuriante.

Après le Cataclysme, la clairière de l'éternel printemps était restée un lieu sacré. A en croire la légende, quand la montagne s'était éboulée, la terre s'était ouverte, mais Blanchepierre était restée intacte.

Dès qu'il entra dans la clairière, Gunthar se sentit le cœur plus léger. La brise tiède lui fit du bien.

D'un coup d'œil, il s'assura que tout était prêt. Des fauteuils de bois sculpté avaient été disposés sur l'herbe. Cinq étaient destinés aux membres votants, trois aux « consultants ». Des bancs accueilleraient l'assemblée des témoins exigés par la Loi.

Certains avaient déjà pris place. Les suites de l'Orateur du Qualinesti et du représentant du Silvanesti s'étaient regroupées à l'écart des humains. Les gnomes, qui ne célébraient pas le Jour de la Famine, se tenaient coi.

Gunthar vit arriver Porthios, le fils de l'Orateur, en compagnie d'un groupe de guerriers elfes qui prit place au premier rang. Il se demanda où était passé Elistan, qu'il voulait prier de prendre la parole.

Parmi les participants déjà installés, il découvrit d'étranges figures : un vieux mage au chapeau cabossé, accompagné d'un kender et d'un gnome de la montagne Sasufi, était assis au premier rang.

Les membres consultatifs firent leur entrée. Ils n'étaient que deux : le seigneur Quinath, du Silvanesti, et l'Orateur du Soleil, du Qualinesti. Les cheveux blanchis, le visage hagard, l'Orateur était si voûté qu'on l'aurait pris pour un infirme. Mais il avait gardé l'œil vif et brillant. Gunthar trouvait le seigneur Quinath aussi fier et arrogant que Porthios, l'intelligence en moins. Quant à Porthios, il avait toutes les qualités qu'admiraient les chevaliers, à l'exception d'une seule : la pondération.

Il était temps pour Gunthar de gagner son siège. Mir Kar-Thaon de l'Ergoth du Nord, un homme au teint sombre et aux cheveux gris acier, et le représentant des exilés de Sancrist, Serdin Mar Thasal, avaient déjà pris place dans leurs fauteuils.

Derrière eux, la pierre blanche diffusait son étrange lumière. Sur un signe de Gunthar, deux chevaliers s'approchèrent avec un socle doré et un coffre en bois. Un silence de mort salua l'apparition de l'orbe draconien.

Un des chevaliers posa le coffre sur le socle et l'ouvrit. L'autre sortit l'orbe, qui avait repris sa taille normale.

Un murmure parcourut la foule. Gunthar regarda l'assemblée, puis le Conseil, et nota que les elfes était armés. Ce n'était pas bon signe, mais que pouvait-il y faire ?

Le seigneur Gunthar Uth Wistan adopta un ton solennel et déclara d'une voix forte :

— Que le Conseil de Blanchepierre commence !

Il ne fallut pas deux minutes à Tass pour comprendre la situation. Avant que le seigneur Gunthar ait achevé son message de bienvenue, l'Orateur du Soleil se leva.

— Mon discours sera bref, dit-il d'une voix glaciale. Après que l'orbe nous eut été enlevé, les elfes du Silvanesti, du Qualinesti et du Kaganesti se sont réunis. C'était la première fois que ces communautés se rencontraient depuis les guerres fratricides !

« Nous avons décidé de mettre un terme à nos

querelles et de revendiquer la propriété de l'orbe. Il appartient aux elfes et à nulle autre race. Nous sommes ici pour exiger que notre bien nous soit rendu. En retour, nous promettons d'assurer sa protection jusqu'à ce que se présente une occasion de l'utiliser. »

Des murmures parcoururent l'assemblée. Les membres du Conseil hochèrent la tête d'un air consterné. Serrant les poings, le chef à la peau sombre de l'Ergoth du Nord chuchota quelque chose à l'oreille du seigneur Gunthar.

Celui-ci se leva pour répondre. D'un ton calme, avec une politesse exquise, il informa les elfes qu'ils n'étaient pas près de revoir « leur » orbe, et qu'ils ne devaient pas compter dessus avant d'avoir rejoint les Abysses.

L'Orateur comprit parfaitement le message et se leva pour répliquer. Il ne prononça qu'une seule phrase, qui fit lever toute l'assemblée :

— Dans ce cas, seigneur Gunthar, les elfes vous déclarent la guerre !

Les réactions ne se firent pas attendre. Dans le brouhaha, les chefs des diverses délégations eurent du mal à calmer leurs sujets, qui s'invectivaient dans leurs langues respectives. Un semblant d'ordre fut rétabli, mais l'atmosphère était à l'orage. Gunthar reprit la parole. L'Orateur lui répondit, polémiquant de plus belle. Gunthar répliqua encore. Le marin à la peau sombre ne put s'empêcher de faire des remarques cinglantes sur les elfes. Le seigneur du Silvanesti lui cloua le bec avec des sarcasmes.

Des chevaliers s'esquivèrent. Armés jusqu'aux dents, ils revinrent se placer autour de Gunthar. Sous l'impulsion de Porthios, les elfes se massèrent autour de leurs chefs.

Gnosh commençait à comprendre qu'il avait peu de chance de prendre la parole.

Tass scrutait la foule pour tenter de découvrir Elistan. Lui seul pouvait calmer le jeu. Et Laurana ?

Où était-elle passée ? Les elfes avaient froidement dit au kender qu'ils n'avaient aucune nouvelle de ses amis. *Je n'aurais jamais dû les quitter*, songea Tass. *Je ne devrais pas être ici. Pourquoi ce vieux fou de mage m'a-t-il emmené avec lui ? Mais lui, il pourrait peut-être trouver une solution ?*

Tass jeta un coup d'œil au vieux magicien, qui dormait à poings fermés.

— Je t'en prie, Fizban, réveille-toi ! Il faut faire quelque chose !

A cet instant, il entendit le seigneur Gunthar répondre à l'Orateur :

— Vous n'avez aucun droit sur l'orbe draconien ! Dame Laurana et ses compagnons nous l'ont remis ! Vous le gardiez de force en Ergoth, et ta propre fille...

— Ne parle pas de ma fille ! cracha l'Orateur d'une voix sépulcrale. Je n'ai plus de fille !

Quelque chose se brisa en Tass. Les souvenirs affluèrent : Laurana se battant contre le reptilien qui gardait l'orbe, Laurana décochant ses flèches sur le dragon blanc, Laurana le soignant si tendrement. Laurana rejetée par les siens après avoir tant fait pour sauver son peuple...

— Assez ! Silence et écoutez-moi ! s'entendit-il crier à pleins poumons.

A sa grande surprise, il constata que tout le monde s'était arrêté de parler et le regardait.

Face à un public inattendu qui lui en imposait, il ne sut que faire. *Après tout, c'est ma faute*, songea-t-il, *c'est moi qui ai lu ce que disaient les livres au sujet des orbes*. Il quitta son banc et se dirigea vers la grande pierre blanche. Du coin de l'œil, il vit les deux factions ennemies se masser autour de lui, et Fizban esquisser une sorte de sourire.

— J-je..., balbutia-t-il, indécis.

Une inspiration le tira d'affaire.

— Je réclame le droit de représenter mon peuple,

dit-il fièrement, et de prendre place parmi le conseil consultatif.

Lançant sa queue-de-cheval par-dessus son épaule, il vint se camper devant l'orbe draconien. Levant les yeux vers le sommet de la pierre blanche qui le dominait de toute sa hauteur, il se retourna résolument vers Gunthar et l'Orateur du Soleil.

A présent il savait ce qu'il devait faire. En même temps, la peur s'était emparée de lui. Il tremblait de tous ses membres, lui, Tass Racle-Pieds, que rien n'avait jamais effrayé de sa vie ! Ses mains étaient glacées comme quand il faisait des boules de neige sans ses gants ; sa langue semblait paralysée. Mais sa résolution était prise. Il fallait qu'il parle et qu'il les fasse parler, pour qu'ils ne devinent rien de son dessein.

— Vous n'avez jamais pris les kenders au sérieux, commença-t-il d'une voix qui lui parut suraiguë. Je ne peux pas vous en vouloir ; le sens des responsabilités n'est pas notre qualité la plus développée, et nous sommes probablement trop curieux. Mais comment faire avancer les choses sans curiosité, je vous le demande ?

Le visage de l'Orateur s'assombrit ; le seigneur Gunthar fronça les sourcils. Tass approchait de plus en plus de l'orbe.

— Il nous arrive de créer quelques petits problèmes, j'en conviens, et certains d'entre nous s'approprient des objets qui ne leur appartiennent pas. Mais il y a une chose que savent les kenders...

Tass bondit. Glissant entre les mains qui tentaient de le retenir, il atteignit l'orbe en un éclair. Autour de lui, les gens se récrièrent.

Trop tard !

D'un mouvement leste, Tass lança l'orbe draconien contre la pierre blanche.

La boule de cristal resta comme suspendue dans les airs, puis frappa le roc et éclata.

Il n'en resta plus qu'un nuage de fumée blanche que la brise dissipa bientôt.

Dans un silence de mort, le kender regarda sereinement les milliers d'éclats de cristal qui brillaient dans l'herbe.

— Vous savez, c'est contre les dragons que nous devrions nous battre, et pas les uns avec les autres.

Personne ne bougea. Seul le bruit d'une chute troubla le silence.

Gnosh s'était évanoui.

— Te rends-tu compte de ce que tu as fait ! s'écria le seigneur Gunthar, en secouant le kender comme un prunier.

— Tu as signé notre arrêt de mort ! vociféra l'Orateur en lui plantant ses ongles dans le bras.

— Mais il sera le premier à mourir ! dit quelqu'un.

Porthios brandit son épée au-dessus du kender.

Coincé entre le roi elfe et le chevalier, Tass garda une attitude de défi. Il avait agi en connaissance de cause.

Tanis ne va pas être content, pensa-t-il. *Mais au moins, il saura que je suis mort avec bravoure.*

— Allons, allons, dit une voix ensommeillée. Personne ne doit mourir, du moins pour le moment. Arrête d'agiter cette épée, Porthios, tu pourrais blesser quelqu'un.

Entre les bras qui le tenaient prisonnier, Tass vit Fizban enjamber le corps de Gnosh et avancer vers eux. Mus par une force invisible, elfes et humains lui ouvrirent le passage.

Ecumant de rage, Porthios se tourna vers le mage.

— Prends garde, vieillard, si tu ne veux pas connaître le même sort que lui !

— Je t'ai dit d'arrêter avec cette épée, grogna Fizban, le doigt pointé sur la lame.

Avec un cri de douleur, Porthios baissa son arme. Il examina sa main lacérée, puis la garde de son épée, hérissée de pointes. Fizban le morigéna :

— Tu es un bon petit jeune homme, mais on a oublié de t'inculquer le respect des aînés ! Je t'ai dit d'arrêter, et tu ne l'as pas fait. Tu t'en souviendras, la prochaine fois. Et toi, Solostaran, tu étais un brave homme, il y a deux cents ans de ça ! Tu as élevé trois beaux enfants — j'ai bien dit *trois*. Ne vas pas me dire que tu es gâteux au point d'avoir oublié ta fille. Tu en as une, et c'est quelqu'un ! Elle doit tenir de sa mère... Où en étais-je ? Ah oui ! Tu as aussi élevé Tanis Demi-Elfe. Solostaran, avec ces quatre jeunes gens, tu tiens de quoi sauver le monde !

« Maintenant, je veux que chacun se rasseye. Oui, toi aussi, seigneur Gunthar. Viens, Solostaran, je vais t'accompagner. Les vieux doivent se serrer les coudes. Quel dommage que tu sois devenu sénile... »

Lentement, tous regagnèrent leur place. Fizban fit rasseoir l'Orateur avec un regard moqueur au seigneur Quinath, qui renonça à intervenir. Satisfait, le vieux mage revint vers Tass, toujours debout devant la pierre blanche.

— Toi, va t'occuper de ce pauvre gnome ! dit-il au kender comme s'il le voyait pour la première fois.

Les genoux tremblants, Tass s'exécuta, trop heureux d'échapper aux regards haineux de l'assistance.

— Gnosh, souffla-t-il, du fond du cœur je suis désolé pour ta mission et pour tout le reste... Mais je ne savais vraiment pas quoi faire d'autre...

Fizban se tourna vers l'assemblée :

— Oui, j'ai des remontrances à vous faire, et vous les méritez ! Inutile de prendre ces airs hypocrites. Ce kender a plus de cervelle sous sa queue-de-cheval que vous tous réunis. Savez-vous ce qui serait arrivé s'il n'avait pas eu le courage d'agir ? Le savez-vous ? Bon, je vais vous le dire. Laissez-moi m'asseoir... (Il regarda autour de lui.) Ah ! voilà.

Hochant la tête avec satisfaction, le vieux mage s'assit dans l'herbe, le dos contre la pierre sacrée.

Les chevaliers éclatèrent en protestations indignées. Gunthar se leva d'un bond et cria au sacrilège.

— Nul mortel n'a le droit de toucher cette pierre ! hurla-t-il en s'avançant.

— Un mot de plus, dit gravement le mage, et je fais tomber ta moustache. Assieds-toi, et que je ne t'entende plus ! ... Où en étais-je ? reprit Fizban. Ah oui ! Je voulais vous raconter une histoire. Une faction aurait eu l'orbe, bien entendu. Elle l'aurait annexé pour le mettre en sécurité, ou pour sauver le monde. L'orbe en est capable, à condition qu'on sache s'en servir. Lequel d'entre vous a-t-il ce pouvoir ? Qui en aurait la force ? L'orbe a été conçu par les meilleurs magiciens d'une époque révolue. Les plus puissants qui aient jamais existé, est-ce bien clair ? Créé par des Robes Noires et des Robes Blanches. Il porte en lui la quintessence du Bien et du Mal. Les Robes Rouges ont fait la synthèse de ces deux éléments. Rares sont ceux qui pourraient percer ses mystères et maîtriser son fonctionnement. Bien rares... et surtout parmi les gens ici présents !

L'assistance l'écoutait maintenant dans un silence absolu.

— Si l'un de vous avait essayé de se servir de l'orbe, il aurait été détruit aussi sûrement que le kender l'a anéanti. Quant à votre espoir ruiné, laissez-moi rire : il vient de renaître, au contraire...

Une rafale emporta le chapeau du vieux mage, qui se mit à tourner autour de lui. Pestant, il essaya de le rattraper.

Au moment où il allait mettre la main dessus, le soleil perça à travers les nuages. Dans une détonation assourdissante, un éclair d'argent illumina le ciel.

Blanchepierre se fendit en deux.

Le vieux magicien gisait au pied du monument, les bras repliés sur la tête. Au-dessus de lui, à l'endroit où il s'était appuyé, brillait une longue lame argentée. L'homme au bras d'argent qui l'avait brandie avança.

Trois personnes l'accompagnaient : une elfe en cuirasse, un nain à la barbe blanche, et Elistan.

Devant la foule, que le choc avait rendue muette, l'homme retira la lame du roc et la brandit au-dessus de sa tête.

— Je suis Théros Féral, dit-il d'une voix profonde, et j'ai passé des mois à forger cette arme ! J'ai recueilli de l'argent en fusion caché au cœur du Monument du Dragon d'Argent. Avec le bras dont m'ont pourvu les dieux, j'ai forgé la lance dont la légende avait annoncé la venue. Et je vous l'apporte, gens de Krynn, pour que nous nous unissions contre le Mal qui menace de nous engloutir.

« Voici Lancedragon ! »

Théros planta la lance en terre. Telle une flèche brillante dressée au milieu des éclats de cristal, elle semblait défier le ciel, d'où viendraient les dragons.

7

UN VOYAGE IMPRÉVU.

— Ma tâche est achevée, dit Laurana, à présent, je suis libre de m'en aller.

— Laurana, je comprends pourquoi tu songes à partir, répondit Elistan, mais où veux-tu te rendre ?

— Au Silvanesti. C'est là que je l'ai vu pour la dernière fois.

— En rêve...

— C'était plus qu'un rêve. Il était là-bas, vivant, et je veux le retrouver.

— Je te crois, chère Laurana, mais tu ferais mieux de rester ici. Dans ton rêve, il avait trouvé un orbe draconien. Si c'est le cas, il ira à Sancrist.

Elle ne répondit pas et continua de regarder par la fenêtre du château de Gunthar, dont elle était l'hôte avec Elistan, Flint et Tass.

Mais elle aurait dû être avec les elfes. Avant de quitter Blanchepierre, son père l'avait priée de retourner avec eux en Ergoth du Sud. Laurana avait refusé. Sans l'avouer, elle savait qu'elle ne pourrait plus vivre parmi les siens.

Son père n'avait pas insisté ; il avait lu dans ses pensées. Elle le voyait vieillir à vue d'œil, ce qui la chagrinait d'autant plus qu'elle n'avait pas de bonnes nouvelles à lui annoncer.

Gilthanas n'était pas revenu et Laurana n'osait pas lui dire qu'il était tombé amoureux et avait entrepris un voyage des plus périlleux.

« — Sais-tu seulement où il est ? » demanda l'Orateur.

« — Oui, père, ou plutôt, je sais où il veut aller. »

« — Et tu ne peux pas en parler, pas même à moi, ton père ? »

« — Non, Orateur, je ne le peux pas. Pardonne-moi, mais nous nous sommes promis de ne rien dire à personne de cette entreprise. A personne. »

« — Ainsi, tu n'as pas confiance en moi... »

« — Père, dit-elle en soupirant, tu as failli déclarer la guerre au seul peuple qui puisse nous aider... »

L'Orateur ne répondit pas. Il chercha appui auprès de son fils aîné ct s'éloigna. Laurana comprit que, désormais, son père n'avait plus qu'*un* enfant.

Théros était parti avec les elfes. Après la retentissante irruption de Lancedragon, le Conseil de Blanchepierre avait décidé à l'unanimité de fabriquer des armes semblables et de s'unir pour vaincre les armées draconiennes. Théros avait alors demandé aux elfes de l'aider à fabriquer les lances.

Ils acceptèrent de lui fournir des bras pour forger, non pour se battre.

« — C'est un point dont il faudra discuter », avait décrété l'Orateur.

« — Bien sûr, avait lancé Flint Forgefeu, et tu finiras la discussion avec les draconiens ! »

« — Les elfes sont capables de prendre une décision sans les conseils d'un nain, répliqua sèchement l'Orateur. D'ailleurs, nous ne savons pas si ces lances sont efficaces. »

« — Mais tu as vu ce que Lancedragon a fait de Blanchepierre », plaida Théros.

« — Nous verrons ce qu'elle vaudra contre les dragons », répliqua l'Orateur.

Laurana repensait à cette scène en regardant le paysage hivernal. Bientôt il neigerait dans la vallée.

Si je reste ici, je deviendrai folle, se dit-elle.

— J'ai étudié les cartes de Gunthar, murmura-t-elle à Elistan, et j'ai vu où campaient les troupes draconiennes. Tanis ne pourra jamais arriver jusqu'à Sancrist. Et s'il a avec lui un orbe draconien, il ne se doute pas du danger que cela représente. Je dois le prévenir.

— Tu dis n'importe quoi, répondit doucement Elistan. S'il n'est pas possible pour Tanis de rejoindre Sancrist, comment veux-tu le retrouver ? Sois logique...

— Au diable la logique ! s'emporta la jeune elfe, tapant du pied. J'en ai par-dessus la tête d'être raisonnable ! J'ai fait ce qu'il fallait, et même plus ! Ce que je veux, c'est retrouver Tanis !

Elistan la regarda avec sympathie.

— Pardon, mon ami, dit-elle en soupirant, je sais que tu as raison. Mais je ne peux pas rester ici à ne rien faire !

Laurana avait un autre souci, dont elle ne parlait pas. Kitiara, était-elle avec Tanis, comme dans le rêve ? Elle dut s'avouer que l'image de Kitiara et Tanis enlacés la préoccupait davantage que la vision prophétique de sa propre mort.

Sans s'annoncer, le seigneur Gunthar poussa la porte de la salle.

— Oh ! je suis désolé, dit-il en regardant tour à tour Elistan et Laurana. J'espère que je ne vous dérange pas...

— Non, je t'en prie, entre, répondit Laurana.

— Merci, dit le chevalier en les rejoignant près de la fenêtre. Il faut que je vous parle. Inutile que tout le monde entende.

Encore des intrigues, pensa Laurana. Tout au long du voyage, elle avait sans cesse entendu parler des complots qui minaient la chevalerie.

Scandalisée par la façon dont s'était déroulé le procès de Sturm, elle avait tenu à témoigner en sa faveur devant le tribunal. Bien que la présence d'une femme fût un fait sans précédent, les chevaliers avaient été ébranlés par la superbe avocate qui prenait passionnément la défense de Lumlane.

Les partisans de Dirk n'avaient pas osé la récuser. Les chevaliers n'étaient pas parvenus pour autant à se mettre d'accord sur une décision. Ils avaient demandé un temps de réflexion, et renvoyé l'audience à l'après-midi. Gunthar venait de là. A voir son visage épanoui, les choses s'étaient sans doute bien passées.

— Ont-ils pardonné Sturm ? demanda Laurana.

Gunthar sourit en se frottant les mains.

— Pardonné, non, cela sous-entendrait qu'il est coupable. Il a été *innocenté* ! J'ai tout fait pour ça. Le pardon ne nous aurait servi à rien. Maintenant, il pourra devenir chevalier. Sa nomination à un poste de commandement sera entérinée officiellement. Voilà Dirk en mauvaise posture !

— Je suis heureuse pour Sturm, dit Laurana en échangeant un regard soucieux avec Elistan.

Elevée dans une cour royale, elle savait fort bien que Lumlane n'était qu'un pion sur un échiquier.

— Dame Laurana, dit Gunthar, je devine ce que tu penses : Sturm n'est qu'une marionnette dont je tire les ficelles. Pardonne ma brutale franchise. Les chevaliers sont divisés ; une partie me soutient, l'autre est pour Dirk. Nous savons l'un et l'autre ce qui arrive quand un arbre se scinde. Il dépérit, puis il meurt. Il faut mettre fin à ces déchirements. Je vous estime et j'ai confiance en vous. Vous connaissez le seigneur Dirk et vous me connaissez. Quel chef choisiriez-vous pour la chevalerie ?

— Toi, bien sûr, dit Elistan.

— Je pense de même, approuva Laurana. J'ai vu à quel point ces querelles nuisent à la chevalerie. Mais je songe d'abord à mon ami Sturm.

— Je suis heureux de t'entendre parler ainsi, car j'ai une grande faveur à te demander. Je voudrais que tu ailles à Palanthas.

— Quoi ! Pourquoi moi ? Je ne comprends pas...

— Laisse-moi t'expliquer. Toi et moi, jeune dame, nous connaissons les intrigues politiques. Je vais te dévoiler mon jeu. Vous irez très officiellement à Palanthas pour enseigner aux chevaliers le maniement des Lancedragons. Quoi de plus normal ? En l'absence de Théros, le nain et toi êtes les seuls à connaître ces armes. Flint est trop petit pour les maîtriser, il faut voir les choses en face. C'est donc toi qui emporteras les lances à Palanthas, en même temps que l'acte officiel de réhabilitation de Sturm, qui lui rendra son honneur. Cela portera un coup fatal aux ambitions de Dirk. Dès l'instant où Sturm endossera une armure complète, tout le monde saura que j'ai le Conseil derrière moi. Il ne me surprendrait pas que le retour de Dirk soit une dure épreuve.

— Pourquoi m'avoir choisie ? demanda Laurana. Je peux apprendre le maniement de la lance au seigneur Mikael, par exemple, qui partira pour Palanthas avec l'acte de réhabilitation...

— Ma dame, tu n'as toujours pas compris, dit Gunthar. Je ne peux faire confiance ni à Mikael ni à aucun des chevaliers. J'ai besoin de quelqu'un qui connaît Dirk et qui prend à cœur les intérêts de Sturm !

— Les intérêts de Sturm me tiennent plus à cœur que ceux de la chevalerie.

— N'oublie pas, dame Laurana, dit Gunthar en lui baisant la main, que l'intérêt majeur de Sturm *est* la chevalerie. Qu'adviendrait-il de lui, si elle venait à disparaître ? Quel serait son sort si Dirk prenait le pouvoir ?

Comme Gunthar s'y attendait, Laurana finit par accepter de partir pour Palanthas. Par égard pour

Sturm, et de peur de devoir avouer à Tanis qu'elle avait préféré le rejoindre plutôt que d'aider le chevalier, elle s'en tint sa décision.

L'absence de Tanis la tourmentait. Elistan l'avait quittée. Un émissaire des elfes était venu le chercher pour le ramener dans l'Ergoth du Sud. Laurana ne s'était jamais sentie aussi seule de sa vie.

Tass fit ses adieux à Gnosh et au vieux magicien et partit avec Laurana pour Palanthas.

*

* *

En compagnie du jeune Doug, Elistan arpentait la plage de Sancrist en attendant le bateau qui les ramènerait dans l'Ergoth du Sud. Le prêtre parlait des anciens dieux à son interlocuteur attentif.

Soudain, Elistan reconnut dans le lointain le vieux magicien qu'il avait vu au Conseil de Blanchepierre. Il avait tenté plusieurs fois de le rencontrer, mais Fizban s'était acharné à l'éviter. Marmonnant entre ses dents, le mage marchait vers eux, tête basse. Elistan crut qu'il allait passer sans les voir, mais il releva la tête au moment où ils se croisaient.

— Oh ! qui vois-je ? Ne nous sommes-nous pas déjà aperçus ?

Elistan voulut répondre mais aucun son ne sortit de sa bouche. Se reprenant, il s'éclaircit la gorge.

— Oui, nous nous sommes déjà vus, répondit-il d'une voix enrouée. Bien que cette rencontre soit récente, il me semble te connaître depuis des années.

— Vraiment ? s'étonna le vieil homme, les sourcils froncés. Tu veux sans doute faire allusion à mon âge ?

— Pas du tout ! répliqua Elistan en souriant.

Le visage du mage s'éclaira.

— Eh bien, je te souhaite une excellente journée. Que tout aille bien pour toi ! Bon voyage !

S'aidant d'un bâton noueux, le vieil homme passa son chemin en claudiquant. Quelques pas plus loin, il s'arrêta et se retourna.

— Ah ! pendant que j'y pense... Mon nom est Fizban.

— Je m'en souviendrai, répondit Elistan en s'inclinant.

Le vieux magicien poursuivit son chemin. Etrangement calme et pensif, Elistan reprit ses allées et venues le long du rivage.

8

LE PERECHON. LES SOUVENIRS RESURGISSENT.

— C'est de la folie ! protesta Caramon.

— Si nous étions des gens normaux, nous ne serions pas ici, souffla Tanis entre ses dents.

Les deux hommes marchaient à l'ombre des façades d'une ruelle fréquentée principalement par les rats, les ivrognes et les malfrats.

Le port de Flotsam s'accrochait au rivage de la Mer de Sang d'Istar comme un navire échoué sur les rochers. Flotsam abritait la lie de toutes les races de Krynn. Pour corser le tout, la ville était occupée par les draconiens et une théorie de gobelins et de mercenaires de toutes provenances, attirés par des soldes substantielles et le butin du pillage.

« A l'instar de cette racaille », comme Raistlin l'avait fait remarquer, les compagnons y avaient échoué, entraînés par la guerre. Ils espéraient trouver un bateau pour rejoindre Sancrist, au nord de l'Ansalonie.

Raistlin guéri, ils avaient âprement discuté de leur destination. Depuis que le mage avait affronté l'orbe, ils s'inquiétaient de ce qui pourrait arriver.

« — Vous n'avez rien à craindre, leur avait dit Raistlin. Je ne suis pas aussi fou, ni aussi faible que le roi elfe. Je maîtrise l'artefact. Ce n'est pas lui qui a le pouvoir sur moi. »

« — Et alors ? avait demandé Tanis. Sais-tu au moins t'en servir ? »

« — L'effort que j'ai fait pour le dominer m'a coûté toute mon énergie, et il me reste beaucoup à apprendre avant de l'utiliser. Il faut que j'étudie les livres des anciens magiciens. Nous devrons aller à Palanthas, dans la bibliothèque d'un certain Astinus. »

Succédant à la neige du matin, la pluie tambourinait sur le toit du chariot. Le ciel était lourd de gros nuages gris. Le demi-elfe était gelé jusqu'à la mœlle des os.

« — Tanis, je suis épuisé. J'ai besoin de sommeil. Laisse-moi dormir ! Mais n'oublie pas : Palanthas ! »

Tanis avait dû admettre qu'il voulait aller à Sancrist pour des raisons strictement personnelles. Il espérait y retrouver Laurana, Sturm et les autres, et il avait promis d'y amener l'orbe. Mais il fallait considérer l'obstination de Raistlin, buté sur Palanthas.

Leur arrivée à Flotsam avait été un choc. La ville comptait plus de draconiens qu'ils en avaient vus sur leur chemin depuis Balifor. Les rues grouillaient de soldats armés jusqu'aux dents, et particulièrement intéressés par les étrangers.

Ils s'étaient hâtés de prendre des chambres dans la première auberge venue, une bicoque délabrée des faubourgs.

« — Comment diable irons-nous jusqu'au port ? Arriverons-nous seulement à négocier notre passage sur un bateau ? avait dit Caramon en prenant possession de leurs misérables chambres. Que signifie le branle-bas de combat de cette ville ? »

« — L'aubergiste prétend qu'un seigneur draconien est arrivé. Les hommes-reptiles sont à la recherche d'espions, ou quelque chose dans ce goût-là », avait dit Tanis.

« — C'est peut-être nous qu'ils recherchent... », avait lancé Caramon.

« — C'est ridicule ! Cela va devenir une obsession à la fin ! Personne ne peut savoir que nous sommes ici, ni ce que nous transportons. »

« — Je me demande... », avait commencé Rivebise en fixant Raistlin.

« — Je ne vois qu'une seule solution, avait tranché Tanis. Cette nuit, Caramon et moi irons guetter des soldats pour leur prendre leur uniforme. Des mercenaires humains, bien sûr, pas des draconiens. Nous pourrons ainsi nous déplacer plus librement. »

Après une discussion animée, il était apparu que ce plan était le seul valable.

La capuche rabattue sur ses oreilles d'elfe, Tanis déambulait avec Caramon dans les rues obscures de Flotsam. Ils cherchaient deux gardes de leurs tailles, ce qui, pour le guerrier, risquait d'être problématique.

Il fallait faire vite. Les draconiens qu'ils croisaient leur jetaient des regards méfiants.

— Je me demande ce qu'ils mijotent, murmura Tanis, inquiet.

— Peut-être la guerre fait-elle aussi des dégâts chez les seigneurs draconiens, répondit Caramon. Là-bas, Tanis, regarde ! Ceux qui entrent dans la taverne...

— Je vois. C'est à peu près ta taille. Allons nous cacher, et attendons qu'ils ressortent.

Minuit approchait. La pluie avait cessé, mais les nuages continuaient de voiler les lunes jumelles. Malgré leurs lourdes capes, les deux hommes grelottaient. Les rats qui leur filaient entre les jambes mettaient leur patience à l'épreuve. Ils commençaient à désespérer quand ils entendirent des éclats de voix et des rires d'ivrognes.

Les deux officiers sortirent de la taverne en titubant. Leurs armures bleu acier rutilantes laissaient supposer qu'ils venaient de fêter une promotion.

— Prêt ? souffla Caramon.

Tanis acquiesça. Caramon brandit son épée.

— Saleté d'elfe ! rugit-il de sa voix profonde. Je te tiens ! Attends un peu, je vais te traîner chez le Seigneur des Dragons, ordure d'espion !

— Tu ne m'auras pas vivant ! répondit Tanis.

Les officiers s'arrêtèrent pour regarder la rixe.

— Vite ! Aidez-moi à le capturer ! cria Caramon. Sa tête est mise à prix !

Sans hésiter, les soldats dégainèrent leur épée et se précipitèrent sur Tanis.

— Coincez-le ! pressa Caramon.

Quand les gardes l'eurent dépassé, le guerrier les attrapa au collet et cogna leurs têtes l'une contre l'autre. Ils s'effondrèrent.

— Dépêche-toi ! grogna Tanis.

Ils traînèrent les corps inanimés à l'écart et leur retirèrent leurs armures.

— Pouah ! Celui-ci doit avoir du sang troll dans les veines ! s'exclama Caramon en se servant de sa main pour dissiper l'odeur nauséabonde.

— Ne fais pas ta mijaurée ! rétorqua Tanis, empêtré dans les sangles et les boucles de l'armure. Toi qui as l'habitude de porter ces frusques, aide-moi donc.

Caramon sourit et lui vint en aide.

— Un elfe en armure de plaques ! On aura tout vu...

— Eh oui, quelle époque ! fit Tanis. A quelle heure devons-nous rencontrer le capitaine en jupons dont Guillaume a parlé ?

— Il a dit qu'on la trouverait sur son bateau à la tombée de la nuit.

— Je suis Maquesta Kar-Thaon, déclara la femme avec aplomb. Quant à vous, vous n'avez guère l'air d'officiers de l'armée draconienne. A moins qu'ils se soient décidés à recruter des elfes ?

Tanis retira le heaume draconien.

— Ça se voit tant que ça ?

— Pour moi, oui, pour les autres... Heureusement, tu portes une barbe. Es-tu un demi-elfe ? A moins de mettre un masque, ces jolis yeux en amande signeront ton arrêt de mort. Encore que les draconiens ne soient pas du genre à regarder les hommes dans les yeux, non ?

Elle se laissa retomber contre le dossier de son siège et posa ses pieds bottés sur la table en le dévisageant froidement.

Caramon étouffa un ricanement. Tanis rougit jusqu'aux oreilles.

Le capitaine Maquesta Kar-Thaon les recevait dans sa cabine du *Perechon.* Elle appartenait à un peuple à la peau sombre vivant dans le nord de l'Ergoth. Les hommes y étaient marins de père en fils ; selon la croyance populaire, ils parlaient le langage des mouettes et des dauphins. Avec sa peau noire et luisante, ses cheveux frisés retenus par un bandeau doré, Maquesta faisait penser à Théros Féral. Ses yeux sombres étincelaient comme le poignard pendu à son ceinturon.

— Nous sommes ici pour affaires, capitaine Kar..., fit Tanis, butant sur ce nom étrange.

— Je m'en serais doutée, répondit la femme. Appelez-moi Maquesta, ce sera plus simple pour tout le monde. Sans la lettre de Guillaume Tête-de-Cochon, je ne vous aurais pas reçus. Mais comme il me dit que vous êtes réguliers et que vous avez de l'argent, je vous écoute. Qu'est-ce qui vous amène ?

Tanis échangea un regard avec Caramon : il n'avait guère envie de dévoiler leur destination réelle. Palanthas était la capitale de la Solamnie, tandis que Sancrist était un fief des chevaliers.

— Oh ! mais pour l'amour de... (Maquesta parut hésiter, puis ôta ses pieds de la table, l'air maussade.) Vous me faites confiance, oui ou non ?

— Est-il possible de se fier à toi ? demanda Tanis à brûle-pourpoint.

— Combien d'argent avez-vous ?

— Suffisamment. Disons que nous voudrions aller vers le nord, aux alentours du cap de Nordmaar. Arrivés là, si nous sommes encore en bons termes, nous déciderons de notre destination. Sinon, nous te paierons et tu nous débarqueras dans un port libre.

— A Kalaman, répondit Maquesta, amusée. C'est un endroit sûr. Autant qu'il est possible par les temps qui courent. Vous me paierez la moitié maintenant ; le reste à Kalaman. Après, nous négocierons la fin du voyage.

— A condition que nous arrivions sains et saufs à Kalaman, corrigea Tanis.

— Je ne peux rien vous promettre, fit Maquesta en haussant les épaules. C'est la plus mauvaise saison pour prendre la mer.

Elle se leva et s'étira de tout son long avec la grâce d'un chat. Caramon la regarda d'un œil admiratif.

— Marché conclu ! dit-elle. Venez, je vais vous montrer le bateau.

Tanis le trouva en bon état. Maquesta s'était radoucie. Elle parlait avec passion du *Perechon* qui devait être le grand amour de sa vie.

L'équipage étant à terre, le bateau était désert. Un seul homme, sur le pont, ravaudait une voile. Voyant les armures draconiennes des nouveau venus, il ouvrit de grands yeux.

— *Nocesta*, Berem, dit Maquesta en lui tapotant l'épaule pour le rassurer. Clients ! Argent ! fit-elle en désignant Tanis et Caramon.

Rassuré, l'homme se replongea dans son travail. La visite continua.

— Qui est-ce ? demanda Tanis à Maquesta.

— Qui ? Ah ! Berem ? C'est le timonier. Je ne sais pas grand-chose à son sujet. Il est arrivé il y a quelques mois pour demander du travail. Je l'ai pris comme mousse. Un jour le timonier a été tué dans une rixe. Berem l'a remplacé, et il est bien meilleur que l'autre ! C'est un homme bizarre, qui ne parle pas. Il ne va jamais à terre, à moins d'y être obligé.

Tanis observait le marin avec attention.

Grand et bien bâti, Berem devait avoir une cinquantaine d'années. Ses cheveux grisonnaient et son visage était buriné par le soleil. Mais ses yeux francs et clairs le faisaient paraître très jeune. Ses mains puissantes semblaient celles d'un adolescent. *Possible qu'il ait du sang elfe*, pensa Tanis, *bien qu'il lui manque les autres signes distinctifs*.

— Il me semble l'avoir déjà vu quelque part, murmura le demi-elfe. Caramon, il ne te dit rien ?

— Ouh ! Tu me demandes des choses...! Avec les spectacles, on a vu des milliers de personnes, ces derniers temps.

— Pas ces derniers temps ; la première fois que je l'ai vu, je crois que c'était à Pax Tharkas, avec Sturm...

— Demi-Elfe, je n'ai pas que cela à faire ! coupa Maquesta. Tu n'as jamais vu un homme ravauder une voile ? On ne va pas passer la nuit à le regarder... Venez !

Elle s'engagea dans l'écoutille. Caramon la suivit. A contrecœur, Tanis les rejoignit. Il se retourna une dernière fois sur l'homme. Celui-ci lui renvoya un étrange regard pénétrant qui surprit le demi-elfe.

— Va retrouver les autres à l'auberge, et moi, je m'occupe d'acheter le ravitaillement. Dès que le bateau aura hissé les voiles, nous partirons. D'après Maquesta, ce ne sera pas avant trois ou quatre jours.

— J'aurais bien aimé lever l'ancre plus tôt, marmonna Caramon.

— Et moi donc ! Il y a vraiment trop de draconiens par ici. Mais il faut attendre la marée. Interdiction de sortir de l'auberge ! Je serai de retour dans quelques heures.

Tanis s'enfonça dans les ruelles de Flotsam. Dans son armure d'officier draconien, il n'attirait pas l'attention.

Perdu dans ses pensées, il contemplait l'étal d'une échoppe quand il sentit une main saisir sa botte. Avant d'avoir compris ce qu'il lui arrivait, il s'écrasa sur le sol, le souffle coupé. Sa tête avait violemment heurté le pavé. La main continua de le tirer par le pied vers le coin de la ruelle.

Il tourna la tête vers son agresseur. C'était un elfe. Sale, déguenillé, le visage haineux, il brandissait une lance au-dessus de Tanis.

— Draconiens maudits ! vociféra-t-il. Les monstres que vous êtes ont massacré ma femme et mes enfants ! Sans pitié pour leurs larmes, vous les avez égorgés dans leurs lits ! Tu vas payer pour ça !

— Arrête ! Je ne suis pas un draconien ! cria Tanis en tirant sur son heaume pour l'enlever.

Mais l'elfe ne voyait rien, n'entendait rien. Il baissa sa lance vers Tanis.

Ses yeux se dilatèrent et l'arme lui tomba de la main. La pointe d'une épée sortit de son ventre. Il poussa un dernier cri et s'effondra sur le sol.

Tanis chercha des yeux son sauveur. La silhouette d'un seigneur draconien se découpa près du cadavre.

— J'ai entendu crier, dit le seigneur en tendant sa main gantée au demi-elfe pour l'aider à se relever.

Craignant de se trahir, Tanis se releva. Baissant la tête pour ne pas être découvert, il bredouilla quelques remerciements. Les yeux du masque draconien s'agrandirent d'étonnement.

— Tanis ?

Le demi-elfe eut la sensation d'être transpercé par un éclair. Incapable d'articuler une syllabe, il vit le seigneur draconien enlever son masque.

— C'est toi !

Tanis reconnut les grands yeux bruns et le sourire charmeur.

— Kitiara !

9

LA CAPTURE DE TANIS.

— Tanis, officier ! Et sous mes ordres ! Je devrais passer plus souvent mes troupes en revue, dit Kitiara en souriant. Mais tu trembles ! Tu as fait une mauvaise chute. Viens, mes quartiers sont près d'ici. Nous allons boire quelque chose, panser ta blessure et discuter.

Hébété, Tanis se laissa entraîner. Tout était allé trop vite. Parti acheter des provisions, il se retrouvait au bras d'un seigneur draconien qui lui avait sauvé la vie et qui se révélait être la femme qu'il aimait depuis des années.

Il ne pouvait détacher les yeux de la guerrière. L'armure bleue en écailles de dragon la moulait avantageusement et soulignait ses longues jambes fuselées.

Nombre de draconiens la saluèrent sur son passage dans l'espoir de se faire remarquer, mais Kitiara continua de bavarder avec Tanis comme si elle l'avait quitté la veille. Il ne l'écoutait pas. Encore sous le choc de la rencontre, il tentait de comprendre ce qu'il lui arrivait.

La présence de Kitiara lui faisait toujours le même effet.

Mais la vie de ses amis dépendait de ce qu'il ferait. Il fallait jouer serré.

— Tanis ! Tu n'as pas changé, dit-elle d'un ton enjôleur en se collant contre lui. Tu rougis toujours comme une jouvencelle. Tu ne seras jamais comme les autres...

Elle le serra contre elle et pressa ses lèvres sur les siennes.

— Kit..., dit Tanis d'une voix étranglée, s'arrachant à son étreinte, pas ici ! En pleine rue !

Kitiara le foudroya du regard et haussa les épaules. Bras dessus, bras dessous, ils poursuivirent leur chemin sous les ricanements et les plaisanteries des draconiens.

— Toujours le même, reprit-elle en soupirant. Je me demande pourquoi je suis si indulgente avec toi. Si un autre m'avait résisté de la sorte, il l'aurait payé de sa vie.

Elle l'amena à l'*Auberge de la Brise Salée*, la meilleure de Flotsam. Construite au sommet de la falaise, elle dominait la Mer de Sang d'Istar.

— Ma chambre est prête ? demanda-t-elle sèchement à l'aubergiste.

— Oui, seigneur, répondit l'homme avec force courbettes.

Il l'introduisit dans la chambre. Kitiara se débarrassa de son heaume et se laissa tomber dans un fauteuil, où elle étira langoureusement ses longues jambes.

— Mes bottes, dit-elle en souriant à Tanis.

Esquissant un sourire contraint, le demi-elfe les lui retira. Combien de fois avaient-ils déjà joué à ce petit jeu, qui se terminait inéluctablement par... Tanis préféra ne pas y penser.

— Apporte-nous ton meilleur vin, dit Kitiara à l'aubergiste qui attendait ses ordres. Après, tu nous laisseras seuls.

— Mais, Vôtre Grâce, protesta l'aubergiste, le seigneur Ariakus m'a confié plusieurs messages...

— Si tu réapparais dans cette chambre après avoir apporté le vin, je te couperai les oreilles, dit-elle d'un ton enjoué en sortant son poignard de son fourreau. Voilà une bonne chose de faite ! dit-elle en battant des jambes. Maintenant, à mon tour d'enlever les tiennes...

— Il faut que j'y aille, répondit vivement Tanis. Le commandant de ma compagnie va remarquer mon absence.

— C'est moi le commandant de ta compagnie ! Demain, tu seras capitaine, ou mieux, si tu veux. Pour le moment, assieds-toi.

Tanis ne pouvait que s'exécuter. Au fond de lui-même, il ne désirait rien d'autre.

— Je suis heureuse de te revoir, dit Kitiara, tirant sur ses bottes. Je regrette d'avoir manqué le rendez-vous de Solace. Comment vont les autres ? Et Sturm ? Il se bat au côté des chevaliers, je présume ? Je ne m'étonne pas que vous vous soyez séparés. Je n'ai jamais compris votre amitié...

Tanis n'écoutait plus. Il avait oublié à quel point elle était belle et attirante. Mais il fallait garder la tête froide ; hélas, le souvenir des nuits délicieuses passées avec elle lui revenait à l'esprit.

Leurs regards se croisèrent. Elle laissa tomber ses bottes. Presque involontairement, il l'attira à lui. Elle passa ses bras autour de son cou et pressa ses lèvres contre les siennes.

Au contact de son corps, le désir qui le tourmentait depuis cinq ans le submergea. L'odeur de ses cheveux, l'ardeur de son baiser l'atteignirent comme une douleur.

Tanis savait comment y mettre fin.

L'aubergiste frappa à la porte, mais n'obtint pas de réponse. Hochant la tête avec admiration — c'était le troisième homme en trois jours —, il posa le vin sur le seuil et s'en alla.

— Parle-moi de mes petits frères, murmura Kitiara, blottie dans les bras de Tanis. La dernière fois que je les ai vus, vous fuyiez Tarsis en compagnie de cette femme elfe...

— C'était donc toi ! s'exclama Tanis, se rappelant le dragon bleu.

— Bien sûr ! dit Kitiara en se serrant contre lui. J'aime ta barbe, elle atténue tes traits elfiques par trop féminins. Comment t'es-tu enrôlé dans l'armée ?

— Nous... avons été faits prisonniers au Silvanesti. Un des officiers m'a convaincu que j'étais idiot de vouloir résister à la Reine des Ténèbres.

— Et mes frères ?

— Nous nous sommes séparés.

— Quel dommage, soupira Kitiara. J'aurais bien aimé les revoir. Caramon doit être un vrai géant, à présent. Et Raistlin ? J'ai entendu dire qu'il était devenu très savant. Il porte encore la Robe Rouge ?

— Sans doute. Je ne l'ai pas vu depuis longtemps...

— Cela ne tardera pas, dit gentiment Kitiara. Il est comme moi. Raist a toujours aimé le pouvoir...

— Et toi ? Que fais-tu ici, loin du front ? On se bat plus au nord...

— Eh bien, je suis là pour les mêmes raisons que toi, répondit-elle en le regardant dans les yeux. Je cherche l'homme à la gemme verte.

— Je sais maintenant où je l'ai rencontré ! s'exclama Tanis. L'homme du *Perechon* ! C'est le malheureux qui a pris la fuite avec ce misérable Ebène. L'homme à la gemme verte enchâssée dans la poitrine !

— Tu l'as trouvé ! s'exclama Kitiara, les yeux brillants. Où est-il, Tanis ? Dis-moi ?

— Je ne suis pas sûr que ce soit lui... Je ne peux t'en faire qu'une vague description...

— Il a environ une cinquantaine d'années humaines, dit Kitiara, mais ses yeux et ses mains ont l'air étrangement jeunes. Une gemme verte est incrustée dans sa poitrine. Des espions nous ont signalé sa présence à Flotsam. C'est pourquoi la Reine des Ténèbres m'a envoyée. C'est lui, la clé du pouvoir absolu ! Si nous le trouvons, rien sur Krynn ne pourra nous résister !

— Pourquoi ? Que possède-t-il de si essentiel pour que la victoire dépende de lui ?

— Qui le sait ? répondit-elle en haussant les épaules. La seule chose qu'on nous a dite, c'est que pour gagner la guerre, il fallait retrouver cet homme. Te rends-tu compte ? Si nous le dénichons, Krynn sera à nos pieds ! La Reine des Ténèbres nous récompensera au-delà de nos espérances ! Toi et moi, ensemble pour toujours !

Les paroles de la guerrière résonnaient dans la tête de Tanis. *Ensemble, pour toujours.* Mettre fin à la guerre. Régner sur Krynn. Non, c'était de la folie ! Il en avait la gorge serrée. *Et mon peuple, mes amis ? Leur dois-je quelque chose ? Rien du tout ! Ce sont eux qui m'ont blessé, ridiculisé ! Toutes ces années où je n'étais qu'un paria ! Pourquoi penserais-je à eux ? Et moi dans tout ça ? Je pourrais y penser, pour changer. Je suis avec la femme que j'aime, et qui peut devenir mienne. Kitiara, si belle, si désirable...*

— Non, dit-il d'une voix rauque.

Il tendit la main vers elle et l'attira contre lui.

— Non, répéta-t-il plus doucement. Nous verrons demain si c'est bien lui. Là où il est, il ne peut nous échapper. Je sais...

Kitiara lui sourit. Tanis se pencha sur elle et l'embrassa passionnément. Au loin, on entendait les vagues de la Mer de Sang d'Istar se fracasser sur les rochers.

10

LA TOUR DU GRAND PRÊTRE.
L'ADOUBEMENT.

Au matin, la tempête qui avait fait rage sur la Solamnie s'était apaisée. Un pâle soleil la remplaça. Les chevaliers cantonnés dans la Tour du Grand Prêtre n'avaient jamais vécu une nuit pareille depuis le Cataclysme.

Le tapis de neige qui s'étendait à perte de vue était constellé de centaines de points lumineux d'où montaient des fumées noirâtres.

C'étaient les feux de camp de l'armée draconienne.

Entre le Seigneur des Dragons et la victoire, se dressait un ultime obstacle : la Tour du Grand Prêtre.

Construite par Vinas Solamnus, fondateur de la chevalerie, sur l'unique col franchissant les Monts Vingaard, la Tour protégeait Palanthas, capitale de la Solamnie, et le port appelé « Les Portes de Paladine ». Si elle tombait aux mains des draconiens, Palanthas basculerait avec elle.

Cette belle et riche cité s'était délibérément fermée au monde extérieur et s'abîmait dans sa propre contemplation. Le seigneur draconien n'aurait aucun mal à prendre le contrôle de la ville, puis du port, et enfin de la Solamnie.

C'en serait alors fini des chevaliers.

Le Seigneur des Dragons, que ses troupes appelaient la Dame Noire, avait quitté le camp pour une affaire urgente qui l'appelait à l'est. Elle avait confié le commandement à de fidèles capitaines, prêts à tout pour obtenir ses faveurs.

Des seigneurs draconiens, la Dame Noire était la mieux considérée par la Reine des Ténèbres. Ses troupes de draconiens, de gobelins, d'ogres et de mercenaires humains attendaient avec impatience de passer à l'attaque pour se distinguer et gagner ainsi son estime.

La Tour était défendue par une importante garnison de chevaliers arrivés de Palanthas quelques semaines plus tôt.

Seule la crainte des légendes qui circulaient sur l'édifice avait retenu les draconiens de la prendre d'assaut. Un siège serait plus simple.

« — Le temps joue en notre faveur, avait dit la Dame Noire avant de partir. Nos espions savent de source sûre que les chevaliers n'ont pas reçu l'appui de Palanthas. Nous leur avons coupé la route du Donjon de Vingaard. Laissons-les crever de faim. Tôt ou tard, ils feront une erreur. A ce moment, nous agirons. »

« — Avec une formation de dragons, nous les écraserions, murmura un jeune commandant nommé Bakaris. »

Sa bravoure au combat et sa belle prestance avaient attiré l'attention de la Dame Noire. Elle le toisa d'un air dubitatif.

« — Ce n'est pas si sûr, répliqua-t-elle froidement. Tu ne sais pas qu'ils ont trouvé Lancedragon ? »

« — Cela tient du conte de fées ! » répliqua Bakaris en l'aidant à enfourcher Nuage, son dragon bleu, qui darda un œil féroce sur le fringant commandant.

« — Il ne faut jamais sous-estimer les contes de fées, répondit la Dame Noire. N'oublie pas qu'on disait la même chose des dragons. Ne t'inquiète pas, mon petit. Si je réussis à mettre la main sur l'Homme à l'Emeraude, nous nous passerons de l'attaque de la Tour, car elle sera détruite à coup sûr. Sinon, je te ramènerai ta formation de dragons. »

Le dragon bleu déploya ses ailes et s'envola vers l'orient pour rejoindre une misérable bourgade au bord de la Mer de Sang d'Istar, Flotsam.

*
* *

Comme la Dame Noire l'avait prédit, les chevaliers ressentirent les effets de la famine, pendant que les draconiens, bien nourris, se reposaient à la chaleur de leurs feux de camp.

Mais pis que cela, il y avait leurs dissensions internes.

Les jeunes chevaliers que Sturm commandait depuis leur départ de Sancrist avaient appris à connaître leur chef et ils l'adoraient. Malgré sa mélancolie et son cœur solitaire et distant, l'honnêteté et l'intégrité du chevalier avaient forcé le respect et l'admiration de ses hommes.

Cette victoire lui coûtait cher ; contraint d'obéir aux ordres de Dirk, il ne manquait jamais de faire connaître le fond de sa pensée, car l'hypocrisie n'était pas son point fort. Ce comportement aggravait les choses.

Dirk s'était mis à dos la population de Palanthas. Méfiants, remplis d'amertume et de haine, les habitants de la superbe cité avaient pris ombrage des menaces du chevalier, à qui ils avaient refusé d'héberger sa garnison. Les approches plus prudentes de Sturm avaient permis d'obtenir de la ville la fourniture de quelques vivres.

La situation ne s'améliora pas quand les chevaliers investirent la Tour du Grand Prêtre. Et les divisions ne faisaient qu'aggraver le moral des troupes, déjà entamé par les privations.

La Tour devint le théâtre d'un conflit ouvert entre le parti de Dirk et celui de Gunthar, représenté par Sturm. Seule l'obéissance stricte à la Loi avait empêché que le conflit dégénère. La présence des troupes draconiennes et la faim exacerbaient la tension nerveuse.

Le seigneur MarKenin avait mesuré trop tard le danger. Il regrettait amèrement d'avoir soutenu Dirk qui, à l'évidence, commençait à perdre la raison.

Gardecouronne était dévoré par un délire de puissance qui ne laissait place à rien d'autre. Mais le seigneur MarKenin, selon les exigences de la Loi, ne pouvait le déchoir de son rang sans l'aval du Conseil, qui ne se réunirait pas avant longtemps.

Comme l'avait annoncé Gunthar, la nouvelle de la réhabilitation de Sturm avait ruiné les ambitions de Dirk. Mais il n'avait pas prévu qu'elle porterait un coup fatal à sa raison.

Le matin suivant, les chevaliers se rassemblèrent dans la cour de la forteresse. Un pâle soleil d'hiver présidait à l'adoubement d'un nouveau membre de l'Ordre.

Le son clair des trompettes retentit. Au milieu d'un cercle de chevaliers en armures, le seigneur Alfred MarKenin, sa cape rouge flottant sur ses épaules, sortit de son fourreau une antique épée gravée des symboles de la chevalerie : la rose, le martin-pêcheur et la couronne.

Contrairement à ce qu'il avait espéré, la célébration, loin de réunir tous les preux, avait dégarni les rangs. Dirk et son entourage étaient absents.

A une seconde salve de trompettes succéda un silence religieux. Vêtu d'une longue tunique blanche, Sturm de Lumlane sortit de la chapelle du Grand Prêtre, où il avait passé une nuit de recueillement et de méditation, conformément à la Loi. Une garde d'honneur singulière marchait à ses côtés.

Une elfe d'une beauté éblouissante avançait entre un vieux nain à la barbe blanche et un kender en pantalon bleu vif.

Le petit groupe s'arrêta devant le seigneur MarKenin. Laurana portait son heaume, Flint son bouclier, et Tass ses éperons.

Sturm inclina la tête pour saluer le seigneur. A trente ans, les cheveux qui lui tombaient sur les épaules étaient déjà mêlés de fils d'argent. Sur un signe d'Alfred, il s'agenouilla.

— Sturm de Lumlane, après avoir entendu le témoignage de Lauranlathasala, de la famille royale du Qualinesti, et celui de Flint Forgefeu, nain des collines et citoyen de Solace, le Conseil de la chevalerie te blanchit des accusations portées contre toi. Pour les hauts faits témoignant de ta bravoure et de ton courage, nous te faisons chevalier !

Des larmes coulèrent sur les joues émaciées du jeune homme.

— As-tu passé la nuit en prières, Sturm de Lumlane ? demanda le seigneur. Te sens-tu digne de ce grand honneur ?

— Non, mon seigneur, répondit Sturm, mais je l'accepte avec humilité et je jure d'employer ma vie à m'en rendre digne. (Il leva les yeux vers le ciel.) Avec l'aide de Paladine, j'y arriverai.

Le seigneur Alfred fut frappé par la ferveur qui animait Lumlane. Se tournant vers Laurana, Flint grommela dans sa barbe :

— Si seulement Tanis était là...

La jeune elfe était pâle et morose. La situation, à Palanthas comme dans la Tour, semblait sans issue. L'avenir était sombre.

Elle avait décidé de rester. Les gens de Palanthas avaient vite adopté une jeune femme si belle et de si noble lignée. Ils s'étaient montrés très intéressés par les Lancedragons et en avait demandé... un exemplaire pour leur musée. Quand elle leur avait parlé des armées draconiennes, ils avaient souri poliment en haussant les épaules.

Par un messager qu'elle avait interrogé, Laurana avait appris que les chevaliers étaient assiégés dans la Tour du Grand Prêtre. Ils auraient besoin des Lancedragons, mais il n'y avait personne pour les leur apporter et leur apprendre à s'en servir. Elle décida alors de ne pas suivre l'ordre de Gunthar de rentrer à Sancrist.

Le voyage de Palanthas jusqu'à la Tour fut un cauchemar. Laurana partit avec deux chariots remplis de quelques vivres et des précieuses lances. A trois lieues de la cité, le premier versa dans la neige, et il fallut répartir son contenu entre les membres de l'escorte et le second véhicule. A son tour, celui-ci s'enlisa dans une fondrière. Chargeant les lances et les vivres sur les chevaux, Laurana, Flint, Tass et les chevaliers firent le reste du chemin à pied. Ils furent les derniers à atteindre la Tour avant que la tempête rende le chemin impraticable.

A la garnison, il restait des vivres pour quelques jours. Les armées draconiennes, elles, semblaient avoir pris leurs quartiers d'hiver en connaissance de cause.

Sur ordre de Dirk, les lances furent empilées dans la cour. Quelques chevaliers les inspectèrent, puis s'en désintéressèrent, les trouvant lourdes et rudimentaires.

Lorsque Laurana proposa de leur en apprendre le maniement, Dirk déclina son offre en ricanant. La jeune femme se tourna vers Sturm, qui confirma ses craintes.

— Laurana, dit-il en lui prenant la main, je crois que le seigneur ennemi n'aura pas à se donner la peine de nous envoyer ses dragons. Si nous ne pouvons pas rétablir la liaison et nous ravitailler, la Tour tombera, faute de survivants pour la défendre.

La neige voila peu à peu l'argent étincelant des Lancedragons abandonnées dans la cour de la forteresse.

11

CURIEUX COMME UN KENDER. LA CHEVAUCHÉE DES CHEVALIERS.

Sturm et Flint échangeaient leurs souvenirs en arpentant le chemin de ronde. Sturm s'arrêta devant une meurtrière pour regarder les feux de camp qui brillaient à l'horizon. Le nain le trouva plus réservé qu'à l'ordinaire. Ce n'était pas sa mélancolie habituelle, mais la sérénité que confère l'absence d'espoir.

— Flint, il suffirait d'une journée de soleil pour que le chemin soit en état. Promets-moi que ce jour-là, tu partiras avec Tass et Laurana.

— Nous devrions tous partir, si tu veux mon avis ! Il faudrait que les chevaliers se replient sur Palanthas. Dans une ville comme celle-là, nous pourrons contenir les dragons. Elle est construite en bonne pierre. Ce n'est pas comme ici ! A Palanthas, on se défendrait bien mieux.

— La population s'y oppose. Les habitants craignent que leur cité soit abîmée. Ils croient pouvoir la sauver sans être obligés de se battre. Nous sommes contraints de rester ici !

— Mais nous n'avons aucune chance !

— Si ! répliqua Sturm. A condition de tenir jusqu'à ce que les voies d'approvisionnement soient rétablies.

Nos effectifs sont importants. C'est pourquoi les draconiens n'ont pas attaqué...

— Il y a une autre solution, dit une voix derrière eux.

— Laquelle, seigneur Dirk ? demanda Sturm avec une politesse appuyée.

— Gunthar et toi croyez m'avoir vaincu ! Mais vous vous trompez ! Par un acte héroïque, je rassemblerai toute la chevalerie derrière moi ! Gunthar et toi êtes des hommes finis !

— Il me semblait que c'était contre les draconiens que nous luttions, répliqua Sturm.

— Cesse de te gargariser de ta suffisance, rugit Dirk. Réjouis-toi d'être chevalier, Lumlane, tu as payé assez cher pour y arriver. Quelles mirobolantes promesses as-tu faites à la femme elfe pour qu'elle colporte ses mensonges ? Le mariage ? La respectabilité ?

— Je ne peux me battre contre toi, conformément à la Loi, mais je ne laisserai pas insulter une femme dont la bonté égale le courage.

Sturm allait tourner les talons.

— Je t'interdis de te dérober ! cria Dirk en l'empoignant par les épaules.

Sturm se retourna, la main sur la garde de son épée. Dirk en fit autant. Tous deux étaient sur le point de contrevenir à la Loi.

Flint arrêta la main de Sturm.

— Dis ce que tu as à dire, Dirk ! s'écria Lumlane d'une voix qui tremblait.

— Tu es un homme fini. Demain, je mènerai les chevaliers à l'assaut des draconiens. Nous ne croupirons pas dans cette misérable geôle ! Demain soir, mon nom entrera dans la légende !

Flint regarda Sturm, l'air inquiet. Ses yeux étaient injectés de sang, mais ce fut d'un ton calme qu'il répondit au seigneur :

— Dirk, tu es devenu fou. Ils sont des milliers ! Ils vous tailleront en pièces !

— C'est ce que tu aimerais voir, n'est-ce pas ? Eh bien, sois prêt à l'aube, Lumlane.

Cette nuit-là, Tass, affamé, gelé et périssant d'ennui, décida qu'il allait se changer les idées et explorer les environs. Cette étrange forteresse ne devait pas manquer de chambres secrètes.

La Tour du Grand Prêtre avait été construite pendant l'Ere de la Force. Fin connaisseur de l'architecture de cette époque, Flint s'était demandé qui pouvait être le maître d'œuvre d'un édifice aussi aberrant. Sans doute un ivrogne ou un fou ; en tout cas, pas un nain.

Comme la Tour, le mur d'enceinte était octogonal. A chaque intersection, il était pourvu d'une tourelle, reliée à la Tour par des arcs-boutants.

Ce schéma classique n'avait rien d'étonnant, mais ce qui confondait le nain, c'est l'absence de points de défense. Au lieu d'une seule porte centrale, il y en avait trois. Elles donnaient sur de vastes vestibules se terminant par une simple herse placée devant le pont-levis.

« — On dirait qu'on attend l'ennemi pour le thé, avait un jour grommelé Flint. C'est la plus crétine des forteresses que j'aie jamais vues. »

A part le Grand Prêtre, personne n'avait le droit de pénétrer dans la Tour sacrée. Comme elle avait été conçue pour garder le col, et non pour le barrer, les Palanthais avait dû ajouter des bâtiments pour loger les troupes. C'était là que les chevaliers avaient leurs quartiers.

Personne ne se serait risqué à entrer dans la Tour. En dehors de Tass, bien sûr !

Poussé par son insatiable curiosité et tenaillé par la faim, le kender longeait le chemin de ronde. Il se faufila au nez et à la barbe des gardes et descendit l'escalier menant à la cour centrale. Elle n'était pas gardée. Tass marcha jusqu'à la herse et regarda entre les barreaux. Hélas, l'obscurité était totale.

Déçu, il essaya machinalement la herse. Seul Caramon ou dix chevaliers auraient pu la déplacer. A sa surprise, elle bougea légèrement, non sans produire un abominable grincement. Tass jeta des coups d'œil angoissés aux baraques, certain de voir débouler la garnison au grand complet.

Mais rien n'arriva. Examinant la herse de plus près, il vit que l'espace entre les pointes de la grille et la pierre était suffisant pour qu'il s'y glissât. Il n'hésita pas.

Avec le briquet de Flint, il alluma la torche accrochée au mur et découvrit une immense salle vide. Dans l'espoir de tomber sur quelque chose de plus intéressant, il se risqua jusqu'au bout de la salle. La deuxième herse ne lui posa pas plus de problème que la première, ce qui l'attrista. « Si c'est facile, ça n'en vaut pas la peine », disait un vieux proverbe kender. La salle où il était semblait plus petite que les deux autres. Mais elle était défendue par deux énormes portes de fer verrouillées.

Voilà qui allait lui occuper l'esprit et lui faire oublier ses crampes d'estomac ! Il fouilla ses poches et finit par trouver sa série de passe-partout, accessoires quasi emblématiques de tout kender qui se respecte.

En un tour de main, la serrure céda. Tass referma la porte derrière lui et dressa l'oreille. Pas un bruit. A l'exception d'une fontaine au milieu de la grande salle circulaire, il n'y avait rien.

Les deux autres portes de la salle devaient donner sur les couloirs menant aux entrées principales de la forteresse, déduisit le kender. Donc il était parvenu au cœur de la Tour, et se trouvait dans le sanctuaire.

Tout ce tintouin pour une cave vide !

Il n'y avait rien à voir.

Tass fit le tour de la salle en scrutant les coins à la

lueur de sa torche puis, dépité, il revint vers la fontaine au milieu du sanctuaire. De près, il constata qu'il s'agissait plutôt d'un objet arrondi, posé sur un trépied. Couvert d'une épaisse couche de poussière, l'objet s'élevait à hauteur de son nez.

Tass vida ses poumons pour chasser la poussière. Son cœur se figea dans sa poitrine.

— Oh non ! s'écria-t-il.

Il sortit un mouchoir avec lequel il astiqua l'objet.

— Fichtre ! C'est bien ce que je craignais. Et maintenant, que faire ?

*
* *

Le disque rouge du soleil perçait à peine la brume qui enveloppait les camps draconiens. Dans la Tour du Grand Prêtre régnait déjà une grande agitation. Une centaine de chevaliers et un millier de fantassins achevaient leurs préparatifs.

Du haut de la galerie, Sturm, Laurana et le seigneur Alfred regardaient le seigneur Dirk caracoler sur son cheval, interpellant joyeusement ses hommes. Sur son armure, la rose de son Ordre brillait sous les premiers rayons du soleil. Ses braves semblaient de bonne humeur ; l'approche de la bataille leur faisait oublier la faim.

— Tu devrais leur demander de renoncer, mon seigneur, dit Sturm.

— Je n'ai aucun droit de m'opposer à Dirk, répondit Alfred MarKenin, dont les traits tirés signalaient une nuit sans sommeil. La Loi l'autorise à prendre ses décisions sans consulter personne.

Il avait essayé de convaincre Dirk de patienter quelques jours, car le vent commencer à tourner, annonçant le redoux. En vain.

Dirk était resté inflexible. Rien ne l'empêcherait de défier les armées draconiennes. Il se moquait éperdument de leur supériorité numérique. Depuis quand les gobelins mettaient-ils des chevaliers en péril ? A cinquante contre un, les ogres et eux n'avaient-ils pas été mis en déroute par les chevaliers, au Donjon de Vingaard, une centaine d'années plus tôt ?

— Cette fois, c'est aux draconiens que vous aurez affaire, objecta Sturm. Rien à voir avec les gobelins. Ceux-là sont intelligents et expérimentés. Même à l'agonie, ils peuvent encore tuer...

— Je crois pouvoir faire face, Lumlane ! coupa Dirk. Maintenant, va réveiller tes hommes, et qu'ils se tiennent prêts !

— Je ne te suivrai pas, et je n'ai pas l'intention d'ordonner à mes hommes de le faire.

Dirk devint livide de rage. Même le seigneur Alfred se montra indigné.

— Sturm, dit-il doucement, réalises-tu ce que tu es en train de faire ?

— Parfaitement, mon seigneur. Nous sommes le seul obstacle entre l'armée draconienne et Palanthas. Il est hors de question de laisser cette forteresse désarmée. Je resterai ici pour remplir ma mission.

— Tu n'obéis pas à mes ordres ! triompha Dirk. Seigneur Alfred, tu es témoin. Cette fois, je tiens sa tête !

Sturm résolut de laisser le choix à ses hommes. Etant sous ses ordres, rien ne les obligeait à suivre Dirk. La majorité d'entre eux choisirent de rester avec le chef qui avait gagné leur respect.

Ils observaient d'un air morose les préparatifs de leurs camarades. L'instant était grave, car il marquait la première rupture dans la longue histoire de la chevalerie.

— Réfléchis bien, Sturm, dit le seigneur Alfred au jeune homme qui l'aidait à se mettre en selle. Les draconiens ne sont pas aussi bien entraînés que nous. Nous avons des chances de les mettre en déroute.

— Je prie les dieux pour qu'il en soit ainsi, mon seigneur.

— Si c'est le cas, Dirk te fera juger, et tu seras exécuté. Gunthar lui-même ne pourra pas l'en empêcher.

— Je suis prêt à mourir, seigneur, si cela peut éviter ce qui va arriver, répondit Sturm.

— Sacrebleu ! explosa Alfred. Si nous sommes battus, à quoi t'aura-t-il servi de rester ici ? Avec tes d'hommes, tu ne pourrais pas faire face à une armée de nains des ravins ! A supposer que les routes soient rouvertes, comment veux-tu tenir jusqu'à l'arrivée des renforts de Palanthas ?

— Cela laissera au moins le temps aux habitants d'évacuer la ville...

L'œil vif, Dirk Gardecouronne avança entre les deux hommes.

— Sturm de Lumlane, conformément à la Loi, je t'accuse de conspiration et de...

— Au diable la Loi ! rugit Sturm, perdant patience. Où nous a-t-elle menés ? Divisions, jalousies, folies ! Nos concitoyens en sont à préférer traiter avec l'ennemi ! La *Loi* a vécu !

Un silence sinistre tomba sur les chevaliers réunis dans la cour.

— Prie pour que je sois tué dans la bataille, Sturm, dit doucement Dirk, ou je jure par les dieux que je te trancherai la gorge de mes mains !

Il fit volter son cheval et prit la tête de la colonne.

— Ouvrez les portes ! cria-t-il.

Le soleil montait au-dessus de la brume matinale. Le vent soufflait du nord, fouettant les bannières restées longtemps en berne. Dans le cliquetis des harnais, des boucliers et des armures, la sonnerie du clairon entraîna les chevaliers vers le pont-levis.

Dirk leva son épée au ciel et fit le salut à l'ennemi. Puis il partit au galop. Les chevaliers s'élancèrent derrière lui, suivis des fantassins. Le martèlement des sabots mêlé au bruit de leur pas cadencé résonna dans la citadelle.

Les portes se refermèrent. Les hommes de Sturm se précipitèrent sur les remparts pour suivre des yeux la colonne.

Seul Sturm, la mine impénétrable, resta dans la cour.

*

* *

Le beau commandant qui remplaçait la Dame Noire à la tête de l'armée ennemie se préparait à affronter une journée aussi ennuyeuse que les autres, quand un éclaireur arriva au galop, renversant hommes et marmites sur son passage.

— Le Seigneur des Dragons ! appela-t-il. Je dois le voir absolument !

— C'est moi qui le remplace. Que veux-tu ? demanda Bakaris en sortant de sa tente.

L'éclaireur, qui ne voulait pas commettre d'erreur, hésita. Mais la redoutable Dame Noire n'était pas dans les parages.

— Les chevaliers sont passés à l'attaque !

— Quoi ? fit Bakaris, qui n'en crut pas ses oreilles. Es-tu certain de ce que tu dis ?

— Oui, sûr et certain ! Je les ai vus de mes yeux ! Une centaine de cavaliers, des lances, des épées ! Un millier de fantassins...

— Elle avait raison ! murmura Bakaris, admiratif. Ces imbéciles ont fini par commettre une erreur !

Il rentra dans sa tente et appela ses ordonnances.

— Sonnez le rappel ! Branle-bas de combat ! Tous les capitaines ici dans cinq minutes ! Envoyez un message au seigneur, à Flotsam !

Les gobelins sillonnèrent le camp pour battre le rappel et activer les troupes. Après un dernier coup d'œil à la carte, le commandant courut rejoindre ses officiers.

— Dommage, songea-t-il tout haut. La bataille sera

probablement terminée quand elle recevra le message. Ce n'est pas de chance. Elle aurait aimé être là pour voir tomber la Tour du Grand Prêtre. Quoi qu'il en soit, nous passerons demain la nuit à Palanthas, ensemble...

12

LA PLAINE DE LA MORT. LA DÉCOUVERTE DE TASS.

Le soleil était déjà haut dans le ciel. Perchés au sommet des remparts, les chevaliers scrutaient l'horizon.

Le choc entre les deux armées avait eu lieu. Les hommes de Sturm l'avaient suivi à travers le voile de brume gris qui envahissait la plaine. A présent, seule la Tour émergeait du brouillard d'où montait le tumulte de la bataille.

La journée n'en finissait pas. Laurana faisait les cent pas dans sa chambre, où on avait dû allumer les chandelles tant il faisait sombre. Elle jeta un coup d'œil par la fenêtre et distingua sur les remparts les ombres fantomatiques de Sturm et de Flint.

Près d'eux, quelque chose bougea dans la brume. Laurana reconnut un homme en cuirasse couverte de boue, qui approcha de Sturm. Sûrement un messager !

— Tu viens avec moi ? demanda-t-elle à Tass, noyé dans ses pensées. Une estafette vient d'arriver de Palanthas.

Le kender, en proie à une inhabituelle mélancolie, ne releva même pas la tête.

— Une estafette, répéta-t-il sans conviction. Ne t'en fais pas, ajouta-t-il pour rassurer Laurana, qui le dévisageait d'un air inquiet. C'est cette grisaille qui m'assomme.

Laurana n'insista pas et descendit l'escalier.

— Quelles nouvelles ? demanda-t-elle à Sturm. Je viens de voir passer un messager...

— Ah oui ! dit-il en esquissant un sourire. De bonnes nouvelles, je crois. La neige a suffisamment fondu et la route de Palanthas est ouverte. J'ai demandé qu'un messager se tienne prêt, au cas où... (Il s'arrêta net, n'osant prononcer le mot fatidique.) J'aimerais que tu acceptes de partir avec lui.

Laurana s'y attendait. Elle avait réfléchi à sa réponse. Au pied du mur, elle était incapable de parler. Pourquoi se le cacher ? Elle avait peur. En vérité, elle voulait retourner à Palanthas, quitter cet endroit sinistre où rôdait la mort. Serrant les poings, elle frappa la pierre pour se donner du courage.

— Je reste ici, dit-elle. Je sais ce que tu vas me dire, mais écoute-moi d'abord. Tu auras besoin de guerriers habiles. Or, tu sais ce que je vaux.

Sturm acquiesça. Elle avait raison. A l'arc comme à l'épée, rares étaient les hommes qui pouvaient rivaliser avec Laurana. En outre, elle avait l'expérience du champ de bataille, ce qui manquait à ses jeunes chevaliers. Mais il était déterminé à l'éloigner de la forteresse.

— Je suis la seule à savoir manier les Lancedragons...

— Avec Flint, coupa Sturm.

Laurana regarda le nain avec insistance. Pris entre deux feux, Flint, qui aimait et respectait l'un et l'autre, s'éclaircit la gorge en rougissant.

— C'est vrai, dit-il d'une voix enrouée, mais je... euh, il faut bien avouer que... je suis un peu petit.

— De toute façon, nous n'avons pas repéré l'ombre d'un dragon. Ils sont plus au sud, occupés par la prise de Thelgaard.

— Mais tu n'es pas sans savoir qu'ils ne tarderont pas à arriver, n'est-ce pas ?

Sturm rougit.

— Possible, marmonna-t-il.

— Tu ne sais pas mentir, Sturm. Alors inutile d'essayer. Je reste. C'est ce que ferait Tanis...

— Par les dieux, Laurana ! s'écria Sturm. Vis ta vie ! Tu n'es pas Tanis ! Personne ne peut prendre sa place. Il n'est pas là !

Flint poussa un gros soupir en regardant Laurana d'un œil soucieux. Personne ne fit attention à Tass, qui venait d'arriver.

Laurana prit le chevalier par le cou.

— Je sais que Tanis est irremplaçable pour toi et je n'ai pas l'intention de prendre sa place dans ton cœur, mais je veux t'aider de toutes mes forces. C'est ce que j'ai voulu dire. Considère-moi comme l'un de tes chevaliers...

— Je sais ce que tu vaux, Laurana. Pardonne-moi de t'avoir parlé durement. Tu comprends pourquoi je veux que tu partes d'ici. Tanis ne me pardonnerait pas s'il t'arrivait quelque chose.

— Il comprendrait. Il m'a dit un jour qu'il arrivait qu'on doive donner sa vie pour quelque chose de plus important encore. Me comprends-tu, Sturm ? Si je fuyais le danger, abandonnant mes amis à leur sort, il le comprendrait. Mais au fond de lui, il ne l'*accepterait* pas. C'est trop éloigné de ce qu'il ferait lui-même. D'ailleurs, avec ou sans Tanis, jamais je ne pourrais vous laisser.

Sturm ne dit rien. Ses bras se refermèrent sur Laurana et sur Flint.

Fondant en larmes, Tass se joignit à eux. Il sanglotait à perdre haleine.

— Tass ! Que se passe-t-il ? demanda Laurana, stupéfaite de la réaction inattendue du kender.

— Tout est ma faute ! J'en ai déjà liquidé un !

Suis-je condamné à errer à travers le monde pour casser ces trucs ? hoqueta-t-il.

— Calme-toi, Tass, fit Sturm. De quoi parles-tu ?

— J'en ai trouvé un autre..., balbutia le kender. En bas, dans une grande salle vide.

— Un autre quoi, tête de linotte ? s'exaspéra Flint.

— Un orbe draconien !

La nuit tomba, rendant le brouillard plus opaque. Dans la Tour, on alluma les torches. Toujours muets, les chevaliers guettaient le premier indice qui les avertirait de l'issue de la bataille.

A l'approche de minuit, un cliquetis de harnais et des hennissements leur firent dresser l'oreille. Les sentinelles se penchèrent au-dessus du rempart et tendirent leurs torches dans l'obscurité.

— Qui va là ? cria Sturm.

Au pied du mur une torche s'illumina. Laurana sentit ses genoux trembler. Les chevaliers poussèrent des cris horrifiés.

Le cavalier à la torche portait l'armure des officiers draconiens ; son beau visage cruel était encadré de cheveux blonds.

Il tenait par la bride un cheval chargé d'un corps décapité et d'un autre affreusement mutilé.

— Je vous ramène vos officiers ! Comme vous le voyez, l'un est mort. Je crois que l'autre vit encore. Du moins était-il vivant quand nous nous sommes mis en route. J'espère qu'il tiendra assez longtemps pour vous raconter la bataille. Si on peut appeler ça une bataille...

L'officier draconien mit pied à terre et détacha les corps ficelés sur la selle. Puis il se tourna vers le haut des remparts.

— Je sais que vous pourriez m'abattre sans difficulté, car je suis une cible idéale. Mais vous ne le ferez pas. Vous êtes des Chevaliers de Solamnie, railla-t-il, votre honneur est votre vie ! Vous ne tueriez pas un homme désarmé, qui vous ramène vos chefs.

Il acheva de dérouler la corde ; les deux corps glissèrent à terre. Il jeta sa torche sur le sol et la piétina. Les chevaliers entendirent cliqueter son armure. Il s'était remis en selle.

— De l'honneur, vous en trouverez à revendre sur le champ de bataille ! cria-t-il. Je vous donne jusqu'à demain matin pour vous rendre. Au lever du soleil, hissez le drapeau blanc. Le Seigneur des Dragons saura faire preuve de clémence...

La corde d'un arc vibra, puis on entendit le son mat d'une flèche s'enfonçant dans la chair. Un cri monta de l'assistance. Surpris, les chevaliers se tournèrent vers la silhouette debout sur le crénelage, un arc à la main.

— Je ne suis pas chevalier ! Je suis Lauralanthalasa, du Qualinesti ! Les elfes ont leur propre code de l'honneur, et comme tu le sais sûrement, ils voient dans l'obscurité. J'aurais pu te tuer. Mais il te sera difficile de te servir de ton bras avant longtemps. Il est même possible que tu ne puisses plus jamais tenir une épée.

— C'est la réponse que tu rapporteras à ton seigneur ! dit Sturm. Si vous voulez notre bannière, il faudra nous tuer jusqu'au dernier !

— Pour ça, comptez sur nous ! cracha l'officier.

Le bruit du galop de son cheval se perdit dans le lointain.

Sturm ordonna qu'on rentre les corps à l'intérieur de la citadelle.

Penché sur le chevalier décapité, il prit sa main dans la sienne et reconnut l'anneau qu'il portait au doigt.

— C'est Alfred MarKenin, annonça-t-il d'une voix blanche.

Il s'inclina devant le cadavre et se recueillit.

— Chevalier, le seigneur Dirk vit encore ! déclara l'un des hommes de Sturm.

Les yeux de Dirk luisaient comme des braises dans un visage exsangue. Ses lèvres étaient maculées de sang. Il fut incapable de boire l'eau qu'on lui tendit.

Les mains pressées sur le ventre, Gardecouronne tentait de retenir la vie qui le fuyait inexorablement. Avec un atroce sourire, il empoigna Sturm par le bras.

— Victoire ! dit-il d'une voix caverneuse. Ils ont détalé devant nous comme des lapins ! Nous nous sommes couverts de gloire ! Ce fut grandiose ! Je... je vais devenir *Grand Maître* de la chevalerie !

Secoué de hoquets, il vomit un flot de sang et retomba dans les bras du jeune chevalier qui le soutenait. Celui-ci leva vers Sturm des yeux pleins d'espoir.

— Crois-tu qu'il dise vrai ? C'est peut-être...

Devant la mine de Sturm, le jeune chevalier ne poursuivit pas. Il regarda Dirk avec pitié.

— Il a perdu la raison, n'est-ce pas ?

— Il meurt en brave, répondit Sturm, comme un vrai chevalier.

— Victoire ! murmura Dirk, les yeux dans le vide.

La vie le quitta.

*
* *

— Non, il ne faut pas le briser ! s'écria Laurana.

— Mais Fizban a dit...

— Je sais ce qu'il pense. L'artefact n'est ni bon ni mauvais, mais l'un et l'autre. Il n'est rien, mais il est tout ! C'est... comme Fizban !

Ils restèrent immobiles devant l'orbe draconien. Le silence était si pesant dans la salle obscure qu'ils chuchotaient.

Laurana réfléchit à ce qu'il fallait faire. Tass la regardait avec appréhension, redoutant ses conclusions.

— Les orbes doivent être utilisés, Tass ! Ils ont été

créés par des magiciens extrêmement puissants ! Des gens comme Raistlin, qui ne tolèrent aucun échec. Si nous savions comment...

— Je *sais*, souffla Tass timidement.

— Quoi ? Tu sais ? Pourquoi n'as-tu pas...

— Je ne savais pas que je savais, balbutia le kender, je viens de le découvrir ! Gnosh, le gnome, m'a parlé d'inscriptions qu'il avait vues dans les volutes du cristal. Il n'a pas pu déchiffrer cet étrange langage...

— Parce qu'il est magique !

— Oui, c'est ce que je lui ai dit et...

— Cela ne nous avance guère ! Aucun d'entre nous ne peut le lire. Si Raistlin était là...

— Pas besoin de lui ! Je n'y connais rien non plus, mais je peux déchiffrer les inscriptions. Tu sais, j'ai une paire de lunettes, que Raistlin appelle lunettes de vérité. Grâce à elles, je peux comprendre tous les écrits, même magiques. Je le sais, parce qu'il m'a menacé, si j'osais me servir de ces lunettes pour lire ses grimoires, de me changer en grenouille et de m'avaler tout cru.

— Et tu crois que tu sauras lire dans l'orbe ?

— Je peux toujours essayer. Mais Sturm a dit que les dragons ne viendraient probablement pas, alors pourquoi nous embêter avec cet orbe ? Fizban affirme que seuls les super-magiciens peuvent s'en servir.

— Ecoute-moi, Tass, dit Laurana en le regardant dans les yeux. S'ils nous envoient un seul de leurs monstres, nous sommes perdus. C'est pourquoi ils nous ont donné jusqu'à demain matin pour nous rendre, au lieu d'investir la forteresse. Cela laisse aux dragons le temps d'arriver. Il faut que nous profitions de ce répit, c'est notre seule chance !

Un chemin aisé, et un chemin semé d'embûches, se rappela Tass. Fizban avait dit aussi : « La mort d'êtres aimés, mais il faut en avoir le courage. »

Tass plongea la main dans la poche de son gilet et sortit les lunettes, dont il ajusta gravement les branches sur ses oreilles pointues.

13

LE SOLEIL SE LÈVE. LES TÉNÈBRES S'INSTALLENT.

Avec l'aube, le brouillard disparut. Le ciel était si clair que Sturm apercevait les prairies couvertes de neige qui entouraient le Donjon de Vingaard, son pays natal maintenant occupé par les troupes draconiennes. Les premiers rayons du soleil frappaient la rose, la couronne et le martin-pêcheur de l'étendard qui flottait au-dessus de la Tour. Ce fut alors que retentit l'appel du cor.

Les armées draconiennes marchaient sur la Tour du Grand Prêtre.

Du haut des remparts, les quelques cent chevaliers restés sous les ordres de Sturm regardèrent l'imposant corps d'armée submerger la plaine comme un nuage de sauterelles.

Les dernières paroles de Dirk revinrent à la mémoire de Sturm. « Ils ont détalé devant nous. » Il comprit que les draconiens avaient tiré parti de la témérité des chevaliers en employant une manœuvre vieille comme le monde : reculer juste assez pour les encercler et les tailler en pièces.

Flint déboula sur le chemin de ronde.

— Au moins je mourrai sur le plancher des vaches, bougonna-t-il.

L'humeur du nain arracha à Sturm un sourire. Lui

aussi songeait à la mort en regardant le pays où il était né et qu'il avait aussi peu connu que son père, un pays qui l'avait contraint, lui et sa famille, à l'exil. Il allait donner sa vie pour le défendre. Pourquoi ?

Après tout, il aurait très bien pu partir pour Palanthas et tout laisser derrière lui.

Toute sa vie il avait suivi la Loi et respecté le Code. « Mon honneur est ma vie. » Il ne restait plus que le Code. Trop rigide, la Loi avait enfermé les chevaliers dans un carcan plus pesant que leur armure. Isolés, désemparés, ils s'étaient raccrochés à elle, sans se rendre compte qu'elle était une ancre qui les tirait vers le fond.

Pourquoi suis-je différent d'eux ? se demanda Sturm. Quand Flint était apparu en grommelant, il avait eu la réponse. C'était à cause du nain, du kender, du mage, du demi-elfe... Ils lui avaient appris à regarder le monde avec d'autres yeux. Dirk le voyait en noir et blanc. Sturm en avait goûté les nuances les plus subtiles.

— Il est temps, dit-il à Flint.

Les premières flèches sifflèrent au-dessus des remparts. Dans les hurlements, les sonneries de cors et le fracas des armes, la bataille décisive était engagée.

A la tombée de la nuit, l'étendard des chevaliers flottait encore sur la Tour.

Mais la moitié de ses défenseurs étaient tombés. Avec l'obscurité vint l'accalmie, les armées draconiennes se retirant jusqu'au lendemain.

Les chevaliers s'occupèrent des dépouilles de leurs camarades tandis que Sturm arpentait sans cesse les remparts.

La cadence de son pas ferme rassurait tout le monde, sauf lui. Mille angoisses l'assaillaient. Il pensait à la défaite, à la possibilité d'une mort ignominieuse et au déshonneur. Il voyait son corps dépecé par les draconiens. Serait-il capable de tenir jusqu'au bout ?

Assez ! se dit-il. *Tu vas devenir plus fou que Dirk.*

Il s'arrêta de marcher et se retourna brusquement... pour se trouver nez à nez avec Laurana, dont il avait oublié la présence. Leurs regards se croisèrent. Les yeux de la jeune elfe dégageaient une telle lumière qu'elle chassa ses idées noires. Tant qu'existaient dans le monde une telle beauté et une telle sérénité, l'espoir était sauf.

Il lui sourit.

— Va te reposer, dit-il. Tu as l'air épuisée.

— J'ai essayé, mais j'ai fait un cauchemar. Des mains enchâssées dans le cristal, d'énormes dragons volant entre des murs de pierre...

Tass somnolait, couché en chien de fusil à côté d'elle. Sturm sourit de nouveau ; décidément, rien ne pouvait démonter le kender.

Flint était occupé à sculpter un morceau de bois, comme à l'accoutumée.

— Quand cela va-t-il recommencer ? demanda-t-il à Sturm.

— A l'aube. Nous n'avons plus que quelque heures devant nous.

— Pourrons-nous tenir ?

— Il le faudra bien. Le messager arrivera ce soir à Palanthas. S'ils se mettent tout de suite en route, ils seront ici dans deux jours. Il faut résister jusque-là.

— Oui, s'ils ne perdent pas de temps ! grogna le nain.

— Bien sûr... Laurana, tu devrais partir. Va à Palanthas. Il faut les convaincre qu'un danger les menace.

— Ton messager s'en chargera, répondit Laurana. S'il n'y parvient pas, ce n'est pas moi qui y arriverai.

— Laurana..., commença Sturm.

— As-tu besoin de moi ? demanda-t-elle avec rage. Te suis-je utile ici ?

— Tu sais très bien que oui, répondit Sturm.

L'adresse, le courage et la ténacité de la jeune femme le stupéfiaient.

— Alors je reste.

Elle s'enroula dans les couvertures et ferma les yeux. Quelques instants plus tard, elle était endormie.

Le nain et le chevalier échangèrent un long regard. Flint baissa la tête et reprit son travail en soupirant. Ils n'avaient pas échangé un mot, mais ils savaient qu'ils pensaient à la même chose. Si les draconiens investissaient la Tour, une mort atroce les attendait. Celle de Laurana relèverait du cauchemar.

Aux première lueurs de l'aube, le clairon tira les chevaliers du sommeil. Ils empoignèrent leurs armes et se précipitèrent sur les remparts pour prendre leur poste, les yeux fixés sur l'horizon.

Les feux de camp de l'armée draconienne s'éteignaient les uns après les autres dans la lumière naissante. Les chevaliers perçurent les bruits coutumiers de la fourmilière qui se réveillait.

Ils s'interrogèrent mutuellement du regard. Etait-ce possible ? Ils n'en croyaient pas leurs yeux !

Les armées draconiennes se retiraient ! Dans la clarté blême de l'aube, on distinguait nettement les troupes qui reculaient. Sturm demeura perplexe.

Les draconiens eurent vite fait de disparaître derrière la ligne d'horizon. Mais ils étaient encore là. Sturm le sentait.

Un des jeunes chevaliers poussa une exclamation de joie.

— Tiens-toi tranquille ! lui ordonna Sturm, les nerfs à vif.

Laurana le regarda avec étonnement. Son visage était livide, ses yeux hagards, ses mains convulsivement serrées.

Sentant la peur l'envahir, Laurana frissonna. Elle se souvint de ce qu'elle avait dit à Tass.

— C'est ce que nous redoutions, non ? demanda-t-elle en prenant le bras de Sturm.

— J'espère que nous nous trompons, répondit-il d'une voix rauque.

Les minutes passèrent comme des heures. Flint les rejoignit et le kender se réveilla.

— C'est l'heure du petit déjeuner ? s'écria-t-il, toujours en verve.

Personne ne répondit.

— He ! fit le kender, en tapotant le bras de Flint, qu'y a-t-il à voir, au juste ?

— Rien, grogna le nain, maussade.

— Alors pourquoi tout le monde regarde ? Sturm...!

— Qu'y a-t-il ? demanda le chevalier.

Tass scrutait l'horizon. Les autres aussi, mais ils n'avaient pas la vue perçante d'un kender.

— Les dragons... Des dragons bleus.

— C'est ce que je pensais, souffla Sturm, la terreur des dragons ! C'est ce qui fait reculer leurs armées. Les mercenaires humains ne résistent pas à cette phobie. Combien y a-t-il de dragons ?

— J'en vois trois, répondit Laurana.

— Trois !

— Sturm, dit Laurana en l'attirant à l'écart, nous ne voulions pas te le dire, parce que ce n'était pas absolument nécessaire. Mais ça l'est devenu. Tass et moi savons nous servir de l'orbe.

— De l'orbe draconien ? lâcha distraitement Sturm.

— L'orbe qui est *ici*, Sturm ! insista Laurana en le prenant par les épaules. Celui qui se trouve au fond de cette Tour. Tass me l'a montré.

Elle s'arrêta. Ce qu'elle avait rêvé, des dragons volant entre des murs de pierre, lui revenait à l'esprit.

— Sturm ! cria-t-elle. Je sais comment tuer les dragons ! Pourvu que nous ayons encore le temps...

Le chevalier la regarda intensément. Jamais il ne l'avait vue aussi belle. Elle était transfigurée.

— Raconte ! ordonna-t-il.

Laurana débita l'histoire comme une somnambule. Flint et Tass, debout derrière Sturm, contemplaient la scène avec effroi.

— Et qui manipulera l'orbe ?

— Moi.

— Mais Laurana, Fizban a dit..., s'écria Tass.

— Tais-toi ! Je t'en prie, Sturm ! C'est notre seul espoir. Nous avons les Lancedragons et l'orbe draconien !

Il regarda la jeune femme puis les dragons qui se découpaient sur le fond du ciel clair.

— Flint, Tass et toi descendez, et rassemblez tous les hommes dans la cour !

— Es-tu sûr de devoir le faire ? demanda le nain avant de s'éloigner.

Sturm regarda Laurana.

Absolument certain, mon ami. Prends soin de toi et du kender. Et bon vent !

Laurana s'ébroua.

— Sturm, nous t'attendons ! Si tu veux, je peux expliquer aux hommes, après quoi tu les placeras pour la bataille.

— Laurana, c'est toi qui prends le commandement, dit Sturm.

— Quoi ?

— Tu as dit qu'il te fallait un peu de temps, continua-t-il en évitant son regard. Tu as raison. A toi d'indiquer aux hommes leurs positions et de t'occuper de l'orbe. Moi j'essayerai de gagner du temps.

— Ce n'est pas possible ! Tu ne peux pas faire ça ! J'ai besoin de toi, et voilà que tu cours au suicide ! Sturm, tu ne peux pas me faire une chose pareille...

— Tu es capable de prendre le commandement ! Adieu, jeune elfe. Ta lumière illuminera le monde. Pour la mienne, le temps est venu de s'éteindre. Ne sois pas triste, et ne pleure pas. La Maîtresse de la Forêt nous a dit dans le Bois Sombre que nous ne devions pas pleurer sur ceux qui accomplissent leur destinée. La mienne se noue aujourd'hui. Maintenant, dépêche-toi, chaque seconde compte.

— Prends au moins une Lancedragon, implora-t-elle.

— Je ne saurais pas m'en servir, répondit-il, la main sur l'épée de son père. Adieu, Laurana, dis à Tanis... Non, c'est inutile, il comprendra...

— Sturm...

La voix de Laurana s'étouffa. Elle lui lança un appel muet.

— Va !

Aveuglée par les larmes, elle descendit l'escalier. Une main puissante la saisit au passage.

— Flint ! hoqueta-t-elle, Sturm...

— Je sais, Laurana. Je l'ai lu dans ses yeux. Je crois que je l'ai toujours su, aussi loin que je me souvienne. A toi de jouer maintenant. Ne le déçois pas.

Elle s'essuya les yeux et respira profondément.

— Voilà, dit-elle en relevant la tête, je suis prête. Où est Tass ?

— Ici, répondit une toute petite voix.

— Allons-y. Tu as déjà lu les inscriptions dans le cristal. Il faut le refaire. Je veux que tu y arrives parfaitement.

— Oui, Laurana.

Il partit au pas de course.

— Les chevaliers attendent tes ordres, rappela Flint à la jeune femme.

Hésitante, elle leva les yeux vers les remparts. Le soleil faisait briller l'armure de Sturm, qui gravissait l'escalier. Dans la cour, les chevaliers attendaient.

Les premières lueurs de l'aube gagnaient sur le bleu sombre de la nuit. Au sommet de la Tour encore dans l'ombre, l'or scintillait sur l'étendard des chevaliers sous les premiers rayons du soleil.

Parvenu au sommet de la fortification, Sturm arriva sur un muret de cent pieds de long, complètement à découvert.

Il regarda à l'est : les dragons approchaient.

Un Seigneur des Dragons en armure d'écailles bleues rutilantes chevauchait le monstre de tête. Son masque à cornes et sa cape noire flottant dans le vent se découpaient sur le ciel. Sturm ne prêta guère attention aux deux autres dragons. C'était le Seigneur des Dragons qui l'intéressait.

Il jeta un coup d'œil sur la cour, que les rayons du soleil commençaient à éclairer. Les pointes rouges des Lancedragons des chevaliers brillaient autour de Laurana. Les hommes levèrent les yeux vers leur chef.

Sturm dégaina son épée et la brandit. Souriant à travers ses larmes, Laurana lui répondit en levant sa Lancedragon.

Il se retourna face à l'ennemi et avança à pas lents le long du mur, hiératique silhouette flottant entre le ciel et la terre. Il ne fallait pas que les dragons le contournent sans le voir, mais attirer leur attention pour qu'ils l'attaquent.

Gagner du temps...

Rengainant son épée, Sturm prit son arc et encocha une flèche. Il visa le dragon de tête et retint son souffle, attendant qu'il arrive à sa hauteur.

Après une minute qui lui parut interminable, le cavalier et sa monture furent à portée de tir. Il décocha sa flèche. Elle atteignit le dragon au cou, éraflant quelques écailles bleues. Furieux, le monstre secoua la tête, et ralentit son vol. Sturm décocha une deuxième flèche.

Touché à l'aile, le deuxième dragon poussa un mugissement de rage. Sturm tira de nouveau. Cette fois, le dragon de tête évita la flèche. Mais le chevalier avait atteint son but : devenir une menace suffisante pour que l'ennemi s'en prenne à lui. Il entendit les pas des hommes qui s'affairaient dans la cour et le grincement du pont-levis.

Debout sur sa monture, le Seigneur des Dragons s'était mis en position de combat, lance au poing. Renonçant à l'arc, Sturm dégaina son épée, et défia le dragon qui approchait, les babines retroussées sur ses crocs luisants.

Au loin, il entendit le son cristallin d'une trompette, dont la pureté lui rappela les montagnes enneigées de son pays. Cette musique qui s'élevait au-dessus d'un monde de mort et de désespoir lui déchira le cœur.

Sturm répondit à son appel en poussant le cri de guerre des chevaliers, puis il pointa son arme sur l'ennemi. Le soleil fit miroiter la lame. Le dragon descendit en piqué.

La trompette retentit de nouveau ; Sturm y répondit encore par le cri de guerre, qui cette fois mourut sur ses lèvres. Il réalisa soudain qu'il l'avait déjà entendu quelque part.

Dans le rêve, au Silvanesti !

Sturm s'arrêta, sa main ruisselante de sueur serrant la garde de l'épée. Le dragon fonça sur lui. La lance de son cavalier rougeoyait dans le soleil.

Baigné de sueur froide, le chevalier sentit son estomac se nouer. La trompette retentit encore. Dans le rêve, elle avait sonné trois fois, puis il avait sombré. La terreur des dragons le submergea. *Fuis !* commanda son esprit en déroute.

Fuir ! Les dragons en profiteraient pour piquer droit sur la Tour. Pris au piège, ils mourraient tous : les chevaliers, Laurana, Flint, Tass... La Tour du Grand Prêtre tomberait aux mains de l'ennemi.

Non ! Sturm se ressaisit. Tout s'était envolé : son idéal, ses espoirs, ses rêves. La chevalerie en était à ses ultimes soubresauts. La Loi avait rencontré ses limites. Son existence n'avait plus aucun sens. Mais sa mort pouvait en avoir un. Pour aider Laurana, il devait gagner du temps, qu'il paierait de sa vie, puisque c'était tout ce qu'il lui restait. Il mourrait ainsi en accord avec le Code, la seule instance à laquelle il tenait encore.

Il leva son épée et exécuta le salut des chevaliers face à l'ennemi. A sa surprise, le Seigneur des Dragons le lui rendit avec dignité. Les mâchoires grandes ouvertes, le dragon fondit sur lui.

Sturm lança un coup habile qui contraignit le monstre à faire un écart pour éviter d'être décapité. Mais il était mené de main de maître et se rétablit aussitôt.

Face à l'orient, Sturm, aveuglé par le soleil, ne vit plus du dragon qu'une tache noire dans le ciel bleu. L'animal décrivit une courbe pour prendre de l'élan et permettre à son cavalier de passer à l'attaque. Les deux autres dragons volaient autour de leur chef, attendant l'instant propice pour lui prêter main-forte et en finir.

Un instant, le dragon resta invisible, puis il surgit dans le soleil en poussant un rugissement à percer les tympans. Sturm crut que sa tête allait exploser. L'air lui manqua. Titubant sur ses jambes, il frappa comme un fou. Sa lame atteignit le mufle du monstre ; un flot de sang noir jaillit de ses naseaux.

Le coup avait consumé les dernière forces de Sturm.

Le Seigneur des Dragons leva lentement sa lance et la planta dans le cœur du chevalier.

Sturm sombra dans les ténèbres qui l'attendaient depuis le jour de sa naissance.

14

L'ORBE DRACONIEN.
LA LANCEDRAGON.

Les chevaliers s'empressèrent de prendre leur poste comme Laurana leur avait demandé. Sceptiques au début, ils avaient repris espoir quand elle leur avait expliqué son plan.

L'elfe resta seule dans la cour. Elle savait qu'elle devait faire vite et rejoindre Tass dans la salle de l'orbe. Mais elle ne se résolvait pas à quitter l'homme perché en haut du mur.

Alors arrivèrent les dragons. Une épée et une lance s'entrechoquèrent. L'épée se couvrit de sang. Le dragon poussa un mugissement. La lance resta suspendue dans les airs et dans le temps.

Puis elle frappa.

Un objet brillant tomba dans la cour de la forteresse. C'était l'épée de Sturm, qui avait glissé de sa main privée de vie. Le corps du chevalier resta empalé sur la lance du Seigneur des Dragons. Les ailes déployées, le monstre planait au-dessus de la victime.

Tout semblait s'être figé pour l'éternité.

Le seigneur retira sa lance du cadavre de Sturm et sa bête poussa un rugissement vengeur. Une gerbe de flammes jaillit de sa gueule. Avec un fracas assourdissant, les murs de la Tour éclatèrent. Les deux autres dragons piquèrent sur la cour à l'instant où l'épée de Sturm rebondissait sur les dalles.

Le temps recommença à s'écouler.

Laurana vit les dragons fondre sur elle. Le sol trembla. Une pluie de pierres s'abattit autour d'elle dans des nuages de fumée. L'elfe resta clouée sur place, certaine que si elle ne bougeait pas, cette tragédie ne serait qu'un rêve.

L'épée était bien là, gisant sur les dalles, et le Seigneur des Dragons levait sa lance pour donner aux armées le signal de la curée. Au son du cor, Laurana revit l'image des troupes avançant dans la plaine couverte de neige.

La terre trembla de nouveau. Sans hésiter, elle ramassa l'épée de Sturm et la darda vers le ciel en signe de défi.

— *Soliasi arath !* cria-t-elle en elfe.

Les cavaliers des deux dragons ricanèrent et lancèrent leurs montures déchaînées sur Laurana.

Elle courut vers la grande herse de l'entrée de la tour. Derrière elle retentissait le souffle rauque d'un dragon. Freinant de justesse, son cavalier l'empêcha d'entrer dans la Tour.

Laurana franchit la deuxième herse, que les chevaliers s'apprêtaient à baisser.

— Laissez-la ouverte ! N'oubliez surtout pas cet ordre !

Dans la salle à colonnades, elle distingua les visages livides des hommes qui la regardaient passer, stupéfaits.

— Retirez-vous derrière les colonnes, et qu'on ne vous voie pas ! cria-t-elle.

— Et Sturm ? demanda quelqu'un.

Elle secoua la tête, incapable de dire un mot. Après avoir franchi la troisième herse, elle retrouva Flint et quatre chevaliers. Ils tenaient la position clé ; Laurana l'avait voulu ainsi. Un regard avec Flint lui suffit pour qu'il comprenne ce qui était arrivé à son ami. Il baissa la tête, accablé de chagrin.

Elle pénétra dans la salle de l'orbe. Les lunettes magiques sur le nez, le kender contemplait les volutes multicolores qui dansaient à l'intérieur du cristal.

— Que dois-je faire ? demanda-t-elle, hors d'haleine.

— Ne fais rien ! supplia Tass. J'ai lu que si tu ne parvenais pas à contrôler l'essence des dragons contenue dans l'orbe, c'est elle qui te contrôlerait !

— Dis-moi ce qu'il faut faire !

— Mettre la main sur l'orbe et... Non, attends, Laurana !

Il était trop tard. Sa main frôlait déjà le globe de cristal, qui s'illumina aussitôt d'une clarté éblouissante.

— Laurana ! cria Tass en se protégeant les yeux. Ecoute-moi ! Tu dois te vider l'esprit et te concentrer sur l'orbe ! Laurana !

L'avait-elle entendu ? En tout cas, elle ne répondit pas. Car elle s'était jetée corps et âme dans la conquête de l'objet magique. Tass se souvint de l'avertissement de Fizban. « La mort d'êtres aimés, ou la perte de leur âme. » Il comprenait vaguement les inscriptions de l'orbe, mais il en savait assez pour deviner que l'âme de Laurana était en jeu.

Elle resta un long moment immobile, la vie semblant se retirer peu à peu de son visage. Ses yeux bougeaient au rythme du tourbillon de couleurs dansant dans le cristal. A force de la regarder, Tass eut le tournis.

Dehors, retentit une autre explosion. De la poussière tomba du plafond, mais Laurana ne bougea pas.

Les yeux fermés, elle bascula la tête en avant, penchée sur l'orbe qu'elle serrait de toutes ses forces en gémissant.

— Non ! murmura-t-elle comme si elle ne parvenait pas à détacher les mains de la sphère.

L'orbe la tenait.

Tass ne savait que faire. Il aurait voulu l'arracher à ce maudit objet et le briser en mille morceaux, mais il restait les bras ballants, incapable d'agir.

Laurana tremblait convulsivement. En sueur, marmonnant des mots en langue elfe, elle luttait pour rester maîtresse de soi. Millimètre par millimètre, elle réussit à se redresser.

Dans l'orbe, les couleurs se mélangèrent jusqu'à devenir un magma brumeux. Puis l'artefact irradia une intense lueur blanche. Laurana sourit et se détendit.

Un instant plus tard, elle perdit connaissance et s'effondra sur le sol.

*

* *

Dans la cour de la forteresse, les dragons démolissaient tout ce qui tenait debout. L'armée approchait rapidement de la Tour, où elle n'aurait qu'à s'engouffrer pour massacrer ses défenseurs.

Le Seigneur des Dragons supervisait les opérations du haut de son dragon. Tout se déroulait à merveille, quand une lumière blanche jaillit des trois entrées de la Tour.

Les cavaliers des dragons considérèrent avec étonnement l'étrange phénomène. Leurs montures eurent une tout autre réaction. L'œil vide, elles tendirent le cou et écoutèrent l'appel de l'orbe draconien.

Capturée par d'anciens magiciens, contrôlée par une jeune elfe, l'essence des dragons prisonnière du cristal fit ce qu'elle devait faire quand on la dominait.

Elle lança son appel, auquel les dragons ne résistaient pas. Subjugués, ils n'avaient d'autre choix que de répondre.

Leurs cavaliers essayèrent en vain de leur faire tourner bride. Les dragons piquèrent droit sur les portes de la Tour. Quand la lumière blanche atteignit les premiers rangs de l'armée draconienne, on eût dit que les soldats devenaient subitement fous.

L'orbe attirait les dragons à lui. Les draconiens, qui n'étaient que des avatars de dragons, entendirent l'appel de différentes façons.

Certains tombèrent à genoux et se frappèrent la tête en hurlant de douleur. D'autres fuirent à toutes jambes. D'autres encore abandonnèrent leurs armes et coururent vers la Tour.

L'assaut méthodiquement organisé se muait en une pagaille indescriptible. Les draconiens courant en tous sens, les gobelins en profitèrent pour prendre la tangente, alors que les humains, hébétés, attendaient des ordres qui ne venaient pas.

Le Seigneur des Dragons dut recourir à toute sa volonté pour retenir sa monture. Mais rien ne put stopper les deux autres.

Le premier dragon bleu plongea comme une flèche dans une des portes de la Tour. Son cavalier eut à peine le temps de baisser la tête pour éviter de la perdre au passage. Les ailes immenses du dragon effleurait les murs de salles qu'il traversait, freinant son élan. Il sentit au passage l'odeur de l'acier et de la chair humaine. Obnubilé par l'orbe, il n'y prêta pas attention.

En quelques cent quarante années de vie, Flint n'avait jamais vu une chose pareille. Accrochés à leurs lances, les jeune chevaliers se plaquèrent contre les murs pour ne pas se faire voir de l'énorme masse bleue qui passait en trombe devant eux.

Posté près de la herse, la main sur le levier, Flint dut se coller au mur pour ne pas être emporté. Sa terreur était telle que la mort lui serait apparue comme une délivrance.

Conscient que le dragon ne devait pas arriver jusqu'à l'orbe, Flint baissa instinctivement le levier. La herse s'abattit sur le cou du monstre.

Il y eut un moment de silence. Puis un hurlement aigu résonna sous les voûtes. Les chevaliers frappaient le dragon de leurs lances. Pris au piège, il allait mourir dans d'atroces douleurs.

Tass se boucha les oreilles pour ne plus entendre sa plainte déchirante. Oubliant les villes anéanties dans les flammes, les innocents massacrés, il se mit à pleurer. Conscient que le dragon l'aurait tué sans vergogne, et qu'il avait sans doute massacré Sturm, le kender tenta de se reprendre.

Une main se posa sur son épaule.

— Tass, chuchota une voix.

— Laurana ! Oh, pardonne-moi, je ne devrais pas me soucier du dragon, mais je ne peux pas supporter son agonie ! Pourquoi doit-on toujours s'entre--tuer ?

Ses larmes redoublèrent.

— Je comprends, murmura Laurana, qui revoyait en esprit les derniers instants de Sturm. Tu n'as pas à avoir honte, Tass. Il est heureux que tu sois capable de ressentir de la pitié pour ceux qui souffrent. Le jour où nous cesserons d'avoir ces sentiments, même pour l'ennemi, nous aurons perdu la bataille.

Le hurlement s'éleva de nouveau, plus fort. Tass tendit lcs bras à Laurana. Elle le serra contre elle. Enlacés, ils entendirent les chevaliers les appeler pour les mettre en garde. Un deuxième dragon avait pénétré dans une autre salle, en démolissant l'entrée.

La Tour trembla sur ses fondations.

— Venez ! cria Laurana. Il faut que nous sortions d'ici !

Traînant Tass, elle ouvrit la porte au moment où la tête du dragon apparaissait dans la salle de l'orbe. Le kender ne put s'empêcher de regarder, fasciné par le spectacle. Le monstre était tombé dans le même piège que le premier. Ses yeux injectés de sang lançaient des éclairs. Au bord de la suffocation, il feulait de rage et de douleur.

Un éclair aveuglant précéda une gigantesque explosion. Derrière eux, la salle avait pris feu. La lumière blanche de l'orbe draconien fut occultée par un déluge de pierres. La Tour du Grand Prêtre venait de s'effondrer.

Il n'y avait pas une minute à perdre. Haletants, Tass et Laurana reprirent leur course vers la lumière du jour.

L'avalanche de pierres avait pris fin. Ils ne percevaient plus que des grondements et des craquements assourdis.

— Et l'orbe ? demanda Tass.

— Mieux vaut qu'il soit détruit.

A la lumière du jour, le kender découvrit avec stupeur le visage de Laurana. Elle était d'une pâleur mortelle, les lèvres exsangues, des cernes violacés autour de ses yeux verts.

— Jamais je recommencerai ce que je viens de faire, dit-elle. J'ai failli renoncer. Les mains... Non, c'est trop horrible, je ne peux pas t'expliquer ! Puis j'ai pensé à Sturm, seul sur le rempart, affrontant la mort. Si j'abdiquais, son sacrifice aurait été vain. Je ne pouvais pas le laisser tomber... J'ai forcé l'orbe à m'obéir, mais j'ai compris que je ne pourrais le faire qu'une fois. Plus jamais je ne veux revivre ça !

— Est-ce que Sturm est... mort ? demanda Tass d'une petite voix.

Laurana remarqua son expression anxieuse ; son regard s'adoucit.

— Pardon, Tass, je n'ai pas réalisé que tu n'avais rien vu. Il... il est mort en combattant le Seigneur des Dragons.

— Est-ce que... est-ce que...? hoqueta le kender.

— Oui, tout est allé très vite. Il n'a pas souffert.

Tass baissa la tête et la releva aussitôt. Une explosion venait de déchiqueter ce qui restait de la forteresse.

— Les draconiens..., murmura Laurana. Notre combat n'est pas terminé. Allons chercher Flint.

Quand Laurana émergea du souterrain, elle fut éblouie par la lumière. Il s'était passé tant de choses, qu'elle s'étonna qu'il fît encore jour.

La Tour du Grand Prêtre était un amas de décombres. Seuls les entrées et les tunnels menant à la salle de l'orbe avaient résisté. Excepté quelques brèches, le mur d'enceinte était resté debout.

Le silence régnait, troublé par les gémissements étouffés du dragon que les chevaliers achevaient dans le souterrain. Où était passée l'armée draconienne ? Laurana inspecta les baraquements. Nulle trace de combat.

Au sommet des remparts, le soleil déclinant se réfléchissait sur du métal. *Sturm !* A la vue du chevalier mort, des images revinrent à l'esprit de Laurana. Dans le rêve, Sturm avait été taillé en pièces par les draconiens. Il fallait à tout prix empêcher cela.

Laurana dégaina l'épée de Sturm, et comprit vite qu'elle serait trop lourde à manier. Les Lancedragons ! Elle en ramassa une dans la cour et s'élança vers l'escalier.

Du haut du rempart, elle contempla la plaine déserte. *Qu'est-ce que ça signifie ?* D'un seul coup, son élan et sa fougue l'avaient abandonnée. Avec l'épuisement, elle scntit monter le chagrin.

A genoux dans la neige qui tapissait le mur et elle se pencha sur le corps de Sturm et plongea le regard dans ses yeux grands ouverts. Pour la première fois, elle le voyait serein. Prenant sa main glacée dans la sienne, elle lui parla :

— Dors, mon ami. Que les dragons ne viennent plus jamais troubler ton sommeil !

Près du corps elle aperçut quelque chose qui scintillait plus que les cristaux de neige au soleil. L'objet qu'elle ramassa était couvert de sang séché. Intriguée, elle le frotta et découvrit qu'il s'agissait d'un bijou. Comment était-il arrivé là ?

Elle fut détournée de ses réflexions par une ombre

gigantesque qui occulta le soleil. Effrayée par le souffle rauque et le bruissement d'ailes qui l'accompagnaient, elle se retourna.

Un dragon bleu avait atterri sur le rempart. Son cavalier, un Seigneur des Dragons, fixait Laurana d'un œil froid à travers son horrible masque aux cornes effilées.

Tétanisée par la peur, Laurana fit un pas en arrière. Le bijou lui échappa des doigts et tomba dans la neige. En reculant, elle trébucha sur le corps de Sturm.

Laurana se revit mourir comme dans le rêve. Sturm aussi avait eu une vision de la mort. L'image des écailles bleues du dragon s'agitant au-dessus d'elle se superposa à celles du cauchemar.

La Lancedragon ! Ses mains tâtonnèrent dans la neige, puis se refermèrent sur la tige de bois. Elle allait enfoncer l'arme dans la gorge du monstre !

Le talon d'une botte noire s'abattit sur la hampe de l'arme, écrasant la neige marbrée du sang de Sturm.

— Si tu touches à cet homme, je te tuerai, déclara Laurana. Même ton dragon n'y pourra rien. Ce chevalier était mon ami, et je ne laisserai pas son assassin profaner sa dépouille !

— Je n'ai jamais eu l'intention de le faire, répondit le Seigneur des Dragons.

Avec une lenteur cérémonieuse, il se pencha sur le cadavre et lui ferma les yeux. Quand il se releva, il retira son pied de la Lancedragon.

— C'était aussi mon ami. Je le savais, pourtant je l'ai tué.

— Je ne te crois pas, dit Laurana. C'est impossible !

Pour toute réponse, le Seigneur des Dragons enleva son affreux masque.

— Je crois que tu as entendu parler de moi, Lauralanthalasa. C'est ton nom, n'est-ce pas ?

Laurana hocha la tête et se releva. Le Seigneur des Dragons démasqué lui fit un sourire charmeur.

— Et je m'appelle...

— Kitiara.

— Comment le sais-tu ?

— Un rêve..., murmura l'elfe.

— Ah oui, le rêve. Tanis m'en a parlé. Je crois que vous l'avez tous fait en même temps. Du moins, ses amis. (Elle se tourna vers le cadavre du chevalier.) Etrange, n'est-ce pas, que la mort de Sturm soit devenue réalité ? Tanis m'a dit que pour lui aussi, tout s'était réalisé : je lui ai sauvé la vie, comme dans le rêve.

Laurana devint blanche comme un linceul.

— Tanis ? Tu as vu Tanis ?

— Il y a deux jours de cela, répondit Kitiara. Je l'ai laissé à Flotsam, où il s'occupe de mes affaires pendant mon absence.

Les paroles que la guerrière prononçait d'un ton calme et froid percèrent le cœur de Laurana comme sa lance la poitrine de Sturm. La jeune elfe crut que le sol se dérobait sous ses pieds.

Cette femme ment, se dit-elle.

Mais elle sentait que Kitiara disait vrai.

Laurana perdit contenance. Elle chancela et faillit tomber. Seule la crainte de donner sa faiblesse en spectacle la tenait debout. Kitiara semblait n'avoir rien remarqué. Elle ramassa la Lancedragon et l'examina avec intérêt.

— C'est ça, une Lancedragon ?

— Oui, fit Laurana. Si tu veux savoir de quoi elle est capable, descend voir ce qui reste de tes monstres.

Kitiara jeta un bref coup d'œil vers la cour de la forteresse.

— Ce n'est pas cette lance qui a attiré mes dragons dans un piège, ni elle qui a dispersé mon armée aux quatre vents. Tu as gagné. Pour l'instant ! Savoure ta victoire, car elle sera de courte durée.

Kitiara pointa la lance sur la poitrine de Laurana.

Puis d'un mouvement souple, elle écarta l'arme en souriant.

— Merci pour la lance, dit-elle, la plantant dans la neige. Nous pourrons bientôt vérifier si elle est aussi redoutable que tu le proclames.

Kitiara s'inclina devant la jeune fille, remit son heaume et reprit la Lancedragon. Avant de tourner les talons, elle jeta un dernier regard au cadavre de Sturm.

— Veille à ce qu'il soit enterré dignement, dit-elle. Il me faudra trois jours pour reformer mon armée. C'est le temps que je te laisse pour préparer la cérémonie.

— Ne t'inquiète pas pour nos morts ! C'est notre affaire !

Comme pour protéger son ami, Laurana s'interposa entre le cadavre de Sturm et la guerrière.

— Que diras-tu à Tanis ? demanda-t-elle à Kitiara.

— Rien. Absolument rien.

Laurana la regarda s'éloigner d'une démarche aérienne, sa cape noire flottant sur ses épaules.

Elle savait qu'elle aurait pu récupérer la Lancedragon ; il y avait une armée de chevaliers dans la forteresse. Il aurait suffit de les appeler.

Mais son corps ne voulait plus obéir. Seul l'orgueil la tenait encore droite.

Prends la Lancedragon, ça ne peut pas te faire de mal, dit-elle intérieurement à Kitiara, qui s'en allait rejoindre sa monture.

Les chevaliers avaient traîné la tête du deuxième dragon dans la cour. A cette vue, Nuage poussa un mugissement sauvage. Les chevaliers, stupéfaits, levèrent les yeux en brandissant leurs armes.

Laurana les arrêta d'un geste. Kitiara leur jeta un regard dédaigneux et caressa l'encolure de son dragon pour le calmer. Soucieuse de montrer qu'elle n'avait pas peur, elle prenait son temps.

A contrecœur, les chevaliers baissèrent leurs armes. Avec un rire méprisant, Kitiara enfourcha sa monture.

— Adieu, Lauralanthalasa !

Elle leva la lance et éperonna Nuage. Le dragon bleu déploya ses ailes immenses et s'éleva dans le ciel.

Kitiara le fit tournoyer en cercles lents au-dessus de Laurana. L'elfe ne détourna pas le regard malgré les yeux injectés de sang du dragon.

Kitiara ouvrit la main et lâcha la Lancedragon.

Heurtant la pierre avec un bruit sec, elle atterrit aux pieds de Laurana.

— Garde-la ! cria Kitiara. Tu en auras besoin !

Les ailes de Nuage battirent dans le vent du nord. Il prit son essor et s'envola vers le soleil.

15

LES FUNÉRAILLES.

Il faisait une nuit d'encre. Le vent soufflait en rafales, charriant des grêlons qui rebondissaient comme des flèches sur les armures des chevaliers. Personne ne montait la garde sur les remparts. Les hommes auraient gelé sur place.

D'ailleurs, c'eût été inutile. L'armée draconienne n'avait pas réapparu.

En cette nuit d'hiver où le vent hurlait dans les ruines comme les dragons agonisants, les Chevaliers de Solamnie enterraient leurs morts.

On avait déposé les corps dans la crypte, là où on enterrait les chevaliers à l'époque glorieuse de Huma. Depuis, ce sanctuaire était tombée dans l'oubli, dont l'insatiable curiosité du kender l'avait tiré.

Appelée Chambre de Paladine, cette crypte se trouvait à une profondeur telle qu'elle avait échappé à la destruction. Un escalier en colimaçon conduisait à ses grandes portes de fer ornées du dragon de platine, un antique symbole de la mort et de la résurrection.

Le long des murs s'alignaient les pierres tombales portant le nom des chevaliers défunts, leur appartenance et la date de leur mort. Une allée centrale menait à un autel de marbre. Les chevaliers y déposèrent leurs morts.

Le temps de construire des sarcophages faisait défaut ; les armées draconiennes ne tarderaient pas à revenir. Simplement on enveloppa les corps dans des linceuls de fortune, leur épée posée sur la poitrine. A leurs pieds, gisait ce qui avait été pris à l'ennemi : des flèches, des boucliers, et même une griffe de dragon.

Rassemblés dans la crypte, les chevaliers accueillirent dans un silence religieux les trois derniers corps, que la garde d'honneur amenait sur des civières.

En un autre temps, les preux auraient eu droit à des funérailles grandioses. Le Grand Maître en armure de cérémonie aurait été devant l'autel en compagnie du Prêtre de Paladine et du Juge Suprême. L'autel aurait été paré de roses et des emblèmes de l'Ordre.

A la place des trois officiants habituels se tenaient une jeune elfe en armure cabossée et tachée de sang, un vieux nain à la toison blanche et un kender rongé de chagrin. Les seuls ornements de l'autel étaient une rose noire trouvée dans le ceinturon de Sturm et une Lancedragon maculée de sang.

La garde d'honneur déposa les corps devant les trois amis : à droite, la dépouille du seigneur Alfred MarKenin, entièrement couverte pour dissimuler sa décapitation ; à gauche, celle du seigneur Dirk Gardecouronne. Entre les deux gisait Sturm de Lumlane, vêtu de l'armure de son père. Dans ses mains croisées sur sa poitrine reposait l'antique épée de ses ancêtres, et un bijou dont la présence troublait les chevaliers.

C'était l'étoile de diamants que Laurana avait ramassée dans la neige près du cadavre de Sturm. Le bijou s'était terni dès qu'elle l'avait touché.

Alors certaines choses s'étaient éclaircies dans son esprit. C'était à cause de l'étoile de diamants qu'ils avaient tous fait le même rêve. Sturm connaissait-il le pouvoir du bijou ? Savait-il qu'il le liait à Alhana ? Laurana en doutait. Le chevalier ignorait qu'il symbolisait les liens de l'amour. Aucun humain ne le savait.

Laurana songea avec tristesse à la jeune elfe aux

cheveux noirs qui devait déjà avoir appris que le cœur de Sturm ne battait plus sous le bijou.

La garde d'honneur les salua et attendit.

Il était de mise de faire un discours pour rappeler les exploits du défunt. Laurana regarda sans mot dire le visage serein du chevalier. Le vieux nain étouffa un sanglot. Le kender continua de renifler.

Un instant, Laurana envia Sturm, désormais au-delà de la souffrance et de la solitude.

Tu m'as abandonnée ! Et tu me laisses le monde sur les bras ! D'abord Tanis, puis Elistan, et maintenant, toi ! Je n'y arriverai pas ! Sturm, tu ne peux pas partir. Ta mort n'a pas de sens ! Je ne te laisserai pas partir comme ça...

Elle releva la tête. La lumière des torches fit étinceler ses yeux verts.

— Vous vous attendiez à un discours de circonstance, un éloge des héros vantant leurs exploits. Eh bien, n'y comptez pas !

Les chevaliers se regardèrent, perplexes.

— Ces hommes, qui auraient dû être liés par une fraternité ancestrale, sont morts dans la discorde, victimes de l'orgueil, de l'ambition et de la cupidité ! Vos yeux se tournent vers Dirk Gardecouronne, mais il n'est pas le seul à blâmer. Vous êtes tous responsables, pour avoir pris part à la course au pouvoir !

Certains chevaliers baissèrent la tête, d'autres pâlirent de colère.

Des larmes montèrent aux yeux de Laurana. Elle sentit la main de Flint serrer la sienne.

— Seul un homme a su rester au-dessus de la mêlée. Un seul a respecté le Code à chaque instant de sa vie. Pourtant, il n'était pas encore chevalier.

Laurana saisit la Lancedragon posée sur l'autel et la leva au-dessus de sa tête. Ce geste chassa immédiatement ses idées noires. Les chevaliers regardèrent avec stupeur sa beauté rayonner comme une aube de printemps.

— Demain, je quitterai la forteresse, dit-elle, j'irai à

Palanthas. J'emporterai avec moi le souvenir de cette journée. J'apporterai aux habitants cette lance et la tête d'un dragon et je les exhiberai sur les marches de leurs superbes palais pour qu'ils m'écoutent. Palanthas sera contrainte de m'entendre ! Ensuite, j'irai à Sancrist, en Ergoth, et partout où les gens refusent de s'unir. Tant que nous n'aurons pas vaincu nos démons, nous ne terrasserons pas le fléau qui menace de nous anéantir !

Elle joignit les mains et leva les yeux vers le ciel.

— Paladine ! Nous venons à toi pour te confier les âmes de ces nobles chevaliers. Donne à ceux qui sont encore dans ce monde déchiré par la guerre, la grâce et la noblesse de Sturm de Lumlane.

Laurana ne cherchait plus à retenir les larmes qui ruisselaient sur ses joues. Ce n'était plus sur Sturm qu'elle pleurait, mais sur ce que serait sa vie sans ce noble ami pour la soutenir.

A sa prière, les chevaliers répondirent en chœur, entonnant un chant à Paladine, leur dieu antique.

Un par un, les preux vinrent s'incliner devant l'autel. Serrés les uns contre les autres, Laurana, Flint et Tass se recueillirent devant leur compagnon.

— *Kharan bea Reorx*, dit Flint. Les vrais amis se retrouveront un jour chez Reorx.

Il sortit de sa poche un bout de bois sur lequel il avait sculpté une rose et le posa à côté de l'étoile de diamants d'Alhana.

— Au revoir, Sturm, dit Tass, l'air gêné. Je n'ai qu'une petite chose à te laisser, qui pourrait te plaire, je crois. Mais je ne suis pas sûr que tu puisses comprendre. Après tout, là où tu es, peut-être devient-on omniscient...

Il glissa une petite plume blanche dans la main glacée du chevalier.

— *Quisalan elevas*, murmura Laurana. Les liens d'amour sont éternels.

— Viens, Laurana, dit Flint à la jeune femme,

incapable de s'arracher à Sturm. Il faut le laisser s'en aller. Reorx l'attend.

Ils s'éloignèrent en silence et ne se retournèrent pas.

*

* *

Loin des plaines glacées de Solamnie, quelqu'un d'autre faisait ses adieux au chevalier.

Les mois avaient passé, et le Silvanesti ne changeait pas. Le cauchemar de Lorac avait pris fin, son corps reposant dans la terre qu'il avait tant aimée.

Mais l'air était toujours chargé de relents de pourriture et de mort. Les arbres distordus n'en finissaient pas de mourir. Des créatures difformes rôdaient dans les bois, cherchant à abréger une existence intolérable.

Du haut de la Tour des Etoiles, Alhana guettait en vain le signe d'un changement.

Comme elle l'avait prévu, les griffons étaient revenus après le départ du dragon. Elle aurait voulu quitter le Silvanesti et retourner en Ergoth, mais les griffons lui avaient apporté d'affligeantes nouvelles : elfes et humains se faisaient la guerre.

Alhana déplorait cette guerre, parce qu'elle avait changé. Avant de rencontrer Tanis et ses amis, elle aurait accepté, et même encouragé un affrontement entre son peuple et les humains. A présent, elle voyait là l'œuvre du Mal qui s'était abattu sur le monde.

Elle redoutait de devoir annoncer aux siens la destruction de leur pays. Son père leur avait promis qu'ils retourneraient au Silvanesti, maintenant ravagé.

Elle craignait aussi — autant qu'elle le désirait —, de revoir l'humain qu'elle aimait et dont elle partageait l'intimité au moyen de l'étoile de diamants.

Ainsi avait-elle constamment remis la date de son départ. Elle attendait un signe. Un signe d'espoir qu'elle pourrait donner à son peuple, ou qu'il lui donnerait.

Mais rien ne venait.

Avec l'hiver, les nuits devinrent plus longues. Un soir qu'elle se promenait sur les remparts de la Tour des Etoiles, Alhana éprouva une sensation étrange, comme si le monde avait cessé de tourner. C'était l'après-midi où Sturm Lumlane affrontait la Dame Noire et son dragon bleu. Folle de désespoir, l'elfe vit l'étoile de diamants qu'elle portait au cou noircir en quelques secondes.

— Voilà le signe ! hurla-t-elle en tendant le bijou vers le ciel. Il n'y a plus aucun espoir ! Ne me restent que la désespérance et la mort !

Elle retourna dans sa chambre, tira les volets et ferma les portes.

Que le monde se débrouille comme il voudra, songea-t-elle avec amertume. *Que mon peuple aille à sa perte. Le Mal sera toujours le plus fort, car il n'y a rien qui puisse l'arrêter. Je mourrai ici, près de mon père.*

Jetant une cape sur ses épaules, elle sortit et se rendit sur une tombe surmontée d'un arbre aux branches torturées. Dans sa paume, elle serrait l'étoile de diamants.

A genoux, Alhana creusa à mains nues le sol gelé. Ses doigts saignaient, mais elle n'avait cure de la douleur, qui lui faisait oublier son chagrin.

Lunitari, la lune rouge, montait avec lenteur dans le ciel pour rejoindre la lune d'argent qu'elle nimbait déjà d'ocre.

Alhana regarda l'étoile de diamants à travers ses larmes. Puis elle la posa dans le trou qu'elle avait creusé et la couvrit de terre.

Brusquement, elle s'arrêta.

D'une main hésitante, elle prit le bijou et chassa la terre, se demandant si le chagrin l'avait rendue folle. Non, l'objet irradiait une faible lueur, qui grandissait.

Elle le retira du trou.

— Pourtant il est mort ! dit-elle en s'adressant au bijou. Je sais que son cœur ne bat plus. Alors pourquoi cette lueur...

Un bruissement de feuillage la fit sursauter. Elle fit un pas en arrière, craignant que l'arbre de la tombe de Lorac la saisisse de ses branches. Mais elles n'étaient plus aussi tordues qu'avant, comme si...

Le tronc se redressa. Son écorce devint lisse et brillante sous la lumière des deux lunes. L'arbre cessa de saigner et la sève irrigua de nouveau ses feuilles.

Alhana se releva et regarda autour d'elle. Rien n'avait changé. Un seul arbre renaissait à la vie : celui de la tombe de Lorac.

Je deviens folle, pensa-t-elle. Puis elle regarda de nouveau l'arbre. Il devenait de plus en plus beau.

Alhana passa le bijou autour de son cou, et retourna à la Tour. Elle avait encore beaucoup à faire avant de partir pour l'Ergoth.

Le lendemain matin, un pâle soleil se leva sur le Silvanesti. Alhana regarda la forêt. *Rien n'a changé et rien ne changera, tant que les elfes ne reviendront pas faire revivre le pays. Rien n'a changé, sauf l'arbre planté sur la tombe de Lorac.*

— Adieu, Lorac ! Nous reviendrons bientôt ! cria Alhana.

Elle siffla son griffon qui accourut, et monta sur son dos. L'animal déploya ses ailes et prit son envol. Alhana lui indiqua la direction de l'ouest. Le long voyage vers l'Ergoth avait commencé.

Sous eux, un arbre verdoyant et magnifique se dressait dans une forêt noire et désolée. Balancées au vent d'hiver, ses branches berçaient d'une douce musique la tombe de Lorac, qu'elles protégeraient des ténèbres en attendant le printemps.

LISTE des MAGASINS PARTENAIRES
PASSION Jeux de Rôles

Achevé d'imprimer en mars 1996
sur les presses de Cox & Wyman Ltd
(Angleterre)

FLEUVE NOIR – 12, avenue d'Italie
75627 PARIS – CEDEX 13.
Tel: 44.16.05.00

Dépôt légal : avril 1996
Imprimé en Angleterre